퇴마록

퇴마록

말세편 I

이우혁

VANTA

공통 일러두기

- 도서는 『 』, 단편이나 서사시 등은 「 」, 그림, 글씨, 영화, 오페라, 음악, 필담 등은 〈 〉, 전화, 방송, 라디오 등은 [ ]로 구분했습니다.
- 각주는 모두 저자 주입니다(엘릭시르 판본에서 용어 해설로 처리된 부분 중 가감된 내용의 일부가 이에 해당).
- 영의 목소리(빙의됐을 경우 제외)와 전음이나 복화술 등 육성으로 하지 않는 말은 등장인물과의 구분을 위해 고딕체로 표기했습니다.
- 피시(PC) 통신에서 사용하는 메시지는 별도의 서체로 구분했습니다.
- 본문의 ( )는 편집자 주이며, - 는 저자가 보충하려 덧붙인 이야기를 구분한 것입니다.

차례

『해동감결』의 서(序) • 7

부름 (summoning) • 29

황금의 발 • 85

우사(雨師)의 길 • 229

세상에서 가장 무서운 여자 • 313

말세의 조짐들 • 423

退魔錄　　　　　　　　　　Exorcism Chronicles

『해동감결』의 서(序)

기원전 2674년, 단기전 341년

구름 한 점 없이 맑은 가을 하늘 아래, 넓디넓은 만주의 평원이 끝을 모르게 뻗어 있었다. 그리고 그 한복판에는 사방을 위압할 듯 자리 잡은 커다란 성이 있었다. 아직 문명이 그렇게 발달하지 않은 시기였지만, 언뜻 보아도 수천 호 이상을 수용할 수 있을 만한 큰 규모였다. 그 성은 바로 하늘 아래 눈 미치는 곳을 모두 관할한다는, 대제국인 주신[1]의 성 가운데 하나인 미루한 성(未瘻桓

---

[1] 우리나라 고조선의 명칭에 대해서는 많은 이견이 있다. 조선(朝鮮)이라는 한문 표기가 남아 있기는 하지만 실제 이름이 어떠했는지 알 수 없기 때문이다. 신채호 선생은 고조선의 옛 이름을 '주신'이라 단정 지었고, 본 저자의 견해와 일치되는 점이 많아 본문에 그 이름을 사용했다. 물론 정확히 논증되지 않은 가설들이라 하겠지만 창작물인 본문에서는 상관이 없다고 여겨진다. 진위는 여기서 결론 내릴 수 없으나 혹 궁금하다면 자세한 내용은 신채호 선생의 논문을 참고하길 바란다. 주신은 이후 여진, 말갈, 숙신, 선비 등 동북방의 비중화(非中華) 민족을 포괄하는 일종의 연합 제국으로서 만주 전체와 시베리아 지방까지 판도를 뻗쳤던 것으로 추정된다.

成)이었다. 비록 변방이라 하나 성의 크기는 상당한 규모였고, 주신 제국의 요새지 중 하나였다.

그러나 지금 성은 온통 슬픔의 곡성으로 가득 차 있었다. 수천 명을 헤아리는 사람들이 남녀노소, 백성이거나 무사이거나 관리이거나를 가리지 않고 모두 성문 앞에 모여 슬픔의 눈물을 흘리고 있었다.

그들의 시선은 주신의 상징인 신수(神獸) 봉황[2]을 조각한 성문 앞, 솟대 밑에 서 있는 한 남자를 향해 있었다. 남자는 중년을 넘어선 듯 보였으나 이목구비가 청수해 나이답지 않게 빼어난 용모를 지니고 있었다. 다만 그의 머리카락은 마치 나이 지긋한 노인처럼 백발이었다. 사람들의 맨 앞에 서서 그를 만류하는 흰머리의 늙은 관리보다 더 희었다. 그를 붙잡는 화려한 옷의 백발노인은 위신을 완전히 잊어버린 채, 눈물만이 아니라 콧물까지 흘리면서 간곡하게 말하고 있었다.

"한웅께서 가시면 이 나라는 어떻게 합니까? 제발, 제발 생각을 돌리시옵소서."

---

2 우리나라는 고대에서부터 새, 즉 봉황을 숭배하는 민족이었다. 이는 용을 숭배한 중국과 구별되는 문화적 특징으로 중국의 신수가 용이라면, 우리나라의 신수는 봉황이라 할 수 있다. 이러한 전통은 조선조 임금과 중전의 흉배(胸背, 계급을 알려 주는 관복의 배 부분에 넣는 모양)에 봉황을 사용했다는 것을 통해 알 수 있다. 본래 다섯 발가락을 지닌 오조룡(五爪龍)이 임금의 흉배 문양이었지만 봉황도 그에 못지않은 상징으로 여겨졌다. 현재 우리나라의 국장도 두 마리의 봉황으로 대통령이 사용하는 연단에서 두 마리의 봉황이 새겨져 있는 것을 볼 수 있다.

말안장에 앉아 있는 백발의 중년인은 동북아시아의 맹주로서 많은 부족이 받들고 있는 주신 제국의 십사 대 자오지 한웅이었다. 그러나 사람들은, 그가 중국에서 크게 일어났던 황제(黃帝)의 팽창을 저지해 천하의 정세를 가라앉힌 이후, '자오지 한웅'이라는 공칭(公稱)보다 그의 성을 따라 치우천왕(蚩尤天王)[3]이라 부르기를 즐겼다.

 늙은 관리의 말이 끝나자 마치 뒤를 잇듯이 백성들의 목소리가 파도처럼 밀려왔다.

 "치우천왕님! 생각을 돌리소서!"

 "한웅님! 마음을 돌리소서!"

 그러나 자오지 한웅, 치우천왕은 수려한 얼굴에 쓸쓸한 미소를 띠며 슬픈 눈으로 고개를 저었다.

 "이미 정해진 일일세. 모든 것이. 어찌할 수 없는 것일세."

 그러자 이번에는 뿔이 돋은 철제 투구를 쓴 장수 하나가 앞으로 나섰다.

 "감히 한 말씀 아뢰겠습니다. 행여 한웅께서는 맥달님의 죽음

---

3 치우(蚩尤)는 중국 서사에 한자로 기록돼 좋지 않은 뜻을 지니게 됐으나, 이는 주변 민족을 비하하는 중국의 글자로 적었기 때문이지 원래 뜻이 그러한 것은 아니다. 몽골을 비하해 몽고(蒙古)라고 적고, 동남아인을 오랑캐로 여겨 남만(南蠻)이라고 부르는 것과 같은 맥락으로 보면 될 것이다. 본 저자의 세계관에서 '치우'라는 말은 주신의 성씨로 설정됐으며, 뜻보다는 음으로서의 의미를 지닌다고 생각하길 바란다. '김(金)'을 굳이 '쇠'의 의미를 지녔다고 억지로 해석하지 않는 것과 마찬가지이다.

때문에 떠나시려는 것이 아니옵니까?"

맥달은 바로 얼마 전에 죽은 치우천왕의 정비(正妃)이자 삼사(三師)[4] 중의 하나인 우사이기도 했다. 비록 여자의 몸이었지만 그녀의 예언술과 자비심은 걸 천년 역대 우사 중에서 제일이라는 평이었으며, 정비로 간택된 후에도 백성들을 몹시 아껴 만인의 폭넓은 지지를 받았다. 게다가 외모마저 빼어나서 백성들에게는 치우천왕과 함께 숭배의 대상이었으니, 백성들은 그녀의 죽음을 몹시 애달파 했었다. 치우천왕은 맥달의 이름이 언급되자 잠시 눈을 감았다.

"그럴 수도, 아닐 수도."

"그렇다면 아니 되옵니다. 그것은, 그것은…… 대단히 외람되옵니다만, 한웅님, 스스로만을 위한 생각이옵니다. 온 세상의 백성들을 생각하소서! 한웅께옵서는 뭇 백성들의 어버이십니다! 그리고…… 그리고……."

그 장수는 무장 출신이라 그런지 말을 썩 잘하지는 못했다. 그러자 치우천왕은 그를 조용히 손으로 제지했다.

"치우광(蚩尤匡), 자네의 말은 잘 알겠네. 그러나 그렇기 때문에 나는 가야만 하는 것일세……."

"어찌해? 어찌해 그렇사옵니까?"

---

[4] 삼사는 풍백(風伯), 운사(雲師), 우사(雨師)로 단군 신화에 그 이름이 남아 있다. 우사나 운사의 경우 고대 중국에서도 그 이름을 찾아볼 수 있는데, 치우와 싸웠던 황제의 우사는 '적송자(赤松子)'라는 신선이었으며 운사나 풍백, 뇌공(雷公) 등의 직함이 기록으로 남아 있다.

"바로 백성들을 위해 가는 것일세."

이번에는 백발의 노신(老臣)이 말했다.

"한웅께서 급작스레 떠나 버리시는 것이 어찌 백성들을 위하는 것이옵니까?"

노신의 말에 치우천왕은 조용히 대답했다.

"지금의 백성들에게는 미안할 따름이네. 그러나 내가 가는 것은 지금의 백성들만을 위해서가 아니네. 바로 반만년 뒤의 백성들을 위해서이네."

순간 그 말을 들은 모든 사람의 얼굴에 놀라움의 표정이 떠올랐다. 전혀 예상치 못했던 말이었다. 아직 만(萬)이라는 단어가 널리 쓰이지 못하던 시절이었다. 그런데 그렇게 먼 후대의 백성들을 위한다는 것이 무슨 의미인지 사람들은 알 수 없었다. 하지만 다른 사람도 아닌 치우천왕의 말이니 허튼소리일 리는 없었다. 그들이 모두 한웅의 말에 대답할 말을 찾지 못하고 멍하니 있을 때, 그는 여전히 눈을 뜨지 않은 채 다시 조용히 말했다.

"모든 것이 맥달의 당부이네……."

치우천왕의 마음속으로부터 가슴 벅찬 기억이 솟구쳐 올라 서서히 눈앞에 펼쳐지기 시작했다. 과거 맥달과의 추억…… 치우천의 이름으로 그녀와 살아왔던, 길다면 길고 짧다면 짧은 이십 년의 시간. 그리고 그녀의 마지막 모습이.

"맥달, 왔소. 아우 비(飛)의 혼령이 녹비와 더불어 왔소."

장당경에 새 도읍을 열고 나라를 세운[5] 동생 치우비(蚩尤飛)에게 부탁해 이루었던 대역사. 천하의 보물인 녹옥(에메랄드), 그것도 아주 커다란 녹옥만 천 개를 모아 그 위에 치수의 가르침을 적어 만방에 알려야 한다는[6] 그녀의 소원. 그것이 이루어지지 않고서는 자신은 눈을 감을 수 없다 했고, 치우천의 충실한 아우 치우비는 그 역사를 드디어 해냈다. 비록 치우비는 그 완성을 보지 못하고 명을 달리했지만, 천 개의 녹비는 인류의 가르침인 『천부경』과 치수의 비결을 적은 상태로 천 명의 현인과 더불어 천 개의 나라로 흩어지게 됐다. 그랬다. 그것은 맥달의 커다란 소원이었다.

맥달은 천고의 기녀(奇女)로 사백 년 내로 인류의 씨를 말릴 수 있는 대홍수가 다가온다는 것을 예지한 장본인이기도 했다. 치우

---

[5] 중국 신화에 의하면 치우천왕은 황제와의 탁록 대전에서 패해 목이 잘렸다고 돼 있다. 그러나 일붕(一鵬) 서정보(徐京保) 스님에 의하면 치우천왕은 황제와의 전투에서 지지 않았으며, 오히려 장당경(티베트)으로 가 나라를 개척해 왕이 됐다고 한다. 본 저자는 이 이야기를 『치우천왕기』에서 자세히 다루고 있는데, 치우천왕, 즉 자오지 한웅은 한 사람이 아니라 치우 가문에서 한웅을 맡았음을 가리키는 것으로 탁록에서 황제와 싸운 치우를 치우천, 치우비 쌍둥이 형제로 설정했다. 그래서 치우천은 주신에 남아 한웅이 되고, 치우비는 장당경으로 떠나 새 나라를 건국했다고 가정해 두 가지 설을 맞추었다.

[6] 『퇴마록(말세편)』의 전편인 『퇴마록(혼세편)』의 「홍수」에서는 에메랄드 태블릿이 치수의 비결과 인간의 가르침인 『천부경』의 내용을 적은 것이라고 돼 있다. 아울러 치우천왕의 모습이 포탈라궁의 지하에 있는 것으로 설정했는데, 이는 치우천왕의 동생 치우비가 만든 것이며, 대홍수에서 세상을 구하기 위해 치수의 가르침을 천 개의 녹비에 적어 천 개의 나라에 알린 것을 말하는 것이다. 이 역시 정설이라 할 수 없으며 본 저자의 소설 세계에서 다루는 가설임을 밝혀 둔다.

천은 그녀의 소원을 풀어 주기 위해, 그리고 천하의 백성들을 위해 이 거대한 역사를 해낸 것이다. 그러나 당사자인 맥달은 이미 기름 다한 등잔처럼 명이 가물거리고 있었다. 다만 그때까지 치우천은 모르고 있었다. 맥달의 그 엄청난 예지를…….

 부드러운 목소리에 가쁜 숨을 몰아쉬던 중년의 여인이 힘겹게 눈을 떴다. 중년이었지만 몇 개의 잔주름 외에는 전혀 나이가 들지 않아 처녀처럼 고운 얼굴이었다. 하지만 아무리 아름다웠어도 몸은 인형과 같아서 생명력이 남아 있는 기척이라고는 거의 없었다. 그 머리맡에 앉아 있는 남자는 치우천이었다. 치우천 외에는 넓은 방에 아무도 없어 일세의 재녀이자 왕후인 맥달의 임종치고는 다소 쓸쓸해 보였다. 그러나 그것은 맥달이 원하는 바이기도 했다.

 "드디어…… 왔습니까?"

 "왔소. 치우비는 이미 저세상 사람이지만…… 그 녀석은 끝까지 성실했소. 그는 천 개의 녹비를 만들어서 세상 천 개 나라에 가르침을 전하기 위해 군사들을 보냈소. 이제 그대의 소원대로 됐으니 기운을 내시오!"

 "녹비를…… 천 개의 녹비를…… 완성했습니까?"

 여인의 목소리에는 힘이 하나도 없었으며 금방이라도 멎어 버릴 듯했다. 그러나 말하는 여인의 안색은 조금 환하게 밝아지고 있었다.

 "그렇소! 그렇소! 이제 됐소. 이제 세상은 망하지 않을 것이오.

이제 세상은 물을 다스리는 가르침과 함께 삶의 원리를 깨쳐 영원히 계속될 것이오. 그러니 이제 힘을 내시오. 힘을······."

여인은 다시 조용히 눈을 감았다.

"녹비가······ 녹비가 비록 천 개일지라도······ 하나도······ 하나도 남지 않을 것입니다. 그때에는······ 그때에는······."

"맥달! 힘을 내시오. 세상에는 영원한 것은 없소. 이제 사백 년 후의 홍수는 걱정하지 않아도 될 것이오."

녹옥은 으뜸가는 보석이고, 또한 보석 중에서 가장 약하고 깨지기 쉬운 것이기도 했다. 그러한 녹옥의 가르침을 담은 이유는 귀하게 여기라는 뜻과 깨뜨리지 않도록 소중히 다루라는, 이중의 뜻이 담겨 있었다. 이는 모두 맥달이 의도했던 일이었다. 천기를 한없이 짚어 볼 수 있었던 맥달은 인간의 멸망이 일어날지도 모르는 이 대사건을 예견하고 몹시 괴로워하며 치우천에게 그런 일을 부탁했던 것이다.

맥달이 다시 힘겹게 입을 떼었다.

"그러나, 그러나 사천칠백 년 후의 홍수······ 그것은······."

치우천왕, 아니 치우천은 또다시 눈물을 흘렸다.

"아아······ 정 많은 사람. 어찌해서 반만년이나 뒤의 일을 지금에 염려하시오? 어찌 그리도 정이 많고 사람들을 어여삐 여길 수 있단 말이오."

치우천이 말을 이었다.

"이 녹비는 분명 수천 년을 갈 것이오! 아무리 반만년 후라 하나, 적어도 하나의 녹비는 남아 두 번째 홍수를 막을 것이오! 분명 그리되도록 내 약조하리다!"

맥달은 아주 미미하게 고개를 저었다.

"그것이 아니옵니다. 홍수는…… 홍수는 막아도 그때 닥쳐올 일은…… 그 직후에 올 세상의 끝은……."

"무리하지 마시오! 홍수를 막는데 왜 세상의 끝이 온단 말이오?"

"아니옵니다. 세상의 끝은…… 정해지지 않은 일. 그때, 그때 세상을 지키려면 반드시……."

맥달의 야위고 흰 손가락이 꿈틀했다. 손가락은 방 한쪽에 놓인 밋밋하고 장식은 없지만 깔끔하게 손질을 한 바구니를 가리키고 있었다. 치우천은 의아해하며 떨리는 손으로 바구니를 열었다. 그 안에는 한 개의 큰 두루마리와 한 개의 작은 두루마리가 들어 있었다. 그것은 아주 단단한 나무를 소금에 절인 다음 납작하게 깎아 엮어서 둘둘 만 것[7]이었다.

"이것 말이오?"

치우천이 두루마리를 들어 보이자, 맥달은 힘없이 눈을 깜빡하며 말했다.

---

7   종이가 발명되기 전까지 동양에서는 이런 형태의 문서가 보편적이었다. 중국에서는 대나무를 재로 썼기 때문에 죽간(竹簡)이라고 불렀다. 이것은 수천 년이나 시기를 앞선 것이지만 맥달의 예지력으로 만들 수 있었다고 설정했다.

"훗날에는 책이라 불리지요……. 글자를 적은 물건은……."

치우천은 한숨을 쉬며 맥달의 말을 끊었다.

"이따위 물건이 뭐라 불리건 상관없소! 글자의 힘이란 것을 내 모르는 바도 아니고…… 그대의 뜻이 먼 훗날로 전해지리라는 것도 믿지 못하는 게 아니오. 허나 나는 이것들이 밉소. 이것 때문에 당신이 고생해서 병이……."

그러자 맥달은 몇 번 호흡을 가다듬은 다음 천천히 말했다.

"그…… 큰 책은 쇤네가 마지막 명을 걸고 천기를 누설해 기록한 것입니다. 앞으로의 모든 일이 그 안에 있으니 없어지지 않도록 해 주십시오……. 그리고……."

그 말을 듣자 치우천의 손이 부르르 떨렸다. 맥달의 병이 나아지지 않고 오히려 악화한 것은 바로 천기를 누설했기 때문이란 말인가? 천기를 누설해 미래의 일을 알리고자 했기 때문에 그 대가로 목숨이 위태로워진 것이란 말인가?

"맥달! 그러면…… 그러면 이것 때문에…… 이것 때문에 그대의 목숨을 버렸단 말이오? 천기누설을 해 몸이 이 지경이 된 것이란 말이오?"

당장이라도 나무 두루마리들을 부숴 버리고 싶었다. 그러나 맥달의 서글픈 눈빛 때문에 그럴 수 없었다. 치우천은 필사적으로 자제해 그것을 팽개치고는 대신 탁자를 손바닥으로 내리쳤다. 그러한 치우천을 보며 맥달은 가쁘게 이야기를 토해 냈다.

"반드시…… 반드시 전해지도록…… 방법은…… 방법은 그뿐이옵니다. 반만년 후의 위기…… 그것은 홍수가 아니옵니다. 그것과는 비교도 할 수 없는 것. 그러나 저는 그것이 무엇인지도 알 수 없습니다. 볼 수는 있지만 알지는 못하옵니다. 방법은…… 방법은 다른 것과 아울러 수천 년의 예언을 기록으로 남겨야 하는 것뿐. 그래야…… 그래야…… 후세들에게 그 기록이 믿어집니다. 아아…… 더 명확히 하고 싶으나…… 오천 년의 시간은 너무도 큰 터울이옵니다. 너무도 크옵니다…….”

"왜, 왜! 어찌해 그대가! 어찌 그대가 오천 년 후의 자손들까지 걱정해 목숨을 버려야 한단 말이오! 왜! 도대체 왜!"

치우천왕의 분노와 절망은 거의 하늘을 찌를 정도였다. 그러나 맥달은 조용히 미소를 지으며 말했다.

"한웅께서는 모든 이들의 어버이십니다……. 제발, 제발…….”

"아니오. 다 필요 없소! 나는 다 필요 없소! 그대 외에는 한웅 자리도, 후손들도 다 필요 없소! 지금이라도 이것을 모두 없애 버립시다! 그래서 다시 건강을…….”

맥달이 희미하게 웃으며 고개를 저었다.

"어미는 어린것을 위해 사는 법. 비록 알아볼 수도 없을 아득한 후손들을 위해서라 하나, 후회는 없습니다……. 제발 한웅께서는 그것을…… 그것을 후세에까지…… 그리고…… 그리고 작은 두루마리…… 그것은…….”

"맥달!"

"그것은…… 바로 큰 책에 숨겨 둔 비밀의 열쇠…… 역시 소중히…… 소중히…….”

그러나 두루마리들을 보는 치우천의 얼굴은 굳어져 있었다. 이것이 과연 맥달의 목숨과 바꿀 만한 가치가 있다는 말인가? 그런 치우천의 마음을 읽은 듯, 맥달이 다시 간곡히 말했다.

"한웅…… 한웅 외에는 아무도 없사옵니다. 이것을 그리 오랫동안 보존해 지킬 수 있는 지혜와 능력을 지니신 분은…… 없사옵니다. 한웅을 믿사옵니다. 한웅을…… 한웅…….”

치우천은 대답하지 않았다. 아니, 대답하고 싶지 않았다. 그러자 맥달이 다시 간곡한 어조로 말했다.

"천…… 제 청을…… 제 청을 들어주소서…….”

맥달이 자신의 이름을 부르자, 치우천은 전기에 감전된 것처럼 온몸을 부르르 떨었다. 그것은 바로 그들이 초연(超然)을 익히고 미래를 다짐하던 젊은 시절에 부르던 호칭이 아니었던가? 치우천의 눈에는 하염없이 눈물이 솟구치기 시작했다. 치우천은 넘치는 눈물을 닦지도 않고 묵묵히 있다가 조용히 고개를 끄덕였다.

"아아…… 약, 약조하리다……. 그러나, 그러나 어찌해…… 어찌해…….”

미칠 것 같은 슬픔과 비통함 속에서도 치우천은 이를 악물고 승낙한 것이다. 잠시 후, 맥달의 얼굴에 희미하고 힘없지만 밝은 미소가 감돌았다.

"감사……하옵니다……. 저의 청일뿐만 아니라 수천 년 뒤의 수많은 후손을 위해…… 감사…… 감사드립니다……. 천……

천……."

말끝을 흐리는 맥달은 어느덧 몸의 힘이 서서히 빠져나가는 듯했다. 치우천은 놀라서 맥달을 잡고 흔들었다.

"맥달! 맥달!"

그러자 맥달은 파리한 얼굴에 환한 웃음을 띠며 조용히 말했다.

"아아…… 천…… 마지막으로…… 마지막으로……."

"하시오! 마지막이란 말은 하지 말고 어서 하시오!"

맥달은 조용히 미소를 지었다. 비록 일순간이었지만 그녀의 얼굴은 다시 화색이 돌아 건강을 되찾은 것처럼 밝게 빛났다. 그녀는 밝은 음성으로 말했다.

"저는…… 당신을…… 사랑했습니다. 천녀 맥달은 천을…… 정녕, 정녕 사랑했습니다……."

"아아, 맥달!"

그 말을 끝으로 일세의 재녀 맥달은 스르르 눈을 감아 버리고 말았다. 그리고 천하를 좌우지하는 대(大)한웅의 울음소리만이 그 방을 가득 메우고, 밖으로까지 울려 넘치기 시작했다.

놀란 신하들과 여(女)도인들이 방에 들어왔을 때, 그 방에는 맥달의 시신과 한 명의 백발노인만이 있었다. 복받쳐 오르는 슬픔을 이기지 못한 치우천의 머리와 수염이 삽시간에 노인처럼 하얗게 세 버린 것이다.

그렇게 맥달은 세상에서 사라졌다. 불과 한두 달 전의 일이었으나 치우천에게는 그 일이 마치 수백 년이나 지난 오래전의 일 같았다. 사람들의 아우성에 가까운 울음소리에 치우천은 회상에서 깨어나 다시 눈을 떴다.

"한웅……."

"한웅……."

치우천은 통곡하는 군중들을 향해 조용히 입을 열었다.

"나는 가야만 하오. 그래야만 큰일이 이루어질 수 있으리. 이 주신은 장차 수백 년 동안 평온할 것이라 맥달이 예언했소. 그러니 내가 없다고 하나 나라에 뛰어난 자들이 많고, 천기도 순조로우니 걱정하실 것은 없소. 누리가 한웅의 자리를 넘겨받을 것이니……."

"이제는 누리님이 아니라 치우할(蚩尤劼)님이옵니다."

치우천은 그 말에 입가에 약간 미소를 지었다.

"아, 그렇지. 이제는 치우할이지. 어린 시절부터 보아 와서인지 자꾸 옛 이름이 나오는구려. 그 아이는 내 친아들은 아니지만 역시 치우 가문의 피를 이어받았으니 자오지 한웅의 두 번째 대를 잇기에 부족함이 없을 것이오. 나보다도 마음이 고운 사람이니 백성들을 잘 아껴 줄 것이오. 그리고 치우광, 자네는 치우비의 뒤를 이어 주신의 칼이 돼 주고, 비렴은 주신의 방패가 돼 주시오."

"하오나 한웅……."

백발의 노신이 다시 눈물을 흘리자 치우천이 말을 이었다.

"비렴, 그대는 삼사의 우두머리인 풍백이며, 둘도 없이 현명한 사람이오. 내가 떠나는 것도 다 예정된 일임을 그대가 모를 리 없지 않소."

그러면서 치우천은 말의 머리를 돌렸다. 수많은 백성과 군사들, 장수들이 그를 전송하려 따랐으나 치우천은 아무도 오지 못하게 하고 단 한 사람, 풍백 비렴만을 따라오게 했다. 그러나 이십 리도 가지 않아 치우천은 말의 머리를 돌리고 비렴에게 말했다.

"이제 헤어질 때가 왔나 보오. 나랏일을 잘 보살펴 주시오."

비렴은 서운함을 이기지 못하고 다시 물었다.

"어디로 가시렵니까?"

"장당경으로 가려 하오. 아우의 혼백이 거기에 잠들어 있을 것이오. 그가 정한 땅이야말로 기나긴 세월 동안 예언을 보존하기에 가장 알맞은 곳이오······."

비렴은 치우천이 왜 장당경으로 가려 하는지 그 이유까지는 미처 생각할 수 없었고, 생각하고 싶지도 않았다. 그에게는 일세의 뛰어난 지도자를 잃는 안타까운 마음만이 가득했다. 더구나 치우천은 어릴 적부터 자신이 늘 곁에서 지켜보았으며, 그 재주에 탄복하고 아껴 오던 인재가 아니었던가. 그리고 주신의 역사 이래 가장 뛰어난 한웅이었고 그의 나이 아직 오십도 되지 않은 젊은이였으니······.

"한웅! 생각을 돌리시면 아니 되겠사옵니까! 어찌······."

"아니오. 나는 가야 하오. 내가 가야만 맥달의 뜻을 이을 수 있으니······."

"하오나······ 한웅······."

비렴은 이미 나이가 아흔에 가까운 노신이었으나 어린아이처럼 울고 있었다. 그러자 치우천은 조용하고 낭랑한 목소리로 말했다.

"이제 주신은 적어도 오백 년은 태평이니, 내가 없어도 별일은 없을 것이오. 백성들을 잘 돌보아 주오. 그리고 맥달이 남긴 두 개의 책은 결코 잃어버리거나 사라지지 않도록 잘 간직하시오. 이것은 맥달의 유지일 뿐 아니라 나의 소원이기도 하오. 아시겠소?"

"알겠사옵니다. 죽는 한이 있더라도 지키오리다."

비렴이 고개를 숙이자 치우천이 다시 천천히 말했다.

"그 책은 천기를 누설한 것이오. 어지러이 흩뜨려 아무나 보게 하면 이 또한 세상에 큰 앙화(殃禍)를 부르는 일이 될 것이고, 깊숙이 감추기만 한다면 언제 사라질지 모르는 일이오. 이는 앞으로 대대로 풍백 가문에서 맡아 지키도록 하오. 그대를 가장 믿기에 당부하는 것이오."

그 말을 하면서 치우천은 미소를 머금었다.

"맥달이 내게 남긴 소원은 너무나도 막중한 것이오. 나를 너무 과대평가한 것이 아닌지 모르겠소. 생각해 보시오. 백 년은 고사하고 하루 뒤도 모르는 한갓 사람이 어찌 죽고 난 반만년 뒤까지 책을 지켜 내겠소? 그만큼 힘을 기울이지 않으면 아니 되는 것이오. 내 이제 남은 생은 이것을 지키는 도를 이루는 데 쓸 것이오. 그대는 이 책들을 『천부인』만큼이나 소중히 다루어야 할 것이오. 맥달의 예언은 단 한 번도 틀린 예가 없으니, 이는 당장에 소용되지 않는다 하더라도 반만년 후에 이르러 큰 소용이 될 것이오."

말을 끝내고 치우천은 머나먼 석양 끝을 바라보았다. 바로 그곳에 그토록 사랑했던 맥달이 있는 것처럼.

"반, 반만년이라고요? 하, 하오면 이 책의 이름은?"

비렴이 믿어지지 않는다는 듯이 말했으나 치우천은 대답하지 않고 하늘 끝만 바라보고 있었다.

"이 책의 이름이라도 지어 주소서……."

비렴이 다시 한번 말하자 치우천은 그제야 비렴을 돌아보며 미소를 지었다. 이미 수십 년 전, 그가 한창때 황제의 군을 격파했을 적에 보여 준 것 같은 밝은 미소였다.

"이천 년이 지나면 우리의 글자는 없어질 것이라 맥달이 예언했소. 책의 내용은 천기누설이니 번역할 필요가 없겠지만, 제목만은 중원의 글자(한자)로 짓는 것도 좋겠구려."

그 말에 비렴은 깜짝 놀라며 물었다.

"어인 말씀이시옵니까? 그 비천한 중원의 다듬어지지도 않은 글자로 이토록 고귀한 책의 이름을 짓다니요! 더구나…… 더구나 우리의 신지 문자[8]가 이천 년 후에는 없어진다는 것입니까? 아니,

---

[8] 신지 현덕이 한웅 조선(주신) 때 만들었다는 우리나라 고대 문자로 신시 문자라고도 불린다. 신지(神誌)는 벼슬의 이름인 것으로 보이며, 신시 문자라는 말은 고대 조선에서 글자를 주관하는 성씨가 '신시(神市)씨'였다는 것에서 비롯된 말이다. 녹도문(鹿島文)이라 불리기도 하는데, 본 저자는 개인적으로 그 두 가지가 다르다고 여긴다. 신지 문자는 표음 문자로서 가림토로 변형돼 한글의 원류가 된 문자이며, 녹도문은 상형문자 또는 표훈 문자로 중국 문자에 영향을 주어 한자로 발전된 문자라는 가설을 세웠다. 이 역시 본문에서 가설로만 등장할 뿐 정설은 아니라는 점을 밝혀 둔다.

아니 그렇다면 우리의 대주신이 이천 년 후에는 존재하지 않고, 중원의 야만족이 패권을 잡는다는 것입니까?"

치우천은 정신없이 석양을 보면서 딴소리를 했다.

"비렴, 저 석양을 보시오. 해가 지고 있소. 해는 매일 지고, 매일 뜨오. 그런데 매일 뜨는 해는 같은 해겠소? 다른 해겠소?"

"예?"

"인간 세상, 고작해야 백 년을 살 뿐, 천 년 후, 이천 년 후는 아득해 생각조차 미치지 않는구려. 그런데 맥달은 오천 년 후의 후손들을 걱정해 꽃 같은 목숨을 버렸구려. 그래, 이제는 알겠소. 그렇소. 모든 것이 저 해와 같은 것이오."

어리둥절한 비렴을 놓아둔 채로 치우천은 다시 석양을 돌아보며 노래처럼 읊었다.

> 태어난 모든 것 언젠가 죽으니,
> 목숨이 없어도 태어나 죽도다.
> 세상의 모든 것 돌고 또 도는 것.
> 기나긴 이 시간 나 홀로 어쩌리.
> 아아, 맥달이며, 맥달이여.
> 그대의 높은 뜻 이제야 알겠네.
> 앞으로 이 세상 끝나는 날까지
> 이보다 높은 이 나오지 않으리.

노래를 다 부르자 치우천의 두 눈에서 눈물이 주르륵 흘러내렸다. 그러다가 느닷없이 치우천이 크게 웃기 시작했다. 치우천은 석양 속에서 크게 웃으며 말을 몰아, 마치 지는 해 속으로 뛰어드는 것처럼 서쪽으로 달려가기 시작했다. 비렴은 놀라서 말고삐라도 잡으려 했으나 어느새 치우천은 사라져 버리고 그의 웃음소리만이 메아리가 돼 크게 울려 퍼질 뿐이었다.

"비렴! 비렴! 그 책의 이름은 『해동감결(海東鑑訣)』이라 하시오! 꼭 중원 글자로 기록해야 하오! 하하하!"

그 소리가 들림과 동시에 영웅 치우천왕, 치우천의 모습은 석양으로 뛰어 들어가 다시는 보이지 않았다.

비렴은 무엇에 홀린 사람처럼 망연히 서서 치우천이 사라져 버린 석양 속을 바라보았다. 사람이 해 속으로 뛰어들 수는 없는 일이었으나 그의 눈에는 그때의 광경이 그렇게 보였다. 불가능한 일이었지만 달리 표현할 말도 없었다. 그렇게 해가 져서 어두워질 때까지 서 있다가 해가 완전히 진 다음에야 비렴은 그 자리에 엎어져 밤을 꼬박 새우면서 통곡했다.

다음 날, 날이 샌 뒤 비렴은 늙은 몸을 이끌고 무거운 발걸음으로 돌아가기 시작했다. 어찌 미개한 중원의 문자로 책 이름을 붙이라 했을까 하는 의구심이 끊이지 않았지만 한웅의 뜻을 어길 생각은 추호도 없었다. 그러나 그에게는 두 개의 두루마리가 있었다. 큰 것은 『해동감결』이라 이름 붙인다 해도, 작은 것은 무어라

해야 할까? 그는 홀로 조용히 중얼거렸다.

"『우사경(雨師經)』이라 하자. 맥달님은 세상에서 가장 뛰어난 우사이셨으니……."

중얼거리면서 비렴은 두 권의 두루마리를 꼭 움켜쥐었다. 머릿속은 앞으로 어떻게 하면 이 두 권의 책을 수천 년 뒤에까지 지켜낼 수 있을까 하는 궁리로 가득 차 있었다.

부름(summoning)
4672년 후, 서기 1988년

번민

─ 무엇을 원하나?

아무것도 보이지 않는 어둠 속 한쪽 구석에서 그가 물었다.

─ 무엇을 원하는지조차 모른다네.

역시 아무것도 보이지 않는 어둠 속 다른 쪽 구석에서 그가 대답했다.

─ 무엇을 듣고 싶은가? 무엇을 알고 싶은가?

한쪽 구석에서 그가 다시 물었다.

─ 무엇을 듣고 싶은지, 무엇을 알고 싶은지조차 잊었다네.

다른 쪽 구석에서 그가 다시 대답했다.

─ 그러면 가세. 다시 가 보세.

그리고 그들은 어둠 속에서 출발했다.

…… 나는 어린양이 그 일곱 봉인 중의 하나를 떼시는 것을

보았습니다. 그리고 네 생물 중 하나가 우레 같은 소리로 "나오너라" 하고 외치는 음성을 들었습니다. 그러고 보니 흰말 한 필이 있고 그 위에 탄 사람은 활을 들고 있었습니다. 그는 승리자로서 월계관을 받아 썼고, 또 더 큰 승리를 거두기 위해서 나아갔습니다…….

— 이것인가?
— 가만, 조금 더 보세.

…… 어린양이 일곱 번째 봉인을 떼셨을 때 약 반 시간 동안 하늘에는 침묵이 흘렀습니다. 그리고 나는 하느님 앞에 서 있는 일곱 천사를 보았는데 그들은 나팔을 하나씩 가지고 있었습니다…….

— 이것인가?
— 가만! 가만!

…… 첫째 천사가 나팔을 불었습니다. 그러자 우박과 불덩이가 피범벅이 돼서 땅에 던져져 땅 삼분의 일이 타고, 나무 삼분의 일이 탔으며, 푸른 풀이 모두 타 버렸습니다.

둘째 천사가 나팔을 불었습니다. 그러자 불붙은 큰 산과 같은 것이 바다에 던져져서 바닷물 삼분의 일이 피가 되고, 바닷속에 사는 피조물 삼분의 일이 죽고 모든 선박 삼분의 일이 산산조각이 났습니다.

셋째 천사가 나팔을 불었습니다. 그러자 하늘로부터 큰 별 하나가 횃불처럼 타면서 떨어져 모든 강의 삼분의 일과 샘물들을 덮쳤습니다. 그 별의 이름은 쑥이라고 합니다. 그 바람에 물의 삼분의 일이 쑥이 되고 많은 사람들이 그 쓴 물을 마시고 죽었습니다.

넷째 천사가 나팔을 불었습니다. 그러자 태양 삼분의 일과 달 삼분의 일과 별 삼분의 일이 타격을 받아 그것들의 삼분의 일이 어두워졌으며 낮 삼분의 일이 빛을 잃고 밤 삼분의 일도 마찬가지로 빛을 잃었습니다.

나는 또 독수리 한 마리가 하늘 한가운데서 날아다니는 것을 보았고, 그것이 큰 소리로 "화를 입으리라. 화를 입으리라. 땅 위에 사는 자들은 화를 입으리라. 아직도 천사들의 불 나팔 소리가 셋이나 남아 있다" 하고 외치는 것을 들었습니다.

— 이것들은 이미 이루어진 것들이네.
— 알고 있다네. 그러나…… 그러나…….

…… 그리고 하늘에는 큰 표징이 나타났습니다. 한 여자가 태양을 입고 달을 밟고 별이 열두 개 달린 월계관을 머리에 쓰고 나타났습니다. 그 여자는 뱃속에 아이를 가졌으며 해산의 진통

과 괴로움 때문에 울고 있었습니다. 또 다른 표징이 하늘에 나타났습니다.

이번에는 큰 붉은 용이 나타났는데, 일곱 머리와 열 뿔을 가졌고 머리마다 왕관이 씌워져 있었습니다. 그 용은 자기 꼬리로 하늘의 별 삼분의 일을 휩쓸어 땅으로 내던졌습니다. 그러고는 막 해산하려는 여자가 아기를 낳기만 하면 그 아기를 삼켜 버리려고 그 여자 앞을 지키고 서 있었습니다. 마침내 여자는 아들을 낳았습니다. 그 아기는 장차 쇠 지팡이로 만국을 다스릴 분이었습니다. 별안간 아기는 하느님과 그분의 옥좌가 있는 곳으로 들려 올라갔고 여자는 광야로 도망을 쳤습니다.

— 이것일세……. 아아, 바로 이것일세……. 그러나…….
— 그러나 이것은 이미 우리가 수천 번이나 생각했던 것이 아니던가……. 어떻게 그것이 무엇인지 알 수 있다는 말인가?

…… 그 용은 자기가 땅에 떨어진 것을 깨닫자 그 사내아이를 낳은 여자를 쫓아갔습니다. 그러나 그 여자는 큰 독수리의 두 날개를 받아서 광야에 있는 자기 처소로 날아가 거기에서 삼 년 반 동안 용의 공격을 받지 않고 먹고 살 수 있었습니다. 그 용은 그 여자의 뒤에서 입으로부터 강물처럼 물을 토해 내어 그 물로 여자를 휩쓸어 버리려고 했습니다. 그러나 땅이 입을 벌려 용이 토해 낸 강물을 마시어 그 여자를 구해 냈습니다. 그러자 그 용

은 그 여자에 대해 화가 치밀었습니다. 그리고 하느님의 계명을 지키고 예수를 위해서 증언하는 일에 충성스러운 그 여자의 남은 자손들과 싸우려고 떠나가 바닷가에 섰습니다…….

— 그것은 무슨 표상인가? 그에 담은 진리는 무엇인가?
— 모두에게 가까운 것이며, 모두가 알고 있는 진리일 뿐일세. 단지 깨닫지 못하고 있는 진리일 뿐…….

…… 또 나는 짐승 하나가 바다에서 올라오는 것을 보았습니다. 그 짐승은 뿔이 열 개이고 머리는 일곱이었습니다. 그 뿔에는 각각 관이 하나씩 씌워 있었으며 그 머리마다 하느님께 모독이 되는 이름이 쓰여 있었습니다. 내가 본 그 짐승은 표범과 같았는데, 그 발은 곰의 발과 같았고 그 입은 사자의 입과 같았습니다.

그 짐승은 그 용으로부터 힘과 왕위와 큰 권세를 받았습니다. 그 짐승은 머리 하나에 치명상을 입어서 거의 죽게 됐지만 그 상처가 나았습니다. 그리고 그 짐승에게 권세를 준 용을 경배했습니다. 또 그들은 짐승에게도 절을 하며 "이 짐승처럼 힘센 자가 어디 있는가? 누가 이 짐승을 당해 낼 수 있겠는가?" 하고 외쳤습니다…….

— 그만!

— 왜 그러나?

— 그만하게, 그만…… 나는 알 수가 없네. 도저히 알 수가 없어…….

마음속으로 외치면서 박 신부는 읽고 있던 『성경』을 덮었다. 더 이상 읽을 필요조차 없었다. 어느 틈엔가 조금 전까지 자신을 둘러싸고 있던 주변의 어둠은 사라지고 다시 희미한 빛이 보였다.

용, 그리고 짐승. 짐승의 숫자는 육백육십육. 짐승은 용에게 받은 권세로 세상을 미혹시키고, 거의 모든 사람을 그의 발아래에 둔다. 그리고 다시 일곱 나팔에 못지않은 하느님의 분노가 일곱 대접에 담겨 나타난다.

첫째 천사가 대접을 부으면 짐승의 낙인을 받은 자들과 짐승의 우상에게 절을 한 자들에게 독한 종기가 생긴다.

둘째 천사가 대접을 부으면 바닷물이 피가 되고 바다의 모든 생물이 죽는다.

셋째 천사가 대접을 부으면 모든 물이 피가 되고, 넷째 천사가 대접을 부으면 해가 불로 사람을 태우며, 다섯째 천사가 대접을 부으면 짐승의 나라가 어둠 속에 파묻힌다. 여섯째 천사가 대접을 부으면 강물이 마르고 세 악령이 나타나 하르마게돈[1]으로 모든 왕

---

[1] 선과 악의 대결장으로 묘사된 장소로, '아마겟돈'이라고도 불린다. 본문에서는 박 신부가 믿는 가톨릭 성서에서는 하르마게돈으로 표시하므로 그 발음을 따왔다.

을 모은다. 그리고 일곱째 천사가 대접을 부으면 대지진이 일어나 모든 것이 파괴된다……

무섭고도 무서운 예언이었다. 신의 분노는 겹치고 겹쳐서 봉인으로, 나팔 소리로, 대접으로 중복돼 세상을 거듭거듭 파괴한다. 빠져나갈 수 없을 만큼 처절하게 파괴한다. 그리고 바빌론의 탕녀가 나타나고 최후로 남은 세상을 암흑에 빠뜨린다. 그리고 하르마게돈에서 선과 악의 최후의 싸움이 펼쳐진다.

『성경』의 맨 마지막 장인『요한 묵시록』은 말세의 모습을 그렇게 전하고 있었다. 이미 수천 년이나 내려온 이야기. 아직도 누구인지 정확히 밝혀지지 않은 '요한'이라는 사람이 감옥에 갇혔을 때 그의 눈앞에 나타나 보인 환상을 기록한 계시. 이『묵시록』은『성경』최후의 장임과 동시에 가장 해독하기 어렵고 가장 두려운 장으로도 알려져 왔다. 그러나 박 신부는 이미 그대로 이루어질 것이라는 예시를 받은 바가 있었다. 그리고 그때가 임박해 오고 있다는 것도…….

'정녕 이렇게 되고야 마는 것인가? 구원의 길은 없는가?'

전해 들은 도혜 선사와 한빈 거사의 이야기. 징벌자와 구원자의 이야기. 박 신부는 비록 가톨릭을 신봉하는 사람이었으나, 불교나 도교의 이야기라 해서 그것을 무시할 생각은 없었다. 그러니 그 이야기도 결코 허황된 것은 아니며, 그렇게 이루어질 것이라고 믿고 있었다. 그러나 도대체 어떤 방향으로 말세의 양상이 다가오기에 이 두 가지의 예언이 일치될 수 있는 것일까? 아니, 그보다 앞서 천사의 나팔 소리와 봉인과 대접은 무엇을 의미하며, 무엇을 상징하는 것일까?

박 신부의 앞에는 이미 그것에 대해 나름대로 풀이하고 추측해서 해석했던 사람들의 책이 수북이 쌓여 있었다. 그러나 박 신부는 그것 중 어느 하나도 진실을 담고 있다고는 생각하지 않았다. 하지만 몇십 세기 동안 전해져 내려온 『성경』이 그릇된 일을 기록했다고는 믿고 있지 않았다.

문제는 풀이였다. 사람들은 글자에 담긴 암시나 상징을 찾으려 애썼지만 박 신부의 생각은 달랐다. 박 신부는 일단 순수하게 요한이라는 사람이 예정된 인도에 따라 미래의 환영을 보았고, 그 환영을 기록했을 것이라고 믿고 있었다. 그렇게 생각하면 본질적인 문제는 더더욱 커지는 셈이었다. 『요한 묵시록』의 저자인 요한은 거의 이천 년 전의 사람이었다.[2] 어떤 사람이든 수천 년 후의 미래를 보고 기록하게 된다면, 미래의 달라진 상황을 이해하지 못해 환상적으로 묘사할 것이 분명했다.

가령 요한이 탱크를 보았다고 하면 일단은 '괴물'이라 할 것이다. 탱크가 달리는 것을 보았다면 '먼지와 굉음을 내며 달리는 괴

---

[2] 『요한 묵시록』의 저자에 대해서는 많은 설이 있다. 『묵시록』 해석으로 유명한 바클레이는 성서에 정통한 요한이라는 사람이 네로 황제의 뒤를 이은 도미티아누스 황제 때 밧모섬에 유배돼 『묵시록』을 썼다고 이야기했다. 일본 학자인 우치무라 간조(內村鑑三) 등은 사도 요한이 『묵시록』을 썼다고 주장했다. 두 가지 설 중 어느 것이 맞든 『묵시록』을 지은 요한이 거의 이천 년 전의 사람이라는 것만은 분명하다.

물', 포를 쏘는 것을 보았다면 '코로 불을 토하는 괴물'이 될 것이다. 그것이 쇠로 만든 인공물이라는 것까지 알려 주어도 고작해야 '먼지와 굉음을 내고, 코로 불을 토하는 강철 괴물'이 될 것이었다. 그것을 후대인들이 보았을 때, 후대인들은 환상적으로 과장된 코끼리 정도로 생각할지도 모른다. 그러므로 아무리 당사자가 복잡한 상징이나 은유하지 않고 나름대로 최대한 정확하게 기록했다 해도, 그 기록은 후대인들에게는 철저히 암호화된 것으로 받아들여질 수밖에 없다.

그러나 박 신부는 그것을 캐내려 하고 있었다. 과거 일본에서 죽어 가다가 빛나는 광채 속에서 할 일이 남았다는 이야기와 함께 박 신부는 끝 날이 곧 오리라는 목소리를 들었다. 그때 이후로 박 신부는 침중하게 말세가 다가온다는 것을 확신하게 됐고, 그를 대비해야 한다고 생각한 것이다. 숙적이던 마스터를 물리쳐서 세계를 휩쓸 뻔한 홍수를 막기는 했으나 그것은 하나의 위기였을 뿐, 신이 정한 심판의 말세는 아니었다. 박 신부는 바로 그 심판의 말세를 대비해 자신의 모든 생을 바치려고 생각하고 있었다.

『요한 묵시록』 외에도 박 신부가 참조한 말세에 대한 책들은 수도 없이 많았다. 힌두교의 비전들, 불법에서 전해진 밀의(密意), 각국의 신화, 하다못해 북유럽 신화의 라그나뢰크(Ragnarök)에다가 유사 종교나 사이비 종교의 종말론까지도 연관시켜 생각해 보았다. 사람들이 과학 시대라고 하는 지금에 이르렀음에도 예언에 귀가 솔깃해지고 점을 치러 다니는 형편이니, 유사 이래 얼마나 많은 예언가가 있는지 그 수를 헤아릴 수 없을 것이었다. 노스트라다무스[3]처럼 직접적인 예언서를 남기지 않았더라도, 얼마나 많은 예언서가 있었고 사라져 갔겠는가. 더구나 『해동감결』도 있었다. 박 신부와 현암, 준후와 승희에 대해서까지 예언한 그 책도 말이다.

준후가 수년 동안 나름대로 연구했으나 『해동감결』의 마지막 부분을 풀이할 수 없었다. 지금 세상에서 거의 유일하게 신지 문자와 녹도문에 정통한 준후였지만, 『해동감결』의 마지막 부분을 해석할 수가 없었다. 그 부분은 복잡하게 암호화돼 있어 풀 수 없었던 것이다. 그런 상황에서 박 신부가 택할 방법은 가장 널리 알려지고 가장 많은 사람들이 경외하는 『성경』의 『요한 묵시록』을 해석하는 길뿐이었다. 하지만…….

"아아…… 주여…… 정녕 허락하지 않으시는 것이옵니까……."

박 신부로서는 『요한 묵시록』마저 해석할 수 없었다. 수백 가지

---

[3] 프랑스의 점성가이자 의사, 르네상스 시대 최고의 예언가이기도 하다. 1547년경부터 예언을 하기 시작했고, 1555년 이 예언들을 모아 『모든 세기』라는 책을 발표했다. 이 책은 백 개의 시를 1세기로 하는 수백 개의 사행시들로 이루어져 있다. 그의 많은 예언들이 모두 적중했다는 연구자들이 많으며, 특히 1999년 세계가 멸망한다는 예언은 그 당시 사람들을 놀라게 했다. 그의 예언서는 1781년 가톨릭교회의 금서청에서 유죄 판결을 받았으나, 신비한 예언의 적중 때문에 많은 사람이 그 예언서의 일들을 믿고 있다. 그의 예언서는 불어, 에스파냐어, 라틴어, 히브리어 등이 뒤섞인 암호 같은 글로 돼 있어 정확한 해석은 어렵고, 수백 년간 정확한 해석이나 예언서에 기반한 예언은 맞지 않고 있다. 지나간 이후의 사건들을 시에 맞추어 풀어낼 뿐, 미래 예지가 성공한 적은 없다는 점 그리고 시 자체가 극히 난해해 수없이 많은 이설이 나온다는 점 등으로 여전히 논란의 대상이 되고 있다.

의 가설은 검토할 수 있었지만 결론을 내릴 수가 없었다. 하늘에서 쏟아지는 불은 전쟁에서 떨어지는 미사일이나 인공위성, 나아가서는 유성일지도 몰랐다. 세간에서 떠드는 것처럼 짐승의 숫자인 육백육십육은 바코드를 상징하는 것일 수도 있었다. 짐승은 거대한 컴퓨터라는 설도 있었고, 용은 군국주의의 독재를 상징한다고 해석할 수도 있었다. 그러나 어느 것도 이것이라고 확신할 수는 없었다.

박 신부가 홀로 제주도 한라산의 깊은 구석에 틀어박혀 '묵시록'을 붙잡고 연구한 지도 넉 달이 지났다. 그곳은 바닷가의 거친 검은 바위에 뚫린 동굴이었고, 근처에는 아무도 살지 않았으며 다가오는 사람도 거의 없는 곳이었다. 그럼에도 박 신부는 단 한 번도 바깥에 나가지 않았다. 성하지 않은 다리는 물론, 성한 다리마저도 움직일 수 없을 정도로 연구와 묵상에 골몰했다. 하지만 아무 성과가 없었다.

마지막으로 박 신부는 기도력을 발휘했다. 무아지경에 들어가 『요한 묵시록』의 상황을 따라가려고 한 것이다. 기도력으로 시간을 거슬러 올라가 요한이 보았던 것을 자신도 보기 위해 최대한의 힘을 발휘한 것이다. 그러나 그것마저도 실패였다. 몸이 둘로 나누어진 것 같은 몽환 속에서 박 신부는 다만 이미 다 외우고 있는 『요한 묵시록』의 내용을 귀로 듣고 떠올릴 수 있었을 뿐이다. 원했던 것은 하나도 보이지 않았다.

다시 정신을 차린 지금, 박 신부는 자그마치 사흘이라는 시간 동안을 아무것도 하지 않고 무아지경에 빠져 있었음을 깨달았다.

"아아……."

박 신부는 길게 탄식하면서 상자를 쌓아 대충 만든 책상 위에 있던 책들을 우르르 쓸어내렸다. 정돈할 생각도, 그럴 힘도 없었다. 무력감이 다시 온몸을 휩쓸고 지나갔다. 과거 미라가 죽는 것을 보고만 있을 수밖에 없었을 때의 그 무력감과 다를 바 없었다. 조금 있으면 심판의 때가 올 텐데…… 그때가 올 텐데…….

박 신부는 흐느끼면서 토굴 바닥을 주먹으로 쾅쾅 쳐 댔다. 아무것도 할 수 없고, 애써도 변하는 것은 아무것도 없으리라는 무력함과 허탈감이었다. 밖에서는 파도가 제주도 특유의 검은 모래를 치는 소리가 간간이 들려올 뿐, 갈매기 울음소리조차 들려오지 않았다.

박 신부는 울먹이다가 손을 마주 잡고 다시 기도를 시작했다.

"허락해 주소서……. 주여. 허락해 주소서. 누구보다도 인간들을 사랑하신 예수 그리스도의 이름으로 제게 보는 것을 허락해 주소서……."

바로 그때였다. 밝은 빛이 박 신부의 감은 눈에 느껴진 것은. 그리고 바깥에서 구슬픈 울음소리가 희미하게 박 신부의 귓전에 들려온 것은…….

박 신부는 놀라서 눈을 떴다. 눈앞에는 형언할 수 없을 정도로 밝고도 거룩한 빛이 흐릿한 몸체를 둘러싸고 비추고 있었다.

앞에 빛무리가 떠 있는 것을 보고 박 신부는 자신의 눈을 의심했다. 워낙 오랫동안 한 가지 생각에 골몰하다 보니 헛것이 보이는 것은 아닐까? 아니, 저 불빛은 자신을 홀리려는 사악한 그 무엇이 아닐까? 워낙 오랫동안 퇴마행을 하다 보니 습관적으로 그런 생각이 스치는 것을 막을 수 없었다. 그러나 그 휘황한 빛은 전혀 사악한 기운이 느껴지지 않았다. 오히려 박 신부에게 숙연하고도 절로 고개를 숙이게 만드는 엄숙한 느낌을 강하게 갖게 했다. 박 신부는 조금 놀라다가 비로소 생각했다. 그 빛은 바로 삶과 죽음의 경계에서 떠돌던 때 보았던 바로 그 빛과 흡사했던 것이다.

"아…… 그렇다면……."

또다시 박 신부의 귀에 조금 전 그 울음소리가 들려왔다. 그런데 그 소리에 잠시 귀를 기울이는 순간, 그 빛은 꿈틀거리며 없어질 듯 잠시 희미해졌다. 박 신부는 퍼뜩 놀라면서 정신을 집중하려고 애썼다. 지금 박 신부는 조금 전까지 자신의 번민을 잊어버리고 다만 황홀하고도 거룩한 광채를 뿜는 빛이 사라져 버리는 것이 두려워서 그리로 정신을 집중하고자 애썼다. 그러자 그 빛은 다시 밝아지기 시작했다.

박 신부는 계속 기도문을 외웠다. 기도문을 외우자 무아지경의 상태가 돼 저절로 눈이 감겨졌다. 눈을 감아도 그 빛은 더더욱 환하게 보였다. 아니, 느껴져 왔다. 빛의 가운데가 서서히 열리면서 아직은 무엇인지 알아볼 수 없는 색과 그림자들이 일렁거리는 것이 보이기 시작했다.

'아…… 이것인가, 이것이…….'

박 신부는 자신의 기원이 드디어 통하는 것이 아닐까 생각했다. 마침내 과거 요한이 보았던 그 광경을 다시 보게 된 것일지도 몰랐다. 기적이었다. 이것은 기적이 분명했다. 그러나…….

다시 한번 구슬픈 울음소리가 들려와 박 신부의 신경을 건드렸다. 순간 박 신부는 자신도 모르게 긴장하며 그 소리를 듣지 않으려 애썼다. 다른 곳에 신경을 쓰자 조금 마음이 흔들렸는지 서서히 열리던 그 보일 듯 말 듯한 빛의 틈이 다시 닫혀 버렸다.

'유혹아 꺼져라……. 사탄이여, 물러가라……!'

박 신부는 속으로 외치면서 맞잡은 손에 다시 힘을 주었다. 이것은 인류의 미래가 달린 일이 아니던가? 분명 그 구슬픈 소리는 자신을 미혹시키려는 사마(邪魔)의 소리가 분명했다. 듣지 말아야 한다. 귀를 막고 떠나보내야 한다. 그러나 눈앞의 빛은 박 신부가 기를 씀에도 불구하고 점점 닫혀 갔다. 평소라면 거의 무아지경에 빠질 정도로 정신 집중할 수 있었을 텐데, 이상하게도, 마음이 흐트러지고 정신 통일이 되지 않았다. 그렇게 중대한 일인데…… 그토록 간구하고 또 간구하던 기적이 눈앞에 일어나고 있는데 말이다! 그런데 그 울음소리라는 것은 도대체 왜……!

그러나 빛은 가운데를 열고 계시를 보이기는커녕 빛 자체가 점차 사그라져 가고 있었다. 박 신부는 분노를 느꼈다. 이러한 커다란 일이 이렇게 중요한 일이 한낱 아무것도 아닌 울음소리 하나로 사라지려 하자 화가 날 수밖에 없었다. 박 신부는 빛이 사라져 가자 마음속으로 크게 외쳤다.

'도대체 뭐냐? 사라져라! 사라져! 그리고…… 소리를 멈춰라! 입 닥쳐!'

그 순간 박 신부는 가슴이 덜컥 내려앉는 것 같은 느낌을 받았다. 울음소리, 그것은 분명 도움을 요청하는 듯한 작고도 가냘픈 울음소리였다. 혹시 누군가가 도움을 청하는 소리라면? 만약 그렇다면? 아니다. 박 신부는 다시 생각했다. 이 근처는 사람들이 거의 오지 않는 외진 곳이니 그런 소리가 들려올 리가 없었다. 분명 자신을 유혹하려는 사악한 것의 술책일 것이다. 그렇게 박 신부는 스스로를 타이르려고 했다. 그리고 다시 빛으로 고개를 돌리려 했다. 그러나 박 신부는 갑자기 힘을 잃고 그 자리에 털썩 주저앉았다.

'나는 무엇인가? 나는 결국 이 정도밖에 안 되는 자였던가? 나는 무엇을 위해 싸우고, 무엇을 위해 살아왔던가?'

박 신부는 가슴이 저리듯 아파졌다. 그랬다. 아무리 세계의 안위가 달린 문제라고 해도, 아무리 중요한 일이라 해도 저 울음소리를 그냥 보아 넘겨서는 안 된다. 저것이 나를 꼬여 내리는 수작일지도 모르지만, 정말로 누군가가 도움을 청하는 소리일 수도 있다. 그런 것을 알면서도 나는 귀를 막으려 했다…….

박 신부는 울음을 터뜨렸다. 슬픔과 회한의 눈물이었다. 다시 한번 무력감을 느꼈다. 뼛속까지 치미는 무력감, 예전에 느꼈던 무력감보다 몇 배나 더 큰 혐오감이었다. 박 신부는 항상 힘이 모자라는 것에 무력감을 느껴 왔지만, 이제는 마음속 깊은 곳에서 밀려오는 자신에 대한 혐오가 무력감을 더욱 부추기고 있었다.

대의를 위한답시고 작은 것들을 무시하는 행위는 박 신부가 해선 안 될 행동이었다. 항상 믿음을 가지고 가장 밑바닥에서부터 사람들을 구하려 애써 오지 않았던가. 그 때문에 박 신부는 더더욱 괴로웠다. 인간 전체의 구원이라는 허명에 사로잡혀 작은 것을 등한시하려 했던 자신이 부끄러웠다.

박 신부는 눈물을 흘리면서 벌떡 몸을 일으켰다. 그리고 눈을 떴다.

눈을 떴지만, 그 앞에는 황홀한 빛이 아직 사라지지 않고 남아 있었다. 그러나 박 신부는 쓸쓸히 그 빛을 향해 고개를 숙인 다음, 힘없는 걸음걸이로 동굴 밖을 나섰다.

'나는 자격이 없다. 나에게는 계시를 받을 자격이 없다······. 이제는······ 이제는 끝이다······.'

박 신부가 동굴 밖으로 나가는 순간, 빛이 깜박하고 빛나다가 완전히 사라졌다. 그러나 그 울음소리 같은 것은 여전히 들려오고 있었다. 박 신부는 좌절감에 몸이 비틀거려서 제대로 걸을 수도 없을 지경이었지만, 그래도 힘을 끌어모아 있는 힘을 다해 굳어버린 한쪽 다리를 끌고 절뚝거리며 달렸다.

제주도 특유의 검고 울퉁불퉁한 바위들이 몹시 거칠어서 발을 헛디딜 때마다 몸이 미끄러져서 옷이 찢기고 몸에는 상처가 났다. 그러나 박 신부는 거의 구르다시피 해 순식간에 벼랑 아래로 내려섰다. 벼랑 아래에는 역시 제주도 특유의 검은 모래사장이, 끝임없이 파도치고 있는 검은 바다에 맞닿아 있었다. 주위는 달빛도 없이 어두웠고 쏴쏴 하는 파도 소리만이 거센 바람 소리와 더불어 사방을 메우고 있을 뿐, 땅도 바다도 하늘도 온통 검기만 했다. 조금 전까지 들리던 슬픈 울음소리는 어느새 사라졌는지, 이제는 들리지도 않았다.

"어디 있소? 누구요!"

박 신부는 목청을 높여 소리를 질렀다. 그러나 되돌아오는 소리는 없었다. 메아리도 없었다. 음산한 파도 소리만이 화답하듯 들려올 뿐.

"어디에 있소! 누구요!"

박 신부는 더욱 목청을 높여 소리를 치고 귀를 기울였다. 그러자 저쪽에서 비명 비슷한 것이 아주 희미하게 들려왔다. 박 신부는 절뚝거리면서 그쪽으로 달려가기 시작했다. 불편한 다리를 끌고 별빛조차 없는 밤에 모래사장 위를 뛰어가는 것은 벼랑을 굴러 내려오는 것보다도 더 힘이 들었다. 박 신부는 파도가 밀려올 때마다 몇 번이나 넘어져 뒹굴면서도 달려갔다. 박 신부의 몸은 어느새 바닷물에 흠뻑 젖어 갔다. 그리고 눈에서는 눈물이 계속 흘러내렸다.

'가야 한다. 가야 한다. 누구인지 모르지만 도와줘야 한다. 도와줘야 한다…….'

검은 바다만큼이나 박 신부의 마음을 검게 물들인 부끄러움이 그의 몸을 채찍질하며 재촉하고 있었다. 박 신부는 달려갔다. 계속 구르고 넘어지고 물에 빠지면서도 달려 나갔다. 모래사장 곳곳에 솟은 거친 현무암에 찍히고 넘어지면서도 달려갔다. 입에서 단내가 나고 머릿속이 횡횡 돌 만큼 숨 가쁘게 달리다가 박 신부는 다시 한번 풀썩 차가운 물속으로 넘어졌다. 정신이 아득해져 올 때, 박 신부의 귓전에 다시 그 구슬픈 울음소리가 들려왔다.

"어디요!"

박 신부는 고개를 솟구치면서 다시 외쳤다. 이제 보니 그 소리는 바닷가가 아니라, 바닷가에 면한 어느 검은 벼랑쯤에서 울려오는 것 같았다. 아무도 없고, 조그만 불빛조차도 없는 검은 바위뿐인 벼랑 중턱에서…….

박 신부는 암담함을 느꼈다. 그러나 곧 스스로를 채찍질해 몸을 일으켜 그쪽으로 달려가기 시작했다.

몸을 움직일 기력조차도 남지 않을 만큼 돼서야 박 신부는 벼랑 중턱에 다다를 수 있었다. 그러나 박 신부가 벼랑에 올라섰을 때, 들려오던 흐느끼던 것 같던 울음소리는 어느새 사라져 버리고 들리지 않았다. 사람의 기척이나 불빛 같은 것은 여전히 하나도 느껴지지 않았다. 어찌 된 일일까?

박 신부는 의아한 눈으로 사방을 둘러보았지만 달빛조차 없는 밤에 시커먼 바위산에서 제대로 보이는 것은 아무것도 없었다. 박 신부는 눈을 감아 버렸다. 그리고 가쁜 숨을 조절하려고 애쓰면서 정신을 집중했다. 그런데도 아무것도 느껴지지 않았다. 내심 놀라면서 그는 다시 눈을 떴다. 마음이 섬뜩해져 왔다. 이런 일은 정말 처음이었다. 승희와 같은 투시력이 있는 것은 아니었지만, 성령의 힘을 통한 영능력이 있기 때문에 눈을 감고 정신을 모으면 어느 정도의 주변 상황을 자못 세세히 알 수 있었다. 그러나 지금 박 신부는 조금의 능력도 끌어올릴 수가 없었다. 오히려 보통의 예민한 사람만도 못한 듯했다. 박 신부는 깜짝 놀라 다시 눈을 감았으나 상황은 여전했다. 별안간 몸에서 힘이 쭉 빠지는 것을 느꼈다.

'그래, 그렇구나……. 내 잘못이다, 내 잘못이다……. 내 기도력은 성령의 힘에 의한 것이다. 큰 것을 본답시고 작은 것을 버리려 했던 나는 이미 성령의 힘을 받을 자격이 없다……. 이미 성령의 가호가 나를 떠났구나…….'

박 신부는 '아아!' 하고 크게 울음을 터뜨리면서 주먹으로 날카로운 바위를 마구 내리쳤다. 혹시나 꿈은 아닐까 했지만 절대 꿈은 아니었다. 이제 박 신부는 아무런 능력도 힘도 가지지 못한, 힘없고 다리까지 저는 지친 노인일 뿐이었다.

주먹이 터져 손에서 피가 흐르는 듯했지만 박 신부는 계속 바위를 내리치며 울었다. 이제 어떻게 해야 한단 말인가? 이런 내가 무엇을 할 수 있다는 말인가?

그 순간 박 신부는 다시 울음소리를 들었다. 흐느끼는 듯한 울음소리, 그 소리는 기이하게도 점차 커지며 박 신부 쪽으로 다가오고 있었다. 박 신부는 통곡하다가 놀라서 고개를 들었다. 그런 박 신부 앞에 검은 덩어리 하나가 떠 있었다. 그리고 그 슬픈 울음소리는 점차 변해 급기야는 깔깔거리며 웃는 소리로 변해 버렸다.

박 신부는 온몸에 힘이 빠졌다. 결국 그것은 아무것도 아닌, 사악한 유혹에 불과했던 것이다. 그리고 자신은 이제 그 유혹에 빠져서 가졌던 힘마저 잃어버린 것이다.

검은 기운이 계속 깔깔거리고 웃으며 서서히 사람과 비슷한 형체를 갖추어 가고 있었다. 박 신부는 귀를 막아 버리고 싶었지만 그럴 수도 없었다.

어느 틈엔가 알 수 없는 그 무엇에 굳게 결박된 것처럼 몸을 움직일 수 없게 돼 버렸다. 더구나 정신을 차려 보니 자신의 몸이 허공에 서서히 떠오르고 있었다. 사악한 힘에 의한 것이 분명했다. 그러나 너무나 서글프게도, 지금의 박 신부에게서는 그것이 사악한 힘에 의한 것인지 알아낼 힘조차 없었다.

박 신부의 몸이 계속 허공을 떠올라 수십 미터나 되는 높이까지 솟구쳐 올라갔다. 그와 더불어 이미 영능력만이 아니라 그나마 남아 있던 육체적인 힘마저도 빠져나갔다. 이제는 손가락 하나 까딱할 힘마저도 없어진 것이다.

검은 형체는 박 신부의 앞에 떠올라 깔깔거리는 듯한 목소리를 냈다. 아마도 영적인 목소리인 것 같았으나 지금의 박 신부는 그것조차 느낄 수가 없었다. 다시 그 형체가 깔깔거리더니 갑자기 나직한, 인간의 목소리로 말했다.

나를 기억하나, 박 신부?

박 신부에게는 대답할 기운도 남아 있지 않았다. 그리고 그 검은 형체가 누구인지, 무엇인지 꿰뚫어 볼 수 있는 영능력도 없었다. 본능적으로 자신과 다른 힘을 느낄 수 있었지만 사악한 것인지조차 선명치 않을 정도였다. 치밀어 오르는 분노를 억누르려 노력하면서 박 신부가 서서히 고개를 젓자 검은 형체가 말했다.

너 자신을 이제 알겠나? 너는 아무것도 아니야.

검은 것이 깔깔거리듯 눈앞을 어지러이 오가며 계속 떠들어 댔다.

언젠가 네가 인간의 위대함을 말했던가? 그래, 이게 그 위대함인가? 작은 장난 하나로 이렇듯 쉽게 뭉개져 버리는 너의 힘이란 것이 그 위대함인가?

박 신부는 눈을 감았다. 힘이 하나도 남지 않은 것이 느껴지자 아예 체념하고 싶은 생각이었다. 힘, 기도력, 말세를 막을 수 있는 능력, 그게 다 무슨 소용이란 말인가?

너는 이제 쓰레기일 뿐이야. 아무것도 아냐.

박 신부는 욕을 듣자 오히려 마음이 평온해졌다. 그래, 맞다. 나는 이미 여러 번 비슷한 경험을 겪었고, 그러지 말아야 한다는 것을 알고 있지 않았던가. 절대 유혹에는 넘어가지 않으리라 스스로를 과신했다. 스스로 처신조차 제대로 하지 못하고, 얻은 능력마저 간수하지 못하는 인간이 어찌 말세를 막겠는가…….

박 신부는 욕을 하고 있는 그 검은 형체를 향해 고개를 끄덕여 보였다. 그리고 편안한 표정을 지었다.

아…… 끝까지 잘난 척하는군. 죽을 테냐? 아직 죽으면 안 되잖아. 쓰레기지만 뭔가 고귀한 게 남아 있다고 스스로를 속이고 있잖아. 그렇다면 발버둥쳐야지. 죽고 싶어? 죽여 줄까? 안 되지? 그러니 빌어. 나에게 빌라고. 어서! 안 그러면 없애 버릴 거야!

박 신부의 몸이 일순 조금 더 공중으로 치솟아 올랐다. 그러나 박 신부는 담담한 표정만을 지었다. 순간, 스스로도 의식하지 못한 사이에 기도문이 중얼거려졌다. 그러자 그 검은 형체가 움찔하면서 외쳤다.

아아…… 짜증 나네! 그러면 맘대로 해.

다음 순간, 박 신부의 몸은 높이 솟구쳐 올랐다가 다시 쏜살같이 아래로 떨어져 내리기 시작했다. 아래쪽은 검은 현무암투성이 바위지대였다. 박 신부는 아찔할 정도의 속도를 느끼면서 중얼거렸다.

"생각했던 최후치고는 너무 싱겁군. 아멘……."

현암과 준후가 생각났다. 승희도, 연희도, 윌리엄스 신부도, 알고 지냈던 많은 사람과 지나간 수많은 일들이 주마등처럼 뇌리를 스치고 지나갔다.

잠시 생각하다가 박 신부는 조용히 속으로 속삭였다.

'모두 안녕, 안녕이로구나…….'

해답

눈이 떠졌다. 그리고 뭔가 차가운 기운이 느껴졌다. 처음에는 흐릿하고 컴컴한 것일 뿐, 아무것도 보이지 않다가 조금씩 빛나는 것이 보이기 시작했다. 별이었다. 별들. 밤하늘…….

'죽지 않았나? 아직 내가 살아 있는 것인가?'

몸에는 아무런 느낌도 없었다. 아픔도 없었고 감각도 없었다. 신경 계통 전체가 마비된 것인지도 몰랐다. 움직일 수 있는 것은 눈꺼풀뿐. 이상하리만큼 거칠고 힘들지만 호흡도 되는 것 같았다. 그 외에는 고개조차 돌릴 수도 없었다. 그러나 분명 눈에 보이는 것은 별이 빛나는 밤하늘, 그리고 주변을 둘러싼 검은 바위의 언덕들이 보였다.

'왜…… 아니, 어떻게…… 내가 죽지 않았을까?'

아무 감각도 없었지만 무엇인가가 느껴졌다. 감각으로 느껴지는 것이 아니라 마음속으로부터 느껴지는…… 그것은 '지금의' 박 신부로서는 따르기 힘들 정도로 거룩하고 엄숙한 기운을 안겨 주었다. 그리고 항상 옆에 있던 것처럼 친근한 것이기도 했다. 그런데 그것은 이제 서서히 사라지려 하고 있었다.

'베케트의 십자가!'

볼 수도, 느낄 수도 없었지만 박 신부는 알 수 있었다. 그 힘이 사라지려 하는 것을. 왕권보다도, 우정보다도 신앙을 택했던 베케트의 힘과 그 느낌. 그 힘이 자신을 살렸다. 기도력을 늘려 주는 역할을 했지만, 그 자체로는 결국 하나의 성물에 지나지 않았던 작은 십자가가 박 신부를 떠받쳤다. 그리고 마지막 힘을 다해서 서서히 사라지려 하고 있었다.

박 신부는 몸을 움직이려 애를 썼다. 그러나 갑자기 날카로운 통증이 척추를 파헤치듯 쓱 지나갔을 뿐, 몸은 조금도 움직여지지 않았다. 양쪽 팔, 그리고 다리 쪽에서 통증이 밀려들었다. 쑤시는 듯한 통증에 허전한 감이 느껴졌다. 팔다리가 박살이 난 모양이었다. 잠시 그 지독한 통증과 허무감을 견뎌 보려 애썼지만 역부족이었다. 박 신부는 고통에 눈을 감고 아스라이 사라져 가는 의식을 붙잡으려 애를 썼다. 그러나…….

박 신부는 다시 퍼뜩 눈을 떴다. 아무것도 보이지 않았다. 그러나 그것은 어둠 때문이 아니라 너무나 밝은 빛 때문이었다. 그는 놀라면서 몸을 움찔했다.

몸이 움직여졌다. 게다가 아무런 고통도 느껴지지 않았다. 박 신부는 놀라서 손을 펴고 들여다보았다. 손은 멀쩡했다. 이어서 다리에 힘을 주어 보았다. 그 역시 힘이 들어갔고 통증은 없었다. 그제야 눈을 들어 눈앞의 빛무리를 보았다. 아까 자신이 놓쳐 버린 그 빛무리. 그 빛이 다시 서서히 벌어지면서 그 안의 영상이 박 신부의 눈에 비치려 하고 있었다.

'아…… 이건, 이것은…….'

순간 아까 자신을 미혹시켰던 그 울음소리가 들려왔다. 박 신부는 귀를 막으려 했으나 다시 의문이 들었다.

'아무리 저것이 미혹일지라도 어떻게 아까와 같은 바보짓을 반복하겠는가? 정말이면 어찌하는가?'

박 신부는 다시 몸을 벌떡 일으켜 밖으로 달려 나가려 했다. 하지만 갑자기 몸이 움직여지지 않았다. 놀라서 박 신부는 비명을 질렀다.

눈앞에서 목을 매단 미라의 몸이 흔들거리고 있었다. 그 주변으로는 박 여사가 울다가 까무러쳐 쓰러져 있었다. 그리고 차 교수는 몸을 덜덜 떨면서 꼼짝도 못 하고 석상처럼 굳어 있었다. 박 신부는 의사였을 때의 모습으로 미라의 목에 매어져 있는 리본을 홀린 듯 들여다보고 있었다.

그리고 스스로 죽음을 택한 여덟 살짜리 미라의 마지막 말.

― 의사 아저씨, 전 그것하고 같이 가긴 싫지만 아무래도…….

― 안 갈게요, 아저씨. 약속할게요. 저 잘래요, 그럼…….

자신은 무력하고 힘없는, 대신 죽겠다는 말조차 못 한 가련한 의사일 뿐이었다.

"그만……."

저절로 탄식이 나왔다. 눈을 돌리고 싶었다. 이건 악몽이다. 이제 와서 그때로 되돌아갈 수도 없는 일이다! 그건 불가능하다!! 분명 나는 헛것을 보고 있는 것이다!!!

미라의 몸이 흔들렸다. 바람에 나부끼듯 서서히, 서서히. 박 여사는 까무러쳐서도 눈물을 쏟아 내고 있었고, 차 교수는 천천히 신음성을 흘리면서 주저앉았다. 구원의 길은 없었다. 미라는 죽었고, 끝이었다.

"헛것이야. 환영일 뿐이야……."

환영이라고? 이건 환영이 아니었다. 미라가 죽은 것이 사실이 아니란 말인가? 이 장면이 만들어진 헛것이었단 말인가? 그렇지는 않았다. 있었던 일이었다. 다만 과거의 일이었을 뿐…….

"지나간 일이야!"

그러나 박 신부, 닥터 박, 박윤규로서는 잊을 수 없는 일이었다. 절대로, 절대로 잊을 수 없는…… 그렇다면 그것을 과거의 일이라고만 할 수 있을까? 그렇다면 박윤규의 마음속에서 미라는 매일 죽는 것이 아니던가?

"아니야!"

총소리가 들려왔다. 그리고 등이 욱신거리면서 쑤셔 왔다. 손에 든 메스가 찰캉 소리를 내며 떨어지자 닥터 박은 놀라서 뒤로 한 발짝 물러섰다.

"군의관님?"

마스크를 쓰고 눈만 내놓은 위생병이 놀라 물었다. 더웠다. 찌는 듯이 더웠다. 에어컨이 고장 난 베트남의 병동 안은 거의 게헨나[4]만큼이나 더웠다. 그리고 눈앞에는 등이 흉하게 갈라진 남자가 엎드려 있었다. 메스로 절개된 틈 사이로 척추뼈가 희멀겋게 드러나 보였다.

"괜찮으십니까, 군의관님?"

위생병의 목소리에 여자의 목소리가 겹쳤다. 닥터 신이었다.

"어서 탄환을 빼야 해요. 늦어지면 위험합니다."

---

[4] 지옥의 일종이다. 예수는 설교 중 게헨나에 대해 몇 차례 언급했는데, 이는 불이 붙어 영원한 고통을 주는 지옥에 해당한다.

소독된 다른 메스가 닥터 박의 손에 쥐어졌다. 떨어진 메스는 다시 소독 통에 던져졌다. 부글부글 끓는 소독 통. 초열지옥이나 다름없는 곳이었다. 등줄기가 아파 왔다. 으레 그랬다. 등을 수술하면 등이 아프고, 팔을 수술하면 팔이 아팠다.

엎드려 있는 젊은 남자의 씨근거리는 숨소리. 닥터 박은 자신도 모르게 그에 맞추어서 호흡하고 있었다. 고통. 닥터 박에게는 환자들의 고통이 그대로 밀려오곤 했다. 고통. 등줄기가 아팠다. 그래도 참고 메스를 놀리며 살 속으로 집어넣는 순간, 자신의 등줄기도 똑같이 아파 왔다. 마스크가 땀으로 축축이 젖었다.

"서두르세요. 어서 철수해야 합니다. 안 그러면……."

총소리가 들려왔다. 그리 멀지 않았다. 아니, 점점 다가오고 있었다. 환자는 아우성을 쳤지만 약은 부족했다. 그러나 시간이 없었다. 장교가 들어와 모두 피하라고 고함을 쳤다. 그리고 등은 계속 쑤셔 왔다.

폭음. 무엇인가가 가까운 곳에서 폭발했다. 천장에 늘어진 전등들이 흔들리며 먼지를 뿌렸다. 감염의 위험. 그러나 어찌할 시간조차 없었다. 이를 악물면서 탄환을 파헤치자 더 이상 견디지 못하고 비명을 지르며 그 자리에 뒹굴었다. 메스는 닥터 박의 등에 깊이 박혀 있었다.

"흔저 흡서게(뻘리 하세요)!"

등이 아프다. 그런데 이건 또 무슨 소리인가? 다시 눈을 뜨니 맑은 하늘이 눈에 들어왔다. 맑다. 참 맑기도 하다.

"흔저 흡서(빨리 해요)!"

이제야 알겠다. 여긴 제주도였지. 그것도 아주 깊숙한 곳, 조용한 곳을 찾는다고 여기까지 왔었다. 그래. 그리고……

기억이 되살아나자 날카로운 통증이 온몸을 꿰뚫고 지나갔다. 정신을 잃을 만큼의 쓰라린 통증. 여러 개의 손이 보였다. 그리고 조심스레 몸을 들어 올렸다. 소리 낼 기운조차 없고 차라리 기절하고 싶을 만큼 아팠다. 나는 구조를 받은 건가? 제주도 촌민들의 손에? 도대체 왜? 무엇 때문에?

여러 개의 손이 박 신부의 몸을 내동댕이쳤다. 곧이어 다른 한 개의 손이 머리를 끌어 뒤로 젖혀지게 했다. 무섭게 아팠다. 눈앞에는 마스터가 서 있었다. 언제 부활했는지, 미국에서 보았던 그 모습 그대로 말이다. 마스터가 복화술로 말했다.

나를 기억하시는지요, 박 신부님?

아냐. 이건 그자의 말이 아니었어. 이건…….

간신히 손가락을 들어 마스터를 가리키며 말했다.

"너는, 너는 소멸했어……"

그러자 마스터가 웃었다.

그랬던가요? 뭐, 그렇다고 해 두지요. 그런데 당신은요? 당신은 살아 있나요? 무엇으로, 어떻게 그렇게 믿지요? 눈으로 본 지각으로요? 머리로 생각한 이성으로요? 아, 답답하신 분. 미지의 힘을 직접 쓰면서도 눈과 머리밖에는 믿지 못하는 겁니까?

 몸에 확 하고 오한이 돌았다. 발버둥을 치고 싶었다. 그러나 여러 개의 손은, 그 여러 개의 손은······.

 삐걱거리는 소리와 함께 물소리가 들렸다. 나지막이 통통거리는 발동기의 엔진 소리도······ 어디로 가고 있는 걸까? 나는 지금 어디로 실려 가고 있는 거지? 눈을 떴다. 눈꺼풀이 천근만근보다 무거웠다. 증오보다도, 신앙보다도 무거웠다. 그러나 간신히 눈을 떴다. 가장 먼저 보이는 것은 겁먹은 듯한 어린 소녀의 얼굴. 누구였더라? 나는 이 아이를 안다. 누구였더라? 이미 수십 년 전 만난 적이 있는 얼굴······ 누구였더라? 그래······. 나, 나희?

 "하루방, 아푸꽈(할아버지, 아프세요)?"

 소녀가 고개를 받쳐 주었다. 그래, 전에도 이랬었지. 이런 일이 있었지······. 성당에서 단식기도 끝에 죽어 가고 있던 나에게······.

 고개를 받쳐 올렸다가 기절할 뻔했다. 아프지 않은 곳이 없었다. 거의 정신을 잃을 뻔했다. 하지만 다음 순간 정신이 퍼뜩 들었다. 눈에 자신의 몰골이 들어왔기 때문이다. 다리가 오징어처럼 세 번이나 꼬여서 흐물흐물 늘어져 있었다. 늘어진 팔도 보였다. 아니, 저며진 고깃덩어리가 보였다. 뼈가 원래 그 안에 들어 있는지조차 의심스러운······ 인간의 몸이 아니라 으깨어진 오징어다. 붉디붉은 오징어. 그리고 피는 계속 빠져나가고 있었다.

 "아아······ 안 돼!"

 그러나 소리는 입안에서만 빙글빙글 맴돌 뿐이었다······.

또다시 빛이 나타났다. 눈앞에…… 그리고 『요한 묵시록』의 광경을 보여 주려는 듯, 서서히 빛이 갈라지고 궁창(穹蒼, 유대교에서 구분하는 세계 중 하나)이 드러났다. 슬픈 울음소리는 계속 박 신부의 귀를 헤집어 파고 있었다.

박 신부는 또 번민했다. 그러나 역시 밖으로 달려 나가는 쪽을 택했다. 눈물을 흘리면서.

달려 나가다가 돌연 박 신부의 다리가 허물어졌다. 허물어져서 연체동물의 살처럼 땅에 퍼져 나가 버렸다. 달릴 수가 없었다. 손도, 팔도 허물어져 늘어지다가 넓적하게 땅에 퍼져 나가 버렸다. 비명을 지르고 싶었다.

무엇인가 날카로운 것이 파고들었다. 메스. 그래. 닥터 박의 메스가 스으윽 가벼운 소리를 내면서 흐느적거리는 손을 얇게 저며 냈다.

"서두르세요. 어서 철수해야 합니다."

다시 스윽스윽 하는 소리와 함께 박 신부의 팔이, 그리고 다리가 떨어져 나갔다. 얇게 저며진 것이 마치 생선회 같았다. 피처럼 붉은 생선회. 빛은 없었다. 모두 사라져 버리고 한 줄기도 남아 있지 않았다. 구원은? 모른다. 종말은? 오고 말지도…… 그런데 그 목소리는?

너에게는 아직 할 일이 있다.

이제 무슨 일이 있을까? 더 이상 무슨 일이 남아 있을까? 마스터가 귀에 배를 바싹대고 복화술로 지껄여 댔다. 움직거리는 뱃가 죽이 헛바닥 같았다.

당신이 살아 있다는 것은 어떻게 알지요?

다시 미라가 대롱대롱 매달려 있었다. 그리고 그 옆에 박 신부도 매달렸다. 리본이 수없이 달린 기다란 커튼 천. 수많은 손이 몰려와 박 신부의 팔다리가 베어진 오뚝이 같은 목을 매달았다. 모두의 이름으로. 순교자의 이름으로 그들은 번제(燔祭)[5]를 원했다. 목이 매달리자 미래가 보였다.

아브라함은 양을 발로 차 버리고 이삭의 목을 뺐다. 롯은 소돔에서 인파에 밀려 발이 묶여서 불비를 맞았다. 요셉은 불면증으로 아무런 꿈도 꾸지 못하고, 모세는 갈라진 바다를 반쯤 건너가다가 관절염으로 넘어져서 물에 빠졌다. 여호수아는 한 번도 이기지 못하고 군수품을 훔쳐 도망치고 연약한 다윗은 거인 골리앗의 한 발에 밟혀 죽었다……[6]

"하루방, 흐끔만 참읍서(할아버지, 조금만 참으세요)."

아이의 목소리가 들려오자 감각이 되살아났다. 삐걱거리는 나무 소리. 그리고 물소리. 짭조름한 바다 내음. 흔들거리는 기분. 멀

---

[5] 구약 시대에 하느님께 올리던 제사이다. 짐승을 통째로 구워 제물로 바치곤 했다.
[6] 모두 『성경』의 내용을 뒤집은 것이다. 여호수아는 모세의 오른팔 격인 장군으로 광야를 방랑하던 중 만난 많은 적대적인 민족과 싸워 그들을 물리친 용맹한 자이다. 다윗은 어렸을 때 전장으로 심부름을 갔다가 돌팔매로 블레셋의 거인 골리앗을 죽임으로써 나중에 왕위에 오르는 인물이며, 『시편』의 저자로도 유명하다.

부름(summoning) 61

미가 날 것 같았다. 그리고 불행하게도 다시 통증이 느껴졌다. 이제는 통증에 저항해 버틸 의지력마저 고갈됐다. 그런데 갑자기 통통거리던 발동기의 엔진 소리가 뚝 끊어졌다. 당황스러운 두런거림. 들려오는 떠들썩한 외침.

"파도가!! 파도가!!"

"배 돌리라게(배 돌려라)!"

의외라는 듯 소리치는 사람들의 목소리가 흘렀다. 곧이어 철렁하며 몸이 허공에 떠오르는 듯한 기분. 거의 날아올랐다가 떨어져 내리는 것 같았다. 아픔을 채 느끼기도 전에 바닷물이 우박같이 부서지면서 온몸을 때렸다. 다시 파고드는 날카로운 통증. 사람들의 악쓰는 소리. 그러나 여전히 눈에 들어오는 것은 맑기만 한 하늘. 바람조차 거의 없는 날씨 같은데…….

'왜 맑은 하늘 아래서 갑자기 큰 파도가……?'

퍼뜩 느낌이 왔다. 그것이다! 어젯밤의 그 시커먼 형체. 그것이 내가 죽지 않았다는 것을 알고 다시 온 것은 아닐까? 그것이 어제 보여 준 정도의 힘이라면 파도를 일게 하는 것쯤은 문제도 되지 않을 것이다. 배의 엔진을 꺼뜨리는 정도는 더더욱 문제도 아닐 텐데. 그렇다면, 자신을 살리기 위해 엔진조차 꺼진 배를 젓고 있는 이 사람들은 어떻게 된단 말인가? 지금 나는 아무런 힘도, 기도력도 없는 터인데…….

"나, 나를…… 나를…….."

몸을 버둥거리며 나를 내려놓으라고 외치고 싶지만 목소리가 나오지 않았다. 스스로 물로 뛰어들려고 해도 몸이 움직여지지 않았다. 다시 한번 철썩하고 온몸이 흔들릴 만큼 커다란 파도가 부딪치는 것이 느껴졌다. 다시 몸이 허공에 떠올랐다. 자신을 싣고 있던, 거의 부서질 듯한 쪽배가 보였다. 나희를 닮은 소녀가 자신의 처진 옷자락을 꽉 잡고 있어서 바닷물로 떨어지지 않았다.

키와 노를 잡은 몇 명이 소리를 지르면서 배를 바로 잡으려 애썼지만 파도는 계속 밀려왔다. 분명 무엇인가 이상했다. 아무리 여기가 뭍에서 그리 떨어진 곳은 아닐지언정 이렇듯 큰 파도가 밀려오다니. 더구나 먼 바다나 근방의 바다는 모두 잔잔한데, 여기만 유독 큰 파도가 일고 있었다.

'사라져라! 사라져!'

박 신부는 속으로 안타깝게 외쳤다. 그러나 박 신부의 기도력은 하나도 발휘되지 않았다. 아니, 발휘할 수 있더라도 사악한 기운이 어떻게 해서 파도를 치는지 알 수도 없는 터였고, 박 신부의 기도력이 제아무리 강했다고 해도 이토록 큰 파도를 막을 만한 정도는 아니었다.

'제발……! 제발 다른 사람들은 놔줘!'

박 신부는 마음속으로 외쳤지만, 사념을 전달할 수 있는 능력도 없었다. 배를 몰고 있는 사람들은 바로 지척에 보이는 해변으로 배를 대려고 애쓰는 것 같았지만 번번이 파도에 밀리고 있었다.

'아아, 안 돼……. 이 힘없는 사람들까지 죽게 만들어서는…… 나 때문에…… 이제 아무 쓸모도 없는 나 때문에…….'

박 신부는 필사적으로 몸을 꿈틀거리려 애썼다. 비록 팔다리는 완전히 짓뭉개졌지만 몸을 어떻게 굴리면 물로 뛰어들 수 있을 것 같았다. 자살해서는 안 된다는 박 신부의 평소 신념은 생각나지도 않았다. 박 신부가 극심한 고통을 참으며 한 번 몸을 굴렸으나 금방 무엇인가가 그를 잡아당겼다. 나희를 닮은 소녀였다.

더 힘을 주어 소녀의 손을 뿌리치려는 순간, 박 신부는 정신이 멍해지는 것을 느꼈다. 소녀는 웃고 있었다. 이렇게 크고 거대한 파도 앞에서 말이다. 소녀는 밝은 미소를 띤 채 웃통을 벗어젖힌 건장한 남자를 쳐다보았다. 아마 소녀의 아버지인 것 같았다.

"아방, 힘들지 않우꽈(아버지, 힘들지 않아요)?"

땀을 뻘뻘 흘리며 굳은 얼굴을 하고 있던 남자가 고개를 저으며 딸을 향해 싱긋 웃어 보였다.

두 부녀의 미소를 보는 순간 박 신부는 온몸이 굳어지는 것 같았다. 나의 기도력이 무슨 소용이던가? 내가 얼마나 잘났기에 이들을 힘없는 사람이라고 했던가? 소녀는 아버지를 믿고 있었고, 그 때문에 산더미 같은 파도 속에서도 겁먹지 않고 미소를 띠었다. 아버지는 딸을, 딸도 아버지를 사랑하고 있었다. 아무리 사악한 힘이 그들을 덮치려 해도 결코 그렇게 될 것 같지는 않았다. 그렇다. 그들에게는 힘이 있었다. 온몸으로 오라를 발산했던 박 신부보다도 훨씬 더 크고 강한 힘이. 그것은 바로 믿음이었다.

종교가 무엇이던가? 신앙심은 무엇이고, 기도와 기원과 갈구가 무엇이던가? 모든 것은 믿음을 위한 것이 아니었던가? 모든 교리와 가르침과 설법은 무엇을 위해 있었던가? 예수님은 왜 겨자씨만 한 믿음만 있어도 산을 움직일 수 있다고 했는가? 아니, 나의 기도력은 도대체 어디에서 온 것인가? 단식기도로 왔단 말인가? 교리 공부에서 왔단 말인가? 성령의 힘은 어디에 있었던가? 유치원 코흘리개들의 그림에서부터 성령의 힘이 흘러 들어왔던 것이 아닌가? 그러면 성령은 어디에 임해 계신단 말인가? 만물에 모두 임해서 깃들어 있는 것이 성령이 아니던가? 박 신부의 몸은 마치 학질에라도 걸린 것처럼 덜덜 떨려 왔다.

"여어차!"

웃통을 벗어젖히고 얼굴이 검게 그을린 데다가 수염마저 듬성듬성 돋은 남자가 소리를 치면서 용을 썼다. 다시 산더미 같은 파도가 밀려왔지만, 그 작은 쪽배는 아슬아슬하게 곡예를 하듯 그 파도에 올라탔다. 그리고 그 힘을 이용해 단번에 바닷가까지 밀려오는 데 성공했다.

허리 정도까지 오는 깊이의 물로 배가 들어서자 남자는 지체 없이 다른 한 명의 조금 늙은 남자에게 눈짓하며 배에서 뛰어내려 배를 잡고 끌었다. 조금 늙은 남자도 물에 첨벙 뛰어들어 곧바로 뱃전에 얼기설기 얽힌 밧줄을 잡아끌기 시작했다. 그들의 뒤에서 파도가 마치 살아 있는 것처럼 다시 솟구쳐 올랐다. 마치 그들을 놓쳐서 화가 난 것처럼…….

"재게재게 ᄒ게(빨리빨리 하자)!"

두 남자는 있는 힘을 다해 철벅거리며 해변으로 배를 끌고 가려 했지만, 파도는 믿어지지 않을 정도로 높이 솟아올랐다가 다시 그들을 덮치려는 듯 밀려오기 시작했다. 소녀는 파도를 등지고 있어서 보지 못한 듯싶었지만 뱃전에 누워 있던 박 신부는 파도를 똑똑히 볼 수 있었다. 소녀는 아직도 아무것도 모르고 미소를 띠며 박 신부를 바라보았으나, 그 뒤로 파도가 솟구쳐 오르기 시작했다.

파도는 소녀의 머리 위로 솟아올라 산처럼, 하늘을 덮을 듯이 솟구쳤다. 이런 쪽배는 물론 거대한 여객선이라도 단박에 가루가 돼 버릴 만한 크기였다. 그러나 소녀의 얼굴은 여전히 태연했다. 아무것도 보지 못했기 때문일까, 아니면…… 박 신부는 더 이상 파도를 보지 않았다. 소녀의 그 티 없는 미소만을 홀린 듯 바라보고 있을 따름이었다. 그러다 박 신부는 조용히 눈을 감았다.

박 신부는 다시 아까의 거룩한 빛무리 앞에 서 있었다. 그 빛무리는 다시 『묵시록』의 내용을 보여 주려는 듯 갈라지고 있었다. 박 신부의 귀에서는 또다시 슬픈 울음소리, 거짓임이 분명한 그 울음소리가 들려오고 있었다. 이번에는 박 신부는 금방 달려 나가지 않았다. 그렇다고 그 갈라진 틈을 들여다보지도 않았다. 박 신부는 눈을 감고 그 자리에 앉았다. 앉아서 곰곰이 생각에 잠겼다.

박 신부는 그림을 떠올렸다. 과거 자신에게 성령이 충만하게 해 주었던 철없는 꼬마들의 낙서 같은 그림들. 그리고 그 그림 속에 있는 마리아의 미소를 찾았다. 크레파스로 쭉쭉 그어진, 검은 코와 검은 눈썹, 그리고 붉은 크레파스로 둥글게 그려진 미소. 박 신부는 그 미소를 다시 찾았다. 이름 모를 제주도 벽촌의 어느 가무잡잡한 소녀의 미소로부터. 그러나 그녀는 지금 아무것도 모르고 있다. 파도가 다가오고 있는 것을…….

'바로 이것이다! 이것이었다! 이것이 지금, 나의 현재이다!'

닥터 박은 메스를 버리고 십자가를 쥐었다. 미라의 주검 앞에서 눈물을 흘렸다. 달려왔다. 지금 여기까지 달려왔다. 오면서 신부복을 입었고, 다짐했다. 신의 섭리에 맞추어 인간을 멸망에서 구해야 한다고. 그러나 누가 누구를 구한단 말인가? 신이 인간을 구원하는 것인가? 내가 인간을 구원하는 것인가? 신이 인간을 파멸시키는 것인가? 무엇이 인간을 파멸시키는 것인가?

'그렇다……. 말세이기는 하나 말세가 아니다. 나는 큰 착각을 하고 있었다. 인간의 파멸은 인간의 손으로 이루어지는 것이다. 신의 섭리는 아니다. 『묵시록』을 아무리 뒤지더라도 지금의 말세는 읽을 수 없을 것이다. 그것은 신의 말씀이고 지금의 종말은 인간의 힘으로 오는 것이므로. 신이 이번 말세를 허락한 것이라면 내가 그것을 읽을 수도, 막으려 할 수도 없었을 것이다. 이것은 그것과 다르다…….'

박 신부는 부끄러워졌다. 그들을 위협하던 파도를 이긴 것은 박 신부가 아니었다. 생업에 종사하던 이름 없는 한 어부일 뿐이었다. 아무런 힘도, 영능력도, 깨우침도 없을지 모르는…….

'성령은 어디에 있는가? 구원은 어디에 있으며, 파멸은 어디에 있는가? 나는 애당초 왜 이 길을 택했으며, 왜 이 길을 걸었던가?

나는 신의 부름을 받은 것이 아니었다. 인간의 부름을 받은 것이다. 아무것도 모르는 무지렁이 인간들. 그러나 모두가 똑같이 위대하고 소중한 인간들. 내가 그들을 구원하는 것이 아니다. 결코 아니다. 나는 그들의 부름을 받은 것뿐이다. 내가 걸어온 길은 바로 그것이었다. 앞으로도 그럴 것이며, 그래야 한다. 인간의 길로, 인간의 힘으로…… 인간을 믿어야 한다.'

파도가 미친 듯 달려와서 쪽배를 뒤엎으며 덮치는 순간, 박 신부는 자신도 모르게 몸을 벌떡 일으켜 작은 소녀를 감싸안았다. 거대한 파도는 쪽배를 산산이 부수며 배를 끌던 두 사람까지도 휩쓸어 버렸다. 나무토막들이 사방으로 흩어졌지만, 다음 순간 삽시간에 꺼진 파도의 여파가 바닷물에 큰 소용돌이를 만들어 냈다. 기이한 소리를 내며 깊고도 깊은 소용돌이가 퍼져 나가자 바다 밑에 박혀 있던 모래와 돌들까지 마구 솟구쳐 빨려들고, 혹은 바깥으로 대포알처럼 튀어 나갔다.

한동안 바다는 엉망진창으로 헝클어졌다. 그러다가 마지막으로 기이한 소리를 내면서 무저갱 같은 물구멍이 입을 다물 듯 닫혔다. 그제야 바다는 다시 잔잔해졌다. 마치 거짓말처럼. 그리고 물 위에는 부서진 배의 나무 부스러기 말고는 아무것도 남아 있지 않았다.

부름

"어서 피해야 합니다."

포 소리가 더욱 가깝게 울려왔다. 병동 근처에까지 직격탄이 떨어지고 있었다. 이미 대부분의 인원은 철수했으며, 두어 명만이 남아 겁에 질린 얼굴로 닥터 박의 수술을 돕고 있었다.

"핀셋."

"군의관님! 시간이 없습니다!"

"핀셋!"

쓰러졌던 닥터 박은 다시 일어났다. 그리고 다시 수술에 매달렸다. 메스를 긋고 가위를 휘두를수록 등 뒤의 통증은 더욱 심해졌지만, 그는 이를 악물고 심술궂게 박힌 탄환과 씨름하고 있었다. 조금만 더! 이제 조금만 더!

탄환이 뽑혀 나왔다. 땡강하는 소리를 내며 탄환이 쟁반 위에 떨어지자 닥터 박은 잠시 헉헉거리며 숨을 가다듬었다. 그때 닥터 신이 말했다.

"사망했습니다."

닥터 박의 커다란 몸이 잠시 휘청했다. 그는 등뼈를 드러낸 채 엎드려 있는 젊은 군인의 뒷모습을 멍하게 바라보았다. 결국 애쓴 보람도 없이 한 젊은이가 사라지고 말았다. 죽은 이의 늘어진 한쪽 손에 묵주가 걸려 있는 것을 닥터 박은 보았다. 마지막 순간까지 젊은이는 묵주를 쥐고 있으려 한 것이다. 그러나 그 묵주는 손에 쥐어져 있지 않고 반쯤 걸려 있었다.

그때가 처음이었다. 닥터 박이 메스 대신 묵주를 쥐고 싶다고 생각한 것은. 비록 그 군인을 살리지는 못할지언정, 죽기 전에 묵주를 다시 고쳐 쥐어 주기라도 했으면 얼마나 좋았을까. 허나 그는 이미 사망했고 상황은 종료됐다. 닥터 박은 사망한 환자를 치울 겨를도 없이 서둘러 철수해야만 했다. 머뭇거릴 시간이 없었다. 후방에서 그를 기다리는 다른 환자가 너무도 많았다.

'묵주를 다시 쥐어 주어야 하는 것은 아닐까? 하지만 뭐…….'

닥터 박은 그렇게 생각하며 그 장소를 떠났었다. 그러나…….

이제는 박 신부가 그 죽어 버린 군인을 내려다보고 있었다. 박 신부는 쓰러진 군인에게로 천천히 걸어갔다. 그리고 조용히 손에 쥔 묵주를 바로 쥐여 주었다. 그러자 허공에 매달린 미라가 미소를 지었다. 비로소 미소를 보였다. 그 미소는 과거에 자신이 보았던 마리아의 그림과도, 나희의 미소와도, 제주도 바다 소녀의 미소와도 같은 것이었다. 세상의 종말은 무엇일까? 인간의 종말을 의미하는 것일까? 아니면 우주 만물의 종말을 의미하는 것일까? 말세라는 것이 인간의 말세라고 한다면, 그것은 모든 인간의 죽음을 의미한다는 말인가?

모든 인간이 죽는다 해도 누구도 모두의 죽음을 겪지는 않는다. 단 한 사람의 죽음만을 겪을 뿐이다. 모두의 죽음을 볼 수는 있어도, 정작 그 자신은 한 사람분의 죽음밖에는 겪을 수 없다. 그렇다면 한 사람의 죽음이란 그 사람에게는 곧 세상의 종말과도 마찬가지가 아닐까? 어느 무엇도 그보다 중요한 일은 없는 것이 아닐까?

박 신부는 아쉬움이 밀려왔다. 몇 달 동안『묵시록』의 계시를 풀이한다고 틀어박혀서 보낸 시간이 아쉬웠다. 왜 주변의 사람들부터 돌아보지 않았을까? 세상을 종말에서 구한답시고 주변의 사람들을 등한시한 자신이 너무도 후회스러웠다.

묵주를 고쳐 쥐여 주자 이미 식어 버린 군인의 얼굴에 희미한 미소가 피어오르는 것 같았다. 그 미소는 지금까지 보아 왔던 소녀들의 미소와 구별할 수 없으리만큼 똑같았다. 그것을 보며 박 신부는 자신도 모르게 중얼거렸다.

"처음부터 출발하는 것이다. 아주 작은 것부터 시작하면⋯⋯ 아주 작은 움직임부터 시작하면 된다. 이것이야말로 큰 힘이다⋯⋯."

박 신부는 다시 깨달았다. 운명을 믿기로 했다. 그리고 신의 섭리를 믿기로 했다. 말세가 예정된 것이라면 한낱 작은 인간의 지력으로 바뀔 수도 없는 것이며, 한낱 인간의 능력으로 비틀어지게 할 수도 없는 일이리라.

박 신부는 계속 믿기로 했다. 신은 아직 인간을 사랑한다는 것을. 그리고 신의 섭리가 결코 인간이 자멸하는 것을 보고 있게만 내버려두지는 않으리라는 것을. 더 이상 고민과 번민할 필요가 없었다. 자신은 그저 모든 것을 하느님께 맡기면 되는 것이다. 그분의 뜻대로 지금까지 그래 왔던 것처럼⋯⋯.

박 신부는 세상에서 사라졌다. 과거 닥터 박이 사라진 것처럼. 그러나 다시 나타났다. 없어졌다가 다시 생긴 것처럼, 지워졌다가 다시 그려진 것처럼.

박 신부는 다시 빛을 바라보고 있었다. 또다시 갈라지면서 『묵시록』의 내용을 토해 내는 그 빛을, 박 신부는 비로소 깨달을 수 있었다. 자신은 여태껏 깨달음을 얻었다고 생각해 왔었다. 그러나 그런 게 아니었다. 자신에게는 아무 깨달음도 없었다. 이미 알고 있었고 그렇게 행하고 있다고 믿어 왔었지만, 또다시 깨달을 수도 있었다. 알고 있는 것과 깨달은 것의 차이. 아니, 깨달은 것과 새로 깨닫는 것의 차이가 크다는 것을 박 신부는 느꼈다. 그리고 그것으로 충분했다.

누군가 부르는 소리가 들려왔다. 서글픈 울음소리가 여전히 박 신부의 귀에 들려왔다. 그러나 좀 더 귀를 기울여 그 속에서 다른 목소리를 찾아냈다.

그것은 부름, 인간의 부름이었다. 신의 계시나 소환이 아닌. 그렇다고 자신을 홀리려고 울리는 목소리도 결코 아니었다. 아무것도 알지 못하는, 그들 스스로를 파멸시키는 것도 모르면서 떠들어 대는 인간들의 무의식한 부르짖음이었다.

박 신부는 지금까지 해 왔던 퇴마행을 돌이켜 보았다. 그렇다면 마(魔)는 무엇일까? 사악한 것이라고 하기에는 너무도 슬픈 존재였고, 불쌍히 여기기에는 너무도 교활한 존재였다. 마는 결코 악 그 자체는 아니었다. 그러나 악보다도 더 무서운 존재였다. 왜냐

하면 마는 스스로를 선이라 믿으며, 옳다고 믿기 때문이다.

마는 애초에 선악을 넘어선 존재이며, 인간의 기준인 선악으로 판단 가능한 존재가 아니다. 선악이 아니라 선택하는 신념의 문제다. 마의 신념은 인간과 다르고, 인간의 잣대인 선악으로는 판정할 수 없다.

그렇다고 마를 동등하게 볼 수도 없다. 인간은 결국 인간의 선택을 따를 수밖에 없고, 모든 것을 그 눈으로 볼 수밖에 없다. 그러나 마는 그 경계 너머에 있다. 인간과 다른 신념에 기본을 두고 있다. 그 신념이 무엇이건 간에, 인간은 그것조차도 스스로의 선악으로 판별할 수밖에 없다. 박 신부는 인간이 신의 사랑을 받고 있다 확신했다. 그것은 곧 신이 인간의 선악관을 지지하고 있다는 의미였다.

그러나 신은 거기까지밖에 손을 내밀어 주지 않는다. 아니, 어쩌면 그것이 신이 행할 수 있는 최대한의 조력인지도 모른다. 신은 인간에게 평화를 주지 않았다. 인간의 가치관은 인간을 수많은 생물과 환경, 자연 등과 싸우게 만들었다. 그리고 그것은 '마'라는, 인간 이외의 무언가도 예외는 아니다.

지금 대부분의 인간은 깨닫지 못하고 있지만, 박 신부를 비롯한 극소수의 인간은 '마'와 접촉했다. 그리고 투쟁의 시간이다. 투쟁은 싫지만, 다른 방법이 없다. 인간과 인간의 가치를 수호해야 한다. 인간의 선악이 인간만의 것일지라도, 비록 초월적인 그들은 인간을 비웃지만, 인간은 엄연히 만물의 영장이다.

박 신부는 인간의 가치가 비록 완전치는 못하다 해도 어떤 맥락에서건 초월 세계나 신과도 닿아 있는 것은 아닐까 생각했다. 그 때문에 인간이 만물의 영장으로 올라설 수 있었는지도 모른다. 아니었다면 공룡처럼 쇠망했을 것이다. 수많은 오류와 잘못을 범하고 그 대가도 만만치 않게 치르지만, 언젠가 인간이 잘 발전한다면 저 끝에 가 닿을 수도 있다. 모든 것이 공존할 수 있고, 모든 것을 아우르는 진리에 도달할지도 모른다.

하지만 지금은 아니다. 자만하면 안 된다. 인간의 선이라는 것을 우주 전체에 파급시키기엔 아직 인간의 가치는 조잡하고 턱없이 모자란다. 섣불리 함부로 절대 선을 지껄이면 자멸할 뿐이다. 특히 '마' 앞에서는…… 자칫하면 패배할 수도 있다. 그러면 종말이다. 마물이 나타나 세상을 휩쓰는 식의 만화 같은 일이 아니라, 느끼지도 못하는 사이 찾아오는 종말이다. 당장 모든 사람이 전멸하지는 않을지 몰라도 깨닫지도 못하는 새 서서히 쇠멸하다가 사라질지도 모른다. 가치의 파괴, 만물의 영장으로서의 주도권 상실, 내부 갈등으로 인한 폭력적 자멸…… 그것이 무엇인지, 언제일지 모르지만 어쨌건 패배하면 종말이 온다.

『요한 묵시록』은 정말로 세상의 종말을 묘사한 것인지도 몰랐다. 그러나 그렇지 않을 수도 있다. 그런데 그것이 더 이상 무슨 상관이란 말인가? 말세는 이미 수없이 왔었다. 앞으로 올 말세도 그중 하나일 뿐. 다만 그것이 종말로 치닫지 않도록 하면 되는 것이다. 다만 패배하지 않으면 된다.

박 신부는 눈을 뜨지 않았다. 뜰 필요가 없었다. 그는 한쪽 손으로 나희를 닮은 소녀의 몸을 안고 있었다. 한쪽 팔로는 두 명의 어부의 몸을 잡고 있었다. 그 상태로 박 신부는 조용히 걸음을 옮겼다. 물 위로……

'나는 인간이다. 신부이고 퇴마사이기 전에 인간이다. 마물도, 악령도 과거에는 인간이었겠지. 어쩌면 악마까지도. 인간의 마음, 인간의 생각, 신은 그냥 보고 계신다. 신은 인간 하나하나보다 더 크게, 인간 전체와 인간이 만들어 내는 가치를 사랑하신다. 인간 하나하나를 사랑하지 않으시지만, 결국은 인간 하나하나를 사랑하는 셈이다.'

박 신부는 '마'에게로 생각을 돌렸다.

'그러면 마는 무엇일까? 비록 근원은 다르고 다를지라도, 결국 그것이 나타나는 것은 인간들 사이에서가 아닐까? 그들이 아무리 강하고 다른 존재들일지라도, 인간의 세계에 끼어들 수 있는 것은 결국은 인간을 매개로 하기 때문일 것이다. 그렇다면 이것은 어떤 의미로는 마와의 싸움이지만, 인간 스스로의 싸움일지도.'

박 신부는 마침내 결론을 내릴 수 있었다.

'마를 상대하려면 그들을 인식하는 것으로 충분하다. 여기는 인간의 세상. 그들의 세상이 아니다. 궁극의 길이 어딘가 있고, 지금 우리가 그것을 직접 붙잡고 있지 않다고 해도 무슨 상관인가? 결국 진리는 가까운 데 있다. 아니, 가까운 데에도 있어야 진리다. 인간 스스로 해야 한다. 인간의 가치를 턱없이 높게 잡아서도, 낮게 잡아서도 안 된다. 우리는 우리 가치대로 하면 되는 것이다.

 진리는 어디에나 있으니, 우리 인간의 무지하고 불완전한 가치관 안에도 있을 테니까. 결국은 빙 돌아서 제자리로 온 것인가? 아니, 빙 둘러보았으니 더 확신할 수 있지. 무엇이 나타나건 흔들릴 필요가 없다는 확신을…….'

 박 신부의 몸은 어느새 오라의 광휘로 물들어 있었다. 그는 아무런 생각도 하지 않았다. 왜 부러지고 으깨어진 팔로 사람을 들어 올릴 수 있었는지, 부서져서 곤죽이 된 다리로 물 위를 걸을 수 있었는지, 왜 파도 속에 잠겼다가 태연히 일어날 수 있었는지 의문조차 갖지 않았다. 아무런 생각도 없었다. 텅 빈 무(無) 그 자체였다.

 어느덧 박 신부는 물 위를 걸어 해변에 도착했다. 박 신부는 세 사람을 내려놓았고 조용히 기도하는 자세로 그 자리에 앉았다. 그러자 광휘가 사라지며 박 신부의 팔다리에서는 다시 피가 왈칵 솟구쳐 나왔다. 그리고 박 신부는 바닷가를 붉게 물들이며 쓰러졌다. 그러나 그의 얼굴에는 미소가 감돌고 있었다.

 이제 찾아냈는가? 깨달았는가?

 아니, 아무것도 모르겠네.

 그러면?

 그러나 알 수 있네. 모든 것이 분리된 것이 아니네. 마의 실체가 어떤 것이든 간에, 인간 세상의 마는 인간에서 비롯된 것이며, 인간의 종말도 인간에서 비롯된 것이라네. 만약 신이 분노해 종말을 내리시는 것이 어쩌면 내일 올지도, 아득히 먼 훗날에 올지도 모르지만, 내가 할 수 있는 것은 인간의 종말을 막는 것뿐이라네. 종말을 부르는 힘이 비록 마에서 비롯된 것이라 하더라도, 그 마는 바로 인간들 속에 있겠지…….

그렇다면 어찌할 셈인가?

인간의 말을 들어야 하네. 신의 힘, 아니, 보다 큰 진리를 간구하는 것은 나중으로 미루기로 하세…….

박 신부는 대화를 마쳤다. 그리고 높이 쌓아 둔, 시끄럽게 떠들어 대고 외쳐 대는 책들을 모조리 덮은 다음 구석에 쌓았다. 곧이어 켜 두었던 호롱불을 들어 책에 불을 붙였다. 그러자 모든 책이 순식간에 비명과 함께 불 속으로 사그라지고 정적만이 남았다. 박 신부는 동굴 밖으로 걸어 나갔다. 더 이상 빛도 보이지 않았고, 울음소리도 들리지 않았다. 그때 등 뒤에서 어떤 목소리가 들려와 걸음을 멈추었다.

예수께서 말씀하셨네. 나는 길이요, 진리요, 생명이라고. 그리고 또 그러셨지. 너희 중 가장 못한 자 하나에게 해 주는 것이 바로 내게 해 주는 것이라고…….

박 신부는 돌아보지도 않은 채 고개를 끄덕였다. 그런 다음 그는 자신 있는 발걸음으로 성큼성큼 걸어 나갔다. 홀가분한 마음으로.

파도가 다시 솟구치면서 일어났다. 큰 파도 속에서 시커먼 형체가 불쑥 빠져나와 허공으로 솟아올랐다. 갑자기 하늘이 캄캄해지고 빛을 잃은 것 같았다. 눈 깜짝할 사이에 주위는 칠흑 같은 어둠에 잠겨 버렸다. 거센 바람이 일어나면서 사방은 알아들을 수 없는 아우성 같은 것으로 가득 찼다.

 소녀는 놀라서 비명을 질렀다. 그리고 벌떡 몸을 일으켜 박 신부 곁에 쓰러져 있는 아버지를 흔들어 댔다. 그러나 아버지는 기절했는지 꼼짝도 하지 않았다. 옆의 아저씨도 정신을 차리지 못했다. 몸을 전혀 움직이지 못하는 것은 박 신부 역시 마찬가지였다. 그러나 그 사악한 기운이 박 신부를 범접하지는 못했다. 박 신부 근처에 다가오는 기운은 모조리 튕겨 나갔다.

 사악한 기운이 사방을 가득 메웠다. 사납게 울부짖는 것 같은 바람이 악귀처럼 짖어 대면서 소용돌이쳤다. 겁에 질린 소녀 앞에 시커먼 그림자가 서서히 모습을 드러냈다. 소녀는 놀라고 겁먹은 눈을 들어 멍한 듯 그 그림자를 바라보았다.

 소녀의 바로 앞쪽에서 모래를 뚫고 날카로운 쇠막대기 같은 것이 쑤욱 솟아올랐다. 소녀는 몸을 덜덜 떨었다.

찔러라.

 검은 그림자가 소녀에게 말했다. 그러자 소녀는 홀린 듯 그 막대기를 쥐었다. 소녀의 팔이 덜덜 떨리면서 박 신부의 몸 위로 옮겨졌다. 그러나 박 신부는 희미하게 미소를 머금고 있었다. 그런 박 신부의 얼굴을 보고 소녀는 팔을 덜덜 떨기만 할 뿐, 들고 있는 막대기로 찌르지는 못했다.

어서!

다음 순간, 소녀는 막대기를 떨어뜨려 버렸다. 그러자 박 신부는 여전히 미소를 머금으며 조용히 눈을 떴다. 그는 의식을 잃은 게 아니었다. 아니, 이전보다도 더 정신이 맑았다. 박 신부는 소녀를 믿었고, 소녀는 그 믿음을 저버리지 않았다. 무시무시한 어둠의 힘도 소녀의 여리고 순수한 마음을 지배할 수 없었던 것이다.

소녀는 박 신부의 몸 주변으로 녹색의 빛무리 같은 것이 모여들고 무리를 지어 몸 안으로 들어가는 것을 보았다. 연이어 박 신부의 몸에서는 녹색의 빛이 나와 둥글게 뭉쳐졌다. 팔다리가 다 부서지고 박살이 났던 할아버지가 서서히 몸을 일으키며 미소를 짓는 것을 보았다.

"아가야, 이건 다 꿈이란다."

"아, 예……."

"그래. 그러니 무서워 말고 눈을 감고 있으려무나. 그러면 될 거야. 알겠니?"

소녀는 박 신부의 미소를 보고는 덩달아 웃어 보였다. 그리고 스르르 눈을 감았다.

이, 이럴 수가! 이럴 수는 없어!

박 신부는 조용히 고개를 저었다.

너는, 너는 분명 아무런 힘도 없는…….

그렇다……. 나는 힘이 없지. 하지만 너는 더더욱 아무것도 아니다. 네가 말하는 힘이란 것은 이 소녀의 웃음만도 못한 것이니까…….

박 신부는 이 검은 그림자의 정체가 무엇인지 알고 싶지도 않았다. 그런 것까지 생각하기엔 지금은 너무나 피곤했다. 박 신부는 그 사악한 힘과 대화하면서도 인상을 쓰지 않았고, 분노하지도 않았다. 오히려 은은한 미소를 띠면서 그 힘을 가련히 여겼다. 진실로 가련하다고.

박 신부가 눈을 감고 기도문을 외우기 시작하자 검은 그림자는 비명을 지르며 어디론가 사라지려 했다. 그러나 그보다도 빠르게 박 신부의 녹색 오라가 퍼져 나갔다. 그러자 그림자는 미친 듯이 괴성을 지르며 순식간에 폭발해 흩어져 버렸다.

사방을 뒤덮었던 어둠이 걷혔다. 박 신부는 가만히 눈을 뜨고 잠시 맑은 하늘을 바라보다가 조용히 미소를 머금으면서 잠을 청했다. 무척 피곤했다. 무척이나.

두 달이 지났다. 박 신부는 절룩거리면서도 차츰 병원을 산책할 수 있을 정도로 회복됐다. 병원에 실려 왔을 때 박 신부의 상처는 몹시 심했지만, 신기하게도 뼈에는 아무런 이상도 없었다. 원래 불편했던 다리 말고는. 박 신부를 데리고 왔던 어부들도 박 신부가 처음에는 분명 뼈가 없어진 것처럼 보일 만큼 박살 난 것으로 보였는데, 너무 멀쩡해서 어리둥절했다. 하지만 박 신부는 그에 대해 아무 말도 하지 않았다.

박 신부를 구해 준 어부는 배가 부서졌는데도 별로 개의치 않는 듯했다. 가난했지만 박 신부가 의식을 잃고 있는 사이, 박 신부의 수술 보증까지 설 정도로 호탕하고 정이 많은 사람이었다. 그는 모두가 물에 빠졌을 때 어떻게 뭍까지 올 수 있었을까 은근히 궁금하게 여겼지만, 그냥 파도에 밀려와 살았으려니 생각하는 것 같았다.

병원에 입원한 박 신부는 예전에 백호에게서 받은 수표 잔액이 아직 꽤 남아 있던 터라 병원비를 밀리지 않고 지급할 수 있었다. 그리고 서서히 건강을 회복해 갔다. 소녀는 가끔 박 신부를 찾아와 주었고, 박 신부도 소녀를 미소로 반겼다. 소녀는 박 신부가 동굴에서 공부(그렇게 둘러댔다)하고 있었다는 말을 듣고 아버지에게 말해서 짐을 싸다 주겠다고 했다. 사흘이 지나 소녀의 아버지는 짐 꾸러미를 병원으로 가져다주었다.

그 짐 꾸러미를 뒤져 보고 박 신부는 의아했다. 자신의 것이 아닌, 얇은 석판이 하나 딸려 온 것이다. 박 신부는 그것이 무척 오래된 것 같아서 겉에 낀 이끼를 헤치면서 자세히 들여다보았다. 그런데 그 순간 난데없이 거기에 기이한 문자들이 나타나는 것이 아닌가. 박 신부는 그 문자들을 읽을 줄은 몰랐지만, 그것이 무엇인지 알아볼 수는 있었다. 그것은 바로 준후만이 읽을 수 있는 녹도문이었다.

퇴원하자마자 박 신부는 다시 그 동굴로 찾아갔다. 녹도문이 적힌 석판이 나온 것이 아무래도 심상치 않다고 여겼기 때문이다. 동굴은 그냥 조용한 곳을 찾기 위해 들어갔던 곳이었다. 그런데 그곳에서 이런 것이 나오다니, 기이한 일이었다. 그래서 다시 한번 동굴을 샅샅이 뒤지다가 박 신부는 벽에 새겨진, 아주 희미한 글씨를 발견했다.

그 글자는 한쪽 벽이 움푹 파인 곳 바로 밑부분에 있었는데, 무엇인지 알아볼 수 없는 글자가 제법 많이 쓰여 있었다. 그 밑에 오래된 전자체(篆字體)의 한자로 쓰인 글자도 있었다. 그 글자는 박 신부로서도 해독이 가능했다.

서복(徐福), 여기서 『우사경』을 얻다.

박 신부는 모든 글자를 탁본해 품에 넣었다. 아무래도 이 녹도문 같은 글자는 준후에게 물어보아야겠다는 생각이 들었다.

이제 찾았나? 이제 갈 것인가?

박 신부의 마음속에 있는 또 다른 그가 말했다. 그러나 이제는 또 다른 박 신부라고 할 수도 없었다. 이제 박 신부는 하나였으니까. 안타까워하고, 미혹돼 마음을 애태우던 과거의 박 신부는 이미 좀 더 많은 것을 포용할 수 있는, 조금 더 진실에 가까운 박 신부와 합해져 있었다. 미혹이나 흔들림은 더 이상 없었다.

가야지.

박 신부는 동굴을 나서면서 다시 한번 그곳을 둘러보았다. 신기하게도 그 글자가 새겨진 곳은 바로 빛무리가 보였던 곳이었다. 여기서 이것을 발견한 사실이 결코 우연만은 아닐 것 같았다. 이것이야말로 예지이자, 묵시이자, 기적이 아닐까?

박 신부는 싱긋 웃으며 스스로에게 타이르듯 중얼거렸다.

'나에게 성령의 힘이 돌아온 것도, 다 그만한 이유가 있어서겠지. 이제, 이제부터 시작이다. 다시 시작이다…….'

박 신부는 동굴을 나섰다. 다시 한번 세상을 위해 힘을 쓰기 위해서, 다시 한번 인간의 부름에 응하기 위해서 말이다.

황금의
밭

일러두기
- '은나라'는 현재 '상나라'로 명칭이 바뀌었으나 작품의 시대 배경에 맞춰 '은나라'와 '상나라' 모두 사용했습니다.

십 년 만의 방문

이미 해가 저물고 있었다. 여느 때나 마찬가지로, 매일매일 뜨고 지는 해였다. 그러나 석양이 질 때의 찬란하고도 서늘한 빛은 유달리 사람의 마음을 끄는 데가 있었다. 주악산 귀퉁이를 붉게 물들인 그 빛은 홀로 산길을 걷던 한 청년의 걸음을 멈춰 세웠다.

'몇 년 만인가? 어느새 십 년이 지났구나…….'

청년은 이십 대 후반 정도로 보였으며 건장한 체구였다. 그렇게 키가 큰 편도 아니고, 덩치가 큰 것도 아니었지만 온몸의 기운이 매우 생생해 활기찬 느낌을 주었다. 얼굴은 그리 잘난 것도, 그렇다고 못난 것도 아니어서 그냥 군중 사이로 파묻히면 알아볼 수 없을 듯한 평범한 용모였지만, 눈빛 하나만은 별처럼 반짝거리고 있어 참으로 특이했다.

'그때에도 이맘때쯤 여기 도착했는데…… 오늘도 마찬가지군.'

청년은 속으로 중얼거리면서 잠시 옛 생각에 잠겼다. 그러다가 다시 걸음을 옮기기 시작했다. 그의 반짝이던 눈빛은 어느새 사라지고, 다시 평범한 용모로 돌아와 있었다. 청년의 왼팔에서 잠시 무엇인가가 살아 있는 것처럼 꿈틀거리자 청년이 오른손으로 왼쪽 손목을 가볍게 쓰다듬으니 조용해졌다.

청년은 바로 현암이었다.

십 년 전 현암은 막힌 혈도를 치료할 생각으로 해동밀교를 찾아 이 주악산에 올랐었다. 그리고 여기서 박 신부와 준후를 처음 만나게 됐었고 수많은 일들을 겪었다. 그런데 지금 다시 해동밀교의 자취를 찾아 이 산을 오르게 되다니…… 현암은 조금은 남다른 감회에 젖었다. 그는 산길을 걸으며 월향검이 꽂혀 있는 왼손을 다정하게 토닥거리면서 말했다.

"너는 모르지, 월향? 그때는 너를 가지고 가지 않았으니까. 난 전에도 여기 왔었어. 아슬아슬한 일을 겪기는 했지만…… 여기서 신부님과 준후를 만나게 됐지……. 벌써 십 년이 더 지났다니, 꿈만 같구나……."

회상에 젖으며 현암은 터벅터벅 걸어갔다. 그때 해동밀교가 멸망하고 준후를 불길 속에서 살려 내어 이곳을 빠져나간 이후로 현암이나 박 신부, 준후 등은 한 번도 이곳을 다시 찾지 않았다. 그것은 키워 준 아버지와 낳아 준 진짜 아버지를 둘 다 눈앞에서 잃은 준후의 마음의 상처를 건드리지 않기 위한 배려였다. 그러나 현암은 다시 이곳을 찾을 수밖에 없었다. 그것도 단순한 방문이 아니라 중대한 목적을 가지고 왔으며, 어쩌면 중노동을 해야 할지도 몰랐다.

 은밀하게 숨어서 수련에 몰두하던 준후와 현암이 박 신부에게서 온 소포 하나를 받은 것은 사흘 전의 일이었다. 원래 그 소포는 그보다 이틀 먼저 배달됐지만 준후와 현암은 은신 중이었기 때문에 소포를 받기까지 이틀이 더 걸린 것이다. 소포를 뜯어보니 거기에는 다음과 같은 박 신부의 편지와 녹슨 석판 한 개, 그리고 탁본 한 장이 들어 있었다. 한참 준후에게 기공술을 가르치는 데에 몰두하던 현암은 편지를 보고 놀라고 말았다.

 현암 군 보게. 이것은 내가 우연히 얻은 것이라네. 그러나 이것은 우연이 아닌 필연적인 이유로 얻은 것 같네. 준후에게 내용을 묻게. 반드시 최선을 다해 해독해야 하네. 그냥 느낌이긴 하네만 반드시 그래 주게. 지금 몸이 좀 불편해서 금방 갈 수는 없네. 한 달 정도면 만날 수 있을 걸세. 고생해 주게나. 미안하네…….

 가짜 신부

 어이없이 간단한 편지였다. 자세한 설명은 한 구절도 없었지만, 여하튼 박 신부는 결코 허튼소리를 하는 사람이 아니었으니 급히 조사해 보아야 한다고 현암은 생각했다. 현암은 곧 그 석판과 탁본을 준후에게 보여 주었다.

"이건 녹도문이에요."

석판을 보자 준후는 서슴없이 말했다.

"그리고 이건 신시 문자예요. 신지 문자라고도 하고요. 녹도문하고 신시 문자는 둘 다 고대의 옛글자죠. 가림토보다 오래된 거예요. 그런데 중간중간에 전자체의 한문도 있는 것 같은데……. 이렇게 오래전에 쓰인 글자가 아직도 완전하게 남아 있다니, 신기하네요."

박 신부가 동굴의 벽에서 뜬 탁본을 보고 준후가 한 말이었다. 그 말미에 새겨진 〈서복, 여기서『우사경』을 얻다〉라는 한자를 보고 준후가 말을 이었다.

"이건 훨씬 뒤에 새겨진 것 같네요."

준후는 박 신부의 당부도 있고 호기심도 생기고 해서, 오랜 시간이 걸릴 것도 없이 그 내용을 해독해 내었다. 그 내용은 기이하기 짝이 없었는데, 대략 다음과 같았다.

> 한 풍백 비렴의 후예 좌풍주(左風主) 비직수일이 남긴다. 명을 받아 한 우사 맥달님의 마지막 남기신 □□□을 바다 끝 땅에 감추니 이제 더 이상 여한이 없다. 삼백 년의 대과업을 이제야 끝냈다고 여기니 이제 나는 하늘에 가는 일만 남았다. 마지막으로, 혹여 이것을 손댈 사람들에게 전한다. 이 □□□은 □□□□과 더불어 반만년을 남아야 하는 것이며, □□□□ 마지막 장의 오묘한 풀이를 담은 것이니 결코 망령되게 다루어서는 안 된다. 그리고 □□□은 죽지 않는 신비를 안고 있으니 더더욱 귀하게

여겨야 하는 것이다. 후세인들은 이것을 잊지 말고, 결코 이것을 망가뜨리거나 없애지 말라.

도대체 내용을 알 길이 없는 글이었다. 풍백과 우사는 고조선의 삼사 중 하나일 테고, 이것이 쓰인 문자도 고조선의 문자인 신지 문자와 녹도문이었으니, 분명 고조선의 어떤 사람이 제주도까지 와서 무엇을 감춘 것만은 확실했다. 고고학적으로 보아서는 큰 발견이랄 수도 있었지만, 현암이나 준후는 그런 데는 관심조차 없었다.

"여기 이 빈칸은 뭐지?"

현암이 묻자 준후는 고개를 저었다.

"이건 한문 같아요. 그런데 전자체보다도 오래된 과두 문자(蝌蚪文字) 같아서…… 저도 모르겠어요. 이 세 글자짜리는 밑의 한문을 보니 『우사경』일 거 같기는 한데."

"『우사경』이라는 책이 있니?"

"아뇨, 처음 들어요."

"그럼 실전된 책이야?"

"으음, 현암 형."

"왜?"

"내가 세상의 모든 책을 다 알고 있다고 믿는 건가요? 뭐, 칭찬으로 들을 수도 있지만…… 나도 모른다고요."

"그러면 알려지지 않은 책이란 거니?"

"그거야 모르죠. 좌우간 아직은 짐작일 뿐, 확실치는 않아요. 과두 문자를 잘 알아볼 수가 없어서."

"올챙이 닮은 글자 말이야?"

"올챙이 글자? 현암 형, 무식은 잘난 게 아니에요."

현암은 피식 웃었다. 요 녀석이 어느새 머리가 좀 컸다고 나랑 농담 따 먹기를 다 하려고 하다니.

"나도 무식한 건 아니다. 다만 전공이 다를 뿐이지. 좌우간 해석은 되겠니?"

준후는 싱긋 웃었다.

"글쎄요? 좀 책을 찾아봐야 할 것 같아요. 다행히 이 세 글자가 '우사경'이라면…… 그걸 토대로 좀 맞추어 보면 나머지 네 글자도 알아낼 수 있을 거예요."

"만약 그 세 글자가 우사경이라는 글자가 아니라면?"

"그럼 나도 모르는 거죠, 뭐."

과두 문자는 은나라의 갑골문보다도 오래된 것이어서 중국에서도 해독하는 법이 끊어진, 현암의 말마따나 올챙이를 닮은 문자였다. 준후는 언제 가지고 있었는지도 모를 이상한 작은 책자들을 꺼내 와서 며칠 동안 그것을 들여다보았다. 깊은 생각을 하다가 고개를 갸웃갸웃하며, 이 부분을 조금 고치고 저 부분을 조금 고치고 하면서 거의 하루를 보냈다. 글자 해독이 아니라 무슨 그림 맞추기를 하는 것 같았다.

성미가 급한 현암은 시간이 아까워서 수련이나 하자고 했지만 준후는 들은 척도 않고 일곱 개 글자만 들여다보고 있었다. 현암은 준후가 이미 실전된 신지 문자와 녹도문을 풀어 읽고 과두 문자까지도 해독하려는 것을 보고는 속으로 감탄을 금치 못했다. 현암은 비록 학문의 진흥에 별 관심은 없었지만, 국보급 이상의 능력을 지닌 준후가 죽은 사람으로 처리돼 그 재능을 발휘할 수 없는 것이 안쓰럽기 그지없었다. 이두 문자의 해독만으로도 고대사 규명의 큰 개가라고들 하지 않는가? 준후는 이두는 잘 몰라도 가림토와 녹도문, 신지 문자까지 자유자재로 구사가 가능하지 않는가 말이다.

현암이 그런 생각을 하고 있을 때 갑자기 준후가 벌떡 일어났다. 준후의 얼굴은 놀라움으로 가득 차 있었다.

"이, 이거…… 이건……."

"왜 그래?"

방금 준후가 써서 맞춘 네 개의 글자를 보고 현암 역시 놀라서 그 자리에 꼿꼿이 서 버렸다. 네 글자는 바로 '해동감결(海東鑑訣)'이었던 것이다.

"'해동감결'? 아니, 이 네 글자가 정말 '해동감결'이니?"

"예! 틀림없어요! 아…… 이제야, 이제야 뭔가 알 것 같아요."

"뭐 말이야?"

"『해동감결』의 뒷부분은 해석이 되지 않아서 무척 이상하게 여겨 왔어요. 『해동감결』은 연대순으로 기록된 책이거든요. 거의 마지막 장에 가서야 우리 이야기가 나와요. 그러나 그다음 장은 전혀 해독할 수가 없었어요. 그 부분이 말세를 예견한 것이라고 생각했는데…… 그건 형도 알죠?"

"그래, 듣긴 했다. 하지만 어째서였지?"

"그 부분은 일종의 암호같이 돼 있어서, 어떻게 따져 봐도 말이 되지를 않았죠! 그러나 이건! 이 비직수일이 남긴 글을 보면 『우사경』이 『해동감결』의 마지막 장의 풀이를 담은 거라고 하잖아요!"

현암은 기뻤다. 현암도 이미 도혜 선사와 한빈 거사로부터 말세의 양상을 대충 전해 들은 바가 있었다. 하지만 자신들이 도대체 어떻게 해야 하는지는 전혀 알 수가 없었다. 『해동감결』이 있으니 내용을 따르려고도 했지만, 준후는 정작 『해동감결』의 말세에 해당하는 부분은 조금도 해독해 나가지 못했다. 그 때문에 박 신부는 마음을 잡고 말세에 대한 예언을 해독하기 위해 제주도로 가서 몇 달째 처박혀 있지 않았던가? 그런데 신부님이 이런 중요한 단서를 얻다니!

기뻐하던 준후의 얼굴이 차츰 어두워졌다.

"왜 그러니?"

"그런데…… 그게…….”

"왜 그러는데?"

"좀 마음에 걸리는 게 있네요."

"뭔데 그래?"

준후는 자신의 보따리를 뒤져서 『해동감결』을 꺼냈다.

"비직수일의 글에 보면…… 『우사경』은 죽지 않는 신비를 담고 있다고 했잖아요. 그리고 『해동감결』의 마지막 장을 풀이한다고 돼 있고요."

"그래. 그러니 『우사경』이란 걸 찾아내면 네가 해독하지 못한 『해동감결』의 마지막 장을 풀이할 수 있을 것 아니겠니?"

"으음, 그런데…… 그렇게 간단하지 않아요."

준후는 『해동감결』의 마지막 부분을 펴서 보여 주었다.

"자, 여기가 해독이 안 되는 장이에요. 그리고 맨 마지막 빈 페이지에 글자 몇 개가 보이죠?"

"그런데?"

"이 글자들을 한자로 옮기자면 '불사(不死)의 장'이라는 뜻이에요."

"음?"

그 말을 들으니 현암도 좀 의아했다.

"그런데 왜 「불사의 장」이 여백에 쓰여 있는 거지?"

"저도 그게 불안한 거예요. 흠…… 그리고 「불사의 장」을 뺀 『해동감결』의 마지막 장엔 시 두 편밖에 없어요. 말세의 양상이 단 두 편의 시로 예언될 수 있을까요? 그게 좀 불안하네요."

준후는 인상을 찌푸리고 생각에 잠겼다가 다시 말했다.

"난 원래 「불사의 장」이란 건 그냥 무슨 상징이거나 이 책이 불사, 그러니까 죽지 않는 가르침을 담은 책임을 나타내는 거로 생각했는데…… 비직수일의 말을 보면 그런 것 같지가 않네요."

"하지만 이렇게 생각할 수도 있지 않니? 『우사경』에 『해동감결』의 마지막 장을 푸는 열쇠가 있고, 또 불사의 비결 같은 것이 적혀 있을지도 모르는 것 아니겠어?"

그러면서 현암이 말을 이었다.

"네가 연구하는 동안 나도 연구 좀 했다. 『우사경』을 가져갔다고 쓴 서복이라는 사람은 아무래도 진시황 때 사람을 말하는 것 같아."

"예? 정말인가요?"

준후가 놀라서 묻자 현암은 의기양양하게 대답했다.

"그래. 서복이 진시황의 명을 받아 불로초를 구하러 삼신산(三神山)을 찾아갔다는 건 유명한 고사지. 근데 삼신산이란 건 봉래, 방장, 영주인데 그건 백두산, 금강산, 한라산을 말하는 것이 아니겠니? 서복은 육로를 택하지 않고 수로를 택해 배에다 동남동녀(童男童女) 삼천 명을 싣고 갔다고 하니 한라산을 노리고 간 것이라는 결론이 나오지. 그러나……"

"아뇨, 나도 서복은 알아요. 이미 그 사람일 거라고 생각했어요."

"음? 그럼 왜 그리 놀랐냐?"

"현암 형이 연구했다는 게 안 믿어져서요."

순간 현암은 짐짓 인상을 쓰면서 나지막한 소리로 말했다.

"너…… '탄' 자 결 한번 맞아 보련?"

준후는 깔깔 웃으면서 고개를 휘휘 저었다. 현암도 따라 웃었다.

"그럴 법하죠. 서복은 불로초를 찾으러 간 사람이니, 죽지 않는 신비라는 글을 보고서는 그냥 넘길 수 없었을 거예요. 『우사경』은 서복이 가져갔다고 보는 편이 옳겠죠."

"그런데 서복이 신지 문자를 과연 알아봤을까? 그 사람은 중국 사람 아냐?"

준후가 다시 고개를 저으며 말했다.

"신지 문자도 틀린 건 아니지만 신시 문자 쪽이 조금 더 원래의 발음에······."

"둘 다 같은 뜻이잖아. 발음도 쉽고. 좌우간 그게 중요한 건 아니잖아."

"음······ 맘대로 불러요. 어쨌든 그보다 더 후대 사람인 이백도 신시 문자를 알았다니, 서복도 알 수 있었겠죠."

"이백? 시선(詩仙)이라고 불리는 그 이태백 말이냐?"

"맞아요. 신시 문자는 발해 때까지 국어로 쓰였었어요. 발해 국서를 당나라 사람들이 읽지 못하자 이백이 나서서 읽었다는 것은 꽤 유명한 고사[1]죠. 하물며 서복은 진나라 때 사람이니, 당나라 때 사람인 이백보다 훨씬 전 사람이에요. 그렇다면 오히려 신시 문자를 더 잘 알 수도 있었을 테고, 서복의 부하는 몇천 명이 있었을 테니 그중 한 명이라도 알았겠죠. 아무튼······ 서복의 자취를 더듬으면 『우사경』을 찾을 수 있을지도 몰라요."

"하지만 『우사경』이 이미 없어졌으면 어쩌지? 그때 서복이 자

---

[1] 발해 때 중국에 신지 문자로 된 국서를 보냈는데 그것을 아무도 읽지 못하자 이백이 나서서 읽어 내어 사람들을 경탄하게 만들었다는 이야기이다. 이백은 시 외에도 초서(草書)를 써서 흉노를 놀라게 해 물러가게 했다는 등 기이한 일화를 많이 남겼다.

취를 감추었기 때문에 그가 어디로 갔는지는 아무도 모르지 않나? 그리고……."

현암이 조금 인상을 쓰면서 덧붙였다.

"더구나 비직수일의 말과 비교하면 『해동감결』의 뒷부분은 어딘가 빠진 기분이 들잖아. 네 말대로라면 두 가지 가능성이 있다는 건데……."

현암은 웃음기를 거두고 머리를 회전시키면서 계속 말했다.

"첫 번째 경우는 『우사경』이 『해동감결』의 뒷부분에 대한 실마리가 적혀 있으며, 또 죽지 않는 비법에 대해서도 적혀 있다. 두 번째로는 『우사경』은 단지 『해동감결』 마지막의 「불사의 장」에 대해서만 언급하고 있는 경우일 테지. 그렇다면 네가 가지고 있는 『해동감결』은 뒷부분이 빠진, 완전하지 못한 거란 이야기가 되지 않겠니?"

"그렇겠죠……."

준후도 자못 심각하게 생각하는 듯했다. 조금 더 생각하던 현암은 한 가지 가능성을 더 말했다.

"또 한 가지 가능성은 비직수일의 글귀와 서복이 남긴 글자가 모두 엉터리나 가짜일 경우인데…… 으음, 신부님이 일부러 보내신 것을 보면 그럴 리는 없겠지?"

"저도 그렇다고 생각해요."

"그렇다면 두 가지 경우 중 어떤 걸까?"

"글쎄요……."

준후가 미간을 찌푸리자 현암은 조용히 말했다.

"나는 견문은 그리 넓지 못하지만…… 준후야, 정말 인간이 죽지 않고 불사의 몸으로 살아갈 수 있는 방법이 있겠니?"

"해탈해서 신선이 된다는 이야기는 있잖아요."

그 말에 현암이 하하하고 웃었다.

"신선이면 벌써 인간은 아니잖아. 나는 이렇게 생각한다. 인간이 죽는 것은 하늘의 이치인데…… 비직수일의 말을 따른다면, 이 『해동감결』과 『우사경』은 둘 다 맥달이라는 사람이 쓴 거야. 여기 말 그대로라면 이 사람은 정말로 대단한 사람이야. 수천 년 뒤의 미래를 예언해 하나도 어긋난 게 없으니 정말 하늘이 낸 사람이었을 거야. 그런데 그 정도의 예언을 남긴 사람이 경솔하게 불사의 비법 같은 것을 적어 남겼을 것 같지는 않구나……."

준후도 고개를 끄덕이며 말했다.

"그렇겠죠. 오래 사는 것보다는 어떻게 사느냐가 중요한 거니까……."

현암은 자칫 준후가 얼마 남지 않은 자신의 생명에 대해 생각할까 봐 급히 말을 돌렸다.

"어쨌거나 나는 우리가 지닌 『해동감결』이 어딘가 부족한 데가 있다고 생각한단다. 두 번째 생각이 맞을 것 같아. 네 생각은 어때?"

"으음…… 그렇다면 어떻게 해야 하죠?"

"신부님이 헛일을 하라고 하시지는 않았을 것 같으니…… 일단 두 가지를 알아봐야지. 하나는 완전한 『해동감결』을 찾는 일이고 하나는 『우사경』을 찾는 일인데, 우선 『우사경』은 너무도 모호해서 찾기 쉬울 것 같지는 않구나. 허나 『해동감결』이라면 그것을 보존해 오던 곳이 있지 않겠니?"

준후는 쓸쓸히 고개를 끄덕였다. 아마도 과거 해동밀교에서의 쓰라린 과거가 생각났기 때문이리라.

"하지만 해동밀교는 완전히 무너지고 불에 탔잖아요······. 생존자도 더 이상 없고······."

"모든 것이 완전히 없어지지 않았을 수도 있지 않을까? 하다못해 비석이나 종의 파편이라도 단서가 될 수 있는 게 있을지도 모르지. 그러니 내가 가서 좀 찾아보마."

"흠, 그럴 수도 있어요. 해동밀교에는 지하에 귀중한 문서들을 넣어 둔 방이 있었거든요. 거기까지 무너졌는지 어쨌는지는 모르지만······."

"그 방이 혹 돌로 된 석실이었니?"

준후는 아까운 듯한 표정을 지으며 고개를 저었다.

"몰라요. 거긴 교주만이 드나들 수 있어서······."

교주의 이야기가 나오자 준후의 안색이 흐려졌다.

"음······ 그래도 한번 수색은 해 봐야겠구나. 뭐라도 나올지 모르니까, 아무것도 안 하는 것보다야 낫지 않겠니? 내가 다녀올게."

현암을 쳐다보며 준후가 물었다.

"혼자 가게요?"

준후가 애써 아무렇지도 않은 듯 물었지만 과거의 슬픈 기억 때문에 그곳에 다시는 가고 싶지 않다는 것을 현암은 느낄 수 있었다. 현암은 미소를 띠며 대답했다.

"너는 서복에 대해 알아보려무나. 난 네 말대로 무식해서 그런 기록 나부랭이들을 잘 찾을 자신이 없어. 몸으로나 때워야지, 뭐."

준후도 현암의 마음을 고맙게 여기는 듯 미소를 지었다.

"현암 형, 많이 변했어요."

"음? 내가 뭘?"

"예전엔 서릿발 같았는데…… 사람 됐네요."

현암의 얼굴이 짐짓 심각한 듯 다시 굳어졌다.

"그렇게까지 말해서 굳이 한 대를 더 맞아야겠니?"

"하하하……"

현암은 다시 미소를 지었다. 언제부터였던가? 자신에게 다시 웃음이 돌아온 것은…….

그렇다, 그때였다. 이제는 정말 죽었구나 생각했고, 모든 것이 끝났다고 여겼던 그때. 그 순간 지금까지 살아오면서 항상 쫓기듯 살아왔다는 것에 대한 아쉬움과 스스로를 억제하면서 살아오기만 했다는 후회가 들었다.

나는 왜 그토록 내가 가진 힘에 억눌려 있었을까? 왜 그토록 나 자신을 믿지 못하고 조마조마했을까? 왜 스스로의 본성을 감추고 항상 심각하고 과묵한 생각만을 해 왔을까? 죽음을 바로 눈앞에 두었던 그 절박했던 순간, 현암은 자신이 걸어왔던 길을 돌이켜

보았다. 자신에게 주어진 힘을 잘못 사용했던 적이 있었던가? 아니었다. 그러한 마음조차 가진 적이 없었다. 그러면 왜 그토록 마음을 졸였을까? 그러지 않아도 됐는데…… 그러지 않아도…….

그러나 현암은 죽지 않고 살아났다. 심각할 정도로 탈수 현상에 빠졌고 몸 여기저기에 화상을 입었지만, 백호의 구원을 받아서 살아남을 수 있었다. 도로 정신을 차린 후에도 현암은 그 순간의 기억을 잊지 않았다. 그리고 크게 웃으며 생각했다. 다시 인생을 시작하는 기분으로, 새로 태어난 것처럼 살기로 말이다.

"늦었다. 서두를까?"

현암은 다시 왼쪽 손목을 툭 건드리며 바쁘게 걸음을 놀렸다. 그러나 마음은 그리 급하지 않았다. 어차피 현암 정도라면 해가 졌다고 길을 잃거나 위험한 일을 당할 일도 없고, 남의 눈에 띄지 않는 밤에 일을 하는 편이 오히려 더 수월할지도 몰랐다. 현암은 월향과 자주 대화했고, 월향도 그것을 몹시 좋아하는 것 같았다.

지금은 석양의 경치가 무척 좋았는데, 월향도 그런 것을 느끼는지 현암의 팔목에서 아주 나직한 소리로 한 번 울었다.

"저게 뭐야?"

현암은 끌끌 혀를 찼다. 혹시나 길을 잘못 들어 엉뚱한 곳으로 온 것은 아닌가 하는 생각도 들었다. 준후가 그려 준 약도대로 따라왔으니 길을 잘못 든 것 같지는 않았다. 그래도 현암은 몹시 난감해졌다. 전에 해동밀교가 있던 터에는 난데없는 근대식 ㅡ이라기보다는 멋없이 콘크리트로 상자를 쌓아 놓은 것 같은 ― 커다란 건물이 있었고, 얼핏 보아도 수백 명은 넘어 보이는 사람들이 웅성거리고 있었기 때문이다.

'저 속에서 어떻게 조사해? 『해동감결』이든 뭐든 찾기는 틀린 거 아냐?'

현암은 걱정이 되면서도 호기심이 일었다.

'대체 무엇을 하는 곳이기에 이 밤중에 사람들이 많이 몰려 있지? 뭐, 나하고는 상관없는 일이지만…… 그래도 한번 가 보자.'

현암은 슬그머니 몸을 낮추고는 그쪽으로 향해 길도 없는 비탈을 조금씩 내려갔다.

한참을 내려가는데 문득 저쪽 숲속에서 나는 기이한 소리가 들렸다. 작은 소리였지만, 현암은 공력으로 인해 귀가 예민해진 데다가 항상 주위를 살피는 습관이 있기 때문에 들을 수 있었다. 처음에는 그냥 바스락거리는 소리가 난 것뿐이라 짐승이나 다른 무엇이 있을 거라고 생각했지만, 조금 지나자 단순한 산짐승의 소리가 아니라는 것을 느낄 수 있었다. 사람이 숲을 헤치며 가는 소리 같았다. 매우 다급한 듯 숲을 헤치며 가는 소리가 하나, 그리고 그를 뒤쫓는 다른 인기척이 여럿. 상황으로 보아 쫓고 쫓기는 것 같았다.

'뭐지?'

현암은 본능적으로 신경이 쓰였다. 이렇게 깊은 밤중에 깊은 산속에서 누가 쫓고 쫓기는 것일까? 생각해 보니 깊은 산중이라지만 저 아래의 건물에는 수백 명이나 되는 사람들이 있지 않은가? 그냥 넘어갈까 하고 현암이 생각하는 순간, 이상한 소리가 들렸다.

"사람 살…… 읍!"

여자의 목소리 같았다. 무심결에 현암은 그쪽으로 휙 몸을 날렸다. 숲을 헤치며 성큼성큼 몇 번을 뛰자 저만치에서 여러 명의 웬 남자들이 한 여자를 붙잡아 서둘러 포대 자루에 넣는 광경이 보였다.

"거기! 뭣들 하는 거요?"

심드렁하게 물었으나 현암의 목소리는 그 남자들을 깜짝 놀라게 할 정도로 울림이 대단했다. 남자들은 현암을 슬쩍 돌아보더니 이죽거렸다.

"참견 마! 죽고 싶어?"

현암은 고개를 설레설레 저으며 터벅터벅 다가갔다.

"죽긴 싫은데…… 참견하고 싶으니 어쩌지?"

그 말에 남자들이 서로에게 눈짓하면서 실실 웃었다. 현암은 그리 큰 키도 아니었고 겉으로 보면 마른 편이었다. 게다가 지금은 일부러 눈빛을 숨기고 있어 실없는 사내처럼 보였다.

'이런 것들한테 공력을 많이 쓸 필요까지는 없겠지.'

현암은 터벅터벅 걸어서 남자들을 향해 다가갔다. 전혀 두려워하는 기색도 없이. 여자를 구해 줄 생각은 있었지만, 여기 이 사람들에게 자신의 능력을 드러내고 싶지는 않았다. 어쨌든 자신은 지금 죽은 사람으로 돼 있으니 여러 사람들의 눈에 띄어 좋을 것은 없었다. 현암은 연극을 하기로 작정했다. 남자들은 거칠 것 없이

다가오는 현암을 미처 제지하지 못했다.

현암은 포대 자루를 한 번 내려다보고는 말했다.

"포대가 사람 넣기엔 너무 더럽잖소. 그리고 이렇게 꽉 매면 안에 있는 사람이 숨 막혀요……."

남자들은 기가 막힌 듯 웃지도 못하고 쏘아붙였다.

"저거, 또라이 아냐?"

"밥 생각이 끊겨졌냐? 아니면 숟가락이 미워졌냐?"

"제길, 원 참. 야, 인마. 네가 죽고 싶어 그런 거니까 내 원망은 마."

한 녀석이 현암에게 휙 주먹을 날렸다. 현암은 날아오는 주먹을 가만 보고 있다가 재빨리 몸을 휙 틀며 어깨를 올렸다. 순간 놈의 주먹이 공력이 돌고 있는 현암의 오른쪽 어깨에 퍽 소리를 내며 꽂혔다.

"아이구!!"

"아이구우."

그 녀석의 입에서 신음성이 터져 나오자 현암도 거짓으로 아픈 흉내를 냈다. 다른 자들은 영문을 몰라 잠시 두리번거리다가 물었다.

"야, 너 왜 그래?"

"아이구! 저놈, 저놈…… 어깨에 쇠뭉치를 넣었어! 아이구, 내 손!"

그러자 현암은 마찬가지로 여러 사람의 눈에 띄지 않으려고 일부러 멍한 소리를 내며 덩달아 말했다.

"아이구! 아파 죽겠네. 왜 다짜고짜 사람을 때려? 응?"

남자들은 의아한 듯 몇 번을 두리번거리다가 대수롭지 않게 여기는 듯했다. 다시 한 명이 현암에게 덤볐다. 현암은 아이구 소리를 지르고 넘어지는 척하면서 놈의 다리를 걸었다. 놈이 넘어지는 순간, 가볍게 공력을 넣은 손가락으로 놈의 몸을 찔렀다. 손가락으로 재빨리 콕 찌른 것이라 다른 자들의 눈에는 보이지 않았지만, 정작 그놈은 그 한 방으로 숨이 콱 막히면서 의식을 잃어버렸다. 현암은 기듯이 일어나면서 너스레를 떨었다.

"어라라? 이 작자가 돌부리에 찍혔군. 바보같이."

다른 자들은 모두 뭐가 뭔지 모르겠다는 표정으로 웅성거렸다.

"저, 저거 뭐야? 엉?"

이미 수많은 일을 거치면서 현암의 능청스러운 연기 솜씨는 꽤 높은 수준이 돼 있었다. 그동안 수없이 많은 퇴마행을 계속해 오면서, 그때마다 정체가 드러나지 않도록 조금 모자라는 사람 흉내를 내 왔던 터였다. 원래 흉내를 내는 데에 소질이 있는 것은 아니었지만, 워낙 그런 일을 여러 번 하다 보니 이젠 제법 그럴듯한 경지에까지 이르렀다.

한 명은 아픔을 못 이겨 쓰러지고 다른 한 명은 기절해 버린 상태이니 남자들은 바짝 긴장하지 않을 수 없었다. 남은 놈 세 명 중 둘은 품에서 칼을 꺼냈고, 나머지 한 명은 때마침 근방을 굴러다니던 나무토막을 집어 들었다.

"뭐 하겠다는 거요? 날 칠 거요?"

현암은 여전히 멍한 표정이었지만, 세 명이 동시에 칼과 몽둥이를 휘두르며 덤벼들었다. 현암은 이미 그들의 싸움 기술이 별반 없다는 것을 파악하고 있었다. 현암은 힘들일 것도 없이 슬쩍 몽둥이를 피하면서 그 녀석의 어깨를 손바닥으로 가볍게 밀었다. 그러나 그 안에는 '투' 자 결을 응용한 삼성(三成)의 공력이 들어 있었다.

몽둥이를 든 녀석이 그 힘에 밀리면서 칼을 들고 달려들던 녀석과 부딪쳤고, 연달아 '투' 자 결의 힘은 그 두 놈뿐만 아니라 그 뒤에 있던 세 번째 녀석까지 쓰러뜨려 버렸다. 세 녀석은 모두 몸속까지 저릿저릿해짐을 느끼면서 버둥대지도 못한 채 뻗어 버렸다.

"어라라? 왜들 서로 부딪쳐서 넘어지지?"

현암이 속으로 웃음을 참으면서 중얼거리는 순간, 아까 현암의 어깨를 쳤던 녀석이 후다닥 도망가는 모습이 보였다. 현암은 조그마한 돌멩이 하나를 집어 들면서 소리쳤다.

"걸려 넘어지지 않게 조심하슈."

돌멩이를 손가락에 끼운 뒤 사성(四成)의 공력으로 탁 튕기자 도망치던 녀석은 종아리에 돌멩이를 맞고 데굴데굴 굴렀다. 녀석은 크윽 하는 신음성을 한 번 내고는 다리를 잡은 채 움직이지도 못하고 새우처럼 몸을 웅크리고 있었다. 화중명 노인이 알려 준 천정개혈대법을 수련한 덕분에 현암의 태극기공 공력 운행법이 한층 발전해 힘을 물건에 담고 그 안에 계속 그 힘을 유지해 다른 물건으로 전달시킬 수 있는 경지에 이르렀던 것이다.

'내가 좀 심했나?'

현암은 다리에 돌멩이를 맞은 녀석이 일어서기는커녕 찍 소리도 내지 못하자 사성의 공력을 한 사람에게 사용한 게 좀 심하지 않았는지 속으로 생각하면서 포대 자루를 풀었다. 그러자 안에 있던 여자가 외치는 소리에 현암은 깜짝 놀랐다.

"고마워요! 진짜 세시네요!"

현암은 눈썹을 조금 일그러뜨리면서 뭔가 말하려던 입을 다물고 어조를 바꿔 말했다.

"어떻게 알아요?"

"봤죠."

"포대 속에서요?"

여자는 헤헤 웃으면서 포대 자루에 난 구멍을 가리켰다. 현암은 속으로 고개를 저으며 말했다. 어차피 멍청하게 보이려 했으니 끝까지 바보 노릇을 하기로 작정했다.

"내가 센 거 아니에요. 저 사람들이 잘못해서 넘어진 거죠, 뭐."

현암의 말을 듣고 그 여자는 고개를 끄덕였다. 나이는 스무 살이 좀 넘어 보였는데 약간 살이 찌고 키도 작았으며 예쁜 곳도 별반 없는, 솔직히 말해서 조금 못난 편이었다.

"알아요. 원래 왕자님은 신분을 감추는 거니까."

현암은 머릿속이 띵하고 울리는 것 같았다.

"뭐……요? 왕자님?"

"그럼요. 아, 언젠가는 이런 날이 올 줄 알았어요. 나를 구해 줄 왕자님이 나타나 줄……."

"머리 다쳤수?"

현암은 눈살을 찌푸리면서 툭 던지듯 말했다. 그러자 여자는 입을 다물었지만, 눈빛은 여전히 끈적해서 기분 나빴다.

"그런데 왜 이런 일을 당한 거죠?"

여자는 어깨를 으쓱해 보이면서 고개를 저었다.

"몰라요. 인신매매단인가? 좌우간……."

'인신매매단은 눈도 없나?'

직접 말하고 싶었지만, 차마 그런 살인적 행위를 할 현암은 아니었다. 그저 어이없는 웃음을 터뜨리며 고개를 돌렸을 뿐. 현암은 아직 쓰러져 있는 한 남자에게 다가가 그 옆에 쭈그리고 앉아서 말을 걸었다.

"형씨들은 대체 왜 그랬수?"

그 남자는 얼굴빛이 변하면서 일어나려고 버둥거렸다. 그러면서 앞에 떨어진 칼을 잡으려 하기에 현암은 좀 더 혼내 줘야겠다고 생각하고는 '투' 자 결의 공력을 돌려서 손가락으로 남자의 등을 꾹 눌렀다. 그러자 남자는 대번 얼굴빛이 허옇게 질리면서 푹 땅에 쓰러졌다.

"음? 많이 아프슈? 왜 그리 아프실까?"

말은 그렇게 하면서도 현암은 삼성의 공력을 남자의 몸에 계속 밀어 넣고 있었다. 순간적으로 넣은 것도 아니고 지속적으로 힘이 몸 안을 훑고 있으니, 당하는 사람의 고통이란 이루 말로 다할 수 없을 것이었다. 아마도 전기 고문과 흡사한 고통이리라. 남자는 말도 하지 못하고 몸을 부들부들 떨며 경련만 일으키고 있었다.

"속탈이라두 나셨나? 그럼 말 좀 해 보슈. 혹시 알아요? 말을 하면 속이 시원해져서 좀 괜찮아질지."

"이, 이…… 그건, 그건……."

"잘 안 들리는데?"

현암은 공력을 사성으로 올렸다. 그러자 남자는 악에 받친 듯 현암을 노려보았다.

"이 악마! 사탄! 죽어도…… 죽어도……."

현암은 어이가 없어 웃음이 나올 것 같아 손가락에서 힘을 뺐다. 사탄? 악마? 여태껏 사람들에게 오만 가지 말을 다 들어보았어도, 사탄이나 악마라는 말은 처음 들어보는 터였다.

"허. 나 그렇게 엄청난 건 못 되거든요?"

일단 공력이 풀리자 남자는 헉헉거리면서 길게 몸을 뻗었다. 현암은 다시 삼성의 공력으로 남자의 등을 찌르면서 물었다.

"그런데 말이죠……."

"으아…… 너는 사탄 맞아! 아니고선 어떻게…… 어떻게! 이런…… 이 사……."

남자가 또 외치자 현암은 공력을 일성(一成) 올렸다. 남자는 컥 숨이 막히는 듯 외치던 말문이 막혀 버렸다.

"나는 사씨 성에 외자 이름이 아니우. 난 이(李)가요."

현암은 아주 조금 공력을 올려서 기막혀하는 남자의 말문을 막아 버렸다.

"아, 좋수. 뭐, 당신 뚫린 입으로 날 사씨라는데 내가 어쩌겠수. 졸지에 창씨개명당하네. 그런데 저 여자는 왜 잡아가려구 한 거유?"

남자가 눈을 험악하게 치뜨자 현암이 그에게 얼굴을 바짝 들이대고 갑자기 히죽 웃어 보였다. 더불어 공력을 대폭 올리면서 아주 작게 말했다.

"정말 사탄 맛 좀 볼래?"

두 번째 고통은 심리적인 상승 작용 때문에 더더욱 크게 느껴지는 것 같았다. 남자의 눈이 거의 뒤집어졌다.

"저, 저 여자는…… 황금…… 황금……."

"황금이 뭐야?"

"황금의 발을…… 그걸 보았……."

남자는 토해 내듯 말하고는 풀썩 쓰러져 버렸다. 기절해 버린 것이다. 황금의 발? 그게 뭐지? 현암은 뭔가 심상찮은 느낌이 들었다. 잠시 생각에 잠겨 있는 사이, 나머지 네 명의 남자들이 도망치려는 듯 후다닥 몸을 일으키는 것이 보였다.

"가시려구? 아, 근데 잠깐만."

현암이 무심한 듯이 중얼거리자 네 명의 남자들은 몸을 떨면서 서로 눈치를 보다가 결국은 다시 현암 앞으로 비실거리며 다가왔다. 그러자 현암은 홍 하고 코웃음을 친 후 말했다.

"설명 좀 해 주실라우? 왜 그랬수?"

아무도 입을 열지는 않았지만 한 남자가 삐죽삐죽거리는 것을 보고 현암의 시선이 그쪽으로 향했다.

"아…… 그러니까, 음…… 저 여자를 해치려고 그런 건 아닙니다. 정말로요. 오해는 마세요."

다른 한 녀석도 더듬거리며 한마디 거들었다.

"우, 우린 인신매매단 같은 거 아닙니다. 그럴 거면 뭐 하러 저런 여자를……."

"…… 왜 그랬냐니까요?"

현암이 다시 눈살을 찌푸리자 남자는 덜덜 떨며 대답했다.

"저, 저 여자는 귀신 들린 여잡니다. 맞아요, 귀신 들린…… 그래서……."

허허 하고 헛웃음을 웃으면서 현암은 쭈그리고 앉아 남자의 종아리를 슬쩍 만지며 물었다.

"귀신 씻나락 까먹는 소리 계속할 거죠?"

현암의 손에는 이성의 '유' 자 결의 공력이 들어 있었다. 남자는 다리가 축 늘어지면서 관절에 힘이 빠져, 아이고 소리를 내며 그 자리에 주저앉았다.

"뭐가 물었나? 벌레 조심하슈. 좌우간 왜 그랬냐니깐?"

다른 남자들이 영문도 모르는 채 덜덜 떨다가 입을 열었다.

"아닙니다. 정말이에요. 그 여잔 정말 미쳤어요. 그래서 데려가려고……."

순간 현암이 빽 소리를 질렀다.

"미친 여자 데려가는데 나한테 협박은 왜 하고 칼은 왜 휘둘러? 말이 돼?"

현암이 떨어져 있던 칼을 주워 들며 벌떡 일어섰다. 그 모습에 남자들이 소스라치게 놀라며 시소 놀이처럼 털썩 주저앉았다.

"그리고 뭐? 나보고 죽어 보라고? 그게 미친 여자 데려가는 사람들의 짓거리야? 엉? 사실대로 말 못 해?"

현암이 속으로 열이 치밀어 올라 칼을 쥔 손에 힘을 주자 단단한 칼날이 종잇장처럼 손아귀에서 구겨져 버렸다. 남자들은 입을 딱 벌리더니 이내 와글와글 떠들어 댔다.

"아이고! 아이고, 정말입니다! 정말이에요! 우린, 우린……. 돈 받고 저 여자를 잡아 오라는 부탁을 받았을 뿐이에요! 그래서, 그래서 그런 겁니다! 그 여잔 미친 여자예요! 정말 그건……."

현암은 다소 혼란스러웠다. 사실 여자의 언행은 아무래도 정상적으로 보이지는 않았다. 그리고 조금 겁을 준 것만으로 이토록 벌벌 떠는 것을 보아, 이 녀석들은 결코 조직적인 폭력배나 인신매매단 같지는 않았다. 벌써 한 녀석은 오줌까지 싼 것 같은데, 이런 상황에서 거짓말을 늘어놓고 있을 것 같지는 않았다.

"정말이야?"

현암이 묻자 남자들은 합창하듯 대답했다.

"그럼요!"

"그러면 누가 시켰어?"

"뭘요?"

"누가 저 여자 잡아 오라 했냐고."

남자들은 현암 옆에 기절해 있는 남자를 가리켰다.

"저 사람요."

"그래?"

현암은 심드렁하게 대답하면서 그 남자를 내려다보았다. 그 순간 기절해 있는 줄 알았던 남자의 손이 번개같이 현암의 다리를 잡아챘다. 별거 아니라 생각했는데 놀랍게도 엄청난 힘이었다. 그 힘은 아까보다도 스무 배는 더 강한 것 같았다. 현암은 조금 장난 비슷한 기분으로 방심해 있던 터라 균형을 잃고 휘청거렸다. 순간 남자는 벌떡 몸을 일으키더니 앞에 있던 네 명의 남자 중 두 명의 머리채를 잡고 세차게 맞부딪히게 했다. 그러자 퍽 하고 무엇인가 깨지는 소리가 나는가 싶더니 붙잡힌 두 남자가 눈을 뒤집으며 풀썩 쓰러져 버렸다.

그들이 쓰러지기도 전에, 남자는 다른 두 남자의 목덜미를 잡아 둘을 저만치로 던져 버렸다. 우두둑하고 꺾이는 소리가 나면서 두 남자는 몸이 채 날아가기도 전에 목이 부러져 버렸다. 모든 일이 현암이 휘청거렸던 짧은 순간에 다 끝나 네 명은 시체로 변하고 말았다. 그다음 순간에야 휘청거렸던 현암이 쿵 소리를 내며 쓰러지며 속으로 외쳤다.

'이럴 수가!'

현암은 쓰러짐과 동시에 오른손에 공력을 불어 넣어 '발' 자 결의 기운으로 땅을 쳤다. 그 반동으로 순식간에 몸이 허공으로 솟구쳐 올라갔다. 순간 아슬아슬하게 현암을 스친 남자의 발이 현암이 쓰러졌던 자리를 푹 찍었는데, 놀랍게도 지면에서 십 센티미터 이상의 깊이로 푹 박히는 것이 아닌가. 무시무시한 힘이었다. 현암은 바짝 긴장하면서 공력을 오른팔에 치중했다.

현암은 주변을 둘러보았다. 이미 네 명의 남자가 숨이 끊어진 것을 보고 현암은 아차 하는 마음과 분노, 의아함을 느꼈다. 이것은 보통의 인간이 낼 수 있는 힘이 절대 아니다. 그렇다면…….

다시 남자의 오른손이 갈퀴같이 변하면서 자신에게로 덮쳐들자 현암은 반사적으로 오른팔을 뻗어 그 손을 막았다. 남자의 손이 대뜸 현암의 팔을 콱 움켜쥐자 현암은 팔에 찌르르한 느낌을 강하게 받았다. 정상적이 아닌, 뭔가 이상한 기운이 흐르고 있는 것이 분명했다. 남자의 힘은 보통이 아니었다. 보통 사람이 남자에게 팔을 잡혔더라면 이미 팔뼈가 으스러졌을 것이었다. 더 이상 봐줄 수 없다고 생각한 현암은 오른팔에 공력을 집중하면서 팔을 바깥쪽으로 크게 휘두르며 뿌리쳤다.

남자는 현암의 팔을 움켜쥔 채 그대로 현암의 팔을 따라 앞으로 몸을 푹 숙이는 꼴이 됐다. 그때를 놓치지 않고 현암은 다시 손바닥에 팔성(八成)의 공력을 넣어 힘껏 등을 후려쳤다. 쿵 소리와 함께 남자의 몸은 현암의 무서운 힘에 땅에 처박히며 몸 전체가 일 센티미터 넘게 지면을 파고들어 갔다.

보통 사람 같았으면 벌써 뻗었을 텐데도 남자는 이내 두 손을 휘둘러 현암의 발목을 잡으려고 했다. 현암이 날쌔게 제자리에서 펄쩍 뛰어 놈의 손을 피하자 놈은 또다시 손을 땅에 짚고 일어서려고 기를 썼다.

'이 녀석은…… 고통도 느끼지 못하나?'

현암은 마음을 독하게 먹고 막 몸을 일으키려는 남자의 다리를 걸어 다시 고꾸라지게 만들었다. 그리고 오른손에 공력을 넣어 불끈 주먹을 쥐고는 남자의 오른손을 인정사정없이 퍽퍽 내리쳤다. 와드득하는 소리가 들리면서 오른손의 뼈가 부서지는 소리가 들렸다. 그래도 현암은 입을 꾹 다문 채 놈의 왼손까지도 내리쳤다. 좀 잔인한 방법이었지만 그렇지 않고서 이자를 막을 수가 없었다. 현암은 남자의 등에 오른 손바닥을 대고, 있는 힘껏 공력을 모았다.

"이 자식! 가루가 돼 봐라!"

겉으로 인상을 쓰면서 현암은 월향검에게 마음속으로 말했다.

'월향, 준비해라.'

현암이 오른손에 공력을 구성(九成)까지 집중시켜 모으자 오른손에서 밝은 광채가 솟아 나오기 시작했다. 그러자 갑자기 남자가 풀썩 땅에 쓰러짐과 동시에 무엇인가 차가운 기운이 확 느껴졌다. 현암은 지체 없이 눈을 감으면서 왼팔을 내뻗었다. 현암은 아직도 영을 분별해 볼 수 있는 능력이 없었다. 차라리 눈을 감고 느낌에 의지하는 편이 정확했다.

꺄아아악!

현암이 왼팔을 뻗자 월향검이 쏘아져 나가면서 귀곡성을 냈다. 월향검은 남자의 위편, 허공의 한 점을 향해 무서운 속도로 빛살같이 치고 지나갔다. 그러자 허공에서 갑자기 아아악 하는 비명이 들려오고 뭔가 아주 투명하고도 시커먼 것이 공중에서 흩어지는 것이 보였다.

"휴……."

현암은 한숨을 길게 토하고 자신이 때려눕힌 자에게로 시선을 돌렸다. 방금 그자에게 엄청난 공격을 가하는 척함으로써 그 안에 깃든 영이 도망치도록 유도했던 것이다. 돌아보니 남자는 자신의 그런 노력에도 불구하고 어느새 숨이 끊어져 있었다. 아마도 방금 빠져나간 검은 기운의 짓인 듯했다.

"이런……."

현암은 안타까운 듯 입술을 깨물었다. 이럴 줄 알았으면 기운이 빠져나가게 술책을 쓰지 말고 남자를 순순히 놓아주어 뒤따라가는 편이 낫지 않았을까 하는 생각이 들었다.

"실수했군……."

그 존재는 생각보다 너무 맥없이 사라져 버렸다. 미루어 짐작하건대, 그 존재는 그리 강하지 않은, 일종의 꼭두각시인 듯했다.

"골치 아프군……."

현암은 되돌아온 월향검을 받아 들고 이미 쓰러진 네 명의 남자들을 살펴보았다. 그러나 그들은 모두 숨이 끊어진 상태였다.

"잔인한……! 도대체 왜?"

그다지 질이 좋은 녀석들 같지는 않았지만, 이토록 어이없이 떼죽임당한 것을 보자 현암은 속이 부글부글 끓는 것 같았다. 그러나 애써 냉정을 잃지 않고 차분히 앞뒤를 맞추어 보았다.

방금 사라진 것은 분명 어떤 영적인 존재다. 그 존재가 이 남자에게 들어와서 힘을 준 것이 분명하다. 그러나 왜 여자는 놓아두고 같은 편인 남자들을 모조리 해친 것일까? 더구나 마지막 순간에 급박하게 도망치면서도 이 남자의 목숨을 빼앗은 이유는 무엇일까?

'한 가지밖에는 생각할 수 없군. 입을 막기 위해 그런 것이 분명해.'

그렇다면 이자가 알고 있는 것이 무엇이기에? 이 남자가 한 말은 고작해야 사탄, 악마라고 현암에게 욕을 한 것과 황금의 발이라는 말밖에는 없었다. 도대체 황금의 발이란 무엇일까?

거기까지 생각이 미치자 현암은 조금 전 여자 생각이 났다.

여자는 분명 황금의 발을 보았기 때문에 남자들에게 잡혀가는 것이라고 했다. 그렇다면 여자에게 물으면 어떤 단서를 얻을 수 있을지도…….

현암은 그제야 여자를 찾아 뒤를 돌아보았다. 그러나 여자는 그 사이 어디론가 도망쳤는지 보이지 않았다. 현암은 얼른 주변을 둘러보았으나 여자가 어디로 갔는지 더 이상 알 수 없게 돼 버렸다.

순간 현암은 당황했다. 앞에는 이미 다섯 구나 되는 시체가 즐비하게 널려 있다. 물론 자신이 그들을 죽인 것은 아니다. 그러나 아까 다투면서 그 시체들에 자신의 손자국이 남아 있을지도 몰랐다. 게다가 목격자도 없는 이상, 이들이 죽인 자는 꼼짝없이 현암이 될 판이었다.

그렇다고 수백 명이 웅성거리는 건물 바로 근방에 이 시신들을 내버려둘 수도 없는 노릇이었다. 더구나 도망쳐 버린 여자는 정상인도 아닌, 살짝 정신이 나간 것 같은데, 정확하게 증언을 해 줄지도 의문이었다. 아니, 오히려 여자는 영적인 존재나 그 힘에 대해서는 하나도 모를 테니 그 다섯 명을 죽인 건 현암이라고 말하지 않을까?

"이거 더럽게 됐네."

현암은 입술을 깨물며 별수 없다는 생각에, 공력을 집중시키면서 팔을 뻗었다.

'아까 그 여자를 좀 찾아봐 줘! 월향!'

월향검을 다른 사람들에게 보이고 싶지는 않았지만, 여자는 제정신이 아니니 월향검을 보게 돼도 상관없다고 생각하며 현암은 월향검을 날렸다. 월향검은 회답하듯 조그마한 소리로 울면서 현암의 왼손에서 빠져나가 밤하늘 저편으로 솟구쳐 올랐다. 공력을 집중시켜 넣어 주면 월향은 스스로도 어느 정도의 비행이 가능했다.

현암은 재빨리 다섯 구의 시체를 끌고 숲속으로 가서 서둘러 땅을 팠다. 맨손이었지만 십성(十成)의 공력을 담은 현암의 손은 거의 굴착기만큼이나 빠르게 구덩이를 파 내려갔다. 비록 좋은 놈들은 아니었을지는 몰라도 이렇게 무참히 죽어 버리다니. 현암은 조금 눈시울이 뜨거워졌다.

'제발 나중에라도 좋은 사람으로 태어나기를……. 원수는 꼭 갚아 줄 테니 편히 잠들어라.'

일단 그들을 구덩이에 넣은 다음 아까 여자를 묶었던 끈과 포대자루 등도 모조리 파묻어 버렸다. 그자들의 몸을 뒤져 볼까 생각도 했지만 별반 도움이 될 것 같지는 않았다.

현암은 시신들을 묻고 근처에 때마침 굴러다니던 거대한 바위 두 개를 간신히 밀어서 그 위를 덮어 버렸다. 현암의 공력으로도 간신히 굴릴 정도의 큰 바위로 덮었으니 이 정도면 누구에게도 들키지 않을 것이었다. 불과 몇 분 만에 일을 해치우긴 했지만 공력 소모가 조금 있어서인지 땀이 뻘뻘 났다. 그리고 새삼스레 그 악랄한 영적 존재에 대한 분노가 치밀어 올랐다.

'앞으로는 정말 조심해야지. 두 눈을 멀쩡하게 뜨고 다섯 명이나 죽는 것을 그냥 보다니…… 그놈을…… 내 반드시 찾아내어 없애 버리고 말겠다!'

현암이 땀과 흙을 털면서 생각하는데, 저쪽에서 월향검의 귀곡성이 들려왔다. 대뜸 몸을 일으켜 그쪽을 향해 숲을 헤치면서 달려가 보니, 과연 아까 그 여자가 머리를 풀어 헤친 채 땅에 주저앉아 있는 것이 보였다. 그 앞에 월향검이 둥둥 떠 있었는데 월향검은 현암이 다가오자 휙 하고 그의 왼팔 속으로 빨려들 듯 들어가 버렸다.

현암이 다가오는 것을 그 여자는 멍하니 보더니 실실 웃었다.

"오빠 왔네? 헤헤……."

현암은 기가 막혀서 잠시 할 말을 잊었다. 저렇게 웃는 얼굴로 보아 정신이 나간 여자인 것이 분명했다. 그러다 보니 자신도 모르게 반말이 튀어나왔다.

"여기서 뭘 하는 거야?"

"몰라. 무서워서. 그러니까, 그게…… 아까 너무 무섭고…… 이상한 귀신같은 게 둥둥 떠서…… 히히. 오빠가 오니까 없어졌어. 오빠는 정말 왕자님이야."

"나 같은 게 무슨 왕자야?"

"싸움 잘하고…… 날 구해 줬잖아."

"으음…… 근데 너 이름이 뭐냐?"

"몰라."

"이름도 몰라?"

"몰라."

"아까 그 사람들이 왜 널 잡아가려고 했지?"

"몰라……."

묻는 족족 모른다고만 하자 현암은 고개를 젓다가 여자에게 다시 물었다.

"그런데…… 황금의 발이 뭐야?"

별안간 그 여자의 얼굴이 삽시간에 확 변했다. 창백해졌다가 퍼렇게 변하기를 두어 번이나 반복하는 것을 보고 현암은 흠칫 놀랐다. 혹시 또 무슨 악령이 씌는 것은 아닐까 싶었다. 그러나 다행히 그런 것 같지는 않았다.

여자는 다시 멍한 표정을 지었으나 아까처럼 아무것도 모르는 듯한 표정이 아니었다. 마치 무엇인가에 충격을 받고 놀랐을 때 보이는 그런 표정이었다.

"발…… 황금의 발…… 난 봤지. 그래, 봤었지……."

"그것 때문에 그자들이 널 잡아가려고 한 건가? 그게 뭐지?"

"몰라! 난 몰라!"

"봤다면서?"

"그건, 그건 황금으로 된 발이야. 그것밖에 몰라! 몰라! 내가 왜 이렇게 된 건지도 모르고…… 아무것도 몰라……."

현암은 여자가 다시 히스테릭해지자 막막한 기분이 들었지만 다시 물었다.

"그런데 그건 어디서 봤어?"

여자는 멍한 눈빛으로 아래쪽을 가리켰다. 바로 수백 명의 사람들이 우글거리는, 새로 지은 건물 쪽을…….

"저기서?"

현암이 묻자 여자는 고개를 끄덕였다. 그러더니 갑자기 와락 울음을 터뜨리며 현암에게 말했다.

"가지 마! 가면 안 돼! 가면 죽어. 아니, 아니, 가면 나처럼 돼!"

비록 제정신은 아니었지만 여자의 목소리가 하도 간절해서 그곳에 가면 정말 위험해질 것 같았다.

하지만 현암은 몸을 벌떡 일으켰다. 현암은 다섯 명의 시신이 묻혀 있는 바윗덩이를 잠시 바라보다가 여자를 남겨 두고 조용히 아래쪽으로 발길을 옮기기 시작했다.

부흥회장

숲을 빠져나와 길가로 내려선 현암은 건물을 향해 뚜벅뚜벅, 굳은 표정으로 걸어가고 있었다. 지난날 운무진이 펼쳐져 있던 좁다란 산길은 이제 밤에도 쉽게 찾을 수 있는 작은 길로 변해 있었다.

점점 건물이 가까워지면서 현암은 이곳에서 부흥회 비슷한 것이 열리고 있다는 사실을 알게 됐다. 사방에 플래카드 같은 것들이 여기저기 걸려 있어 누가 보아도 쉽게 알 수 있었다. 백승무라는 목사가 신앙 간증과 안수 치료를 같이하는 모양이었다.

현암에게는 이 모든 것이 결코 곱게 보이지는 않았다. 신앙 간증에서 나오는 이야기들이 모두 허황한 것이 아니라는 것과 정신력으로 병을 치료하는 안수의 힘은 다른 사람들보다 현암 자신이 더 잘 알고 있었다. 그러나 이곳은 뭔가 수상쩍은 분위기가 느껴졌고, 무엇인가 정상적이지 않은 일이 벌어지고 있다는 생각이 강하게 들었다.

해동밀교가 무너진 터 위에 선 건물, 그리고 수백 명이나 되는 사람들, 처음부터 이상하다고는 생각했었다. 비록 정신이 나가기는 했지만 여자가 거짓말한 것 같지도 않았다. '황금의 발'이란 말이 나왔을 때 그 표정은 지어낸다고 되는 것이 아니었다.

더구나 다섯 명이나 되는 사람들의 괴이한 죽음 또한 직접 목격하지 않았던가. 그 사람들은 이 부흥회장에서 나온 것이 분명했다. 그들이 죽은 곳은 부흥회장을 제외하면 큰길이나 마을에서 꼬

박 하루를 걸어야 도달할 수 있는 깊은 곳이다. 그런데 그 사람들은 등산화도 신지 않았고, 옷차림 또한 산길을 걷는 사람들의 복장이 아니었다.

어쨌든 백승무 '목사'라면 여기는 개신교의 한 종파가 차린 부흥회장인 듯했다. 그런데 장로교나 감리교 등등의 종파 이름이 플래카드에 덧붙여 쓰여 있기 마련인데, 그런 것은 전혀 보이지 않았다. 현암은 더더욱 석연치 않음을 느끼며 둘러보았다. 그중 어느 플래카드에서 기다란 종파 이름이 적혀 있는 것이 보였다. 종교에 대해 어지간히 알고 있는 현암으로서도 처음 듣는 단체였다.

'흥, 그러면 그렇지.'

현암은 속으로 분명 교단에서 축출당한 이단 종파가 아니면 마구잡이로 만들어 낸 뜨내기 종파라고 생각하면서 뚜벅뚜벅 길을 따라 올라갔다. 사람들의 소리가 점점 가까이 들려왔다. 할렐루야, 아멘, 찬미, 예수 등등의 소리가 거의 부르짖듯이 들려오는 것이 벌써 현암의 마음에 들지 않았다.

'저렇게 소리소리 지르는 교단치고 제대로 된 데가 드물던데.'

갈수록 현암은 백승무 목사가 이끄는 교회에 대해 혐오감이 짙어졌다. 사실 현암은 상당수의 개신교 교회들을 그리 마음에 들어 하지 않았다. 박 신부가 가톨릭이라서 그런 것은 아니었다. 현암은 종교는 사람을 위한 것이라고 믿고 있었고 그것이 당연한 것으로 생각하고 있었다. 대부분의 개신교도는 훌륭하게 신앙생활을 하며 선교 활동을 펼치고 있다.

그러나 유독 자신들만이 옳고, 다른 사람들은 모두 그르며, 하나님만을 믿고 따르는 것을 천당 가는 우선권을 확보한 듯 노래처럼 부르짖는 교회와 신도들. 그리고 수십, 수백억의 막대한 돈을 들여 한 동네에 몇 개나 되는 거대한 교회를 지으며 '하나님'의 성전을 꾸미는 '역사(役事)'라고 하는 등등의 교회와 신도들에 대해서는 코웃음만 나올 뿐이었다.

'그러고 보면 차 한 대 들어올 수 없는 주악산 귀퉁이에 이 정도 건물을 짓는 것이 쉽지는 않았을 텐데. 오로지 사람의 노동력에만 의지했다면 도심에 교회를 짓는 것 이상으로 힘이 들었을 것이다. 거참, 성전은 사람들의 마음에 짓는 것이지, 돈과 콘크리트로 짓는 건 아닐 텐데?'

그런 생각을 하며 부흥회장의 문턱을 넘어선 현암은 아까 죽어 넘어진 다섯 명의 모습이 자꾸 아른거렸다. 너무나 쉽게, 너무도 어이없이 사람들이 죽었다. 분명 이곳과 무슨 연관이 있는 게 틀림없었다. 그런데 지금 이 사람들은 무얼 하는 거지? 현암은 한 발 한 발 걸음을 옮길 때마다 참기 힘든 무엇인가가 올라오는 것 같았다.

때마침 사람들이 환호성을 지르면서 할렐루야, 아멘을 외쳐 댔다. 안 그래도 귀가 좀 예민한 현암은 수백 명이 한꺼번에 지르는 소리를 듣자 귀가 다 멍해졌다.

'그동안 난 참 많이 참아 왔지. 모든 것에 있어서…… 그러나 앞으로는 그런 식으로 살지 않겠어.'

현암은 도대체 무슨 일이 벌어지고 있는가 보려고 사람들을 헤치면서 앞으로 나아갔다.

줄을 서서 늘어선 사람들에게 한 남자가 안수를 주고 있었다. 백승무 목사인 듯싶었다. 먼저 다리를 다쳤다거나 눈이 잘 뜨이지 않는 등의 사람들이 그 앞에서 큰 목소리로 자신의 죄를 고백하면서 '믿습니다'라고 소리쳤다. 이어서 목사가 더 크게 죄를 뉘우치라고 외치자 병자들은 그 말에 따랐다. 목사는 크게 기도하면서 병자들을 만졌다. 그리고 말했다. 다리가 불편한 자에게는 걸으라고, 눈을 감은 자에게는 뜨라고…….

순간 군중들 모두가 할렐루야나 아멘을 외치면서 환호를 올렸다. 곧이어 다리가 불편한 자들이 마구 일어섰다 앉았다를 반복하고, 눈을 뜨지 못한 자들은 보인다고 소리쳤다. 환호성이 사방을 가득 메우고, 사람들은 거의 까무러칠 것 같은 광란의 도가니 속에서 목청을 높이고 있었다. 그 광경을 보고 현암은 눈을 감았다. 몸이 부르르 떨려 왔다.

'아냐, 아냐……. 이건 결코 제대로 된 것이 아니야…….'

현암은 영력을 직접적으로는 느낄 수 없었고, 초자연적인 존재를 눈으로 볼 수도 없었다. 그러나 현암에게는 일종의 느낌이 있었다. 눈을 감았을 때만 느껴지는 흐릿한 느낌. 그 느낌이 마음속에서 소리치고 있었다. 저건 아니라고. 성스러운 기운이 아니라 죽은 남자의 몸에서 빠져나갔던 것과 같은 어둡고 검고 음습한 기운일 뿐이라고 외치고 있었다. 그리고 다섯 사람의 죽은 얼굴이,

정신 잃은 여자의 얼굴이 눈앞을 스쳐 지나갔다. 현암은 잠시 후 눈을 뜨고는 천천히 단상으로 올라갔다.

아무도 현암을 말리지 않았다. 다른 사람들도 안수를 받기 위해 계속 단상으로 올라가고 있었으니까. 모두 현암도 다른 이들처럼 어딘가 불편한 곳을 안수받기 위해 올라가는 사람으로 여기는 것 같았다. 그러나 현암은 단상에 올라가자마자 분노로 번뜩이는 눈빛으로 기도성과 아우성이 들끓는 주변을 한 번 둘러보았다. 그리고 공력을 단전에 집중해 사자후의 수법으로 무섭게 일갈했다.

"어헝!"

현암의 사자후가 무시무시한 소리로 사방을 가득 채웠다. 그러자 사람들의 아우성도, 마이크에서 울려 나오는 사회자의 음성도, 기도성도, 환호성도 모두 사라져 버리고 말았다. 주변의 유리창 몇 장이 와르르 깨져 나가고, 근처에 있던 전구들이 모조리 터져 단상은 삽시간에 어두워졌다. 너무나도 엄청난 소리에 사람들은 놀라서 주저앉기도 했고, 까무러친 여인네들도 몇 명이나 됐다. 수백 명이나 되는 사람들의 소란이 일순에 가라앉고 갑자기 정적이 흐르자, 현암은 조용히 백 목사에게 다가갔다.

"당신이 백승무 목사요?"

백 목사는 너무도 의외라는 듯한 눈빛으로 현암을 바라보았다. 현암은 단상 주변을 쓰윽 훑어보았다. 사자후로 전등이 모두 꺼지리라고는 예상하지 못했지만, 좌우간 몹시 다행이라 여겨졌다. 얼굴이 뚜렷이 드러나지 않을 테니까 말이다. 자기 얼굴을 확인할 정도로 단상 위가 밝지 않다는 것을 확인한 뒤 현암은 말했다.

"당신, 정말로 사람들을 고쳐 주고 있는 거요? 정말로?"

현암이 거기까지 말했을 때 조금 충격에서 벗어난 젊은 청년들이 "저거 뭐냐?", "끌어내!" 등의 소리를 지르며 우르르 단상 위로 뛰어 올라오려고 했다. 백 목사는 당혹한 표정을 지으면서도 그들을 제지하려는 듯 손을 들어 보였다. 그러자 단상 밑에 있던 한 남자가 덩달아 손을 흔들었고, 곧이어 청년들이 주춤하면서 멈춰 섰다. 그러나 여전히 현암을 에워싼 상태였다. 현암은 조금도 동요하지 않고 백 목사를 쏘아보았다. 백 목사가 느닷없이 소리를 쳤다.

"여기! 믿지 않는 형제가 있습니다! 증거를 보여 달라고 합니다!"

현암이 나직하게 되받았다.

"크게 이야기할 것 없소. 나에게 한 번만 보여 주면 됩니다."

현암은 벌벌 떨면서 주저앉아 있는 한 사람을 일으켰다. 언뜻 보기에도 닳고 닳은 것 같은 얼굴의 중년 남자였다. 그 남자는 현암을 보고 뭐라 말하려는 것 같았으나 현암과 눈빛이 마주치자 입을 꾹 다물었다. 현암은 그 사람을 일으켜 세우면서 물었다.

"어디가 불편하시오?"

"파, 팔이……."

"팔을 쓰지 못합니까? 왼쪽?"

남자는 두려운 얼굴로 고개를 끄덕였다.

현암은 훗 하며 한 번 웃고는 그 남자를 일으키면서 왼팔에 일 성도 못 되는 약한 공력을 넣었다. 반사적으로 힘이 들어가는 것이 느껴졌다.

'역시나 사기로군.'

현암은 흥 하고 코웃음을 치면서 그 남자의 왼팔을 꽉 쥐었다. 그러고는 삼성의 공력을 남자의 왼팔에 흘려 넣으면서 말했다.

"팔을 못 쓰니 감각도 없으시겠군요."

남자는 그렇다고 대답하는 순간, 왼팔에 기이한 통증이 오는 것을 느꼈다. 현암은 천정개혈대법을 연마하면서 혈도에 대한 상당한 지식을 얻게 됐고, 막강한 공력 또한 운행할 수 있었기 때문에 힘을 좀 들이면 혈도를 마비시킬 수도 있었다. 물론 무협 소설에 나오는 것처럼 순간적으로 혈도를 찾아 마비시키는 능력은 없었지만, 적어도 이렇게 손으로 잡고 잠깐 공력을 밀어 넣어 혈도를 마비시킬 수는 있었다.

남자는 고통스러운데도 뭐라 말도 하지 못하고 땀만 뻘뻘 흘렸다. 현암은 남자의 혈도가 완전히 마비된 것을 확인하고는 다시 흥 하고 코웃음을 치고는 조용히 백 목사에게 말했다.

"이 사람의 팔을 움직이게 해 보시오. 그러면 믿겠소."

그러자 사람들이 분노의 소리를 질렀다. 목사님을 시험하려는 악마라는 사람도 있었고, 수치스러우니 하지 말라는 목소리도 섞여 있었다. 사람들은 단상으로 몰려들어 금방이라도 현암을 끌어내릴 기세였다. 하지만 백 목사가 무거운 얼굴로 손을 들어 보이자 금세 잠잠해졌다. 현암은 미동도 하지 않고 백 목사에게 말을 건넸다.

"다시 한번 말하겠소. 이 사람을 고쳐 보시오."

그때 군중 속에서 누군가가 훌쩍 뛰어나와 단상 위로 올라왔다. 청년 몇 명이 그 사람을 저지하려 했지만, 그 사람은 놀랍게도 청년의 머리 위를 빙글 돌면서 뛰어넘어 발소리조차 내지 않고 단상 위에 가볍게 내려앉았다. 그 사람의 얼굴을 보는 순간 현암은 깜짝 놀랐다. 바로 와불 사건 때 만난 적 있는 우도방의 도인, 정 선생이었다.

현암은 흠칫 놀라면서 쥐 같은 정 선생의 얼굴을 바라보았다. 이 사람이 왜 여기에 와 있는 것일까? 그런 기색을 눈치챈 듯 정 선생은 현암에게 말했다.

"죽은 걸로 알았었는데 살아 있었구먼. 반갑소."

현암은 그냥 까닥 목례만 했다. 그의 말투가 아무래도 자기편같이 느껴지지 않아서였다.

그러자 정 선생이 다시 말을 이었다.

"아무 말 말고 내려가시오. 공연히 남의 잔치에 훼방 놓지 말고."

현암은 고개를 저었다. 아까 죽은 다섯 명 때문에라도 그냥 넘어갈 수는 없었다. 거부하는 현암을 보고 정 선생 역시 고개를 저었다.

"자네가 왜 그러는지는 모르지만, 여기 백 목사님은 허튼 일을 하실 분이 아니시오."

그 말을 듣자 현암은 분통이 터졌다.

"참견 마시지요."

그러자 정 선생이 호통을 쳤다.

"어허! 젊은 사람이 왜 이리 막무가내인가? 어서 비키시오!"

정 선생은 호통을 치면서도 계속 현암을 향해 눈을 끔벅였다. 하지만 현암은 화가 났던 참이라 그런 눈치를 본 척도 않고 되받았다.

"허튼 일을 하는지 안 하는지는, 이 사람을 정말 고치는지 아닌지 보면 알게 되겠지요!"

백 목사는 침착한 얼굴로 조용히 다가왔다. 희한하게도 백 목사는 화도 내지 않았고, 흥분하지도 않은 듯했다. 그는 자신감에 가득 차 있었다.

"능력을 뽐내려는 것은 아닙니다. 모든 것은 주께서 하시는 일이니…… 당신도 믿음을 가지시기를 바랍니다."

백 목사는 현암에게 잡혔던 사람의 왼팔에 손을 얹고 조용히 기도를 올리기 시작했다. 그러자 정 선생은 흠흠하고 헛기침하더니 펄쩍 뛰어 군중 속에 다시 파묻혀 버렸다. 현암은 정 선생이 사라진 것에는 신경도 쓰지 않고 백 목사가 애쓰는 광경을 보고 속으로 코웃음을 쳤다. 그러나 예상 밖의 일이 벌어졌다. 왼팔의 혈도를 짚인 남자는 처음에는 무척 당황한 얼굴이었지만, 차츰 놀라움과 안도감으로 가득한 얼굴이 돼 가는 것이 아닌가? 현암은 그 모습을 보고 점차 당황하기 시작했다.

'아니, 이게…… 이게 뭐지? 그렇다면 백 목사가 정말 능력이 있단 말인가?'

잠시 후 백 목사가 아멘 하며 기도를 끝마치고 손을 떼자 왼팔을 못 쓰게 됐다는 남자가 펄쩍펄쩍 뛰며 외쳤다.

"나았다! 나는 다 나았다!"

남자는 왼팔을 휘둘러 보이면서 외쳤다. 현암은 그만 말문이 턱 막혀 버렸다. 그러자 사람들은 일제히 환호성을 울리면서 아멘과 할렐루야를 부르짖었고 다시 현암을 욕하면서 단상 위로 올라오려고 난리를 쳤다. 그러나 백 목사가 그들 앞을 막아서면서 소리쳤다.

"안 됩니다! 안 됩니다! 무슨 짓을 하려는 겁니까?"

"하지만 저 녀석은……."

뛰어 올라오려던 청년 하나가 거칠게 말하자 백 목사는 조용히 고개를 저었다.

"저 청년은 믿음이 부족할 뿐이지, 죄를 지은 것이 아닙니다. 믿음이 없는 자라도 용서해야 합니다. 저 청년을 치려거든 차라리 나를 치십시오."

현암은 얼굴까지 붉어져서 도무지 뭐라고 말할 수가 없었다. 이게 도대체 무슨 꼴이란 말인가? 단상 위의 전구들이 깨어지지 않고, 그래서 뭇사람들 앞에 얼굴이 보였더라면 창피해서 월향검으로 자살이라도 해 버리고 싶은 심정이었을 것이다. 백 목사가 현암에게 오더니 조용히 말했다.

"당신…… 사탄을 믿습니까?"

현암은 기가 막혔다. 사탄과 가장 대립하는 위치에 있는 것이 자신일 테고, 실제로 자신은 아스타로트나 블랙 엔젤 같은 지옥의 악마들과 대면하지 않았던가?

현암이 단지 고개만 젓자 백 목사가 다시 간곡한 어조로 말했다.

"그러나 당신 몸에는 사탄의 힘이 있습니다. 그런 것은 당신을 죄에 빠지게 만듭니다. 지금 바로 이 순간부터 사탄의 힘을 끊어 버리십시오."

그쯤 되자 현암도 더 이상 가만히 듣고 있을 수가 없었다.

"사탄의 힘 같은 것은 없소."

"그러면 당신이 아까 보인 힘은 무엇입니까? 주의 권능입니까?"

현암은 그만 말문이 막혔다. 현암의 힘은 인간, 즉 도혜 선사의 공력을 받은 것이니 주의 권능이라고 할 수는 없었다. 그러나 아니라고 한다면 사탄의 힘임을 인정하는 꼴이 되고, 주의 권능이라고 말한다면 자신의 근본을 속이는 셈이 되는 것 아닌가?

"그런 건 아니지만……."

백 목사가 조용히 고개를 저었다.

"끊어야 합니다……. 유혹을 이기기 어렵겠지요. 제가 도와드리겠습니다."

그러면서 백 목사는 단상 아래의 사람들에게 손짓했다. 현암은 정말 암담해지는 기분이었다. 사람들은 현암을 잡으려고 달려들고 있었다. 이런 사람들에게 잡힐 현암은 아니었지만, 지금 자신이 힘을 썼다가는 사탄의 힘이라고 몰아붙일 것이 아닌가? 잠시 머뭇머뭇하는 사이, 일군의 청년들이 현암을 에워쌌다. 백 목사가 말했다.

"절대 다치지 않게 하십시오……. 제가 안수를 마치고 기도를 드리겠습니다."

더 이상 추한 꼴을 보이고 싶지 않아 현암은 그냥 잡혀 줄까도 생각했지만, 생각해 보니 자신이 잡히면 월향검이 사람들에게 발견될 것이 분명했다. 그렇다면 그들이 월향을 그냥 놓아둘까? 백목사는 분명 영이 봉인된 월향을 보면 사탄의 힘이라고 말할 것 아니겠는가? 자신은 괜찮지만, 월향검에게 그런 취급을 당하도록 놔두고 싶지 않았다. 게다가 다른 사람이 월향검을 건드리는 건 더더욱 싫었다. 그에 생각이 미치자 현암은 휙 뒤로 물러서며 외쳤다.

"나는 내 갈 길을 가겠소!"

청년들이 달려들었으나 현암은 오른팔에 공력을 가하면서 휙 한 번 휘둘렀다. 현암의 공력은 대단해서 그 팔에 맞은 청년들이 한 번에 대여섯 명이나 와르르 넘어져 버렸다. 그러자 이번에는 단상을 지켜보던 다른 사람들이 더 왁자지껄하게 외쳐 댔다.

"정말 귀신 들린 사람이다!"

"정말 사탄이다!"

"잡아라! 신성한 모임을 더럽힌 놈!"

"잡아야 한다!"

백 목사가 뭐라고 말하며 사람들을 저지하려 했으나 그들은 소리를 지르면서 성난 파도처럼 단상으로 덮쳐들었다. 사람들의 수가 많은 만큼 그 기세는 엄청났다. 현암은 순간 공력을 끌어올려 확 쓸어버릴까도 생각했으나, 앞장서서 달려오는 사람들은 어이없게도 힘없는 아이들과 여자, 할머니들이었다. 그리고 아이들도 있었다. 현암은 눈물이 핑 도는 것을 느꼈다.

'내가 어쩌다가······.'

현암은 그냥 체념해 버렸다. 공력을 발휘하면 도망칠 수는 있겠지만, 힘을 마구 쓸 수는 없었다. 아이들이나 할머니들을 치라고 도혜 선사가 공력을 넣어 준 것은 아니었으니까. 차라리 맞아 죽는 한이 있어도 힘을 쓸 수는 없었다.

현암은 고개를 숙이고 얼굴을 두 손으로 감쌌다. 크고 작은 수많은 주먹이 두들기고 수많은 발이 걷어찼다. 공력을 돌려 몸을 조금 보호하기는 했지만 온몸을 전부 방어할 수는 없었다. 현암의 귀에 퍽퍽 하는 소리만 들리며 통증조차 느끼지 못할 즈음, 갑자기 날카로운 귀곡성이 소름이 끼칠 정도로 처절하게 울리자 사람들이 뒤로 와락 물러섰다.

'월향······.'

현암은 아 하고 한숨을 내쉬었다. 얼마나 두들겨 맞았는지 공력으로 어느 정도 보호한 몸이었음에도 허리를 펴기조차 힘겨웠다. 현암은 눈물이 핑 돌았다. 월향이 자신을 보호하려고 뛰쳐나가다니. 게다가 공력을 받지도 못한 상태로······.

월향검은 무서운 기세로 날카로운 소리를 지르면서 현암의 주변을 빙빙 맴돌았다. 그 모습에 사람들이 놀라 뒤로 물러서고, 어떤 이들은 주저앉기도 했으나 일은 더 안 좋은 방향으로 흘렀다.

"칼이 혼자 날아다닌다!"

"정말 귀신이다!"

"저놈은 정말 사탄이다!"

"죽여라! 죽여!"

사람들이 다시 소리를 지르며 달려들려고 하자 월향검이 공중에서 파르르 떨며 흰빛을 뿌렸다. 월향검은 공력을 받지 못해 오래 날 수는 없었지만, 현암이 한 번만 공력을 불어 넣는다면 여기 있는 모든 사람을 송장으로 만들어 버릴 기세였다. 월향에겐 충분히 그럴 만한 힘도 있었다.

현암은 간신히 몸을 일으키면서 마음속으로 월향을 불렀다. 하지만 몸이 직접 닿아 있지 않아 자신의 마음이 월향에게 전달되지는 않을 것 같았다. 현암은 왼팔을 뻗었다. 월향은 한 번 고민하는 듯이 가냘프게 울고는 현암의 손목으로 빨려들 듯 돌아왔다. 현암은 눈물을 흘리면서 오른팔로 월향이 꽂힌 왼 손목을 감싸 쥐었다.

'월향…… 그래서는 안 돼……. 내가 죽는 한이 있어도 그런 짓을 해서는 안 돼……. 차라리 어디 다른 곳으로 날아가서 피해. 응? 어서…….'

월향은 부르르 떨기만 할 뿐, 현암의 손목에서 빠져나오려 하지 않았다. 그러다가 급기야는 현암을 끌고 달아나려는 듯 현암의 팔을 당겼다. 순간 현암을 에워싼 사람들이 현암을 잡아끌었다. 현암은 누군가가 왼팔을 잡아당기는 것을 느끼고는 반사적으로 오른손으로 월향검이 있는 왼 팔목을 꽉 쥐었다. 자신이 죽더라도 월향검을 다른 사람의 손에 들어가게 하고 싶지는 않았다.

현암은 공력을 오른손에 집중해 왼팔을 잡은 자세 그대로 굳혀 버렸다. 이러면 아무도 그의 손을 떼어 낼 수는 없을 것이다.

너무 힘을 주어 월향검이 현암의 살 속으로 파고들어 갔지만 현암은 아픔조차 느끼지 못했다. 다시 현암의 몸에 매질이 시작됐다. 누가 시켜서 하는 것도 아니었고 선동한 것도 아니었다. 하지만 그들은 현암을 때리는 데 추호의 주저도 없었다.

어떤 여자는 마이크 대를 뽑기도 하고, 어떤 아이는 몽둥이를 들고 현암을 마구 때렸다. 그들은 사탄을 잡으려는 것뿐, 사람을 친다고는 생각하지 않았다. 그들은 자신들이 본 것만으로 판단할 뿐, 다른 것은 알고 싶어 하지도 않았다.

현암을 인정사정없이 내리치면서도 한 대, 한 대마다 그들은 할렐루야, 아멘 등의 기도성을 기꺼이 외쳤다. 그렇게 몰매를 치면 사람이 죽어 버릴 수 있다는 것도 신경 쓰지 않았다. 지금 그들이 때리는 것은 사람이 아니라 사탄이었으니까. 이제 그들은 백 목사의 말도 듣지 않았다. 오로지 하나님과 함께, 그들만의 하나님과 함께 있을 뿐이었다. 그런 것을 온몸으로 느끼면서, 현암은 점점 의식이 멀어져 가는 것을 느꼈다.

위기의 연속

 얼마나 시간이 지났을까? 현암은 왼팔에 타는 듯한 통증을 느끼면서 눈을 떴다. 몸이 온통 굵은 밧줄로 꽁꽁 묶여 있었으며, 오른손은 왼팔을 굳게 감싸 쥐고 있었고, 그 왼팔에서 피가 흘러내리고 있었다. 현암이 공력을 잔뜩 불어 넣은 오른손은 아무도 풀 수가 없어서 하는 수 없이 그대로 묶은 모양이었다.

 그런데 그게 문제였다. 현암의 천정개혁대법은 아직 완성되지 않아 여전히 공력은 주로 오른팔로만 운행할 수 있었고, 왼팔에 공력을 많이 불어 넣는 것은 아직 불가능했다. 더군다나 왼팔은 지금 상처를 입은 상태다. 오른손으로 공력을 가해 줄을 끊을 수는 있지만, 그러다가는 왼 팔목까지 같이 끊어질 정도로 밧줄이 단단했다. 그러나 현암은 그런 것보다도 월향을 놓치지 않았다는 사실에 안도감을 느꼈다. 문득 고개를 들어 보니 현암의 앞에는 백 목사와 몇 명의 청년들이 서 있었다.

 "정신이 드십니까?"

 백 목사의 목소리가 들려왔다. 현암은 다시 눈을 감아 버렸다.

 "거칠게 다루어서 죄송합니다……. 그러나 당신의 힘이 너무 강해서 행여나 다른 사람들이 다칠까 봐 묶은 것입니다. 이해하시기를 바랍니다."

 현암은 흥 하고 코웃음을 쳤다.

 "다른 사람들을 다치게 할 생각이 있었으면 내가 이렇게 묶이지도 않았을 거요."

고개를 끄덕이며 백 목사가 조용히 대꾸했다.

"알고 있습니다……. 나는 사람들을 말리려 했습니다만…… 용서해 주십시오."

"용서하고 말고가 뭐 있겠소? 그런데 줄이나 풀어 주시지요?"

"그건, 곤란합니다. 당신이 사악한 힘을 버리기 전까진……."

그 말에 현암은 눈을 치켜떴다.

"사악한 힘?"

"그렇습니다. 당신의 왼팔에 있는 그 칼…… 나도 보았습니다. 당신은 그 이상한 칼을 너무도 소중히 여기더군요. 그것이 당신이 지닌 힘의 근원입니까?"

모르는 사람이라면 그렇게 생각할 수도 있겠지, 하고 현암은 생각했지만 구태여 백 목사에게 그런 것까지 구구하게 설명하고 싶지 않아서 입을 열지 않았다.

"그래서는 안 됩니다……. 그런 힘을 가지고 있는 것은 옳지 못해요. 인간에게 허용된 일이 아닙니다."

백 목사는 퍽 차분한 어조로 계속 말했지만 현암은 화가 치밀어오르는 것을 어찌할 수 없어서 다시 입을 열었다.

"그러면 당신이 사람들을 치료하고 안수해 주는 것은 인간에게 허용된 힘이오?"

"그것은 제 힘이 아닙니다. 주의 권능일 뿐입니다."

현암은 다시 흥 코웃음을 쳤다.

"남의 힘은 사탄의 힘이라고 그리도 잘 단정 지으면서 당신 자신의 힘에 대해서는 의심해 본 적이 없나 보군?"

그 말이 끝나자마자 백 목사의 뒤에 있는 청년들이 뭐라고 소리를 지르면서 뛰쳐나오려 했다. 그러나 백 목사가 막아섰다. 청년들은 부르르 떨며 이구동성으로 말했다.

"저자는 주의 권능을 의심하고 있습니다! 혼내 줘야 합니다!"

백 목사는 단호했다.

"그런 방법은 옳지 않습니다. 저 사람을 하나님과 더 멀어지게 할 뿐…… 마음이 중요한 것입니다."

현암은 한숨을 쉬었다. 보아하니 백 목사는 그리 악한 사람 같지는 않았다. 처음에는 속임수로 사람들을 끌어모으는 사이비 종교 지도자 정도로 생각했지만, 그건 성급한 판단 같았다. 그래서 현암은 오히려 더욱 답답해지는 느낌이었다. 이 고지식한 작자는 자신에게 주어진 힘을 주의 권능이라고 믿어 의심치 않고 있었다.

현암이 보기에는 백 목사에게 주어진 힘은 어두운 쪽의 힘이 분명했다. 하지만 백 목사는 그 점에 대해서는 추호도 의심하지 않았다. 아니, 의심해 본 적도 없는 듯했다. 먹히지 않을 거라는 생각은 들었지만, 그래도 혹시나 하는 마음으로 현암은 계속 백 목사에게 말을 걸었다.

"당신은 그럼 주의 권능으로 당신에게 사람들을 치료하는 힘을 얻었다고 믿습니까?"

"주의 권능이 아니면 어떻게 그런 힘이 생길 수 있겠습니까?"

"주의 권능이라…… 그렇다면 왜 나에게 이 힘이 생겼을까요? 나의 힘도 주의 권능이나 그 비슷한 데서 유래됐다고 볼 수는 없습니까?"

백 목사는 고개를 저었다.

"당신의 힘은 사람을 해치고 사람을 놀라게 하는 것입니다. 그것은 사탄의 힘이 분명합니다."

"그러면 사람을 치료해 주는 좋은 힘이기 때문에 당신의 힘은 주의 권능이고, 내가 얻은 힘은 사람을 해칠 수도 있기 때문에 사탄의 힘이라는 겁니까?"

"그렇습니다."

백 목사가 단호하게 말하자 현암은 껄껄 웃었다.

"당신은 사탄을 본 적 있소?"

"사탄의 힘은 여러 번 보았지만, 사탄을 본 적은 없습니다."

"나는 이미 여러 번 보았소."

현암은 물론 사탄과 맞서 싸운 적이 있다는 것을 염두에 두고 한 말이다. 그러나 뒤의 청년들은 우우하면서 마구 날뛰며 흥분했다.

"저것 보세요! 저놈은 사탄에게 몸을 판 것이 분명합니다!"

"자기 입으로 시인했잖아요!"

현암은 다시 한번 껄껄 웃으며 말했다.

"당신들은…… 사탄이 그 정도로 바보인 걸로 믿소? 당신들만 똑똑하고, 당신들이 두려워하는 사탄이 그리 뻔한 수작밖에 하지 못하는 바보인 걸로 여기는 거요? 당신들이 그리 잘났소? 사람을 치료하는 힘이라고, 그렇게 곧이곧대로 주의 권능이라고 단언하는 당신들이, 정말 사탄을 알아보고 대적할 수 있다고 보시오? 허허."

백 목사는 조금 안색이 창백해지면서 되받았다.

"저는 주의 힘을 기도를 통해 영접했습니다. 기도의 힘을 나는 믿습니다."

"흥! 말세일수록 거짓 선지자들이 이적을 행하고, 거짓 예언과 거짓 기적에 사람들이 열광한다고 『성경』에는 기록돼 있지 않소? 그런데도 그 사람들은 기도하지 않을 거라고 믿습니까?"

백 목사의 안색이 다시 변하는 것을 보고 현암은 계속 말했다.

"주의 권능이 그리 쉽게 나타나는 것입니까? 사람의 병을 치료해 주고 편안히 하는 것이 과연 주님이 직접 하실 일이라 여깁니까? 물론 주님이 그런 것도 들어주시기는 하겠지요. 하지만 과연 주님이 모든 병을 고쳐 준다면, 애당초에 병은 왜 생긴 걸까요? 할렐루야를 외치고 부흥회장으로 사람을 모으기 위해 생긴 겁니까? 당신이 안수를 내려서 사람들의 모든 병이 낫는다면…… 당신이 사도입니까? 당신이 예수 그리스도의 재림입니까? 여기서 할렐루야를 그토록 열광적으로 외치는 사람들도 그만큼의 믿음이 있다면 이미 육신의 고통은 극복할 수 있을 것 같은데요? 그런데 왜 당신에게만 주의 권능이 내려오고, 당신을 통해서만 사람들이 나을까요? 주의 권능이라면, 믿음을 가진 사람들에게 모두 내려져야 하는 것 아닌가요?"

"그것은……."

"뭐, 좋습니다. 당신은 양들을 이끄는 목자이니 그렇다고 해 두죠. 그런데 당신은 모든 사람을 치료해 줬습니까? 이렇게 열성적으로 찾아와서 할렐루야를 외치는 사람들 말고, 예수 이름조차도 모르는 무지몽매한 사람들을 치료해 주기는 했습니까? 그 사람들도 똑같은 하나님의 어린양일 텐데요. 몽매하기 때문에 더 인도해야 할, 길 잃은 어린양들이 아닙니까?"

백 목사의 뒤에 있던 청년들이 더욱 흥분해 현암에게 달려들려고 했다. 백 목사는 필사적으로 그들을 말리면서 말했다.

"당신은 말장난을 하고 있습니다. 그것 역시 사악한 사탄의 술수이며, 당신이 회개하기만 하면 깨끗해질 것입니다. 그러니……."

현암은 딱 잘라 말했다.

"난 회개할 것이 없소."

"당신은……."

현암은 이런 대화가 슬슬 지겨워지기 시작했다. 자기 눈과 자기 머리만 믿으며 스스로만을 확신하고 있는 인간을 설득하기란 상당히 어려운 일이다. 그런 사람일수록 무슨 소리를 듣더라도 오직 자신의 '논리'에만 빗대어 모든 것을 평하고 마음대로 잣대질하는 법이니까 말이다. 그러고도 그 사람은 떳떳하다. '나는 객관적이고 공정했다'고 말이다. 이런 부류의 사람들과 아무리 입씨름을 해 보았자 소용없다.

한편으로 생각해 보면, 백 목사나 다른 사람들의 입장에서 볼 때 자신의 말은 충분히 마귀 들린 사람의 이야기로 들릴 것 같았다. 이런 종류의 맹신적인 인간들에게는 그 어떠한 말도 소용이 없을 것이다. 그렇다고 이런 상황에서 굳이 백 목사를 때려눕히고 싶지도 않았고, 어차피 대화도 안 통할 것 같으니 현암은 아예 강하게 나가기로 마음먹었다.

"난 회개할 것이 없단 말이오. 당신이 예수 그리스도요?"

"당신은……!"

"난 나 스스로 옳았다고 여기오. 당신도 그렇겠지? 예수 그리스도가 최후의 심판이라 했던가? 아무튼 그걸 할 때라면 몰라도 그전에는 절대! 나는…… 스스로만 옳고 진리를 안다고 믿는 인간에게 회개하고 싶지 않소!"

그 말을 끝으로 현암은 그 어떤 말에도 대답하지 않을 듯, 조개껍질처럼 입을 굳게 다물고 말았다. 백 목사는 얼굴이 창백해지면서 고개를 저으며 연신 기도를 해 댔다. 현암으로서는 그 기도 소리가 욕설만큼이나 듣기 싫었다. 차라리 진짜 사탄의 유혹이나 사악한 주술이 더 나을 것 같았다. 분명 그릇된 의도에서 행해지는 것은 아니었지만, 현암에게는 그릇되기 이를 데 없는 것이었기 때문이다. 백 목사는 한참 동안 기도를 올리다가 한숨을 내쉬면서 말했다.

"내 기도가 약해 당신을 구원하지 못하는 것 같군요. 계속 당신을 위해 기도하겠습니다. 우리들은 언제나 당신이 돌아오기를 기다릴 것입니다."

그러면서 백 목사는 손수 현암을 묶은 줄을 끌러 주었다. 주변의 청년들은 위험하다고 하며 백 목사를 말리려 했지만, 백 목사는 들은 척도 않고 현암의 손을 묶은 줄만 남기고 대강 끌러 주었다. 그러고 나서 백 목사는 청년들에게 말했다.

"이분을 막지 마십시오."

"하지만 목사님······."

"이미 이분은 많이 다쳤소. 우리가 잘못한 겁니다. 그리고 언젠가는 이분도 다시 주님의 품으로 돌아오실 것입니다. 주님의 크신 사랑을 믿읍시다······."

백 목사는 조용히, 그러나 조금 힘없는 걸음걸이로 밖으로 걸어 나갔다. 그런 백 목사의 뒷모습을 보면서, 현암은 안쓰러움과 답답함을 느꼈다. 저 사람을 위해서라도 이번 일은 그냥 넘어가지 않겠다고 다짐했다.

백 목사가 막 문을 나서려고 할 때, 별안간 그가 몸을 비틀면서 그 자리에 쓰러지는 모습이 보였다. 현암이 놀라서 몸을 일으키려는데 갑자기 청년들이 흥분해서 외쳤다.

"네가 그랬지? 이놈이!"

"어딜 가! 이 자식! 사탄의 종!"

느닷없이 뒤통수로 딱딱한 것이 퍽 하고 날아들었다. 제아무리 현암일지라도 지금은 뭇매를 맞은 상태인 데다 완전히 무방비 상태였기 때문에 눈에서 불똥이 팍팍 튀는 것 같았다. 급히 공력을 끌어올려 의식을 잃지는 않았지만, 다리에 힘이 풀려 쓰러지는 것은 어찌할 수 없었다.

"뭣들 하는 거야! 내가 그런 게 아니야!"

그러나 그런다고 현암의 말을 들을 청년들이 아니었다. 청년 한 명이 백 목사에게 달려갔고, 나머지 청년들은 다시 현암에게 덤벼들어 마구 때리기 시작했다. 할 수 없이 현암은 다시 이들의 매를 감수할 생각으로 몸을 굽혔다. 그런데 갑자기 또 한 번 픽 소리가 나면서 등이 격렬하게 아팠다. 이건 장난이 아니었다.

"아니, 당신들……."

현암이 고개를 돌리는데 난데없이 곡괭이 같은 쇠뭉치가 현암의 얼굴로 휙 날아들었다. 현암은 재빨리 고개를 돌려 피했고, 곡괭이는 현암의 얼굴 옆, 콘크리트 바닥을 한 치가량 부수며 퍽 박혔다. 저걸 그대로 맞았다면 칠십 년 공력이고 뭐고, 당장 박살이 날 뻔했다. 현암은 일이 심상치 않음을 느꼈다. 청년들은 비록 현암에게 분노하고는 있었지만, 이렇게 한 방에 현암을 때려죽이려 할 정도로 난폭한 자들은 아니었다. 그런데 왜? 현암은 더 이상 안 되겠다 싶어 몸을 휙 굴려 구석으로 간 뒤에 다시 몸을 일으켰다.

"어엇!"

현암은 깜짝 놀랐다. 청년들 모두가 눈자위가 희게 뒤집어져 있었고 표정이 없었다. 손에는 저마다 근처에 굴러다니던 연장이며 몽둥이 같은 것을 들고 있었다. 분명 뭔가에 씐 것 같았다. 아까 산중에서 죽임을 당한 남자도 저랬는데. 현암은 저항하고 싶었지만 오른손이 왼 팔목에 매여 있어서 도저히 공력을 쓸 수가 없었고, 월향검조차도 꺼낼 수가 없었다. 현암이 잠시 주춤하는 사이 그들은 조금의 주저도 없이 손에 든 흉기를 현암을 향해 휘둘러 대었다.

'뭔가가 이상하다!'

현암은 하는 수 없이 몸을 굴려 그들의 공격을 피한 뒤 백 목사의 쓰러진 몸을 훌쩍 뛰어넘어 밖으로 달려 나갔다. 그러나 막 문을 빠져나가려던 순간 깜짝 놀랐다. 문 앞에는 이미 수십, 수백 명의 사람들이 모여 있었다. 그들은 모두 양손을 서서히 들어 올리고는 희게 뒤집힌 눈자위를 번득거리며 현암을 향해 저벅저벅 걸어오고 있었다.

'이게 꿈인가? 생시인가?'

현암은 자기 눈을 믿을 수가 없었다. 도대체 어떻게 이렇듯 수많은 사람들이 동시에 정신이 나가 버릴 수 있단 말인가? 현암은 공력도 쓸 수 없는 데다가 사람들의 숫자가 너무도 많은 것에 질려 버렸다. 현암은 기껏 열었던 문을 다시 쾅 닫아 버렸다. 이번에는 뒤에서 청년들이 다시 흐느적거리며 나타나 흉기를 휘두르기 시작했다. 현암은 이를 악물고 아픈 몸에 힘을 주어 재빨리 몸을 움직이며 그들이 휘두르는 삽이며 곡괭이 등을 피했다. 그러던 차에 닫아 놓은 문이 삐걱거리기 시작했다. 곧이어 문의 못이 팅팅 빠져나가고 끼이익 하고 부서지는 소리가 났다. 바깥에서 수많은 사람이 문을 밀고 있는 것이 분명했다.

현암은 입술을 깨물었다. 지금 이대로라면 꼼짝없이 당하고 말

판이었다. 할 수 없이 현암은 문이 터져 나가려는 순간, 몸을 날려 반대편 벽에 나 있는 좁은 들창을 향해 뛰어들었다. 유리가 깨지면서 옷이 찌익 하고 찢기는 소리가 났으나 개의치 않았다. 현암은 옆 창고에 쌓아 둔 무슨 짐 더미 위로 떨어져 데굴데굴 굴렀다. 먼지가 일어 기침이 나왔다. 현암은 손에 묶인 밧줄을 풀 생각으로 왼손을 뻗어 깨어진 유리 조각 하나를 집어 들었다. 그런데 현암이 채 몸을 일으키기도 전에 그 창고의 문마저도 삐걱거리기 시작했다. 현암의 몸은 식은땀으로 축축이 젖어 버렸다.

'도대체, 도대체 이게 무슨 일인가? 그러면 밖에 있던 수백, 수천의 사람들이 모두 뭔가에 씌었단 말인가?'

그렇다고 이 사람들을 마구 치거나 죽일 수도 없는 노릇이었고, 그냥 밀어 내자니 수가 너무도 많았다. 문이 다시 삐걱거리다가 평 하고 터져 버렸다. 그러자 좀비처럼 몸이 굳은 십여 명이나 되는 사람들이 한꺼번에 와르르 몰려들었다. 현암은 재빨리 몸을 날려서 뒤쪽의 문을 박차고 뛰어들었다. 지금 이 상황에서 그 문이 어디로 통하는지 따질 겨를도 없었다. 그러나 그곳은 막다른 골목이었다. 게다가 뒤에서는 눈이 희게 뒤집힌 사람들이 꾸역꾸역 몰려들고 있었다.

'제길! 손이라도 풀린다면!'

현암은 벽에 기대어 선 채 왼손으로 유리 조각을 밧줄에 대고 문질러 댔지만 잘되지 않았다. 할 수 없이 현암은 유리 조각을 힘들게 오른손으로 옮긴 다음 공력으로 유리 조각에 조금만 검기를 맥히게 했다. 그러나 밧줄을 채 자르기도 전에 유리 조각이 검기를 이기지 못하고 픽 하며 깨어져 버렸다.

'오늘은 정말 되는 일이 없군.'

서서히 저벅저벅 다가오는 수많은 멍한 눈동자들을 보니 저절로 등골이 서늘해졌다.

'제길……'

현암은 다시 한번 주위를 돌아보면서 입술을 깨물었다. 이미 나갈 길은 완전히 차단됐다. 누가 일부러 막아선 것은 아니었으되, 수십 명의 사람들로 아예 꽉 메워져 있으니 도저히 그냥 지나갈 수가 없는 형편이었다. 더 이상의 선택은 없었다.

현암은 묶인 두 손으로 벽을 한 번 두드려 보았다. 예상대로 벽은 블록 한 겹의 얇은 벽인 듯했다. 이런 산중에 건물을 지으려니 운반상의 문제로 자재를 충분히 쓰지 못했으리라. 현암은 급히 공력을 끌어모으면서 오른손의 검지를 곧추세웠다. 오른손이 굵은 줄로 묶여 있었기 때문에 세울 수 있는 손가락은 그것밖에 없었다. 그다음 현암은 '탄' 자 결로 공력을 응용하기 시작했다.

콰쾅!

사람들의 손이 현암의 몸에 닿으려는 순간, 먼지구름과 함께 현암의 앞을 막고 있던 벽에 커다란 구멍이 뚫렸다. 현암은 자신에게 달라붙는 몇 개의 손을 뿌리치면서 구멍 너머로 몸을 날렸다. 그동안 천정개혈대법을 수련해 공력의 운용이 많이 익숙해진 덕분에 '탄' 자 결을 쓰고도 탈진하지는 않았지만, 그래도 숨이 가빠

오는 것은 어찌할 도리가 없었다. 막 벽을 넘어서는 순간, 현암은 뭔가에 걸려서 넘어져 버렸다. 그와 동시에 갑자기 꺅하는 소리가 들려왔다.

"누구야! 누구야! 무서워! 무서워!"

현암은 몸을 일으키다가 또다시 놀랐다. 이 목소리는 아까 그 정신 나간 여자의 목소리가 아닌가!

무너진 벽 틈에서 수십 명은 돼 보이는 손들이 우르르 뻗쳐 왔다. 그 손들은 서로 엉켜서 현암에게 닿진 못했지만, 그 부근에 쓰러져 있던 여자의 여기저기를 잡았다.

"아이고! 뭐야! 뭐야! 오빠! 살려 줘! 오빠!"

자신도 급했지만 그 목소리를 듣고 현암은 차마 그냥 갈 수가 없었다. 저 사람들은 지금 이성을 상실한 사람들이었다. 저 여자를 단번에 갈기갈기 찢어 버릴 수도 있었다. 현암이 급히 구멍 쪽으로 다가서는 순간, 여자는 이미 수많은 손에 잡혀서 구멍 저쪽으로 반쯤 끌려 들어가고 있었다.

현암은 묶인 왼손을 뻗어서 여자의 발목을 잡았다. 그러나 수십 명의 힘을 이겨 낼 수가 없었다. 공력만이라면 수십 명의 힘을 능가할 수 있었지만, 그것도 든든하게 발 디딜 곳이 있었을 때의 이야기였다. 발 디딜 데가 없다면 체중 이상의 힘으로 끌어당기는 것은 불가능했다. 할 수 없이 현암은 공력을 팔에 집중했다.

"아아악!"

여자의 비명이 들리고 곧이어 여자의 몸이 축 늘어지는 것이 느겨졌다. 현암은 별수 없이 '투' 자 결의 공력을 여자의 몸을 통해 퍼뜨린 것이다. 그 때문에 여자를 끌고 가려던 자들은 충격을 받고 손을 푼 것이지만 여자가 받은 충격도 상당할 터였다.

"미안하지만 할 수 없었소."

현암이 중얼거리면서 여자를 얼른 일으키려 했지만 그녀는 이미 기절해 버린 다음이었다. 하는 수 없이 그는 여자를 어깨에 둘러메고 방 저쪽으로 달려갔다. 그러자 문이 보였다. 문이 잠겨 있는 것이 보여 현암은 달려가면서 몸으로 들이받아 아예 문을 부숴 버렸다. 단단한 문이었지만 두 사람의 무게로 들이받은 덕에 자물쇠가 부서진 것 같았다.

'사람을 구해 주니 보답을 받는군.'

현암은 혼자 실없는 생각을 하면서 달려갔다. 곧 바깥과 통하는 문이 나타났다. 현암은 곧바로 숲으로 달려가려고 했는데 뒤에서 따라오는 소리가 들려왔다. 이번에는 아까처럼 저벅저벅 걷는 것이 아니고 달려오는 소리였다. 현암은 땀을 뻘뻘 흘리며 최대한 빨리 달리려 했지만, 불행히도 이미 많이 다친 데다가 힘도 빠졌고 무엇보다도 여자를 메고 있어 거북이처럼 느리게 달릴 수밖에 없었다.

'사람을 구해 줘도 꼭 보답받는 건 아니군.'

하지만 힘이 든다고 여자를 내팽개치고 갈 수는 없었다. 저 정신 나간 집단이 이 여자에게 무슨 짓을 할지 누가 알겠는가. 그러는 사이 어느덧 수십 명의 남자들이 현암의 주위를 에워쌌다. 현암은 어헝 하며 사자후를 일갈했다. 주변이 쩌렁쩌렁 울리면서 달려들려던 놈들이 섬뜩 놀라면서 뒤로 한 발짝씩 물러섰다. 그들이 조금 기가 죽은 것 같아 현암은 일부러 여유 있게 한숨을 쉬며 여자를 내려놓았다. 그러면서 여자를 툭 치면서 작은 소리로 말했다.

"이봐요, 내 손 좀……."

여자가 손만 풀어 줄 수 있다면 이 사람들 정도는 큰 문제가 아니라고 생각했다. 하지만 불행히도 현암이 공력을 보낸 충격이 너무 컸는지 여자는 아직도 인사불성이었다. 그때 현암은 줄에서 뭔가 이상한 느낌이 오는 것을 보고 속으로 아차 하고 외쳤다. 조금 전에 현암은 월향을 잃을까 봐 있는 공력을 오른손에 다 퍼부었다. 아무도 손대지 못하게 하려고 말이다. 그런데 사람들이 오른손에 줄을 묶자 남은 공력이 줄에 흘러 들어간 모양이었다.

이젠 그 공력이 전부 사라질 때까지는 그 줄은 거의 끊을 수 없다고 봐야 했다. 공력이 칼날을 튕겨 낼 테니까 말이다. 이제 남은 방법은 월향의 도움을 얻어 줄을 베거나 왼손을 부수고라도 손을 빼내는 방법뿐이었다. 그러나 월향은 오른손에 눌려 있으니 월향을 무리하게 꺼내다간 오른손에 구멍이 날 것이다. 공력이 도는 손은 오른손뿐이었으니 그렇다면 차라리 왼손을 포기하는 것이 나았다. 현암이 이왕 이렇게 된 것, 왼팔이 박살 나더라도 힘을 주어 손을 빼낼까 생각하고 있는데 한 남자가 걸어 나왔다. 조금 교활하게 생긴 중년의 남자였으며 얼굴에는 히죽거리는 미소를 띠고 있었다.

"이봐, 청년. 왜 남의 일에 끼어들어서 이 난리지? 응?"

현암은 안색을 굳혔다. 이자는 다른 사람들처럼 뭔가에 홀리거나 쐰 사람이 아니었다. 그렇다면 이자가 모든 것을 조종하는 흉수(凶手)란 말인가? 현암은 그자를 노려보았지만, 그자는 여전히 유들유들하게 웃고만 있었다. 그리고 이미 수백 명의 사람들이 현암의 주변을 물샐틈없이 포위하고 있었다.

"자네, 한가락 하는 모양인데, 정말 오늘 자리 잘못 골랐네, 허허. 소리 지른다고 누가 오거나 사람들이 기절해 쓰러질 것 같은가? 허허. 그러지 말고 나와 손잡는 게 어때? 자네 정도 되면 꽤 도움이 될 것 같은데……."

"뭘 말이오?"

"자네가 내 말만 잘 들어 준다면 며칠 만에 한 일이 억 버는 건 문제가 아니지. 어떤가? 그리고 그 계집애는 내려놓지그래."

현암은 계속 무표정한 얼굴로 그 남자를 바라보고만 있었다. 그러자 남자는 다시 말을 이었다.

"정의파인 것 같은데…… 정의가 밥 먹여 주나? 내 제안 어때?"

현암이 심드렁하게 되받았다.

"실례지만, 난 당신을 처음 보는데…… 당신은 누구요?"

"난 강 집사라고 하네. 이 교단의 총무인 셈이지. 좌우간 빨리 대답해. 부흥회도 해야 해서 시간이 없어."

"내가 응낙하면 이 여자는?"

"그건 내가 알아서 할 일이네. 저 계집애는 봐선 안 되는 걸 봤어."

현암은 흥 하고 코웃음을 치며 대꾸했다.

"황금의 발 말이오?"

그 말에 강 집사의 안색이 확 변했다. 그 모습을 보고 현암은 다시 코웃음을 치며 이죽거렸다.

"난 백 목사가 주동자인 줄 알았는데 실수했군. 당신이야말로 그 사악한 힘의 조종자였구만!"

별안간 강 집사가 버럭 소리를 질렀다.

"저놈을 죽여라!"

막 청년들이 달려들고, 현암이 왼팔이 부서질 각오를 하면서 공력을 집중시키려는 순간, 누군가가 사람들의 머리 위를 휙 뛰어넘어 날아들었다. 그리고 현암을 덮치려던 청년 두 명을 양손으로 툭 밀어 냈다. 두 청년은 별로 세게 맞은 것 같지 않았는데도 으악 소리를 지르면서 허공을 날아 저만치 나가떨어져 버렸다. 내가권법의 수법. 그 사람은 바로 정 선생이었다.

"정 선생님!"

현암이 말하자 정 선생은 인상을 찌푸리며 현암의 옷을 잡아당겼다.

"어서 도망가시오! 중과부적(衆寡不敵)이오!"

"어떻게요?"

"비월법(飛越法)² 으로 뛰시오! 아까 나처럼…… 음? 아니, 비월

---

2 선도(禪道)에서 높은 담이나 장애물을 뛰어넘을 수 있는 기술을 말한다. 작게는

법을 모르오?"

정 선생의 눈이 휘둥그레지자 현암은 조금 작은 소리로 말했다.

"모릅니다."

"으음? 아니, 자네만큼의 공력을 가진 인물이 어찌 그것도 모르는가!"

"전 어차피 다리에는 공력이…… 그리고 이 여자도 그냥 둘 순……."

그러나 말을 더 하고 있을 형편이 아니었다. 다시 강 집사가 소리를 지르자 수백 명의 사람들이 우르르 가운데로 몰려들었다. 그것을 보고 정 선생은 휙 하고 위로 뛰어올랐다.

"제 손을 풀어 주십시오!"

현암이 외쳤으나 정 선생은 현암의 말이 미처 끝나기도 전에 다시 훌쩍 허공을 날았다. 정 선생은 강 집사가 조종자인 것을 간파하고 강 집사를 잡으면 될 것이라 여긴 듯했다. 그런데 정 선생이 비월법으로 몸을 솟구치자 강 집사의 주변에는 수십 명의 사람들이 와르르 인간 벽을 쳤다. 정 선생은 깜짝 놀라서 허공에서 두 바퀴나 몸을 틀어 방향을 바꾸었지만 그 자리에도 역시 수십 명의 사람들이 있었다.

당황한 정 선생이 허공에서 재빨리 세 번 손바닥을 후려치자 여섯 명의 사람들이 퍽퍽 쓰러졌다. 그러나 아직도 사람들은 많기만

담장부터 크게는 남대문 같은 아주 높은 장애물도 거뜬히 뛰어넘을 수 있다고 한다.

했다. 정 선생이 채 땅에 내려앉기도 전에 십여 개의 손이 그의 몸 이곳저곳을 붙잡았다. 정 선생이 다시 몸을 회전시키면서 몸을 솟구쳤으나 옷이 여기저기 찢어져 처참한 꼴이 돼 버렸다.

정 선생이 당해 내지 못하고 몸을 뺄 듯이 보이자 현암은 다급해졌다. 당장이라도 오른손에 공력을 집중해서 손을 빼고 싶었지만 냉정하게 머리를 굴려 보니 그래서는 안 될 것 같았다. 지금도 너무 많이 맞아 성치 못한 판에 왼손마저 결단이 나 버리면 이 많은 사람을 감당해 낼 수가 없다. 다행히 사람들은 현암보다는 정 선생에게만 주로 신경을 쏟고 있어서 현암은 마구 팔을 휘두르며 그럭저럭 버텨 내고 있었다.

"정 선생님! 제 손의 줄을!"

현암이 외치자 정 선생은 조금 머뭇거리다가 다시 몸을 날려 현암 옆으로 날아들었다. 달려드는 몇몇 사람들을 발로 차 버린 다음 정 선생이 외쳤다.

"뭘 하고 있는 거요?!"

"줄에 묶여서 힘을 못 씁니다!"

현암이 팔을 내밀자 정 선생은 오른손을 갈고리처럼 펴서 줄을 잡고 힘을 주었다. 그러나 줄은 정 선생에게 찌릿한 충격만 준 듯했고 끊어지지 않았다. 당황한 정 선생이 놀라 외쳤다.

"이게 왜 이러오?!"

현암이 다급하게 소리쳤다.

"공력이 들어가서 그렇습니다! 좌우간 어서!"

그러나 수백 명의 사람들이 와 하고 밀려드는 바람에 정 선생은 물론, 현암마저도 그 힘에 휩쓸려 한쪽으로 밀려갔다. 현암은 하는 수 없이 다시 '투' 자 결을 응용해 밀려드는 사람들을 밀었다. 밀려드는 사람들은 고통을 받은 듯 부르르 몸을 떨었지만, 뒤에서 계속 밀어붙이는 힘에 의해 현암과 정 선생은 여전히 그들에게 밀리고 있었다. 그들은 건물의 한쪽 담 주변까지 현암과 정 선생을 밀고 갔다.

  정 선생이 인파에 밀려 넘어지면서 현암의 손목을 꽉 쥐고 공력을 가했다. 그 순간 정 선생의 공력에 부딪쳐서 줄에 남아 있던 공력이 대부분 사라져 버리는 듯했다. 하지만 현암과 정 선생은 인파의 힘을 이기지 못하고 넘어졌고, 곧이어 수십 명의 사람들이 두 사람의 몸 위를 와르르 덮쳤다.

  "그래! 없애 버려라! 두 놈 다!"

  강 집사가 신이 나서 외쳐 대는데 별안간 사람들의 몸이 물결처럼 위로 솟구치면서 불룩하게 솟아올랐다. 강 집사가 놀라서 어어 하며 입을 벌리는 순간, 사람들이 와르르 사방에서 흩어져 넘어지면서 우뚝 몸을 세운 한 사람의 모습이 드러났다. 드디어 줄을 끊고 손이 자유롭게 된 현암이었다.

  정 선생이 넘어지는 순간에 마지막 힘을 가해 현암을 묶은 줄을 끊어 준 것이다. 현암은 지체 없이 오른팔에 '추' 자 결을 돌려서 자신을 덮친 수십 명의 사람들을 밀어 내게 됐다. 하지만 정 선생은 사람들에게 워낙 강하게 짓눌린 상태여서 숨조차 제대로 쉬지 못하고 몸을 구부린 채 땅에서 뒹굴며 신음하고 있었다.

"뭐…… 뭐, 저런 놈이 다 있어!"

강 집사가 놀라서 외치는 사이 현암은 강 집사를 쏘아보면서 월향검을 날렸다. 그러고는 이내 기합성과 함께 '추' 자 결을 써서 수십 명의 사람들을 저만치로 밀어 냈다. 그 틈을 타 재빨리 쓰러져 있던 여자를 낚아채어 정 선생의 옆에 던지듯 눕히고는 그 앞을 막아섰다.

귀곡성을 울리면서 월향검은 강 집사를 꿰뚫을 듯 날아갔다. 그러나 곧 수십 명의 사람들이 강 집사를 둘러싸자 월향은 그만 크게 울며 긴 은빛 호선을 그린 뒤에 되돌아올 수밖에 없었다. 현암은 월향검을 날려 강 집사를 위협하려고 생각했었지만 사람들에 치여 어쩔 수가 없었다. 현암은 입술을 깨물면서 다시 월향을 받아 품에 넣었다. 아무리 그래도 월향검을 써서 많은 사람을 다치게 만들 수는 없다고 생각했기 때문이었다.

"어, 이놈! 이상한 재주를 부리지만 여기 있는 천 명을 당해 낼 수는 없을 거다!"

현암은 눈을 번쩍 빛냈다. 이제 모든 것이 분명해지는 것 같았다. 강 집사 저놈이 이 모든 일을 꾸민 것임이 틀림없었다. 백 목사는 아무것도 모르는, 이자의 꼭두각시에 불과했다. 강 집사가 백 목사에게 힘을 중계해 치유 능력으로 신도들을 끌어모은 다음, 백 목사 뒤에서 오만 짓을 다 저지른 것 같았다. 헌금을 강요해 끌어모으고 이 여자를 잡아 오도록 폭력배들을 부린 것도 강 집사임이 틀림없었다. 하지만 아직 풀리지 않은 의문점이 있었다. 정작 이 신도들을 조종하는 힘은 어디에서 온 것일까 하는 점이었다. 힘의 원천이 바로 여자가 말했던 황금의 발일까? 그러나 당장은 그것이 무엇인지조차 알 수가 없는 판국이었으니…….

'여기서 물러날 수는 없어. 강 집사를 굴복시켜야 뭔가 알아낼 수 있을 텐데…….'

현암은 자신을 에워싼 사람들을 다시 한번 돌아보았다. 그중엔 건장한 남자들도 있었지만 힘없는 어린이와 여자들, 노인이 있었다.

지금까지는 '추' 자 결로 그냥 밀어 내기 정도만 할 뿐이었지만, 사태가 급박해졌으니 이런 식으로 마냥 버틸 수도 없는 노릇 아닌가?

저 사람들과 본격적으로 싸우게 될지도 모른다고 생각하니 현암은 다시 마음이 쓰라려 왔다. 그때 막 숨을 몰아쉬던 정 선생이 힘겹게 소리쳤다. 정 선생은 운기를 근본으로 삼는 내가권법 고수였기에 사람들에 눌려서 호흡이 곤란해지자 힘을 쓰지 못해 보였다.

"어서 가게! 가서 경찰에라도……."

"경찰이 오면 뭘 합니까!"

현암은 다시 한번 사람들을 떠밀면서 외쳤다. 지금 이 상황에서 누구의 도움을 청할 수 있단 말인가? 경찰이 이런 말을 과연 믿어 주기나 할 것인가? 게다가 자신이 지금 이 자리를 떠나 버리면 정 선생과 저 여자는 쥐도 새도 모르게 없어질 확률이 높았다.

'할 수 없다. 놈은 나중에 잡고 일단 몸을 피하자.'

또다시 사람들이 우르르 몰려들었다. 현암은 다시 '추' 자 결을 써서 사람들을 와르르 밀어 냈다. 태극기공의 다른 수법은 사람들을 다치게 할까 봐 쓸 수가 없었다. 그렇게 두세 번을 밀어 낸 다음 현암은 공력을 모으며 크게 소리쳤다. 일종의 협박인 셈이었다.

"더 이상 가까이 오면 이 꼴이 된다!"

현암은 '폭' 자 결의 공력으로 담을 쾅 밀어 쳤다. 공력을 이기지 못해 삽시간에 담벼락이 와르르 무너지면서 커다란 구멍이 뚫렸다. 강 집사는 자신을 둘러싼 사람들 속에서 웃으며 외쳤다.

"재주는 정말 좋구나. 하지만 맘대로 해 봐라. 여기 천 명을 다 죽이기 전에는 어림도 없을 거다. 이자들은 무서움도 모르고 아무것도 모르니 협박해도 소용없다!"

강 집사가 지껄이는 사이 현암은 재빨리 정 선생과 여자의 몸을 끌고 구멍 저편으로 도망쳤다. 두 사람을 끌고 가려니 몹시 힘이 들어 현암은 그만 정 선생의 몸을 놓치고 말았다. 잠시 주춤하는 순간, 갑자기 담벼락이 와르르 무너져 버렸다. 수백 명이 몸으로 동시에 밀어붙이니 담벼락이 더 이상 버티지 못한 것이다. 담벼락이 와르르 쏟아지자, 현암은 쓰러진 여자와 정 선생의 몸을 자신의 몸으로 덮었다.

"으으윽……."

그저 모든 것을 잊고 누워 있고 싶었지만 억지로 참으며 현암은 먼지투성이가 된 몸을 간신히 일으켰다. 무너진 담벼락에 맞은 허리가 끊어질 것같이 아팠지만 이를 악물고 일어섰다. 달려드는 사람들을 다시 밀어젖혔지만 두 사람을 끌고 도망갈 기운이 도저히 없었다. 그때 현암의 귓전에 속삭이는 듯한 작은 목소리가 들려왔다. 정신을 잃고 있던 여자의 목소리였다.

"왜…… 나를 구한 거죠?"

현암은 미처 대답할 틈도 없이 사력을 다해 밀려드는 사람들을 다시 한번 밀어 냈다. 그러고 나서 현암은 간신히 입을 떼었다.

"말 시키지 마시오."

여자는 다시 한번 속삭이듯 말했다.

"왜 본 적도 없는 나를 구했냐고요."

이상하게도 그 목소리는 상당히 원망 섞인 듯한 억양이었다. 짜증이 나려 했으나 현암은 또다시 팔을 휘둘러서 한 떼의 사람들을 밀쳐 내면서 대꾸했다.

"미안하군요. 하지만 놓고 가 버릴 수 없어서……."

그때 저쪽에서 강 집사의 외침이 들려왔다.

"이미리 자매! 그자는 사탄의 종이오! 잡아야 하오!"

아마도 여자의 이름이 미리인 듯했다. 현암은 강 집사의 목소리가 들려오자 화부터 치밀어 올랐다. 현암은 어떻게 월향검을 잘 조정해 녀석을 혼내 줄까 생각했다.

"저 녀석이……!"

그러나 다음 순간, 현암은 옆구리가 뜨끔해지는 것을 느꼈다. 깜짝 놀라 돌아보니, 자신이 구해 주었던 여자가 현암의 옆구리를 뾰족한 뭔가로 찌른 것 같았다.

"무슨 짓이야!"

쓰러져 있던 정 선생이 놀라면서 넘어진 채로 여자에게 한 방 날렸다. 비록 정 선생은 위력을 제대로 발휘하지 못했지만, 여자가 넘어지게 하는 데에는 충분했다. 여자는 사람들 쪽으로 떠밀려서 비틀거리면서 넘어졌다. 현암은 잠시 멍한 얼굴을 하고 있다가 이윽고 옆구리를 움켜쥐고 비틀거렸다. 사람들 속으로 파묻혀 가는 미리의 목소리가 들려왔다.

"날 왜 구했나요? 왜 제정신이 아닌 채로 그냥 내버려두지 않았나요? 그래야 했는데……."

그 말에 정 선생이 거칠게 내뱉었다.

"저런 미친년!"

현암의 눈빛이 빛났다. 미리라는 저 여자는 지금은 미친 상태가 아니었다. 아까 공력을 가했던 덕에 제정신을 차린 것이 분명했다. 여자의 행동은 도무지 이해할 수가 없었다. 왜 미리는 정신을 차린 것을 원망하는 것일까? 왜 자신을 원망하는 것일까? 현암은 너무 뜻밖이라 화조차 나지 않았고 상처가 아픈 것도 몰랐다. 그리고 사람을 구해 줘 봐야 역시 보답을 받지 못하는구나 하는 생각에 쓴웃음을 지었다.

현암은 크게 소리를 지르면서 사람들 사이로 뛰어들었다. 현암이 몸을 날리자 정 선생이 대뜸 외치면서 양손을 저었다.

"그래! 저 미친년을 혼내 주시오!"

정 선생은 분노의 기운까지 더해서 있는 힘을 다해 현암의 앞쪽으로 양손을 내뻗었다. 그러자 공력이 응집되면서 커다랗게 물결 같은 파장이 뻗어 나갔다. 흔히 장풍(掌風)[3]이라 일컬어지는 현상이었다. 그러자 수십 명의 사람들이 손도 닿지 않은 상태에서 와르르 밀려 넘어져 버렸다. 그 틈을 타서 현암은 사람들 사이로 뛰어들었다. 옆구리에서 피가 새어 나와 허공에 점점이 뿌려졌다.

현암은 크게 팔을 휘둘러 다시 한번 사람들을 헤집고 쓰러진 미리의 팔을 잡았다. 미리는 이미 사람들에게 짓밟혀서 만신창이가 돼 있었고 반쯤 기절한 것 같았다. 현암은 있는 힘을 다해 그녀의 팔을 잡아당겼다. 두둑 하고 탈골되는 소리가 들렸지만 다행히 미리의 몸은 사람들 사이에서 쑥 뽑혀 나왔고, 그 순간 수십 개의 발들이 그녀가 있던 자리를 짚었다. 조금만 늦었더라면 미리는 짓밟혀 죽었을 터였다.

현암은 다시 사방에서 달려드는 수십 개의 손들을 미친 듯이 팔을 휘둘러 떼어 버리고는 미리의 축 늘어진 몸을 질질 끌고 물러섰다. 정 선생도 다시 한번 "에잇!" 소리를 지르면서 앞을 막아서며 팔을 휘둘렀다. 그러나 기운이 빠진 듯, 이번 장풍은 조금 전 위력의 절반도 채 안 돼서 사람들을 넘어뜨리진 못하고 다만 사람

---

[3] 무협 소설에서 자주 언급되는 손바닥에서 일어나는 바람이다. 실제로는 공기가 움직여 생기는 바람이 아니고, 에너지 분사를 의미하는 것으로 보인다. 공력을 끌어모아 손바닥으로 내뿜는 것으로, 우리나라에서도 몇몇 수련자가 상당한 수준의 장풍을 낼 수 있다는 초자연학회 등의 보고도 있다.

들의 물결을 휘저어 진군을 잠시 멈추게 했을 뿐이었다.

현암은 옆구리의 통증 때문에 서 있기조차 힘들었다. 현암은 비틀 거리는 순간 발밑에 무슨 맨홀과 같은 쇠뚜껑이 달린 것을 발견했다. 그러나 그 쇠뚜껑에는 자물쇠가 채워져 있어서 열 수 없었다. 현암은 이것저것 생각할 겨를도 없이 월향검을 발출했고 월향검은 간단하게 자물쇠를 박살 내고는 왼팔로 되돌아왔다. 그때 다시 우르르 사람들이 밀려들자 정 선생은 장풍도 내지 못하고 죽을힘을 다해 사람들을 어깨로 부딪쳐 밀어 냈다.

현암은 뚜껑을 열고 일단 미리를 던져 넣은 다음 정 선생을 끌고 그 안으로 뛰어들었다. 우당탕 소리를 내며 세 사람이 아래로 굴러떨어졌다. 현암은 고통 때문에 맥없이 쓰러져 금방 몸을 일으킬 수 없었지만, 정 선생은 금세 몸을 일으켜서 주위를 살폈다. 여기라면 구멍이 좁아 한 번에 두어 사람밖에 내려오지 못할 것이니, 그럭저럭 방어할 수 있을 것 같았다. 게다가 다행히도 밖의 사람들은 우우하면서 근처를 맴돌 뿐, 안으로 내려오지 못하는 듯했다.

이번에는 정 선생이 현암을 끌고 한쪽 구석으로 갔다. 지하 통로는 하수구처럼 무척 좁았는데, 무슨 상자 같은 것이 쌓여 있는 것을 본 정 선생은 상자들을 밀어서 길을 막아 버렸다. 어쨌거나 간신히 한숨 돌린 셈이 되자 정 선생은 헉헉거리면서 현암을 바라보았다. 현암이 그때까지도 미리를 놓지 않고 있는 것을 보고 정 선생은 "허!" 하면서 탄식하듯 말했다.

"뭐 하러 그 여자를 끌고 왔소? 단방에 쳐 죽이든지 내버리지 않고!"

"그냥 두면 이 여잔 죽습니다."

"은혜를 모르는 여자요. 더구나 우리 처지가 더 급하지 않소?"

현암은 피식 힘없이 웃으며 대꾸했다.

"원래 사람들이 은혜를 모르는 건 이미 잘 알고 있으며, 수도 없이 당했었죠. 뭐 착한 사람인 척하려고 끌고 온 건 아닙니다. 하지만 눈을 뻔히 뜨고 이 여자가 죽는 걸 바라볼 수는 없잖아요."

"지금 자네 꼬락서니를 알고 이야기하는 거요?"

현암은 싱긋 웃어 보이며 말했다.

"그러면 정 선생님은 왜 끼어드셨나요?"

그 말에 정 선생은 어이가 없다는 듯 쩝 하고 입맛을 다셨다.

"그나저나 자네는 왜 그리 힘을 아끼는 거요?"

"아끼다뇨? 죽을힘을 다했습니다."

"자네 정도의 공력이면 밖의 저 떼거리 전부는 몰라도, 반은 때려눕힐 수 있었을 텐데…… 왜 힘을 안 썼소?"

고개를 갸웃거리는 정 선생을 보며 현암은 가볍게 대꾸했다.

"차마 칠 수가 없어서요."

"그 마음을 모르는 건 아니오. 그러나 목숨이 위험한 지경에서 자기 몸을 지키려는 것은 죄가 아니오."

"그건 그렇습니다만…… 손이 안 나가는 걸 어찌합니까."

현암이 진지한 표정으로 말하자 정 선생은 어이가 없다는 듯 고개를 절레절레 저으며 웃었다.

"여태까지 살아 있는 게 신기할 따름이구려. 근데 자네, 참 재미있어졌구먼. 전에 봤을 때는 마냥 심각한 사람인 줄 알았는데."

"정말 죽을 고비를 한 번 넘기고 나니 이런 생각이 들더군요. 사는 게 남는 거라고."

"죽을 고비?"

"음, 좌우간 그렇습니다."

"허허, 원 참……."

정 선생은 쥐 같은 얼굴에 담뿍 미소를 지었다. 그러자 현암도 웃으며 말했다.

"아이구, 그나저나 뭐 약 같은 것 없나요? 정말 아프네요."

"으흠, 옛날이라면 모를까, 요즘에야 누가 약을 들고 다니겠소? 어쨌거나 지혈이나 하시오."

정 선생은 자기 옷을 부욱 찢어 현암의 옆구리를 처매 주었다. 정 선생은 속으로 어허 하고 혀를 찼다. 현암은 아무렇지도 않은 표정으로 농담하고 있었지만, 동여맨 천이 대번에 붉게 물드는 것을 보니 상처가 꽤 깊은 것 같았다.

"정말 괜찮겠소?"

걱정스럽게 묻는 정 선생의 말에 현암은 여전히 웃으며 답했다.

"기관총을 맞고도 살았는데요. 뭐, 이쯤이야……."

"기관총?"

현암은 그냥 조용히 호흡을 조절하면서 더 이상 대답하지 않았다. 정 선생이 다시 한번 상자로 바리케이드를 친 쪽을 불안한 듯 쳐다보며 말했다.

"슬슬 나갈 길을 찾아보는 것이 어떻겠소? 걸을 수 있겠소?"

"예."

정 선생은 곧 몸을 일으켰다. 그러나 쓰러져 헐떡거리는 미리를 보더니 못마땅한 목소리로 내뱉었다.

"난 저런 배은망덕한 여자는 손도 대기 싫소. 구하려면 자네가 끌고 가시오."

현암은 싫은 기색도 없이 되받았다.

"그러죠."

정 선생은 현암이 정말 미리를 끌고 가려 하자 쯧쯧 혀를 찼다.

"아니, 정말로 데리고 가려는 거요?"

"놓아둘 수는 없잖습니까?"

"아니, 자네 몸 하나도 추스르기 어려운 판에……."

현암은 후들거리면서도 정 선생을 향해 웃어 보였다.

"뭐, 가는 데까진 가 봐야지요."

정 선생은 말없이 미리의 몸을 끌어 자신이 둘러메고 성큼성큼 앞장섰다. 현암이 그 뒤를 따르며 짓궂게 물었다.

"배은망덕한 여자라 손도 대기 싫으시다더니만……."

현암의 말에 정 선생은 다시 하하하고 웃었다.

"난 자네를 업은 거요. 배은망덕한 여자는 자네가 끌고 가는 거고."

"좌우간 고맙습니다."

현암은 애써 웃으며 말했다. 그들은 웃었지만, 좁디좁은 통로를 지나가는 것은 보통 힘든 일이 아니었다. 정 선생은 기력이 많이 회복된 듯했지만 한 사람을 둘러메고 가기엔 힘에 부친 듯했고, 현암은 부상 때문에 힘이 들었다. 게다가 지하 통로는 생각보다 무척이나 길었다. 한참 가다가 정 선생이 현암에게 물었다.

"그런데 여기 왜 온 거요?"

"책 찾으러요."

"책? 정말이오?"

"예. 그런데 정 선생님은 왜 오셨습니까?"

"무슨 책인데 그러오?"

"이야기가 깁니다. 나중에 설명해 드리죠. 근데 정 선생님은요?"

정 선생은 습관인 듯, 쥐 같은 입을 삐쭉거리더니 대답했다.

"나는 전부터 여기에서 뭔가 수상한 냄새가 나는 것을 느끼고 있었소. 그러나 겉으로 보아서는 전혀 흠을 잡을 수가 없더란 말이오. 그래서 이들 주위를 돌아다니며 알아보고 있었소."

"그러면 정 선생님, 황금의 발에 대해 뭐 아시는 게 있습니까?"

"음? 그게 뭐요? 그러고 보니 아까 강 집사라는 작자도 그 이야기를 하던데."

그때 갑자기 정 선생의 등 뒤에서 흑흑하고 흐느껴 우는 소리가 들려왔다. 정 선생과 현암은 누군가 추격하지 않나 바짝 긴장하고 있던 참이라 황급히 뒤를 돌아보았다. 그러나 뒤를 쫓아오는 사람은 아무도 없었다. 다시 보니 우는소리는 정 선생의 등에 업힌 미리의 소리였다. 그 소리를 듣자 정 선생은 흥 하면서 물었다.

"왜 우나?"

그러나 미리는 대답하지 않았다. 정 선생은 미리가 꼴도 보기 싫다는 듯 대뜸 빽 소리를 질렀다.

"듣기 싫으니 입 닥쳐!"

미리는 더욱 서럽게 울먹이면서 말했다.

"날, 날 놔요. 당신들은 인간이 아냐……. 당신들은 귀신 들린 사람들이야……."

"아니, 세상에 뭐 이런 것이 있나!"

정 선생은 버럭 소리치면서 미리를 휙 내던져 버렸다. 하지만 현암이 재빨리 미리를 받았다.

"놔요!"

미리는 현암의 손을 탁 뿌리치더니 땅에 풀썩 쓰러져 버렸다. 현암은 안쓰러운 표정으로 미리를 내려다보며 물었다.

"왜 그러는 거요?"

"나한테 말도 걸지 말아요. 오빠도 좋은 사람이 아냐."

정 선생이 발을 구르면서 소리쳤다.

"허허! 그러면 저 강 집사가 좋은 놈이란 거냐? 아까 그 떼거리야말로 귀신 들린 놈들이 아니더냐! 이건 배은망덕도 유분수지……."

정 선생이 막 손찌검하려는 찰나, 현암이 정 선생을 저지하면서 말했다.

"정신이 아직 다 안 돌아왔나 봅니다."

"아냐! 난 제정신이라고! 왜 날 제정신 들게 했어……. 왜, 왜 날 구해 준 거야……. 주님, 주님……. 사탄의 손에서 저를 구하소서……."

미리는 쓰러진 그대로 몸을 일으키지도 않고 계속 울었다. 그 모양을 보고 정 선생은 기가 막힌 듯 혀를 찼다.

"주우님? 이제 보니 광신도로군그래. 원…… 어떻게 미쳐도 저렇게 미칠 수가 있나!"

"그냥 놔두시지요."

정 선생은 수그러들지 않았다. 정 선생은 심지가 굳고 자신의 본색을 잘 드러내지 않는 사람이었지만, 한번 성질이 나면 수그러들 줄을 모르는 사람이었다. 그러니 전에도 와불을 일으켜 세워 일본을 가라앉히자고 한 것이 아니겠는가.

"너, 무슨 근거로 우릴 귀신 들린 자들이니, 사탄이니 하는 거냐? 엉? 현암 군이 널 목숨 걸고 귀신 들린 자들에게서 구해 주었는데 넌 어떻게 했지? 그래도 현암 군은 널 걱정해서 여기까지 끌고 왔는데 뭐가 어쩌고 어째?"

정 선생은 말하다가 더욱더 노기가 치미는지 손을 번쩍 들어 올렸다.

"너 같은 배은망덕한 것이 살아서 무엇하겠느냐? 내 오늘 도행을 깨치는 한이 있어도 너 같은 것을 가만둘 수가 없다!"

정 선생이 말도 채 다 마치기 전에 손을 팍 아래로 내리치는데 재빨리 현암이 그 손을 받았다. 두 개의 손이 부딪치며 펑 하는 폭음을 내고 정 선생의 손이 휙 뒤로 밀려 났다.

"정 선생님, 그러지 마십시오."

"어허! 자네, 너무 심하군그래! 악한 자는 벌하지 않으면 안 되는 법이야. 그건 잘못이 아니네!"

현암은 머리를 애써 일으켜 세우며 그녀에게 말했다.

"내가 귀신 들린 자라고 생각되면 그렇게 해요. 좌우간 난 당신을 그냥 내버려둘 수 없으니까."

그 말을 듣고 정 선생은 화가 치밀어 소리를 버럭 질렀다.

"자네가 왜 귀신 들린 자인가! 한빈 거사님의 도맥을 이어받은 자가 그 무슨 망발인가! 아니, 그러면 나까지도 도매금으로 귀신 들린 자가 돼 버리는 것 아닌가! 이게 대체 무슨 꼴이야!"

정 선생은 우도방의 대가답게 한빈 거사와 현암에 대해 잘 알고 있었다. 정 선생은 눈을 가늘게 뜨고 현암을 쳐다보며 말했다.

"자네, 이 여자에게 마음이 있나?"

상황은 급했지만 현암은 픽하고 웃으며 대답했다.

"아닙니다."

그런데 느닷없이 아까 쌓아 두었던 상자가 와그르르 무너지는 소리가 났다. 그러자 정 선생은 에잇 하고 한 번 호통을 치더니 서둘러 말했다.

"좌우간 어서 가세!"

"예."

현암이 잡아끄는데도 미리는 옆에 튀어나온 쇠기둥을 붙잡고 꼼짝도 하지 않으려 했다. 정 선생이 다시 발을 구르며 외쳤다.

"어허! 스스로 죽기를 자청하는데 대체 왜 그러는가! 어서 우리부터 가세!"

"아닙니다. 데려가야지요."

"이 계집이 무슨 비밀이라도 알고 있는 겐가?"

"글쎄요……. 하지만 그게 뭐가 중요합니까?"

"그럼 왜 이리 고집을 부려! 에잇! 자네, 혼자 성인군자가 될 셈인가? 언제까지 그런 행세를 하려는 건가? 이거 사람을 영 잘못 보았군! 역겹네! 역겨워!"

정 선생은 말하다가 답답한 듯 먼저 발을 옮겼다. 허나 현암은 따라가지 않고 벽에 달라붙은 미리를 떼어 내려 했다. 하지만 현암의 손이 다가오면 미리는 무슨 거머리나 벌레를 본 것처럼 치를 떨며 죽어라고 발버둥을 쳐서 현암은 도무지 손을 댈 수가 없었다. 기절시킬까 생각도 했지만 공력도 떨어져 가늠도 쉽지 않아진 판에, 섣불리 세게 치면 상처를 입을 것 같고, 그렇다고 살살 치면 효과가 없을 뿐 아니라 미리의 반감을 살 것 같기도 했다.

"손대지 마! 이 사탄! 귀신 들린 자! 난 여기서 죽을 거야! 죽을 거야!"

그러는 차에 저만치서 다시 발소리가 들려오더니 잠시 뒤에 푸르르하는 소리가 들려왔다. 그 소리를 들은 듯 앞서가던 정 선생이 돌아와서 다시 호통을 쳤다.

"어서 가세! 이거 놈들이 불을 지른 모양이네!"

"이 여자도 같이 가야 합니다."

"멍청하긴! 그럼 같이 타 죽을 셈인가! 자네는 장차 도맥을 이어받아 큰일을 할 사람이 아닌가? 이런 여자 때문에 개죽음당하려는가!"

불길이 점점 타올라 벌써 저만치가 환해지며 석유 냄새가 코를 찔렀다. 연기 냄새도 순식간에 짙어지고 있었다. 불에 타 죽기 전에 이 좁은 곳에서 머뭇거리다가는 질식해서 죽을 판이었다.

현암은 정 선생 정도 되는 사람이 너무 자기 마음을 몰라주는 것에 조금 부아가 치밀어 정 선생을 마주 보며 말했다.

"무엇이 큰일입니까? 지금 이것이야말로 큰일 아니겠습니까?"

"이런 답답한 녀석을 보았나!"

정 선생이 발을 쾅쾅 구르다가 갑자기 호통을 쳤다.

"뒤에 누구냐!"

현암이 놀라 뒤를 돌아보는 순간, 정 선생은 느닷없이 현암의 아랫배를 내가권법의 수법으로 퍽 쳤다. 현암은 창졸간에 좁은 통로에서 기습당한 셈이라 미처 막지 못하고 풀썩 무릎을 꿇었다. 정 선생은 휴 하고 한숨을 내쉬고는 말했다.

"미안하이. 이 방법뿐이네."

정 선생은 현암을 질질 끌고 앞으로 가려 했다. 그런데 현암은 뜻밖에도 정신을 잃지 않고 힘을 주며 버티었다. 정 선생이 놀라 현암을 돌아보자 현암은 고통스럽게 웃었다.

"가르침을 주셔서 고맙습니다."

"뭐라고?"

현암은 절뚝거리면서 미리에게 다가갔다. 미리는 불길과 연기 속에 여전히 미친 듯이 발악하고 있었다. 현암은 미리에게 가더니 미친 사람처럼 크게 웃고는 외쳤다.

"그래, 난 귀신 들린 놈이야. 너를 좀 잡아먹어야겠다. 내 몸속의 귀신이 배가 고프댔거든."

그러자 미리는 놀라면서 멍하니 발악하던 것을 멈추고 현암을 쳐다보았다. 그 순간을 놓치지 않고 현암은 미리의 목덜미를 잘 겨누어 쳐서 기절시킨 다음 끌고 가기 시작했다. 정 선생은 한숨을 깊이 쉬더니 재빨리 다시 미리의 몸을 빼앗아 들고 통로를 헤치면서 달려가기 시작했다.

그 모습을 본 현암이 정 선생에게 말했다.

"감사합니다."

정 선생은 계속 고개를 저었다.

"자네 같은 고집불통은 내 생전 처음 보네! 나보다 열 배는 더 심하구먼!"

황금의 발

두 사람이 한 사람을 끌면서 불길과 그보다도 무서운 연기를 피해 좁은 통로를 빠져나가는 것은 생각보다 훨씬 힘든 일이었다. 가뜩이나 답답한 판에, 그 무엇보다도 통로를 가득 메우는 연기 때문에 숨을 제대로 쉴 수 없어 가장 힘들었다. 그러나 현암 일행은 간신히 연기와 불길보다 앞서서 달려 나갔다. 어느덧 앞에 철문이 보였다.

"됐네! 저기 문이 있네!"

"그런데 저 문은 어디와 통해 있는 걸까요? 여기에 이런 비밀 통로 같은 것이 있다는 건…… 심상치 않은데요."

현암은 아무래도 기분이 좀 찜찜했다. 하지만 정 선생은 고개를 저었다.

"뭐가 있든, 어디든 간에 여기서 너구리 꼴이 되는 것보다는 나을 걸세."

그때 통로는 시커먼 연기가 자욱하게 차 있어서 불이 켜져 있는데도 서로의 얼굴을 알아보기 힘들 지경이었다. 더구나 통로 안은 불의 열기로 인해 한증막 같았다. 현암과 정 선생의 옷은 땀으로 흠뻑 젖었고, 같이 끌고 가던 미리도 콜록콜록 매운 기침을 연신 해 댔다. 연기 때문에 정신을 차린 것 같았다. 정 선생은 문을 한 번 만져 보더니 침울한 표정이 됐다.

"이거, 두꺼운 철문인데…… 잠겨 있군그래."

"조금 물러서 주세요."

"부술 수 있겠나?"

"될 겁니다."

현암은 고개를 끄덕이며 월향검을 꺼냈다. 그때 미리가 정신을 차린 듯 주위를 둘러보았다. 미리는 철문을 보고 갑자기 안색이 종잇장처럼 새하얗게 변했다. 그 순간 통로 안의 불길이 전선을 태웠는지 전등들이 일제히 꺼지고 사방은 암흑천지가 됐다. 통로 저편에 서서히 밀려오는 불길의 희미한 빛만이 날름거릴 뿐이었다. 그때 갑자기 미리의 째지는 듯한 고함이 통로 안을 가득 메웠다.

"안 돼! 여기는 안 돼! 여기만은, 여기만은……."

현암은 막 월향검에 공력을 주입하려다가 미리의 외치는 소리를 듣고 멈칫했다. 바로 그때 정 선생은 뒤에서 밀려오는 연기와 불길을 보면서 외쳤다.

"방법이 없네. 어서 열게!"

미리는 막무가내로 악을 썼다.

"여긴 안 돼! 여기, 여기에는…… 황금의 발이 있어!"

황금의 발이라는 말을 듣는 순간 현암은 잠시 미간을 찌푸렸다. 현암의 얼굴에는 조금 전까지의 웃음기는 더 이상 남아 있지 않았다. 정 선생은 그런 현암의 얼굴을 보며 자신도 모르게 흠칫 한 걸음 뒤로 물러섰다. 현암의 그 표정은 과거 얼음장 같던 그 모습 그대로였다. 현암이 천천히 입을 열었다.

"그렇다면 반드시 열어야겠군."

"안 돼! 그러면 죽어! 모두 죽을 거야! 미쳐서 죽을 거야! 모두 그랬어! 모두가……."

미리의 절규하는 소리가 통로 안을 떠다니며 채 사라지기도 전에 불길이 또 한 번 통로로 왈칵 밀려들었다. 순간 현암은 월향검에 공력을 주입하며 검기를 뻗쳐 크게 호선을 그었고, 잠시 후 콰쾅 하는 소리와 함께 요란한 쇳소리가 났다. 커다란 동그라미 모양으로 오려진 철문의 중간 부분이 땅에 떨어지면서 나는 소리였다. 그것을 보고 정 선생은 어허하며 자신도 모르게 탄성을 질렀다. 현암은 구멍 안으로 휙 뛰어들었다. 그러자 정 선생도 발악하듯 울어 대는 미리를 번쩍 들어서 구멍으로 던져 넣고 그 뒤를 따랐다.

구멍 이편으로 빠져나온 현암은 그 자리에 석상처럼 굳어서 움직일 수가 없었다. 그건 정 선생과 미리도 마찬가지였다. 좁은 지하 통로가 연결돼 있던 철문 너머의 방은 거대한 광장과 같은 크기의 넓은 방이었다. 그리고 그곳에는 강 집사가 이미 수백 명의 사람들을 거느리고 기다리고 있었다.

"하하하! 멍청이들. 도망칠 수 있다고 생각했나? 왜 우리가 연기로 너희를 몰아댔는지 이제야 알겠나? 하하……."

강 집사가 크게 웃어 댔다. 그러자 정 선생은 에잇 하며 발을 굴렀다.

"우리가 아무래도 함정에 빠진 모양이네!"

현암도 화가 치밀어 한 걸음 앞으로 나섰다. 순간 강 집사는 킬킬거리며 수많은 사람들 뒤로 몸을 숨겼다.

"이 통로는 내가 발견했는데 내가 그걸 모르겠느냐? 너희는 꼼짝 못 해. 죽어 주는 일만 남았지."

"흥! 죽어도 혼자 죽지는 않겠다!"

정 선생이 소리를 치면서 앞으로 나서려는데 현암이 정 선생을 말렸다.

"잠시만요. 갑자기 떠오른 생각이 있습니다."

현암은 정 선생이 무어라 말하기도 전에 먼저 소리 높여 외쳤다.

"하나 물어볼 것이 있다!"

현암이 강 집사를 향해 외치자 강 집사 역시 되받아 외쳤다.

"뭘 물어도 대답해 줄 순 없지!"

"대답하지 않으면 황금의 발이란 것을 부숴 버리겠다!"

현암은 왼팔을 허공에 한 번 휘둘러보았다. 그러자 처절한 귀곡성을 울리면서 월향이 쏘아져 나가 사람들의 머리를 넘어 방 한쪽 귀퉁이의 철제 버팀기둥을 스치고 지나갔다.

"네가? 무슨 재주로?"

강 집사는 귀곡성에 조금 놀란 듯했지만 여전히 기세 좋게 소리쳤다. 그때 철제 기둥이 요란한 소리를 내며 토막이 나서 바닥에 떨어져 굴렀다. 사람들이 정신 나간 상태라 아무도 동요하지 않았지만, 강 집사만은 깜짝 놀라는 것 같았다. 현암은 싸늘하게 웃으며 월향을 다시 손에 받아 쥐고는 외쳤다.

"난 사람을 죽이고 싶진 않다. 그래서 여태껏 봐줬지만 황금의 발 같은 물건이라면 다르지."

"네, 네놈이 그걸 어떻게 알고⋯⋯."

"그건 그냥 황금으로 만들어진 발에 불과한 것 아닌가? 아무리 그 안에 기이한 힘이 숨겨져 있다고 해도 그것은 물건일 뿐이다. 내가 이제 이 칼을 한 번 던지기만 하면 그것이 어디에 있든 따라가서 반드시 부숴 버리고 말 것이다."

현암이 담담한 말투로 외쳤다. 현암은 일종의 모험을 한 셈이다. 현암은 미리를 통해, 황금으로 된 발이 있다는 것과 그것이 있는 곳이 바로 여기라는 두 가지 사실밖에는 알아낸 바가 없었다. 그러나 미리가 황금의 발에 대해 그토록 무서워하고 있다면 그것이야말로 강 집사가 사용하는 사악한 힘의 근원일 것이라 여긴 것이다. 아무리 월향이라도 어디에 있는지도 모르는 물건을 찾아 부순다는 것은 말도 안 되는 이야기였다. 허나 강 집사는 월향검의 무서운 위력을 본 다음이라, 그 말이 먹혀들 것이라고 현암은 생각했다.

정 선생은 처음에는 조금 어리둥절했지만 그 역시 둔한 사람은 아니라서 현암의 의도를 파악했다. 그러면서도 현암이 걱정스러웠다. 현암은 비록 당당하게 서서 아무렇지도 않은 말투로 이야기하고 있었지만, 옆구리에 동여맨 헝겊이 더더욱 붉어져 조금씩 피가 흘러내리고 있었다. 게다가 미미하긴 했지만 현암의 다리마저 조금씩 떨리고 있는 것이 보였다.

"어떤가? 나도 사실 우연히 말려들게 된 것일 뿐, 목숨까지 걸고 난동을 부리고 싶지는 않다. 그러니 내가 묻는 것에 대답하고 나와 타협하는 것이 어떤가?"

현암은 말하면서 슬며시 등 뒤로 손을 돌려 정 선생에게 손가락 두 개를 포개어 보였다. 그것을 보고 정 선생도 에헴 하고 헛기침했다.

"싫다면?"

"어허, 목격자가 많아서 살인은 안 하려고 했는데…… 여긴 다 정신 나간 사람들뿐이니 상관없겠군. 당신 모가지는 저 기둥에 비해 어떤가? 더 단단한가?"

말하면서 현암은 다시 한번 월향을 휙 날렸다. 귀곡성이 울려 퍼지면서 반대편의 철제 버팀기둥이 깨끗하게 잘려져 나갔다. 월향이 방향을 틀어 돌아오면서 다시 기둥을 긋고 지나가자 기둥의 가운데 토막이 떨어져 땅에 요란한 소리를 내면서 굴렀다.

그 광경을 보자 강 집사가 헉하며 숨을 삼키고는 물었다.

"묻고 싶은 게 뭐냐?"

"황금의 발을 당신은 어디서 얻었느냐?"

바짝 긴장한 강 집사가 갑자기 맥이 빠진 듯 대답했다.

"뭐야? 그거냐? 너도 하나 얻고 싶어서 그러느냐?"

현암은 속으로 코웃음을 쳤다. 아마도 강 집사는 현암을 돈이나 뜯으려 하는 건달 나부랭이라고 여기고 있었던 것 같았다. 그런 자신의 치부나 돈에 관한 질문이 아니라서, 역시나 강 집사는 다행이라는 듯한 어조로 거리낌 없이 외쳤다.

"바로 여기! 주악산에서 얻었다. 원래 황금 칠을 한 건 아니었고, 시커멓게 타다 만 발이었을 뿐이다. 내가 금칠을 한 거지. 하하, 너도 어디 무덤가에 가서 하나 주워다가……."

순간 강 집사의 목소리가 갑자기 놀란 듯한 비명으로 바뀌었다. 그러더니 그는 급기야 찢어질 듯한 비명을 질렀다. 그 소리가 너무도 처절해 정 선생마저도 귀를 막고 싶을 지경이었다. 현암도 안색이 확 변해 사람들을 헤치고 강 집사 쪽으로 다가가려고 했다.

그러나 놀랍게도 무엇인가 보이지 않는 장벽이 막아선 것처럼 현암의 몸이 도로 튕겨 나와 버렸다. 정 선생도 그 보이지 않는 장벽 같은 힘에 밀려서 더 이상 나아갈 수가 없었다. 그러자 미리가 처절하게 고함을 질렀다.

"온다! 온다! 발의 주인이! 지금!!!"

다음 순간, 모여 있던 사람들이 비틀비틀하면서 움직이기 시작했다. 사람들은 갈라지듯 양옆으로 비켜서며 계속해서 반대쪽 통로로 빠져나가고 있었다. 사람들이 사라진 중앙에는 온몸이 갈기갈기 찢어져서 내장이 튀어나온 처참한 고깃덩어리가 보였다. 강 집사였다. 너무도 처참한 모습에 미리는 그만 찢어질 듯한 비명을 질렀고 정 선생마저도 눈을 돌리고 외면했다.

마지막으로 자리를 떠나던 남자 하나가 강 집사의 뜯어져 나간 왼쪽 발을 무신경하게 집어 현암 쪽으로 툭 집어 던지고는 기계 같은 동작으로 방을 빠져나갔다. 강 집사의 뜯긴 왼쪽 발이 현암 앞에 툭 떨어지면서 약간의 피를 뿜었다. 현암은 몸을 부르르 떨며 그 발을 내려다보았다. 결코 공포 때문에 그런 것은 아니었다.

눈앞에서 한 인간이 이토록 참혹하게 죽임을 당하다니!

'절대! 절대 용서 못 한다. 절대! 절대!'

현암은 마음속으로 소리를 지르며 천천히 월향검을 빼 들었다. 그리고 신중하게 작은 월향검을 오른손으로 감싸 쥐었다. 그런 다음 공력을 가하자 월향검에서 길게 검기가 솟아올랐다.

그 순간 미리가 비명을 지르면서 현암에게 외쳤다.

"어서 날! 날 찔러요! 죽이라고요! 어서!"

"뭐라고?"

"어서! 아아, 난 더는 버티지 못해요. 더 이상은 버틸 수 없어요. 그러니 어서! 어서!"

미리는 놀랍게도 현암의 오른손을 잡고 매달렸다. 현암은 깜짝 놀라 월향검의 검기를 거두면서 외쳤다.

"무슨 소리요! 이 손 놔요!"

"아아…… 안 돼, 안 돼……. 늦었어……. 주여, 주여……."

미리의 목소리가 점점 작아졌지만 미리의 매달리는 힘은 남자 두세 명보다도 훨씬 강했다. 현암은 비로소 미리의 몸마저도 그 황금의 발에 의해 조종받는다는 것을 깨달았다.

'그래서…… 그래서 미리는 그런 행동을…….'

이제야 대강 이해가 갔다. 아까 미리가 옆구리를 찌른 것은 자신의 의지로 그런 것이 아님이 분명했다. 비록 그 힘이 미리의 영혼까지는 미치지 못했지만, 몸의 행동만은 조종이 가능한 것 같았다. 지금도 미리는 말과 행동이 따로 움직이고 있지 않은가? 그랬기 때문에 제발 자기를 내버려 달라고 한 것이었던가…….

현암은 잠시 머릿속이 아득해지는 것 같았다. 바로 그때 옆에서 보고 있던 정 선생이 미리에게 달려들었다.

"정 선생님! 너무 심하게는……."

그러나 정 선생은 미리를 떼어 내는 것이 아니라 현암의 오른손과 월향검을 잡은 미리의 손을 감싸 쥐고 매달리는 것이 아닌가? 현암은 그리 잘 놀라는 성격이 아니었지만 이때만은 정말 놀랄 수밖에 없었다.

"정 선생님!"

현암은 정 선생의 눈을 보자 아찔해졌다. 우도방의 고수인 정 선생마저도 이미 눈이 희게 뒤집어져 있었다. 황금의 발의 조종을 받는 것이 분명했다. 더욱이 정 선생은 내가고수였기 때문에 그가 잡은 현암의 팔을 통해 끊임없이 공력을 밀어 넣고 있었다. 할 수 없이 현암 역시 공력으로 정 선생의 내가공력에 대항할 수밖에 없었다.

비록 제정신은 아니었지만 정 선생이 수십 년간 수행해 쌓은 공력은 대단한 것이어서 현암은 거의 삼분의 일의 전력을 정 선생의 공력을 막는 데에 사용하는 수밖에 없었다. 그렇지 않고 정 선생을 떨어뜨리려면 엄청난 힘을 일시에 가해야 하는데, 그렇게 하다간 정 선생을 죽이는 결과를 낳을 수도 있었다. 월향검에게 검기를 담아 날릴 수도 있었지만, 그 역시 미리와 정 선생의 양손은 모두 잘려져 나갈 위험에 처할 것이다.

현암은 기를 쓰면서 오른팔을 빼려고 해 보았지만 이미 이성을 잃은 정 선생과 미리는 죽어도 팔을 놓지 않았다. 그때 음산한 웃음소리를 내면서 이미 온몸이 갈기갈기 찢어진 강 집사가 서서히 몸을 일으켰다.

"ㅎㅎㅎ…… 나를 잊었나? 현암?"

현암은 자기 눈을 도저히 믿을 수 없었다. 몸이 갈기갈기 찢어진 시체가 일어나서 말하다니! 그러나 더욱 놀라운 것은 그 목소리였다. 그 목소리는 이미 자신을 알고 있었다는 듯 말했다.

순간 현암은 전율했다. 온몸에 소름이 돋고 찬 물벼락을 맞은 듯한 기분이었다. 희미한 기억이 생생해지자 현암은 비로소 그 정체가 누구인지, 황금의 발의 주인이 누구인지 알게 됐다.

"서 교주!"

그랬다. 서 교주가 틀림없었다. 준후를 키워 비밀 무기로 이용하려 했고, 사악한 주술에 마침내 자기 몸을 망친 해동밀교의 교주! 박 신부와 준후와 현암이 모든 힘을 합해 간신히 물리칠 수 있었던 자! 틀림없었다. 지금의 이 목소리는 서 교주의 목소리가 분명했다…….

'그렇다면…… 그렇다면!'

그렇다면 강 집사가 발견했던 황금의 발이란 십여 년 전, 스스로 몸을 태워 버렸던 서 교주의 타고 남은 발목이었단 말인가! 서 교주의 악한 혼령은 저승으로 가지 않고 여전히 그 발에 붙어 사악한 힘을 행사해 왔단 말인가.

현암은 이번 일이 과거의 해동밀교와 무슨 연관이 있는 것은 아닐까 하고 생각은 했었지만…… 역시 그랬었다니…… 너무도 의외의 진실에 현암은 할 말을 잊었다.

"그때…… 기억나지? 응?"

'그때'가 해동밀교가 무너진 날을 말함을 현암이 모를 리가 없었다. 허나 현암은 대답하지 않았다. 그러자 서 교주의 음성이 다시 들려왔다.

"킬킬킬…… 네놈들. 네놈들은 나를 잊지 않았어. 잊지 않아. 잊을 수 없지……."

강 집사, 아니 서 교주가 웃으면서 앞으로 뛰어나왔다. 강 집사의 왼발은 이미 잘려 나갔지만, 그는 마치 강시처럼 한 발로 뛰었다. 서 교주는 영혼만 남았는데도 여전히 미친 것 같았다. 현암이 천천히 말했다.

"해동밀교는 이미 없어졌소."

그러자 서 교주가 벼락같이 외쳤다.

"그따위 건 이제 상관없어!"

현암은 이마에 땀을 흘리면서 잡힌 오른팔을 빼내려고 했지만, 실성한 정 선생의 공력과 힘 때문에 꼼짝도 할 수 없었다. 월향검도 현암의 손에서 계속 울기만 할 뿐 빠져나가지 못했다. 강 집사의 몸을 빌린 서 교주는 계속 철벅철벅 피를 흘리면서 한구석으로 향했다.

"하지만 네놈들…… 난, 난 바쳐야 해. 파극염의 제물로…… 너와…… 그놈…… 내 자식 준후 놈…… 내 손으로…….”

"준후를?"

현암은 일부러 피식 웃어 보였다.

"그렇게 될 것 같아? 십 년도 넘게 지났는데 그 천재가 아무것도 안 배우고 안 컸을 것 같아? 옛날에나 너한테 좀 딸렸지. 지금 준후에게 걸리면 넌 한 방이야, 한 방. 그냥 손가락 하나만 튕겨도 완전 소멸일걸?"

서 교주는 잠시 멈칫하는 것 같았다.

"하지만 네놈은……."

"물론 나는 힘에 좀 치우쳐서 준후보단 영에 약하지. 그러니까 두 방 정도 날려야겠네."

"헛소리!"

서 교주가 버럭 고함을 치자 현암이 다시 입을 놀렸다. 물론 사실은 시간을 끌어 잡힌 것에서 풀려나기 위한 술수였지만, 어느 정도 진심도 들어 있었다. 그동안 준후만이 아니라 현암도 변해 있었다. 과거에야 힘이 달려 셋이 합쳐서 퇴치했던 서 교주였다. 하지만 지금 내심으로는 별로 두렵지 않았다. 주위에 물고 늘어진 애꿎은 사람들만 없다면 전혀 두렵지 않았을 테지만.

'공력을 집중해 튕겨 내면 간단하지만…….'

정말 간단하지만 그럴 수 없는 것이, 정 선생도 나름대로 깊은 공력으로 매달려 있었다. 그 힘은 보통 사람의 힘보다 수십 배 강했다. 그것을 무작정 튕겨 낸다면 정 선생의 팔은 박살 나 버릴 것이었다. 그것은 월향도 마찬가지였기에, 차마 그럴 수는 없었다. 서 교주는 비열하게 웃었다.

"네놈이 세졌다고 해도 그런 건 아무것도 아니야……. 오른팔만 잡으면 네놈은 꼼짝 못 하잖아. 자, 뭐가 달라졌지? 한번 보여 줘 봐……."

"이봐, 너 제정신 아닌 거 너도 알지? 솔직히 너를 진짜 죽인 건 벽공이잖아. 원수를 갚으려면 지옥으로 가는 게 낫지 않겠어?"

"네놈…… 여유 만만하구나."

"십몇 년 동안 말할 상대도 없이 얼마나 답답했어? 그러니 좀 말해 봐. 너 뭘 바라니? 해동밀교 재건?"

"이, 이놈……."

서 교주는 부르르 떨었다. 현암이 기죽지 않고 너무도 여유 만만하자 그를 심리적으로 놀라게 겁주고 싶은 것 같았다. 현암이 바란 것도 그것이었다. 지난 십몇 년간, 현암이 얼마나 산전수전을 겪었는지는 당사자인 현암도 기억하기 힘들었다. 그런 그에게 이런 미친 영혼 하나 다루는 것은 그리 어렵지 않았다. 다만 주변에 애꿎은 인질들만 없다면.

"좋다. 네놈을 놀라게 해 주마. 내게 해동밀교 따위는 상관없어. 난 세상을 지배할 테니까!"

현암은 속으로 생각했다.

'여전히 미친 바보구나.'

"나에겐 부하들이 필요하다. 다시 세상으로 나가려면 말이다.

다행히 예수교의 바보들이 잘 협조해 주니 일이 쉬워지겠지······."

"그런 바보들이 뭘 한다고?"

"하하. 일단 너부터 그 바보들 때문에 꼼짝도 못 하지 않나?"

"이봐, 자꾸 날 자극하면······."

"아니, 난 자극할 거다. 네놈이 말도 못 하게 강해진 건 나도 느끼고 있어. 정말 놀랍지. 허나 네놈은 여전히 예전과 똑같은 바보야. 저런 병신 하나만 달라붙어도 꼼짝도 못 하지. 설령 네가 죽게 된다 해도 말이야."

"이봐. 나라고 죽고 싶을 것 같아? 마음만 먹으면······."

"흐흐흐. 그래. 마음만 먹으면 몇백, 몇천 명도 날려 버릴 수 있겠지. 그러나 넌 못 해. 절대 못 해. 그게 네놈의 마음가짐이니까."

"너, 나에 대해 잘 모르는 모양인데, 나도 위급해지면 내가 사는 게 우선 아닐까?"

현암은 애써 태연한 척 말을 돌리려 했으나 서 교주는 웃음을 터뜨렸다.

"흐흐흐. 내가 누군지 잊었나? 나는 밀교의 교주였다. 힘의 근원조차 모르지 않아. 너는 그 힘을 어디서 얻었지? 약해 빠진 선량함과 연민, 그리고 그런 것들을 지키고 싶은 마음으로 얻었지. 그런데 네가 그런 것을 외면한다면 너는 뭐지? 그런 마음으로 얻은 힘을, 그런 걸 해치는 데 쓴다면 너는 힘을 잃고 껍데기가 되는 거지. 아니, 그 순간 너는 타락하는 거고, 그건 네게 모든 것을 배신하는 최악의 결과야. 너 자신의 죽음 따위보다 훨씬 큰 종말이지.

넌 그걸 알 거야. 안 그러면 그런 경지에는 다다르지 못하거든. 알기 때문에 넌 결코 그렇게 하지 못해. 절대로!"

현암은 비로소 위기의식을 느꼈다. 서 교주의 힘은 별것 없었다. 과거에는 강했지만 지금의 현암과 비교하면 약했다. 그러나 서 교주는 현암의 약점을 정확히 꿰뚫어 보고 있었다. 현암의 안색이 달라지자 서 교주가 웃으며 말했다.

"밀교의 교주였던 내가 왜 파극염을 얻고, 영혼을 넘겼는지 아직도 모르겠나? 왜 너희는 그렇게 강해졌는지 아직도 모르겠냔 말이다. 네놈이나 준후가 쌓은 경지를 나라고 못내서, 몰라서 못했을 것 같나? 난 거부한 거다. 더 깊이 들어갈수록, 더 강해질수록 더더욱 족쇄에 얽매이는 거다. 난 그런 힘을 거부했다. 내가 정말 바란 욕망을 실현하는 데 그따위 힘은 필요 없다. 이제 저런 바보들이 필요한 거다. 이거야말로 피 흘리며 네놈 같은 놈들과 싸우는 것보다 훨씬 쉽고 재미나며, 효과적인 방법이지. 세상 전부는 못 돼도 어디 한구석은 얻을 수 있지 않겠나? 아니면 표 나지 않게 지하에 숨어서 바보들의 운명을 가지고 장난치는 걸로 충분하지 않겠냔 말이다. 이미 힘은 충분하다. 아니, 넘쳐서 탈이지. 나를 우습게 보았나? 아니, 진짜 바보는 네놈이다. 너야말로 패배한 바보가 될 거다."

현암은 이를 갈았다.

"개자식!"

"아. 그렇게 고되게 엄청난 힘을 얻어서 그걸로 뭘 하지? 이런 병신들의 뒷정리? 머슴? 자발적으로 사육되는 건가? 그러다가 바보들이 존재를 알아채면 당장 겁먹고 솥에다 삶을 텐데? 그런데도 그들에게 매달려 있는…… 난 그게 혐오스러워. 견딜 수 없어. 너 같은 놈들을 보면 정말 이가 갈리고 신물이 나! 다 죽여 버릴 거야! 죽여 버릴 거라고!"

"그렇게 해서 무엇하게?"

그러자 서 교주가 히죽 웃었다.

"히히. 그건 그다음에 생각할 거야."

"넌 미쳤어! 미친놈이야!"

"내가 미쳤다 치자. 그럼 어때? 이 미친놈. 미친 영혼 하나를 이길 수 있어? 인질 하나만 잡아도 찍소리도 못하는 주제에."

"네 말대로는 절대 안 될걸!"

"하하…… 잊었어? 나는 밀교의 우두머리였어. 작았지만 교단의 으뜸이었단 말이야. 종파의 속성은 누구보다도 내가 잘 알지. 그리고 거기 달라붙는 바보들의 생리도 잘 알아. 약간만 힘을 보여 주고 약간만 눈앞의 이익을 주면 인간들은 눈이 멀어. 자신이 모르는 힘을 가진 것 같으면 눈이 멀어서 달라붙는단 말이야. 바보 같은 것들이지……."

"교주였으면서 그런 생각밖에 하지 못하나? 밀교가 그런 생각으로 존재했던 것이었나?"

"물론 아니지. 아닌데…… 난 그게 싫었어. 내가 교주인데. 킬킬…… 왜 내 마음대로 못 하는 거지? 왜 그렇게 묶여 있어야 하지? 그게 싫었어. 밀교니 뭐니 다 필요 없어. 내 마음대로 할 수 있는 걸 만들 거야."

"뭘 하려는 거야?"

"그거야, 히히, 몰라. 나중에 고민하면 돼. 일단 그렇게 되는 게 중요하니까."

현암은 어이가 없었다.

"따르는 놈들은 모두 바보 같은 쓰레기일걸?"

"그게 너무 좋아. 쓰레기들도 산을 쌓아서 세상을 덮어 버리는 거야. 준후 같이 잘난 놈, 너 같이 착한 놈들은 전부 파묻어 버리고 말이야. 나를 쓰레기라 말하는데, 나는 최고의 쓰레기가 될 거야! 최악의 쓰레기만 남길 테니 내가 최고이고, 영원불멸이겠지. 히히히…… 멋지지 않아?"

현암은 분노를 이기지 못해 외쳤다.

"최고라고? 너야말로 최악이다! 세상에서 제일 더러운 제일 밑바닥 쓰레기야!"

"흥, 마음대로 나불거려라. 어차피 그렇게 지껄일 시간도 얼마 남지 않았으니……."

서 교주는 구석으로 가서 부러지고 피에 젖은 손으로 벽을 한 번 두드렸다. 그러자 돌로 만들어진 한쪽 벽이 마술처럼 스르륵 열렸다. 아마도 해동밀교에서 만든 기이한 기관 장치[4]인 듯했다.

---

4 복잡한 기구나 톱니바퀴, 추 등을 이용해 건물 내부를 움직이거나 침입자를 함정

그 안쪽은 밀교의 상징물인 장식들이 조각된 꽤 큼지막한 공간이 있었는데, 그곳은 밀교의 금고와 같은 용도로 사용되던 것 같았다.

그 안에 황금의 발이 있었다! 찬란한 황금색으로 도장된 발목, 그것은 모세가 '십계명'을 얻기 위해 기도를 드리러 갔을 때 사람들이 만든 황금 송아지의 우상과 기이하게 닮아 보였다. 겉은 황금색이었지만, 그 안에는 서 교주의 타다 남은 썩은 발목이 들어 있을 것이었다. 그리고 그보다 더욱 더러운 서 교주의 썩은 야심과 더러운 힘과 사악한 증오가 가득 차 있을 터였다.

서 교주는 그 발목을 집어 자신의, 아니 강 집사에게서 빼앗은 몸의 잘린 왼발에 붙였다. 그러자 기이하게도 그 발목은 원래 한 몸이었던 것처럼 스르륵 붙어 버렸다. 서 교주가 몸을 폈다. 비록 강 집사의 몸은 만신창이가 된 상태였지만, 그의 동작은 산 사람과 조금도 다를 바가 없었다.

"자, 이제 때가 됐구나. 다시 힘을 펼칠 때가……."

서 교주의 말에 현암은 몸서리를 치며 외쳤다.

"그런 더러운 몰골로 힘을 편다고? 헛소리 마라! 조금 있으면 몸뚱이가 썩어 버릴 거다!"

"아, 나도 물론 이 몸으로 나갈 생각은 없다."

서 교주는 반쯤 내려앉은 강 집사의 추악한 얼굴을 현암에게 돌리면서 섬뜩한 미소를 지었다. 순간 현암은 가슴이 철렁 내려앉는

에 빠뜨리는 장치로 경보 장치나 비밀 장치의 일종이다.

것 같았다.

"난 네 그 강한 몸을 갖고 싶은 거니까 말이다……."

"내, 내 몸을 갖는다고?"

현암이 약간 더듬거리며 묻자 서 교주는 으스스한 미소를 지으며 말했다. 피로 물들고 반쯤 으깨어졌으며 눈이 붉어진 강 집사가 입을 움직이는 것은 정말 끔찍했다.

"그래, 네놈의 힘은 물리적인 것이지, 주술이나 기도력에 의한 것이 아니니까. 더구나 네놈의 몸을 손에 넣으면 그 신부 놈이나 배은망덕한 꼬마 녀석도 손쉽게 처치할 수 있을 것 아니겠나? 흐흐흐……."

현암은 입술을 깨물었다. 정 선생 같은 내가고수도 단박에 자기 뜻대로 한 것을 보면, 현암의 공력이 아무리 절대적이라도 저자의 술수에 당하지 않는다고 어떻게 장담할 수 있겠는가.

'어떻게 해야 하나……. 정 선생을 떼어 내지 못하고 월향검을 쓰지 않는다면 서 교주를 이기기는 어려울 텐데…….'

그때 이상한 소리가 들려왔다. 현암은 흠칫하며 놀라 몸을 떨었다. 그 소리는 바로 월향이 내는 고통스러운 신음이었기 때문이다.

'아차! 공력이 충돌해서 월향이……!'

지금 현암의 오른팔에서는 정 선생이 뿜어내는 공력과 현암의 공력이 서로 밀어 내기를 거듭하고 있었다. 그런데 월향은 현암의 오른손에 쥐어 있었으니 그 두 힘을 고스란히 받는 셈이 됐다. 물론 칼인 월향이 사람보다 공력에 버티는 힘이 훨씬 강했지만, 두 사람의 강한 공력의 틈바구니에 오래 끼어 있었다면 견딜 수 없을 터였다. 하지만 월향은 정 선생의 공력이 밀려 들어와 현암이 다칠까 봐 걱정돼 참고 참다가 더는 버티지 못하고 급기야 고통스러운 소리를 지른 듯했다.

'이런 바보! 어째서……!'

현암은 재빨리 공력을 거두어들이려 했으나 월향이 움찔거리며 저항했다. 자신에게 상관하지 말라는 신호였다. 현암은 눈물이 핑 돌 것 같았다. 현암이 막 독한 마음을 먹고 정 선생을 떼어 내려고 공력을 모아 가는 순간, 미리가 갑자기 정 선생의 손에 뒤덮인 손을 쑥 빼냈다. 그 틈에 정 선생의 손이 조금 벌어지자 현암은 지체 없이 월향을 내쏘았다. 월향이 빠져나가자마자 정 선생은 희한한 금나수법(擒拿手法, 손으로 잡는 기술)을 사용해 다시 현암의 팔을 붙잡고 공력을 쏟아 내었다. 현암은 그나마 월향이 빠져나간 것을 다행스럽게 여겼다.

'잘했다! 월향! 어서 서 교주를……'

그러나 뜻밖에도 월향은 현암의 팔에서 빠져나가자마자 얼마 날지 못하고 땅에 툭 떨어져 바르르 떨었다. 정 선생과 현암의 공력이 충돌하는 사이에 끼어 힘을 모조리 잃어버린 것 같았다.

"월향!"

현암은 놀라면서 월향검을 집으려고 왼손을 뻗었으나 정 선생이 다시 현암의 오른팔을 와락 잡아당겼다. 현암이 다시 뒤로 휘청하며 끌리자 서 교주는 웃었다.

"흐흐…… 정말 바보 같은 놈이군……. 자기가 지닌 물건의 상태도 모르는 건가?"

서 교주는 현암의 손에 있던 월향검의 위력을 알아보고 월향검을 빼앗기 위해 잠시 술수를 쓴 것이 분명했다. 현암으로선 월향검을 다치지 않게 하려고 그럴 수밖에 없다는 것을 잘 알고 있으니 말이다. 서 교주가 음험하게 웃으며 월향을 향해 손을 뻗었다. 그 모습을 보자 현암은 눈이 뒤집히는 것 같았다.

"흐흐…… 이건 못 보던 건데? 아주 재미있는 것 같군……."

돌연 현암이 눈을 빛내면서 소리쳤다.

"월향에 더러운 손을…… 대지 마!"

현암의 외침을 무시하고 서 교주는 여전히 웃으며 피로 범벅이 된 강 집사의 비틀린 손을 뻗어 갔다.

"흐흐…… 이 칼의 이름이 월향인가?"

현암은 나직한 목소리로 중얼거리다가 또다시 소리 높여 악을 썼다.

"손대지…… 말라고 했다!"

다음 순간, 정 선생의 몸이 허공에 붕 뜨면서 뒤로 쾅 소리를 내며 튕겨 나갔다. 현암이 공력을 극성까지 끌어올려 '추' 자 결을 쓴 것이다. 정 선생은 그만 입에서 왈칵 선혈을 내뿜으며 고개를 떨구었다. 다시 현암이 소리를 지르면서 무시무시할 정도의 공력을 오른손에 끌어올렸다. 평소의 전력을 다한 공력보다도 더욱 강한 힘이었다. 순간적인 분노가 몸에 무슨 충격을 준 듯했다.

황금의 발 **195**

"으아아아아!"

현암이 오른손을 꽉 쥐었다가 다시 활짝 펴자 현암의 검지, 중지, 약지의 세 손가락의 끝에서 휘황한 광채가 뻗어 나오며 빛의 구체가 순식간에 주먹만 하게 뭉쳐 갔다. 바로 '탄' 자 결의 수법이었다.

현암이 얼굴을 무시무시하게 일그러뜨리면서 손가락을 둑둑둑 펴자 세 개의 빛의 구체가 기관총처럼 연달아 서 교주의 몸을 향해 날아들었다.

"어억!"

서 교주가 외마디 비명을 지르며 급히 팔을 휘젓자 아까 현암을 튕겨 냈던 무형의 장막이 서 교주의 앞에 쳐졌다. 그러나 처음 발출된 약지의 '탄' 자 결 구체가 장막에 부딪치면서 무서운 빛을 뿜으며 폭발해 버리자 장막이 이내 사라져 버렸다. 연이어 두 번째로 쏘아 낸 중지의 '탄' 자 결 구체가 날아오자 서 교주는 양손을 뻗어 손바닥으로 검은 기운을 내쏟으며 막으려 했다. 또 한 번 폭탄이 터진 듯한 빛의 폭발이 일어났다.

서 교주는 쓰러지지 않고 계속 서 있었다. 그러나 서 교주의 두 팔은 살점 하나 남기지 않고 이미 완전히 가루가 돼 사라져 버렸다. 그리고 세 번째, 검지로 쏘아 낸 '탄' 자 결은 서 교주의 머리를 향해 날아들었다. 서 교주는 급히 몸을 굽히려 했지만, 그보다 먼저 '탄' 자 결의 구체가 적중될 것이 분명했다. 현암은 어지러움을 느꼈지만 속으로 외쳤다.

'잡았다!'

그러나 믿지 못할 일이 벌어졌다. 서 교주가 캬악 하고 고함을 지르자 '탄' 자 결의 구체가 닿기도 전에 서 교주가 조종하던 강 집사의 머리를 받치던 목이 툭 끊어지며 뒤로 휙 젖혀졌다. 그 상태로 서 교주가 몸을 굽히자 현암이 쏘아 낸 '탄' 자 결의 구체가 서 교주의 끊어진 머리 부분을 아슬아슬하게 스치고 지나갔다. 단지 스치기만 했는데도 잘린 목 부위가 으깨지며 타들어 갔다.

구체는 서 교주의 뒤쪽 벽, 아까 서 교주가 황금의 발을 꺼냈던 옆쪽 벽으로 날아가 거기에 부딪쳐 굉음을 내며 폭발했다. 방 전체가 빛으로 가득 차면서 진동으로 흔들렸다. '탄' 자 결을 맞은 벽은 마구 허물어져 내렸고, 서 교주가 열었던 비밀 금고의 벽마저도 돌이 무너져 나갔다. 돌과 먼지가 우스스 쏟아지고 비밀 금고의 문이 쾅 하며 앞으로 넘어져서 몇 토막으로 금이 가며 깨어졌다. 금고 안에 있던 책들과 몇 가지 물건들이 충격에 바깥으로 쏟아져 나왔다.

"이런……."

어느새 강 집사의 목이 다시 제자리로 돌아와 붙었다. 서 교주도 엄청난 '탄' 자 결의 위력에 놀란 듯, 한동안 움직이지 못했다. 현암은 미칠 것 같은 기분이었다. 지금의 세 번의 '탄' 자 결 공격은 그로서는 그야말로 젖 먹던 힘까지도 다 뽑아내어 무리를 해 발출한 것이었다. 그러나 서 교주가 저토록 비상식적인, 목을 스스로 꺾어 뒤로 넘기는 따위의 머리를 굴릴 줄이야.

현암은 그 자리에 무릎을 푹 꿇으며 쓰러져 버렸다. 더는 서 있을 기운마저도 남아 있지 않았다. 서 교주는 질린 듯 현암을 보면서 고개를 설레설레 흔들었다.

"너같이 지독하고 강한 놈은 처음이다……. 십 년 사이에 정말 무섭게 강해졌구나……."

현암은 기를 쓰면서 조금씩 기어서 월향검을 손에 잡으려 했다. 그러나 몸이 마음대로 움직이지 않았다. 월향검도 구슬프게 울면서 조금씩 현암에게 다가가려고 몸체를 달그락거렸으나 현암의 손에 닿지는 못했다.

그 광경을 지켜보던 서 교주가 계속 고개를 저으며 말했다.

"너무 강하다……. 너무 강해. 나로서도 조종할 수 있을지 모르겠구나. 안 되겠다. 아예 없애 버리는 것이 안전할 것 같구나……."

순간 잘렸다가 다시 붙은 서 교주의 목이 움찔하면서 뒤로 넘어가려고 했다. 아까 현암이 마지막으로 발출한 '탄' 자 결의 힘이 목의 잘린 부분을 스치고 지나가면서 단면을 태워 버렸기 때문에 목이 잘 맞지 않는 것 같았다. 서 교주는 조금 놀라면서 목을 제자리로 돌리려 했다. 바로 그때였다. 미리가 아악 소리를 내며 월향검을 향해 달려들었다.

'서 교주가 놀란 탓에 미리를 조종하던 힘이 풀어졌구나! 그래! 월향검만 손에 쥐어지면 어떻게든 해 볼 수 있다!'

미리는 곧 달려들면서 월향검을 손에 쥐었다. 월향은 저항하지 않았다. 아니, 저항하려고 해도 할 힘이 없었을 것이다. 현암은 간절한 눈빛으로 미리를 바라보았다. 그걸 내게 줘! 어서!

그러나 천만뜻밖에도 미리는 월향검을 든 채 현암을 바라보다가 뒤로 휙 돌아서서 서 교주에게 말했다.

"제발, 제발 저를 살려 주세요! 이것을 드릴게요! 네?"

현암은 날벼락을 맞은 것 같았다. 눈에서 불똥이 튈 것 같은 기분이었다. 서 교주 역시도 의외의 행동에 놀란 듯했다.

"다, 당신…… 어떻게 그런……."

미리는 주르륵 눈물을 흘리면서 현암을 돌아보았다.

"날 용서해 줘요. 이대로면 우린 다 죽어요. 하지만 나는 죽기 싫어요! 싫다고요!"

"흐흐흐…… 이것 참 재미있구나! 재미있어! 으하하하!"

서 교주가 미친 듯 웃음을 터뜨리는 것도 현암에게는 아득하니 들리지 않는 것 같았다. 현암은 이미 공력이 완전히 고갈돼 몸조차 움직이기 힘들 지경이었다. 단 한 가지, 월향을 다시 손에 쥐기 위해서 이를 악물고 참았던 것인데 일이 이렇게 돼 버리다니……. 현암은 머릿속이 텅 빈 것 같아 아무 생각도 할 수 없었다. 미리는 그런 현암을 보고 계속 말했다.

"난, 난 원래 이래요. 난 나밖에는 생각하지 않아요. 내 목숨이 무엇보다도 중요해요……."

거의 정신이 나간 것처럼 중얼거리다가 미리는 현암에게 간절한 어조로 말을 이었다.

"하지만…… 용서해 줘요……. 날 용서해 주는 거죠? 정말 그럴 수 있나요? 이런 짓을 한 나를? 네? 말해 봐요, 오빠."

현암은 화가 치밀어서 욕지거리가 나오려 했다. 그러나 정작 말은 목구멍에서 딱 걸려서 나오지 않았다. 현암은 갑자기 서글픈 생각이 들었다.

'인간이란 저런 것인가……. 저렇게 나약하고 슬픈 존재란 말인가…….'

현암은 눈을 들어 미리를 바라보았다. 미리는 주룩주룩 눈물을 흘리고 있었다. 현암은 조용히 고개를 끄덕이며 미소를 지었다. 그것은 결코 가식적인 마음이 아니었다.

'그래. 나는 저런 가련한 사람들을 위해 싸우고 있는 거야…….'

생각을 돌린 현암이 조용히 입을 열었다.

"그래, 용서해……. 괜찮아……."

현암의 말에 미리는 다시 흑흑 하고 눈물을 주르르 쏟았다. 여전히 서 교주는 천장을 쳐다보며 커다랗게 웃음을 터뜨리고 있었다. 바로 그때였다. 순순히 서 교주에게 월향검을 들고 다가가던 미리가 갑자기 서 교주를 향해 월향검을 휘두른 것은.

느닷없는 미리의 행동에 서 교주는 웃다 말고 깜짝 놀라 피하려 했으나 그보다 월향이 빨랐다. 월향검은 순식간에 가볍게 싸악 소리를 내며 서 교주의 왼쪽 발목을 스치고 지나갔다. 황금의 발이 서 교주의 발목에서 떨어져 나갔다. 미리는 월향검을 현암을 향해 휙 집어 던지고는 곧바로 황금의 발을 끌어안았다. 절대로 놓지 않을 듯한 기세였다.

"이, 이 계집이!"

서 교주는 소리를 지르면서 머리를 후려치려는 듯한 자세를 취했지만 이미 팔이 없는 몸이었다. 미리는 급히 뒤로 물러서면서 울먹이는 목소리였지만 앙칼지게 외쳤다.

"어서, 어서 죽어 버려! 이 괴물! 네가, 네가 다 죽였어! 네가 내 동생을…… 그리고 오빠도! 발을 봤다는 이유만으로! 그리고 나에게도…… 나에게도……!"

"어서 그걸 놓지 못해!"

그래도 물러서지 않고 미리는 악을 썼다.

"나도, 나도 죽여! 차라리 죽이란 말이야, 이 괴물!"

서 교주는 잘린 왼쪽 발목을 땅에 짚으면서 오른발로 머리를 걸어찼다. 서 교주의 왼쪽 발목에서 피가 질펀하게 스며 나올 정도로 힘을 준 일격이었다. 미리는 헉하고 고통스러운 신음성을 내면서도 황금의 발을 놓지 않았다. 그녀는 서 교주 쪽은 돌아보지도 않고서 다만 현암을 애절한 눈빛으로 바라보며 말했다.

"내가, 내가 나빴죠? 내가, 내가 잘못……."

"아, 아니야……."

미리가 집어 던진 월향검은 현암 앞에 떨어지면서 콘크리트 바닥을 뚫고 푹 박혔다. 현암은 안간힘을 다해 일어나 그리로 기어가려고 했지만 몸이 말을 듣지 않았다. 몸이 무서울 정도로 허탈했고 속이 느글거려 구역질이 나올 것 같았다. 공력이 완전히 빠져나갔을 때 나타나는 증상이 분명했다. 더구나 아까 정 선생과 겨루면서 그의 공력이 아직 현암의 몸에 남아 있었는지 탈진 상태가 더더욱 급속히 진행돼 갔다. 그러나 현암은 포기하지 않고 계속 죽을힘을 다해 몸을 끌며 기어가려고 애를 썼다.

"어서 놔! 그걸 어서 놓으란 말이다!"

서 교주가 발목 밖에 남지 않은 왼쪽 다리로 서서 미리를 다시 한번 호되게 걷어차자 그녀는 비명을 지르면서 새우처럼 허리를 굽히고 데굴데굴 굴렀다. 입가에서 피가 흘러내리는데도 미리는 꽉 감싸안은 황금의 발을 놓지 않았다.

미리는 평안한 얼굴로 현암을 향해 말했다.

"당, 당신처럼 착한 사람은…… 꼭…… 살아야…… 그리고……."

"서 교주! 그만해! 그만……."

현암은 소리를 지르고 싶었지만 너무나 기운이 없어서 말이 나오지를 않았다. 겨우 억지로 손을 뻗어 손톱으로 땅을 긁으며 기어가려고 애썼다.

서 교주가 껑충 뛰어 몸을 날렸다가 머리를 콱 밟아 버렸다. 미리의 눈이 크게 풀리면서 고개가 번쩍 쳐들렸다. 그리고 무언가 부러지는 소리가 들렸다. 곧이어 미리의 입에서 풍선의 바람이 빠지는 듯한 힘없는 소리가 흘러나왔다.

"정말 오, 오빠라고…… 불, 불러도 되는지……."

현암은 아무 말도 하지 못하고 그 자리에서 미리의 크게 벌어진 눈을 바라보며 고개를 끄덕일 수밖에 없었다. 미리의 눈이 조금 둥글게 휘어지면서 주르륵 눈물이 쏟아졌다. 미리는 풀썩 땅에 고개를 떨구었으나 여전히 황금의 발을 꽉 껴안고 놓지 않은 상태였다. 서 교주가 다시 고함을 질렀다.

"이, 이 계집이 건방지게! 어서 놔!"

서 교주는 쓰러진 미리의 목을 짓밟으려는 듯 껑충 뛰어올랐다. 그 순간 갑자기 한 가닥의 강한 힘이 밀려와서 서 교주의 너덜거리는 징글맞은 몸뚱이를 맞추었다. 아주 강한 타격은 아니었지만 그것을 맞고 서 교주는 비틀하면서 옆으로 몇 번 비척이고 나서야 겨우 중심을 잡을 수 있었다. 그것은 바로 정 선생이 내쏜 장풍이었다.

정 선생은 아까 현암에게 받은 타격으로 입가에 선혈을 가득 머금고 있었지만, 괴성을 지르면서 펄쩍 뛰어 한달음에 칠팔 미터나 되는 거리를 성큼 뛰어넘어 서 교주에게 달려들었다. 그러자 서 교주가 입으로 무엇인가를 중얼거렸고, 그의 입에서 한 줄기 불길이 뿜어져 나갔다. 허나 정 선생은 불길을 피할 생각조차 하지 않고 그대로 서 교주에게 달려 들어갔다.

"어엇!"

서 교주는 놀란 듯 주춤했지만, 정 선생은 온몸에 불이 붙어 활활 타오르는 형상으로 서 교주에게 날아와서 어지럽게 양손을 휘둘러 댔다. 내가권법의 장력이 삼시간에 여덟 번이나 서 교주의 몸을 강타하자 안 그래도 엉망인 서 교주의 몸뚱이가 여기저기 부서져 나가 피와 살점이 사방에 튀었다.

정 선생은 몸에 붙은 불을 끌 생각도 하지 않고 고함을 쳤다.

"이 괴물! 우리 같이 없어지자!"

정 선생은 불붙은 몸으로 서 교주의 문드러진 몸을 와락 끌어안았다. 자기 몸에 불이 옮겨붙으려 하자 서 교주는 펄쩍 뛰면서 버럭 소리를 질렀다. 불에 타 죽은 일이 있었던 터라 서 교주는 불을 몹시 꺼리는 듯했다. 서 교주의 호통은 현암의 사자후 같은 울림은 없었으나 오히려 집약된 힘이 있어서 정 선생은 망치에 얻어맞은 것처럼 뒤로 밀려 나 버렸다.

그 틈에 서 교주는 재빨리 미리의 늘어진 몸을 다시 한번 걸어 찼고, 그러자 황금의 발이 미리의 품에서 빠져나왔다. 발은 마치 살아 있는 것처럼 스스로 꿈틀거리면서 서 교주에게로 기어가려고 했다. 그러나 그때, 쓰러진 미리의 손이 다시 움찔하면서 빠져나가려던 황금의 발을 붙잡았다.

그 뒤를 이어 몸에 붙은 불을 끄지도 못한 정 선생이 다시 있는 힘을 다해 장풍을 한 방 날리자, 서 교주는 비틀거리면서 통로 쪽으로 몸을 날리며 소리를 질렀다.

"모조리……! 죽어 버려라!"

만신창이가 된 서 교주의 몸이 밖으로 사라지는 것과 동시에 통로의 문이 요란한 소리를 내면서 닫혔다. 그리고 금세 방 전체가 흔들거리기 시작했다. 천장이 흔들리면서 돌 조각과 먼지 등이 우수수 쏟아져 내렸다.

"호호…… 모조리 납작하게 만들어 주지……."

서 교주의 목소리가 아수라장이 돼 가고 있는 드넓은 방에 어지럽게 흩날렸다. 정 선생은 헉헉거리면서 땅에 몸을 굴려 몸에 붙은 불을 껐다. 그러고는 가까스로 현암에게로 엉금엉금 기어 다가갔다.

"자네, 자네가…… 어떻게든…… 좀……."

정 선생은 말끝을 흐리며 현암의 어깨에 손을 얹고 공력을 가했다. 현암의 몸에 찌르르 낯선 공력이 밀려드는 것을 느꼈다.

"이, 이게…… 무슨……."

"난, 난 이제 움직일 수가…… 없소……. 자네가 대신…… 자네는 힘이 다한 것 같으니…… 내 공력으로 어떻게든……."

정 선생의 공력은 상당히 남아 있었다. 그러나 자신의 상처가 심한 데다가 몸까지 불에 타서 움직이기 어렵다고 판단하고서 현암에게 나머지 공력을 불어 넣어 주려고 한 것이다. 몸속에 정 선생의 공력이 흘러들어오는 것을 느끼자 현암의 머릿속에 홀연히 스치는 생각이 있었다.

'천정개혈대법.'

현암은 지난번 화타의 후손 화중명 노인에게서 천정개혈대법의 상세한 설명을 편지로 받았다. 그 편지의 머리말은 다음과 같았다.

> 전에도 말한 바 있었지만, 자네는 양의지체네. 원래는 공력을 수련할 수 없는 체질이야. 천정개혈대법으로 다른 사람에게서 받은 공력을 자기 것으로 만들고 혈도를 여는 것은 가능하지

만, 그건 너무도 어려울 것 같네. 아마도 혼자 수련한다 해도 오 단계 이상의 수련은 불가능할 것이고, 어느 정도 공력을 몸 안에 퍼뜨려 보통 사람보다 강한 힘을 얻을 수는 있겠지만, 몸의 다른 곳에서는 오른팔만 한 괴력을 낼 수 없을 것이야. 육 단계로 올라가기 위해 외부의 도움이 필요하네. 그러나 이것은 대단히 위험한 일이야…….

현암은 화 노인의 편지를 돌이켜 생각하자 몸이 부르르 떨렸다.
'지금……! 바로 지금이 그게 가능한 때가 아닐까?'

오 단계를 지나면 자네는 오른팔에 공력을 극한까지 끌어올릴 수 있을 것이네. 그리고 몸의 혈도들도 조금씩은 소통되기 시작할 것이야. 그러나 어지간한 힘을 가하지 않고서는 혈도를 뚫을 수 없네. 한 번에 해일이 몰려오는 듯한 힘으로 단번에 모든 혈도를 관통하지 않으면 아니 되네. 그러기 위해서는 우선 몸 안의 공력을 모조리 흩어 텅 빈 상태로 만들어야 하네. 조금이라도 몸을 움직일 수 있을 정도의 공력이라도 남아 있으면 안 된다는 말일세. 그런 다음 막강한 다른 누군가의 공력을 몸 안으로 끌어들여 모았다가 단전으로 일시에 집중하게. 그렇게 자네의 내재된 잠력과 외부에서 들어온 공력이 단전에서 충돌해 융화되면 일거에 거대한 힘이 폭발해 온몸의 혈도를 관통할 것이네! 그렇게 뚫린 혈도는 이후부터는 자유자재로 기를 전달하게 될 것이야…….

'그렇다. 지금 내 몸이 공력은 모두 탈진해 버린 상태이고 정 선생의 공력은 상당하다……. 지금이…… 지금이 바로 하늘이 준 기회다…….'

그러나 화 노인이 그 뒤에 덧붙인 말은 현암을 잠시 주저하게 했다.

…… 그러나 명심하게. 자네는 지금으로서도 엄청난 공력을 지니고 있으니 세상에 적수가 없을 것일세. 만에 하나 외부인의 공력이 자네의 것과 융화되지 않는다면 단전으로 힘을 모으는 순간, 자네의 몸은 폭발해 버릴지도 모르네. 만약 폭발하지는 않더라도 갑자기 코나 입에 피가 고인다면 즉시 외부의 공력을 흩어 버리고 중지해야 하네. 그렇지 않는다면 그 후의 일은 나로서도 짐작할 수 없다네…….

현암은 눈을 한 번 감았다가 다시 번쩍 떴다. 현암의 눈에 쓰러진 채 아직도 황금의 발을 잡은 미리의 모습이 들어왔다. 그리고 얼마 되지 않는 남은 공력을 모두 현암에게 쏟아부은 정 선생의 손이 서서히 몸에서 떨어져 나가는 것이 느껴졌다.

정 선생은 이미 여러 번 타격을 입고 심한 화상을 입은 데다가 공력까지 모두 부어 주었으니 일어나기는 힘들 것 같았다. 머리 위에선 계속 돌들이 쏟아져 내리면서 금방이라도 돌로 된 천장이 모조리 무너져 내릴 듯했다. 결정은 이미 내려진 것이나 다름없었다.

'이대로…… 죽을 수는 없다……. 아직은…….'

현암이 눈을 질끈 감자 현암의 주변에서 갑자기 공기가 폭발하듯 팽창해 사방으로 퍼져 나갔다.

우르릉 소리를 내면서 지하 천장의 지붕이 무너져 내렸다. 돌로 된 지붕에서 수없이 많은 커다란 돌들이 계속해서 쏟아져 내렸다. 그러나 현암의 몸 주변에서 계속 공기가 폭발하듯 팽창해 나가서 현암을 맞추지는 못했다. 잠시 후, 현암은 기합과 함께 몸을 일으켰다.

'성공인가!'

현암은 단전에서부터 폭발할 듯한 힘이 다시 솟구쳐 올라오는 것을 느꼈다. 정 선생이 불어 넣어 준 공력을 단전으로 일시에 보내자 텅 빈 단전에서 무서운 힘이 솟구쳐 나오기 시작했다.

현암은 위에서 쏟아지는 돌도 개의치 않고 그대로 눈을 감은 채 그 힘을 몸 안 곳곳의 혈도로 유통해 갔다. 폭발하는 듯한 그 힘은 우선 현암의 단전에서 오른팔을 향해 거침없이 뻗어 나갔다가 파도가 절벽에 부딪혀 돌아오듯이 다시 단전으로 용틀임하듯이 내려왔다. 그 힘을 현암은 아래쪽으로 내려보냈다. 그러자 양다리와 혈도들이 툭툭 터지는 듯한 기분과 함께, 다리가 찌르르하고 감전되는 듯한 느낌이 들었다.

기의 물결은 조금 약해진 듯했지만 현암은 다시 힘을 솟구쳐 올려서 왼팔의 혈도들로 보냈다. 이번에는 콕콕 쑤시는 듯한, 기분 좋은 아픔이 왼팔에 흘렀다. 기가 혈도들을 뚫고 지나갈 때마다 힘이 폭발할 듯 솟구쳐 올라왔다. 온몸이 열기로 가득 차서 부글부글 끓는 것 같았다. 왼팔의 혈도를 뚫은 현암은 다시 남은 기운을 위쪽으로 솟구쳐 올렸다.

그러나 기운은 가슴 부분을 지나 목을 지나려 할 때 갑자기 뭔가에 부딪힌 듯 콱 멈추어 버렸다. 정 선생의 공력은 역시 한계가 있었다. 진기의 흐름이 갑자기 중단되자 돌연 극심한 고통이 오면서 피 냄새가 아릿하게 느껴졌다.

'아차! 큰일 났다!'

현암은 급히 눈을 떴다. 그러자 어른 머리통만 한 돌무더기가 주변에 마구 쏟아져 내리고 있는 것이 눈에 들어왔다. 그만한 두 개의 돌덩이가 정 선생의 몸 위로 떨어져 내리는 것도 보였다. 현암은 다른 생각할 겨를도 없이 급히 양손을 휘둘러서 돌덩이를 후려쳤다.

그러자 펑 하는 굉음과 함께 두 개의 돌덩이는 각각 두 조각으로 깨어지면서 저만치 날아가 벽에 부딪혀 수없이 많은 조각으로 박살 나 버렸다. 드디어 양손에 공력이 유통되기 시작한 것이다! 그것도 잠시, 현암의 코에서는 한 줄기 선혈이 왈칵 뿜어져 나왔다.

'이, 이런!'

현암이 놀라는 순간, 다른 돌덩이 하나가 현암의 긴장된 발목으로 떨어져 내렸다. 꽤 큰 돌이 현암의 발목을 정통으로 맞추었는데도 현암은 별반 고통을 느끼지 못했다. 되레 그 돌덩이는 쫙 갈라지면서 여러 토막으로 부서지고 말았다. 이번에는 목구멍에서 비릿한 피가 왈칵 욕지기처럼 치밀어 올랐다.

'결국…… 잘못됐나……!'

현암은 이를 악물었다. 이대로 넋을 놓고 있다가는 자신뿐만이 아니라 정 선생과 미리마저도 죽을 판이었다. 미리가 끝까지 황금의 발을 붙잡고 놓지 않은 것으로 보아 아직은 죽지 않은 것 같았다. 그렇다면 그대로 둘 수는 없었다. 그러는 찰나 천장이 다시 무섭게 흔들리면서 수많은 돌 조각이 와르르 쏟아져 내려왔다.

현암은 더 생각할 겨를도 없이 양손을 크게 휘두르면서 태극기공의 '폭' 자 결로 공력을 운용했다. 오른손만으로 펼치던 '폭' 자 결과 양손으로 펼치는 '폭' 자 결은 그 위력 자체가 달랐다. 태극기공의 구결들은 원래가 한 손으로 펼치게 된 것이 아니었다. 양손으로 공력을 운용하면서 강약을 배합해 초식을 만들어 보다 큰 위력을 낼 수 있었으나, 지금까지 현암은 오른손으로밖에 공력을 사용할 수 없었기 때문에 제대로 위력을 발휘할 수 없었다.

이제 양손으로 '폭' 자 결의 공력을 사용하자 그 위력은 엄청났다. 무엇보다도 양손으로 번갈아 공력을 발출할 수 있었으므로 공력이 끊이지 않고 일종의 막을 칠 정도가 됐다. 우르르 쏟아져 내려오는 수많은 돌이 아래로 떨어지기 전에 모조리 '폭' 자 결의 공력 막에 맞아 깨어지거나 튕겨 나가 버렸다.

'이, 이렇게 위력이 강하다니!'

현암 스스로도 놀랄 정도로 믿어지지 않는 힘이었다. 현암은 자신의 코와 입에서 피가 흘러내리는 일을 까맣게 잊어버렸다. 아마도 태극기공을 창안한 사람조차 지금 현암 정도의 공력은 지니지 못했을 것이었다.

현암은 자신의 공력을 계속 칠십 년 수위로 알고 있었으나 실제로는 도혜 선사의 칠십 년 공력에 자신이 퇴마행을 쌓으면서 자신도 모르게 수행한 십오 년가량의 공력이 더해지고 거기에 정 선생이 불어 넣어 준 십오 년가량의 공력이 더해져서 백 년 정도의 공력을 이루었던 것이다.

거기다가 현암은 수없이 많은 생사의 고비를 넘기고 극한까지 공력을 사용했던 적이 헤아릴 수 없이 많아 경우에 따라서는 자신의 힘을 훨씬 뛰어넘는 힘을 낼 수도 있었다. 지금도 그러했다. 현암은 처음으로 공력을 마음대로 사용해 보는 것이기 때문에 거의 무아지경의 상태에서 십이성(十二成)이 넘는 공력을 자연스럽게 내쏟고 있었다. 세상에 그 누가 백 년이 넘도록 살며, 그 기간 내내 수련해 공력을 쌓을 수 있겠는가?

현암은 수없이 쏟아져 내리는 바윗덩어리들을 거의 모조리 쳐낼 수 있었다. 만약 현암이 천정개혈대법의 육 단계를 뚫지 못했다면 아무리 현암이 혈기 왕성하고 건강한 상태라 하더라도 오른손만으로는 돌들을 모두 쳐 낼 수 없었을 것이다. 아마 돌 한 방만 맞았어도 살아날 수 없었으리라. 돌을 쳐 내려고 몸을 조금 일으키자마자 현암의 상처에 고여 있던 피가 좌르륵 흘러내렸다.

'아…… 이런!'

현암은 놀라 얼굴을 왼손으로 한 번 쓱 만진 후 손바닥을 내려다보았다. 그 손은 놀랍게도 검붉은 선지피로 흠뻑 젖어 있었다. 그러나 더 자세히 살필 겨를도 없이 다시 돌이 쏟아져 내려와서 현암은 계속 손을 휘두를 수밖에 없었다. 공력을 쓰면 쓸수록 현암의 코와 입에서는 피가 계속해서 쏟아져 내렸다. 피가 너무도 줄기차게 쏟아지자 현암도 암담한 심정이 됐다.

'분명 무엇인가 잘못됐구나……. 화 어르신이 편지에서 공력을 밀어 낸 후 피가 나면 즉시 공력을 흩으라고 하지 않았던가? 그런데 그렇지 않고 무리하게 힘을 써서 탈이 났나 보다!'

하지만 지금 여기에서 손을 멈출 수는 없었다. 단 한 개의 돌멩이로도 머리가 박살 날 상황이었다. 현암은 다시 쿨럭하며 피를 토하면서도 이를 악물었다.

'좋다! 버티는 데까지 버텨 보자!'

점점 현암의 눈은 흐려지고 손은 놀리기가 갑갑해졌다. 혈도들이 열렸기 때문인지 공력에 모자람은 없었지만, 피를 너무 많이 흘려서 몸을 마음대로 놀릴 수 없었다. 조금 지나면 돌벼락이 다소 뜸해지리라 생각했지만 그렇지도 않았다. 돌들은 사정을 두지 않고 계속 쏟아져 내렸다. 돌들의 색이 처음 것과 다른 것을 문득 깨닫고 현암은 한숨을 내쉬었다.

'돌은 천장이 무너져서 쏟아지는 것만이 아니구나. 이건 기관장치다! 밀교의 보물을 수호하기 위해 만들어진 것이 분명하다!

큰일이구나…….'

 현암은 점차 숨이 가빠지고 머리가 어지러워졌다. 몸 안의 공력은 여전히 격심하게 회오리치며 충만한 상태를 유지하고 있었지만, 피가 너무도 많이 흘러내려 버티기 어려울 것 같았다. 이런 상태가 지속된다면 제아무리 공력이 강해졌다 해도 어쩔 수 없을 것이었다.

 '제길. 하지만 돌들이 무한정 쏟아지지는 못하겠지!'

 현암은 그렇게 생각하며 억지로 힘을 썼다. 그러나 돌들은 그야말로 무한정 쌓여 있었던 듯, 계속해서 쏟아져 내렸다.

 그렇게 몇 분이 흘러갔다. 피를 쏟는 현암으로서는 버티기 힘든 시간이었다.

 몇 분이 지나자 돌들이 쏟아지던 것이 멈추고, 자욱하게 방을 메웠던 흙먼지가 서서히 가라앉았다. 현암 일행이 있던 방의 한가운데에는 커다란 돌무더기가 자리 잡고 있었다. 돌무더기에서는 조그마한 움직임도 없었고 사방이 너무나 고요했다. 먼지가 다 가라앉아 잠잠해지자 아까 닫혔던 통로의 문이 삐걱 소리를 내며 열렸다. 잠시 후 몸을 비틀거리며 서 교주가 안으로 절뚝거리면서 걸어 들어왔다. 그 뒤로 대여섯 명의 눈이 희게 뒤집힌 건장한 청년들이 걸어 들어왔다.

 "이제 다 죽었을까? 아까운 녀석이었는데…… 지금이라도 몸을 바꾸면 그 힘을 얻을 수 있을는지……."

서 교주는 중얼거리면서 돌무더기를 아쉬운 듯 바라보았다. 뒤에 도열한 청년들에게 눈짓을 보내자 청년들이 돌무더기 부근을 두리번거리며 뭔가를 찾기 시작했다. 아까 남겨 두고 온, 황금의 발을 찾으려는 것이었다.

돌무더기는 적어도 무게가 수십 톤은 돼 보여서 아무리 막강한 공력을 가지고 있다고 해도 그 밑에 깔렸다면 살아남을 수 없을 것이 분명했다. 그러나 서 교주는 신중했다. 서 교주는 눈을 가늘게 뜨고 밀교의 심법인 투시안(透視眼)[5]으로 돌무더기 안쪽을 살폈다. 살아서 숨 쉬는 어떤 것도 돌무더기 아래에는 없었다.

비로소 서 교주는 히죽히죽 웃으며 청년들에게 눈짓을 보냈고, 청년들은 수북이 쌓인 돌들을 하나씩 들어서 치우기 시작했다. 한참이 지나 돌들이 대강 치워지고 몇 겹의 돌만이 남았을 때 갑자기 서 교주는 눈을 크게 떴다.

"아, 아니!"

별안간 남은 돌무더기가 일순 움찔하면서 흔들리더니 콰쾅 하는 폭음과 함께 돌들이 하늘로 솟구쳐 사방으로 깨어지면서 흩어졌다. 그 돌들을 헤치고 피투성이가 돼 온몸이 붉게 물든 현암이 몸을 번쩍 일으키는 것이었다.

"이, 이노옴!"

"또 만났군."

---

[5] 보이지 않는 곳을 꿰뚫어 볼 수 있는 눈 혹은 술수를 말한다.

서 교주의 질린 얼굴을 보며 현암이 나직하게 중얼거렸다.

아까 현암은 무너지는 돌무더기를 버텨 내다가 생각을 바꾸어 석실 바닥을 발로 후려쳤다. 석실 바닥은 보통 튼튼한 것이 아니었다. 하지만 현암은 천정개혈대법 육 단계를 막 이루었으므로 다리에도 공력을 가할 수 있었다.

그 힘만으로도 바닥을 부수기에는 역부족이었으나, 현암이 위로 돌을 쳐 낼 때마다 돌의 무게와 현암의 공력이 작용 반작용의 법칙으로 합쳐져서 아래로 힘이 가해졌다. 그러자 바닥이 흔들리면서 계속 균열이 일어났고 결국 커다란 구멍이 파이게 됐다.

때마침 그 바닥 밑에는 하수구와 흡사한 빈 곳이 있었다. 현암은 정 선생과 미리의 몸을 그 안에 밀어 넣고 떨어지는 돌 중 큰 것을 하나 받아 위를 막아 버렸다. 덕분에 돌무더기가 그렇듯 크게 쌓였음에도 현암 일행은 무사할 수 있었다. 서 교주는 투시안으로 돌무더기 안을 살핀 것이지, 땅 밑을 살핀 것이 아니라서 현암 일행이 살아 있음을 몰랐던 것이다.

"모두 죽여!"

서 교주가 호통을 치자 돌을 나르던 청년들이 그 돌을 휘두르며 현암에게 달려들었다. 청년들은 현암이 피하는 틈을 타 모두 현암의 오른팔을 잡고 매달렸다. 한꺼번에 네다섯 명의 힘을 당해 낼 수 없을 거라고 생각한 서 교주는 다시 흉측하게 웃어 보였다.

"호호…… 이번에는 어림도 없을걸……."

현암은 피에 젖은 얼굴에 싸늘하게 냉소를 보내면서 말했다.

"그래?"

현암은 오른팔에 매달린 청년 한 명을 왼손으로 쥔 다음 전혀 힘들이지 않고 떼어 냈고, 이어서 살짝 손을 뿌리쳤다. 그것만으로도 그 청년의 몸이 저만치로 날아가서 벽에 부딪힌 다음 데굴데굴 굴렀다.

"어, 어라? 네, 네놈은 오른손에만……."

"그건 옛날이야기다."

현암은 조용히 말하면서 다시 한 명의 청년을 떼어 내동댕이치고 오른팔을 떨치며 뒤로 물러났다. 그러고는 양 발차기로 남은 청년들을 걷어차자 나머지 서너 명이 모조리 데굴데굴 구르면서 뒤로 날아가 쓰러져 버렸다. 현암은 왼 팔목을 떨쳐 월향검을 뽑은 후 다시 왼손으로 월향검을 쥐었다.

'속전속결이다! 안 그러면 버티기 어렵다!'

현암은 청년들을 떼어 내자마자 머리칼을 곤두세우며 무섭게 기합을 넣었다. 현암의 오른손에서는 '탄' 자 결의 구체 두 개가 피어올랐고, 왼손에 쥐어진 월향검에서는 검기가 솟아올랐다.

이에 맞서서 교주도 이를 악물고 주문을 외우자, 잠시 후 검붉은 소용돌이 같은 것이 그의 몸에서 일어나기 시작했다. 현암도 예전에 볼 수 없었던 그 기운이 심상치 않다는 것을 느끼고 긴장했다. '탄' 자 결은 명중되기만 하면 무적이었지만 빗나가면 피해가 컸기에 신중해야만 했다. 서 교주도 현암의 '탄' 자 결의 위력을 익히 보았기에 섣불리 공격하진 못하고, 둘은 붉어진 눈을 부릅뜬 채 팽팽한 대치 상태를 유지하고 있었다.

그 순간 통로를 내려오는 누군가의 발소리가 들리면서 서 교주의 등 뒤로 그 모습이 나타났다. 그 사람은 바로 백 목사였다. 그러나 현암도, 서 교주도, 서로 팽팽하게 대치한 상태에서는 그에게까지 신경 쓸 여유가 없었다.

백 목사는 석실 안을 들여다보고 소스라치게 놀랐다.

"주, 주여! 어떻게 이런…… 이런 일이……."

백 목사가 놀란 것도 무리는 아니었다. 석실 안에서 대치한 두 명의 모습은 둘 다 인간의 몰골이라 할 수가 없었다. 강 집사의 몸을 빌린 서 교주는 두 팔이 떨어져 나가고 한쪽 발목도 사라졌으며, 몸 여기저기에 커다란 상처가 있었음에도 꼿꼿이 서 있었고 몸 주위에는 검붉은 안개가 맴돌고 있었다.

반대편에 서 있는 현암은 온몸이 피로 물들어 얼굴조차 알아볼 수 없을 지경이었고, 머리털마저 온통 뻣뻣이 곤두서서 무섭기 이를 데 없었다. 거기다가 오른손에 빛나는 저 이상한 것들과 왼손에 삐죽하고 이상한 광채가 나는 투명한 빛은 뭐란 말인가? 그리고 사방에는 쓰러진 사람들이 즐비했다.

'사탄들이다! 인간 세상에서…… 사탄끼리 싸우는 것인가? 정말, 정말 끝 날이 온 것인가? 저놈들이…… 우리 신자들을 해친 것인가!'

백 목사는 판단력을 상실해 버렸다. 무서웠지만 알 수 없는 증오와 분노가 그를 지배해 버렸다. 백 목사는 옆에 있던 곡괭이를 집어 들었다. 아까 청년들이 돌을 치우기 위해 가지고 왔던 물건이었다. 백 목사가 곡괭이를 집어 드는데 쓰러져 있던 청년 하나가 떨리는 손을 뻗어 현암의 다리를 잡으려 했다.

그러나 그 피로 물든 현암은 청년을 인정사정없이 발로 차서 벽에 나뒹굴게 했다. 그 모습을 보자 백 목사는 진짜 악마가 누구인지 알 것 같았다. 확신이 선 그는 앞뒤 가리지 않고 고함을 치며 곡괭이를 휘두르면서 붉은 피를 뒤집어쓴 악마에게 달려들었다.

그가 걸어야 할 길

'제길! 이 작자가 미쳤나!'

현암은 안 그래도 청년 하나가 다리를 잡는 바람에 살짝 균형을 잃으려는 참이었는데, 거기다가 백 목사까지 덤벼들자 내심 당황했다. 서 교주는 그 짧은 틈을 놓치지 않고 소용돌이치는 기운을 인정사정없이 내쏘았다. 현암도 기합성을 내면서 오른손에 모았던 '탄' 자 결의 구체 두 방을 동시에 내쏘면서 월향검을 공중에 흩뿌렸다. 공력을 뽑아 올리자 현암의 코와 입에서는 시꺼먼 피가 한꺼번에 터져 나왔다.

다시 공력을 채운 월향검은 귀를 쏘는 듯한 날카로운 귀곡성을 내면서 위로 솟구쳐 올랐다. 백 목사가 곡괭이를 휘두르며 현암에게 미친 듯 달려들었으나 현암이 살짝 힘을 주어 밀어 버리자 백 목사는 비틀거리면서 뒤로 주르륵 밀려 났다. 월향검은 서 교주를 향해 떨어져 내려갔고 서 교주는 헉 소리를 내면서 입으로 강한 바람을 내뿜었다.

현암이 내쏜 '탄' 자 결의 구체는 서 교주의 소용돌이에 부딪혀서 무시무시한 빛을 내리며 폭발해 버렸다. 그러자 소용돌이는 위력이 많이 약해졌으며 두 갈래로 갈라져 버렸다. 다른 한 방의 '탄' 자 결 구체가 갈라진 한쪽 소용돌이를 명중시키자 소용돌이는 소멸해 사라져 버렸다. 현암은 피를 왈칵 내뱉고는 부들거리는 몸을 이를 악물고 추슬렀다. 전신의 힘을 다해 간신히 남은 공력을 모두 끌어모아 오른손에 '탄' 자 결의 구체를 하나 더 모았다.

월향검은 계속 찢어지는 듯한 귀곡성을 내면서 서 교주에게 달려들려고 했으나, 서 교주가 뿜어내는 바람은 무서운 힘을 지니고 있었다. 그래서 서 교주와 월향검은 서로 약간씩 뒤로 밀려 나가면서 계속 서로를 밀어붙이는 중이었다.

서 교주가 뿜어낸 무서운 소용돌이의 반쪽은 이미 현암과는 다른 방향으로 흘러가고 있었다. 그 틈을 타서 '탄' 자 결 한 방만 더 맞추면 제아무리 서 교주라 할지라도 끝장날 것이다. 그러나 현암은 차마 '탄' 자 결의 구체를 내쏠 수 없었다. 자신에게 떠밀린 백 목사가 비틀거리며 엉덩방아를 찧었는데 그곳은 바로 나머지 소용돌이가 막 밀어닥치려는 길목이었기 때문이다.

'아…… 제길! 제기랄!'

현암은 이를 갈면서 잠시 고민하다가 마지막 남은 '탄' 자 결의 구체를 소용돌이를 향해 내쏘았다. 그러자 소용돌이는 다시 한번 화려한 빛의 폭발과 함께 사라져 버렸고 현암은 털썩 그 자리에 주저앉고 말았다. 현암이 주저앉는 것을 본 월향이 갑자기 무시무시한 귀곡성을 내었다. 월향검의 힘은 공력이 소모됨에 따라 점점 약해져 가고 있는 것에 반해, 서 교주의 힘은 오히려 점점 강해지는 것 같았다.

그때 월향검에서 갑자기 빛이 솟구쳐 올랐다. 그러면서 월향검에 맺혔던 검기가 별안간 왈칵 늘어났다. 서 교주는 놀라 눈을 부릅뜨며 힘을 더 모았지만 월향검에 맺힌 검기는 그 기운을 가볍게 가르면서 서 교주의 입안으로 파고들어 갔다.

"크…… 크으윽!"

곧바로 힘을 잃은 월향검은 서 교주가 뿜어낸 기운에 밀려 뒤로 날아갔고 한순간 솟구친 검기도 사라져 버렸다. 그러나 서 교주의 몸이 휘청거렸다. 곧이어 서 교주의 머리가 조용히 두 토막으로 나뉘어져 스르르 미끄러지며 목 부위도 털썩 땅바닥에 떨어져 버렸다. 무엇과도 비교할 수 없이 날카로운 검기는 서 교주의 머리를 깨끗하게 절단해 버렸던 것이다. 힘을 완전히 잃은 서 교주의 머리 없는 몸도 뒤이어 털썩 땅에 쓰러지면서 가루가 돼 사방에 흩어져 버렸다. 월향검 또한 획 하고 뒤로 밀려 나 벽에 몇 번을 부딪치며 불똥을 튀기다가 땅에 떨어져 버렸다.

'끝났나…….'

현암은 이제 두 번째로 얻었던 힘마저도 모조리 써 버린 상태였지만 아직 의식을 잃지는 않았다. 그런데 느닷없이 돌무더기 한편에서 뭔가가 휙 솟아올랐다. 바로 황금의 발이었다.

"어엇!"

현암이 채 몸을 피할 겨를도 없이 황금의 발은 살아 있는 듯이 튀어 오르면서 현암의 얼굴을 강타했다. 더 버틸 기운도 없던 현암은 헉 소리를 내며 넘어져 버렸다. 그러자 황금의 발은 현암의 목을 밟고 무서운 힘으로 눌러 댔다. 거기다가 직직거리는 전기의 기운이 황금의 발에서 솟아 나와 현암의 몸을 태울 듯 지져 대기 시작했다. 준후의 뇌전술과 비슷한 충격이었다. 현암은 극렬한 고통에 비명을 질렀다.

"아악!"

현암의 마음속으로 서 교주의 외침이 들려왔다. 증오와 원한에 가득한 목소리가······.

너, 너······. 너 때문에 모든 것이······ 나를, 나를 이 모양으로······ 같이 지옥으로······ 지옥으로 가자!

서 교주의 악령이 아직도 없어지지 않고 황금의 발에 붙어 현암을 죽이려 한 것이다. 정말 지독하게도 끈질긴 놈이었지만, 현암은 더 이상 저항할 방법조차 없었다. 거기다가 저쪽에서 백 목사가 곡괭이를 들고 뛰어 들어와 현암의 다리를 맹렬하게 찍어 댔다. 다행히 정통으로 맞지는 않았지만 곡괭이 날에 스친 현암의 다리에서도 피가 솟구쳤다.

"무, 무슨 짓을······!"

현암은 숨이 막히는 참이라 말을 잇지 못했으나 백 목사는 미친 듯이 소리쳤다.

"너희는…… 너희는 모두 악마들이다! 모두 죽어라! 모두! 주님의 이름으로!"

백 목사의 얼굴은 광기로 물들어 있었다. 사탄과 사악한 힘에 대한 증오라고는 하지만, 오히려 그의 그런 모습이야말로 악마의 얼굴에 가까워 보였다.

"아, 아니…… 그것이 아니……."

이번에 백 목사는 현암의 이마를 향해 곡괭이를 휘둘러 댔다. 별안간 백 목사가 조금 멈칫하면서 약간 균형을 잃었고 그 와중에 곡괭이가 조금 아래로 숙여졌다. 현암은 눈앞이 아찔했으나 죽을 힘을 다해 몸을 조금 비트는 데 성공했다. 그러자 백 목사의 곡괭이가 현암의 목을 누르던 황금의 발에 정통으로 명중했다.

"으아아아악!"

캬아아악!

백 목사의 몸에 전기가 퍼지면서 백 목사는 비명을 질렀고, 정통으로 곡괭이에 맞아 황금의 발이 깨지면서 두 토막이 나자 허공에서는 서 교주의 처절한 비명이 들려왔다. 현암을 고통스럽게 하던 뇌전의 힘은 모조리 백 목사와 황금의 발로 옮겨 갔다. 현암은 목에 약간 스친 상처를 입었지만 재빨리 몸을 옆으로 굴려서 황금의 발에서 떨어졌다.

서 교주의 남은 모든 힘이 걷잡을 수 없이 터져 나가면서 황금의 발과 백 목사의 몸을 동시에 에워쌌다. 현암은 부들부들 떨며 가까스로 돌 조각을 들어 백 목사의 곡괭이 자루 쪽을 내리쳤다. 그러자 백 목사의 곡괭이가 부러지면서 백 목사는 핑 소리와 함께 뒤로 자빠졌다.

황금의 발은 공중으로 수없이 많은 가는 번개 모양의 방전을 흩뿌리면서 녹아 들어갔고, 최후의 순간 요란한 소리와 함께 폭발해 버렸다. 폭발의 힘 때문에 현암은 벽까지 밀려 나서 부딪쳐 넘어졌다. 그러나 현암은 이를 악물고 눈을 떴다.

서 교주의 자취와 어두운 힘의 자취는 아무 곳에도 남아 있지 않았다. 서 교주는 결국 예전과 마찬가지로 스스로 자신의 혼을 태워 버린 것이다. 서 교주가 사라지자 넘어진 채 기계처럼 버둥거리던 청년들도 끙끙 소리를 내며 다시 축 늘어졌다.

'끝났나……'

중얼거리면서 무심코 늘어뜨린 팔에 뭔가 바스락거리며 닿았다. 현암은 그쪽을 보다가 놀라서 눈을 크게 떴다. 그것은 찢어진 책의 겉장이었는데 다음과 같은 여섯 글자가 보였다.

해동감결 원전(海東鑑訣 原典)

'이게! 이게 바로 『해동감결』의 원전이란 말인가! 이게 정말 여기에 있었단 말인가!'

현암은 놀라며 뒤를 돌아보았다. 그러자 아까 부서졌던 비밀 금고가 눈에 들어왔다. 이 방은 해동밀교 때부터 만들어져 귀중한 것들을 보관해 오던 방이 틀림없었다. 그래서 예전의 대붕괴 때에도 무너지지 않고 남아, 그 안에 『해동감결 원전』이 보관돼 있었다. 서 교주의 혼령은 강 집사 등을 사주해 자신이 세상에 남을 수 있는 모체가 되는 황금의 발을 가장 안전한 이곳에 보관하도록 했으며 그러다가 조금 전에 현암의 '탄' 자 결을 맞아 금고가 부서지자, 그 안에 들어 있던 책이 쏟아져 나온 것 같았다.

'드디어! 드디어 이것을 얻었구나! 드디어!'

현암은 다시 기운이 살아나며 뛸 듯이 기뻤다. 기분이 안정되고 기쁨을 느끼자 몸에서 쏟아지던 피의 흐름이 멈추었다. 지금 기운은 하나도 없었지만, 이제 천정개혈대법을 무리하게 펼쳤던 부작용은 사라진 듯했다.

조금 쉬고 나서 현암은 다시 몸을 일으켜 돌무더기를 뒤졌다. 그리고 결국 『해동감결 원전』의 나머지 부분을 손에 넣을 수 있었다.

"하하…… 드디어!"

현암은 기뻐서 웃다가 퍼뜩 정 선생과 미리의 생각이 났다. 그는 그들 쪽으로 비틀거리며 걸어갔다.

정 선생은 거칠게 숨을 내쉬고 있어 그나마 안심이었다. 그러나 미리를 살피던 현암은 깜짝 놀랐다. 미리는 몸을 조금 밖으로 뺀 채 백 목사의 발목을 쥐고 있었다.

'그러니까 아까 백 목사가…… 내 머리를 맞추지 못한 것이 미

리 덕분이었구나······.'

현암은 눈시울이 뜨거워지는 것 같았다. 그녀를 일으키려고 손을 내뻗었으나 미리는 이미 차가운 시체가 돼 있었다. 죽은 지 이십 분 이상이 지난 듯, 사후 경직이 시작되고 있었다.

현암은 슬픔과 놀라움이 뒤엉킨 마음에 몸이 떨려 『해동감결 원전』이 툭 떨어지는 것도 느끼지 못했다. 서 교주와의 마지막 싸움은 고작해야 삼사 분 전의 일이었다. 그런데 어떻게 미리의 몸이 이렇게 식은 것일까? 미리는 이미 죽은 지 오랜 시간이 지났다는 말인가? 그렇다면 죽은 미리의 손이 어떻게 백 목사의 발을 잡아당긴 것일까? 우연의 일치일까? 그도 아니라면 미리의 혼령이?

현암은 기적적으로 찾은 『해동감결 원전』을 주워 들 생각도 하지 않고 그 자리에 털썩 꿇어앉아 하염없이 눈물을 흘렸다. 그러다가 소리를 내며 흐느끼기 시작했다.

그때 백 목사가 비틀거리며 일어섰다. 아직도 반쯤 정신 나간 얼굴의 백 목사는 죽은 미리의 굳은 손이 자신의 발목을 잡은 것을 보고는 노기를 터뜨리며 부러진 곡괭이 자루를 휘두르려 했다.

"이런 사악한 여자가······!"

그러나 백 목사는 말을 끝까지 잇지 못했다. 현암이 인정사정없이 백 목사의 따귀를 후려갈겼기 때문이다. 백 목사는 헝겊 인형처럼 저만치로 나가떨어져 헉헉 소리를 내면서 쓰러져 버렸다.

현암이 천천히 말했다.

"그래······. 나는 악마일지도 모른다. 그래. 당신 혼자 옳다고 믿는 것도 좋다. 다 좋아. 하지만 죽은 사람을 욕되게 하지는 마라."

"주여…… 오, 주여! 사악한 마수로부터 저를 보호하사……."

백 목사가 다시 자못 심각하게 기도하기 시작하자 현암은 냉랭하게 웃었다.

"자기 신앙과 자기 생각과 자기 판단만 옳다고 믿는 게…… 그리도 자랑스러운가?"

현암은 다시 눈물을 흘리면서 천천히 몸을 일으켰다. 그리고 『해동감결 원전』을 집은 다음 정 선생의 기절한 몸과 미리의 시신을 조심스럽게 양쪽 어깨에 메었다. 몸을 추스른 뒤에 눈짓을 보내자 월향검이 힘없는 소리를 내며 왼팔로 날아들었다. 현암은 비틀거리면서 두 사람의 몸을 메고 통로를 나가기 시작했다. 그러자 백 목사가 뒤에서 소리를 질렀다.

"사탄! 귀신 들린 자! 나는 네놈만은 용서할 수 없다! 이 더러운 악마! 이 더러운 놈!"

현암은 대답하지 않았다. 다만 조용히 걸음을 옮길 뿐이었다. 현암이 밖으로 나갈 때까지 백 목사는 계속 기도와 저주를 반복하며 그 뒤를 쫓았다. 곧이어 다시 정신을 차린 수많은 사람들도 하나둘씩 백 목사를 따라 현암을 비난하고 욕하고 저주하기 시작했다. 그들이 몸을 자유롭게 움직일 수 있었다면 아까처럼 현암을 때려죽이려 했을지도 몰랐다.

그러나 현암은 뒤도 돌아보지 않고 계속 걸었고 사람들 중 누구도 무시무시한 모습이 된 현암의 뒤를 감히 따르려하지 않았다.

그들은 이제 현암에게 돌을 집어 던지기 시작했다. 주의 권능으로 자신이 저 더러운 환상을 보지 않게 해 달라고 부르짖는 자도 있었다. 그들의 아우성이 다시 주악산을 감쌌다. 그들은 그 모든 것이 환영이라고, 사탄의 더러운 유혹이라 외치고 있었다.

현암의 뒤로 돌이 우박처럼 떨어져 내렸다. 대부분은 엉뚱한 곳에 떨어졌지만, 몇 개는 현암의 몸에 맞기도 했다. 현암은 정 선생과 미리의 시신이 돌에 맞지 않도록 몸을 추슬렀다. 그런 뒤 현암은 터벅터벅 걸었다. 돌은 계속 날아왔고, 돌에 맞는 것보다는 더 아픈 욕설과 기도성과 외침이 광기처럼 현암의 귀를 괴롭혔다.

'이게, 이게 내가 걸어야 할 길이구나……. 그렇구나…….'

그렇다. 백 목사는 악인이 아니다. 오히려 선량하고 의지가 강한 사람이 분명하다. 그러나 그는 사탄보다도 더 악한 영향을 끼칠지도 모른다. 그것이 바로 세상의 문제이고, 그것이 바로 악마의 수법일지도 모른다고 현암은 생각했다. 자신이 앞으로 나아갈 길이 얼마나 험난할지 현암은 깨달을 수 있었다.

미리의 시신이 어깨를 짓누르듯 아파져 왔다. 현암의 눈에서 참을 겨를도 없이 눈물이 흘러내렸다. 어깨가 아파서가 아니라, 앞으로 자신이 짊어져야 할 짐의 무게를 생각하니 걷잡을 수 없이 눈물이 흘러넘쳤다.

그렇게 현암은 산길을 걸었다. 얼마나 더 걸어야 할지 알 수 없었다. 어느덧 날이 새어 무심한 해는 또다시 떠오르고 있었다.

우사(雨師)의
길

『우사경』을 찾아

 밤바다는 다행히도 잔잔한 편이었다. 현해탄의 넘실거리는 파도 소리가 어두운 바다 위에 짙게 드리우고 있었다. 그 바다 위를 한 점 불빛조차 밝히지 않은 한 척의 작은 배가 거의 소리를 내지 않고 조용히 항해하고 있었다. 그 배는 일본을 오가는 밀항선이었다. 근래 들어 많이 줄어들기는 했지만, 밀항선은 여전히 하루에도 몇 척씩 일본을 오고 가곤 했다. 그리고 배의 가장 깊은 밑바닥 선창의 어둠 속에는 꼼짝도 하지 않고 앉아 있는 한 명의 소년이 있었다.

 소년은 흰옷을 입고 무표정한 얼굴로 눈을 크게 뜨고 앉아 있었다. 이상하게도 가끔 선창을 오가는 선원들은 소년에게 전혀 신경을 쓰지 않는 듯했다. 아니, 아예 소년의 존재조차 느끼지 못한다고 보는 편이 옳을 것 같았다.

 선원들은 배 안에 감춘 밀수품의 포장 상태를 확인하기도 하고,

배를 움직이는 기관을 점검하기도 했으며, 가끔 내려와서 술을 한 잔 마시거나 야릇한 잡지를 뒤적이며 시시덕거리기도 했다. 선원들은 벌써 선창 아래의 여러 곳을 수십 번 다녀갔지만, 소년이 앉아 있는 구석은 마치 벽이 가로막고 있기라도 한 듯, 그 누구도 그 안으로 발을 내밀려고 하지 않았다.

구석에 앉은 소년은 크게 눈을 뜬 채 그런 선원들의 움직임을 잠자코 지켜보고만 있을 뿐이었다. 소년은 깊은 생각에 잠겨 있었다. 소년의 손에는 고색창연하다 못해 금방이라도 가루가 돼 와스스 흩어질 것처럼 보이는 책 한 권이 들려 있었다. 테이프로 붙여진 책의 겉장에는 다음과 같은 글씨가 있었다.

해동감결 원전(海東鑑訣 原典)

그 책은 바로 현암이 목숨을 걸고 얻어 낸 『해동감결』의 원전이었다. 그리고 배의 구석에 앉아 있는 소년은 다름 아닌 준후였다.

이 책은 『해동감결』의 원전이다. 어떤 이유에서도 이 책을 해동밀교 밖으로 유출하는 것을 금하며, 해동밀교 내에서도 교주 이외에는 아무도 볼 수 없다. 이는 풀이해서는 안 되는 천기를 담고 있으며, 마지막 날이 올 때까지 사람들에게 알려져서는 안 되기 때문이다. 지금 알아도 될 부분은 내가 따로 적어 보존하니 원한다면 그것을 보라. 그러나 이 원전은 『우사경』을 손에 넣기 전까지는 절대 보아서는 아니 되느니라.

해동밀교 십구 대 교주 법명(法明)

 맨 앞 장의 내용이 준후의 머릿속에 다시 떠올랐다. 해동밀교에서는 십구 대 교주였던 법명 선사가 『해동감결』을 썼다고 믿고 있었다. 그러나 실제로 그는 『해동감결』의 일부분을 추려 다시 내놓았을 뿐, 정작 뒷부분은 『해동감결 원전』이라 해서 따로 숨겨 두고 있었다. 그것을 보고서야 준후는 박 신부가 제주도에서 발견한 글귀가 비로소 이해됐다. 그리고 『해동감결』의 진짜 저자가 아득한 오랜 옛날, 치우천왕 시대 때의 우사 맥달이라는 것도 확신하게 됐다. 그러나……

 선창을 기웃거리던 마지막 선원 한 명이 갑판으로 올라가자 준후는 술법을 풀고 다시 책으로 눈길을 돌렸다. 지금껏 준후는 도가에서 전설적으로 전해지고 있는 장신술(藏身術)을 쓰고 있었다. 장신술은 은신술과는 조금 다른 수법이었는데, 은신술이 몸 자체를 투명하게 만들거나 배경과 동화시켜 모습 자체를 없애는 것이라면, 장신술은 앞에 주술 막을 쳐서 벽과 같은 장애물로 막힌 것처럼 보이게 해 몸을 숨기는 술수였다.

 은신술은 엄청난 주술력의 소모가 있어야 했지만, 장신술은 비교적 힘의 소모가 적어서 오랜 시간 술수를 펼 수 있기 때문에 지금과 같은 상황에서는 한결 편리했다. 다만 장신술을 쓰는 동안에는 몸을 움직일 수가 없어 준후는 책을 보지 못했다.

준후는 『해동감결 원전』을 다시 펴고 뒷부분으로 장을 획 넘겼다. 앞부분은 이미 자신이 지니고 있던 『해동감결』과 다를 것이 없으니 볼 필요가 없었다.

준후가 보려는 것은 바로 마지막 부분인 「불사의 장」이었다. 준후가 가지고 있던 책의 「불사의 장」에는 두 개의 시밖에 없었다. 그러나 원전에는 서른 개나 되는 시가 있었다. 법명 선사 판의 『해동감결』에 있는 두 개의 시는 원전에는 없는 것들이었다. 준후는 이 서른두 개의 시를 전혀 번역할 수 없었다. 『해동감결 원전』의 「불사의 장」의 서두에는 그 연유가 적혀 있었다.

그런데 두루마리와 책이라고만 돼 있는 두 개의 단어는 누군가가 '우사경', '해동감결'이라고 친절하게 한문 주를 달아 두고 있었다. 법명 선사가 한 것이라고 볼 때, 이 원전이 필사된 것은 천년 정도 된 것 같았다.

준후는 그 부분을 다시 한번 꼼꼼히 읽어 보기 시작했다. 거기에는 신시 문자로 다음과 같은 말이 쓰여 있었다.

> 『해동감결』은 원래 갑골문 이전의 문자로 쓰였다. 그러나 한자가 변하면서 원래의 내용이 훼손될까 두려워 지킴이들이 이를 신지 문자로 다시 옮기게 됐다…….

그 밑에도 꽤 구구절절한 사연이 적혀 있었다. 『해동감결』과 『우사경』은 다시 몇 번에 걸쳐 후대의 지킴이들이 원저자의 의도를 중시해 신지 문자에서 갑골문으로, 전자체 형태로 옮겼다. 세월이 너무 지나 제대로 보존할 수가 없었다. 형태도 목간에서 죽간으로, 다시 책이나 두루마리로 여러 번 변했다. 한자본을 만들면서 부록편이랄 수 있는 『우사경』에는 후대의 가필이 들어가게 됐는데, 신지 문자가 세상에 사라지면서 그것을 풀어낼 수 있는 해독법이었다. 전반적인 신지 문자 해독이라기보다는 『해동감결』을 해석할 때 특히 주의해야 하는 핵심 부분과 단어나 명칭, 읽는 법들을 따로 기술한 것들이 차지하는 비중이 컸다. 예언서이니만치 사소한 풀이 하나도 중요했고 반드시 정확히 전해져야 해독이 가능하기 때문이다. 또 『우사경』 자체가 『해동감결』의 풀이를 가능케 하는 열쇠 구실도 겸하고 있었다. 애당초 『해동감결』은 지킴이들조차 함부로 보아서도 해독해서도 안 되는 까다로운 물건이었기에 필사자만이 『우사경』의 풀이를 얻어서 간신히 참조해 번역할 수 있었다. 신지 문자가 끊겼더라도 읽는 법이 전해 내려왔지만, 『해동감결』과 『우사경』의 지킴이들은 비밀 수호 때문에 그런 자들을 찾아 도움을 청할 수도 없었다.

　원래대로라면 이것을 이용해 한자본을 만든 후에는 없애야 할 것이었다. 한데 신지 문자가 소멸해 읽을 사람이 점점 없어져 갔기에 지킴이들은 정확한 내용의 전승에 확신을 얻기 위해 신지 문자 원본인 『해동감결』과 『우사경』을 비밀리에 보관해 두게 됐다. 물론 『해동감결』과 『우사경』은 한곳에 보관되지 않고 따로 보관돼 왔는데, 이는 예언의 내용이 새어 나가는 것을 막기 위한 조치였다. 허나 한자본이 있기에 큰 의미를 갖지 못하던 이 신지 문자본 『우사경』이 유출돼 어딘가로 사라지면서 신지 문자본 『해동감결』이 중요해졌다. 당시의 지킴이는 신지 문자를 해독하지 못해서, 할 수 없이 따로 보존돼 있던 신지 문자본을 그대로 전승했는데, 이때는 이미 『우사경』이 유출돼 더 이상 한자본을 만들 수 없었다. 그 때문에 원저자인 우사 맥달의 의도와는 달리 한자가 아닌 신지 문자로 전승되게 됐다.

준후는 혼자 생각했다.

'우사 맥달은 대예언자였다고 하니, 이것도 미리 짐작했던 것은 아닐까?'

분실 사건이 왜 일어났는지는 알 수 없지만, 이것이 사고가 아니라 누군가의 의도였다면, 원본 전수는 불가능했을지도 모른다. 더구나 한자로 옮기는 과정에서 신지 문자의 정확한 해독법까지 같이 전해지게 하려 일부러 한자로 적으라 했다면? 그렇지 않았다면 제아무리 준후라도 까다로운 예언서를 정확히 해독할 자신은 없었다. 신지 문자를 알기는 하지만, 대강 내용을 파악하는 것과 꼼꼼히 기술된 예언을 해독하는 것은 차원이 다르니까. 이 과정에서 미리부터 조금씩 정확한 해독법이 『우사경』을 통해 같이 전해져 내려오지 않았다면, 정확한 『해동감결』은 전승되지 않았을지도 모르는 것이다.

'진실로 그랬는지는 알 수 없지만, 만약 그렇다면 정말 대단하구나.'

준후는 한숨을 쉬며 엄청난 연륜이 쌓인 서문을 다 읽었다. 그 아래에는 원전에서 적은 듯한 문장이 신지 문자로 다음과 같이 기술돼 있었다.

『우사경』을 찾지 못하면 이후의 내용은 읽을 수 없을 것이다. 『우사경』은 바로「불사의 장」에 생명을 주는 열쇠이니,『우사경』의 뜻을 따르지 못하면『해동감결』은 생명을 얻지 못할 것이오, 『해동감결』이 없으면『우사경』은 빈 껍질에 불과한 것이다. 언젠가는『해동감결』과『우사경』이 반드시 필요한 자의 손에 들어가게 될 것이니 때가 되기 전에는 누구도 그것을 풀어내지 못하리라. 때가 됐다고 여긴 자는 다음의 글을 명심하기를 바란다.

문은 가까이에 있으며
빗장은 먼 곳에 있도다.
세상의 반대쪽까지 나아가지 않으면
아무것도 찾을 수 없으며
세상을 구하는 빛을 보는 눈이 아니면
마지막 구함은 얻지 못하리라.

맥달

그 밑에는 다음과 같은 글이 추가로 쓰여 있었다. 그것은 풍백 비렴이라는 사람이 덧붙인 글귀였다. 이 원전 또한 너무도 긴 시간을 내려오는 동안 수십 번 이상 필사해 전해진 것이었지만, 모든 글자는 아주 세사한 부분까지 지우고 고친 것까지도 빠짐없이 베껴서 전해진 것 같았다.

    나는 맥달님과 같은 시대를 살고 『해동감결』과 『우사경』을 후세에 전하는 일을 맡은 풍백 비렴이다. 나는 『해동감결』과 『우사경』을 모두 읽었으나 그 심오한 뜻은 도저히 추측조차 하기 어렵다. 내가 비록 무지해 아는 것이 없으나, 때가 될 때까지는 결코 예언의 봉인을 떼어서는 안 된다고 여기는바, 서로 가장 멀리, 가장 반대편에 두 권의 책을 떼어 놓았다. 이것은 이 모든 것을 내다보신 맥달님의 뜻이기도 하다.
    예언은 오로지 한때에만 풀이될 수 있을 것이며, 그때가 되지 않고서 풀이하려 한다면 오히려 진실을 그르치게 된다. 그것을 당부하고자 내가 미진하나마 『해동감결』을 보고 느낀 것을 여기에 적노라. 그것은 이것을 보는 후인들이 예언의 뜻을 그르치지 말고, 정말로 필요한 때에 이를 때까지 기다리기를 권하기 때문이로다.
    아래에 내가 적은 일들이 정말로 일어나는 시기가 되기 전에는 『해동감결』과 『우사경』은 결코 풀이해서는 아니 된다. 그 일들이 정말로 일어날 것인지 나도 알 수 없지만, 맥달님이 남기신 바이니 틀림없으리라 본다. 그러니 이것을 보는 후인들은 이 모든 당부를 결코 헛되이 하지 말고, 지금 정말 그때가 됐는지 다시 한번 생각해 보기 바란다.

  주신의 글자를 읽을 줄 아는 자가 거의 하나도 남지 않을 때
  사람의 색이 갈라지나 사람이 모두 같아질 때
  한 사람이 자기 집에 선 채 백만 명을 죽일 수 있게 될 때
  자연에서 태어나지 않은 것들이 걸어 다니고 날아다니는 때
  물이 검게 물들고 별이 떨어지며 세상이 좁아질 때
  모두가 속고 모두가 속일 수 있고 모두가 속이는 때
  진정으로 이르노니, 이때가 도달하지 않는다면 『해동감결』은 풀이해서는 아니 된다. 후인들은 명심하라. 반드시 명심하라.

    풍백 비렴, 감히 대우사(大雨師) 맥달의 남김에 덧붙임.

그 뒤에는 비렴이 쓴 또 다른 붙임 말이 달려 있었다.

  정말 놀랍도다. 제아무리 긴 세월이 흐른다 하나 인간 세상에 정말 이런 일들이 벌어지리라고는 정녕 믿기지 않도다. 반만년 후를 내다본 우사 맥달의 능력은 진실로 신이(神異)하다고 아니 할 수 없으리. 그러나 그보다는 그 때문에 목숨까지 바친 귀인의 마음이야말로 더더욱 귀하다 아니할 수 없느니.

준후는 다시 힐끗 그 이후의 시들을 살펴보았다. 그러나 시들은 모두 글자들이 뒤엉켜 있어서 조금도 해석할 수가 없었다. 맥달이 밝힌 대로 『우사경』을 찾지 못하는 한, 『해동감결』 최후의 장을 해독하는 것은 무리인 듯했다. 준후는 다시 책을 덮으며 곰곰이 생각에 잠겼다.

'서복…… 문제는 서복에 있다.'

준후는 다시 서복을 떠올렸다. 조사해 본 결과, 서복은 진시황 때의 인물이었다. 천하를 제패한 진시황은 자신에게도 다가올 죽음을 두렵게 여기고, 서복을 시켜 삼신산에서 불로초를 구해 오는 임무를 맡겼다. 또는 서복 스스로가 그렇게 하겠다고 자청했다는 설도 있다. 서복은 제나라 출신의 방사(方士)였는데, 그가 시황제에게 상소를 직접 올렸다는 설이 유력했다.

삼신산을 중국 사람들은 봉래, 방장, 영주라 했는데, 그것은 각각 금강산, 백두산, 한라산을 일컫는 말이었다.

서복은 육로를 통하지 않고 곤륜산의 고목을 베어 거대한 배를 건조한 다음 뱃길로 여행을 떠났다. 또한 그는 신선을 응대하기 위한다는 명목으로 삼천 명의 동남동녀를 뽑아서 동행했다. 영약을 구하는 단순한 여행치고는 준비가 너무 대단해, 거의 작은 나라를 만들 준비를 한 것이나 다름없었다.

더구나 일이 실패할 경우 진시황이 내릴 벌은 죽음뿐이었으니, 이로 볼 때 서복이 처음부터 돌아올 마음이 없었다는 것은 누구나 짐작할 수 있는 일이다. 그 사실을 진시황도 알았을지 모른다. 그러나 진시황은 반쯤은 자포자기한 심정에서, 반쯤은 자신의 그러한 역량을 천하에 보인다는 의미에서 그런 행동을 했을지도 모른다. 서복은 불로초를 찾는다기보다는 진시황에게 반감을 품고 그를 웃음거리로 만들거나, 또는 진시황의 세력을 조금이라도 약하게 만들기 위해 그런 행동을 했다고도 사가(史家)들은 해석하고 있었다.

'어쨌거나 서복이 우리나라에 들른 것만은 틀림없다.'

서복이 대항해를 시작한 것만은 틀림없는 사실이었다. 서복은 가장 먼저 황해도 해주에 잠시 머물렀다가 제주도에 도달한 것이 분명했다. 이를 뒷받침하듯, 제주도에는 과거부터 서복이 왔다 갔다는 전설이 지금까지 남아 있었다. 서귀포라는 지명은 서복이 그곳에서 서쪽, 즉 중국 쪽으로 돌아갔다고 해서 서귀포라는 이름을 붙였다는 이야기도 있다. 또 서귀포 앞바다에는 서불(徐市, 서복의 다른 이름)이 이름을 새겼다는 바위도 있다. 그런 것으로 볼 때 서복이 제주도에 들렀다는 것 또한 부정하기 어렵다.

풍백 비렴이 『해동감결』과 『우사경』을 따로 떼어, 되도록 그 둘을 멀리 떨어진 곳에 보존하고자 한 결과, 『우사경』은 분명 제주도로 갔을 것이다. 『해동감결』이 어떻게 돌고 돌아 해동밀교로 들어오게 됐는지는 알 수 없었지만. 풍백 비렴의 후예인 좌풍주 비직수일은 선조인 비렴의 뜻에 따라 『우사경』을 당시로서는 가장 멀리 떨어진 땅끝인 제주도로 옮긴 듯했다. 그때 비직수일이 그것을 제주도로 옮기기로 결정하기까지는 삼백 년이란 세월이 흘렀을 것이다. 그리고 그곳에서 이천 년 이상을 고요히 잠들어 있던 『우사경』을 발견한 사람은 바로 서복이었을 터였다.

박 신부가 제주도에서 서복이 남긴 글씨를 보아서도, 서복이 『우사경』을 얻어 냈다는 것은 확실했다. 그는 수천 명의 동남동녀를 이끌고 갔을 정도였으니 대단히 많은 부하가 있었을 것이고, 불로초를 찾기 위해 한라산과 제주도 전체를 샅샅이 뒤졌을 터였다. 그런 와중에 서복이 『우사경』을 발견한 것은 당연한 일이라고도 할 수 있었다. 서복이 신지 문자를 몰랐을지도 모르지만, 신지 문자는 발해 때까지도 사용된 만큼 그 수하 중 최소한 한 명은 대강이라도 그 문자를 알았을 확률이 높았다. 그런데 그들은 『우사경』과 비직수일이 남긴 글씨를 보고 무슨 생각을 했을까? 대답은 간단했다.

'비직수일은 『우사경』이 죽지 않는 신비를 담고 있다고 했다. 물론 그는 『해동감결』의 예언을 그렇게 표현한 것이겠지만, 서복은 애당초부터 불로초를 찾아온 만큼 그 말을 보고 눈이 뒤집혔을 것이다.'

더구나 『우사경』은 『해동감결』 중에서도 마지막 장, 즉 「불사의 장」을 해독하는 열쇠라 했다. 아마 『우사경』에도 서문이나 비렴이 붙인 주(註) 같은 것이 붙어 있을 것 같았다. 그렇다면 그 「불사의 장」 중 '불사'라는 말에 서복이 침을 흘리지 않을 수 없었을 것이다.

'『해동감결』의 마지막 장은 암호문처럼 뒤섞인 구조로 돼 있지 않을 거야……. 신시 문자로 암호를 만들려면 아마도 중간중간의

글자들을 빼내어 따로 배합했을 가능성이 높다. 그렇다면…….'

그렇다면 『우사경』 자체로도 해독은 거의 불가능했을 것이다. 오히려 그 때문에 서복은 그 안에 무슨 심오한 뜻이라도 담겨 있는 것으로 생각했을 확률이 높았다.

'서복은 진짜 불사약을 찾았다고 생각했겠지. 그러나 순순히 시황제에게 그것을 바칠 위인은 아니었을 것이다. 누가 그런 비방(秘方)을, 더구나 그것이 진짜라면 남에게 건네줄 수 있을까?'

아무튼 서복은 배를 돌려 제주도를 떠났다. 그런데 그다음엔 어디로 간 것일까?

준후는 며칠 동안 여기저기를 뒤적인 끝에 일본의 와카야마현(和歌山縣)의 신구시(新宮市)라는 곳과 구마노시(熊野市)라는 곳에 각기 서복의 무덤이 있다는 기록을 찾아냈다. 그곳을 조사하면 무엇이라도 단서가 잡힐지도 몰랐다. 아니, 그곳을 조사해 보지 않고서는 더 이상 『우사경』에 대한 실마리를 찾을 수가 없었다.

하지만 박 신부와 현암은 모두 오랜 정양을 요하는 중상을 입었고, 승희는 특별 수련을 하기 위해 외딴곳에 틀어박혀 있었다. 그 때문에 준후밖에 갈 사람이 없었다. 백호가 있기는 했지만, 백호는 지난번 홍수 사건 이후로 아직 감시가 따라붙는 몸이라 만날 수조차 없었다. 백호가 마지막으로 마련해 준 위조 신분증이 있기는 했지만 여권은 없었으며, 준후가 비행기나 배를 타고 일본으로 여행한다는 것은 너무도 위험한 일이었다. 또 일본에 전해져 내려오는 서복 이야기가 과연 진실인지, 어쩌면 옛 기록을 보고 날조

해 만들어진 것인지에 대한 확신 역시 없었다. 하지만 준후는 갈 수밖에 없다고 여겼다. 박 신부와 현암이 목숨을 걸고 얻은 이 단서들을 그냥 썩힐 수는 없었다. 그래서 준후는 혈혈단신으로 밀항선을 타고 일본으로 들어가는 모험을 하게 된 것이다.

함정

 여행은 예상외로 순조로운 편이었다. 일본어를 할 수도, 읽을 수도 없는 준후였지만 워낙 한자에 대한 지식이 풍부했기에 의사소통은 그럭저럭 해내었다. 눈에 띄는 한복도 이미 배에서 내리기 전에 갈아입어 지금 준후는 평범한 옷차림이었다. 한복 말고는 모든 옷을 불편하게 느끼는 준후였지만 이번만은 참고 견뎌야만 했다. 비록 옷차림은 평범했지만, 워낙 얼굴이 희고 용모가 출중해 사람들의 시선이 자주 쏠리기도 했다. 그러나 별로 신경 쓸 일은 못 됐다.
 일본 여행이 처음도 아닌 셈이라 그리 두렵다는 느낌도 없었다. 준후는 밤이 되면 오락실이나 대합실 같은 곳을 찾아서 그곳에서 잤고, 배가 고프면 슈퍼마켓에서 빵이나 주먹밥 같은 것을 사다가 요기했다. 일본 음식은 싱겁다고 하지만(2000년대 초반까지만 해도 그런 인식이 있었다) 준후의 입맛에는 예상외로 짜고 향내가 진했다. 준후는 아직도 육식을 하지 않았고, 고기보다도 비린 생선에 더 질겁하는 편이라 대부분의 일본 음식은 가까이하기도 싫었다.

정작 말해야 할 필요가 있을 때면 몇 마디 주워들은 영어로 해 어찌저찌 의사소통이 됐다. 일본인들은 한국 사람들 못지않게 영어에 대한 공포감이 있어 이 역시 쉽지 않았지만 말이다. 그러고도 소통이 안 되면 준후는 지니고 다니는 수첩을 꺼내 한자로 뜻을 물었고, 이로써 대부분 최악의 상황은 타개할 수 있었다. 대략 분위기를 보아 젊은 사람에게는 영어를 하는 편이 나았고, 나이 든 사람에게는 한문으로 의사소통하는 편이 나았다.

그럭저럭 여행에 재미를 붙이면서 이삼일 길을 물어 헤맨 끝에야 준후는 구마노시에 도착했다. 사실 오래 걸린 셈이지만, 아무런 사전 지식 없이 찾아온 것치고는 잘 찾아온 셈이라고 내심 뿌듯해했다. 그런데 구마노시에 도착하면서 준후는 재미있는 사실을 알게 됐다. 구마노시는 그다지 큰 도시가 아니었다. 그런데 그곳에서 최근 새로 발견된 유물에 관한 전람회가 열린다는 낡은 포스터를 발견한 것이다. 그 유물은 바로 서복의 무덤 부근에서 발견된 것이었고, 전람회는 일 년 이상 계속 열리고 있었다.

'예상외로 일이 쉽게 풀리는 것 같은데? 어째 좀 불안하네……'

준후는 일단 전람회장의 위치를 확인하고 그 안을 한번 돌아보았다. 전람회장은 작고 볼품없으며 날림으로 지어진 것 같았다. 전시된 유물 중에 물론 『우사경』은 없었고 너절한 토기 나부랭이와 몇 개의 관, 단도나 그릇 같은 유물들 몇 개가 고작이었다.

그러나 유물 중 하나를 보고 준후는 눈을 크게 떴다. 그것은 찢어진 책장의 한 조각이었는데, 몹시 삭고 낡긴 했지만 거기에는 서툰 신지 문자가 쓰여 있었기 때문이다. 책 조각은 가로로 찢어져 있어 그 내용을 알아볼 수는 없었지만―신지 문자는 주로 세로쓰기를 한다―, 분명 거기 적혀 있는 것은 신지 문자였다. 하지만 정확하게 말한다면 신지 문자가 아니라, 그 문자를 모르는 사람이 흉내 내어 그린 수준이었다. 마치 우리나라 사람이 아랍 글자를 흉내 내어 그린 정도라고나 할까?

그 앞에는 다음과 같은 설명이 있었다. 물론 일본어를 모르는 준후로서는 한문만 읽어서 대강 그 내용을 두드려 맞출 수밖에 없었지만 말이다.

대략적으로 보아, 그것은 기원전 2세기경의 물건으로 추정되고 있었으며 사용 문자는 미상, 내용도 해독 불능으로 돼 있었다. 그리고 이 책의 완본은 지나친 부식을 방지하기 위해 별관 금고에 보관돼 있다는 내용도…… 설명을 읽고 준후는 고개를 갸웃했다. 그러고는 별관이 어디인지 알아볼 생각을 하면서 무의식적으로 품 안에 넣은 『해동감결』의 원본을 만져 보았다. 순간 준후는 갑자기 가슴이 철렁 내려앉는 것 같았다. 준후는 후다닥 문으로 달려 나갔다. 급히 밖으로 빠져나온 준후는 서둘러 인적이 없는 공원 구석에 몸을 숨겼다.

'함정이야! 틀림없어!'

준후의 눈은 날카롭게 빛났지만 가슴은 쿵쾅거리며 뛰었다. 맨 처음에는 준후도 그 종잇조각이 고대의 물건이라 여겼다. 그러나 품 안에 있는 『해동감결 원전』의 바스락거리는 책장을 만지는 순간, 그것은 조작된 물건이란 것을 깨달았다.

『해동감결 원전』은 천 년 정도 된 고서였으며, 모든 것과 차단돼 밀교의 금고에 보관해 온 것이었는데도 책장이 바스락거리며 부서질 듯했다. 그런데 저 책은 기원전 2세기에 쓰인 것이라 하지 않는가? 그렇다면 벌써 이천 년이 훨씬 더 지난 책이다. 그런 책이 어떻게 지금까지 남아 있을 수 있겠는가? 더구나 이천 년 전이라면 모든 책이 죽간이나 목간, 혹은 비단 두루마리로 만들어지던 때인데. 결국 무슨 의도에서인지는 모르지만 그것은 조작된 것이 틀림없었다. 게다가 그것이 정말 기원전 2세기의 종이로 된 책이라면 그것은 세계에서 가장 오래된 문서가 되는 셈인데, 이런 변두리 전람회장에 처박힐 리가 없었다.

'도대체 누가? 무슨 목적으로?'

준후는 무서워졌다. 책은 위조된 것이 분명하지만, 틀림없이 신지 문자로 쓰여 있었다. 세상에 신지 문자를 아는 것은 자신밖에 없다고 생각했는데⋯⋯ 연희가 그에 대해 약간의 지식을 가지고 있었지만 준후만큼 능란한 것은 아니었다. 그렇다면 저기에 가짜 책을 놓은 자는 무엇을 노리고? 설마 나를?

'아냐, 아냐⋯⋯. 내가 너무 과민한 것이 아닐까? 누군가가 신시 문자로 된 저작을 발견하고, 그 글자를 아는 사람을 찾기 위해 그런 것일 수도 있지 않은가⋯⋯.'

어떤 악령이나 악인이 덤벼들어도 무섭지 않은 준후였지만 보이지 않고, 정체도 알 수 없는 적은 두려웠다. 준후는 애써 두근거리는 마음을 진정시키려 했지만 생각할수록 이상하기만 했다.

'아냐. 역시 아냐. 신시 문자를 해독하기 위해서 저런 것이라면, 이런 변두리에 진열할 이유가 없어. 좀 더 사람이 많이 드나드는 곳이라야……. 으음. 이건 도대체…….'

준후는 다시 심호흡을 몇 번 하면서 주변을 둘러보았다. 그러나 아무도 준후를 미행한 것 같지 않았고, 누군가가 숨어 있는 기척도 느낄 수 없었다. 준후는 애써 생각을 가다듬으려 했다. 현암 형처럼 냉정하게 정황을 분석할 수 있었다면 얼마나 좋을까? 하지만 지금은 철저하게 혼자다.

'차분히 생각해 보자. 차분히…….'

이 전람회는 일 년 전에 시작됐다. 일 년 전이라면 준후와 퇴마사들이 홍수를 막아 낸 직후였다. 그 이후부터 이 전람회는 내내 열렸고, 그 종잇조각 또한 내내 전시되고 있었을 것이다. 그리고 왜 하필 서복과 관련된 여기에서? 정말 서복이 이곳에 왔는지, 오지 않았는지는 분명하지 않았지만, 일반적으로 이곳에 서복이 왔었다고 세계에 알려진 것만은 사실 아닌가? 더욱이 서복과 신지 문자의 연관은 아무리 생각해 봐도 『우사경』 이외에는 없을 것 같았다.

'어쩔 방법이 없구나…….'

준후는 입술을 깨물었다. 이것은 함정이 분명했다. 모든 준후의 감각과 이성은 이것이 틀림없는 함정이라고 외쳐 댔다. 그러나 한편으로는 모든 정황이 『우사경』을 찾을 수 있는 열쇠가 여기 가까운 곳에 있음을 외쳐 대고 있었다. 일단 『우사경』에 대해 어떤 단서를 얻을 가능성이 조금이라도 남아 있는 한 비록 함정일지라도 준후는 발을 들여놓지 않을 수가 없었다.

'도대체 누굴까? 누가 무슨 의도로……'

준후는 신지 문자에 대해 알고 있는 사람이 과연 몇 명이나 될지 생각을 정리해 보지 않을 수 없었다.

'현암 형, 신부님, 승희 누나, 연희 누나, 백호 아저씨, 최 교수님, 아라…… 여기까지는 물론 아니겠고…… 으음?'

문득 한 명이 떠오르자 준후는 눈을 크게 떴다. 순간적으로 머릿속이 환하게 밝아지는 것 같았다. 틀림없었다. 그렇게 따지면 모든 것이 설명될 수 있었다.

밤이 깊어 어둠이 사방에 드리워지자 그렇지 않아도 초라해 보이던 전람회장은 더욱더 스산해 보였다. 그런데 전람회장의 뒤편에는 오히려 전람회장보다 훨씬 웅장해 보이는 건물 한 채가 있었다. 그곳이 바로 금고가 있다는 별관임이 틀림없었다. 그 건물은 창문도 없었고 벽도 무척이나 육중하고 두툼해 보였다. 문은 건물의 모양새와는 어울리지 않을 정도로 두꺼운 철문이었다. 그곳이 그 건물의 유일한 출입구였다. 준후는 별관을 멀리서 바라보면서 다시 한번 고개를 저었다.

함정이 틀림없었다. 잡다한 유물의 단편을 보관하는 작은 전람회장의 별관을 저토록 거대하게 지을 이유가 없었다. 별관이라기보다는 거의 감옥과 같은 분위기, 너무나 뻔히 보이는 덫이었다. 그러나 그런 뻔한 덫에 제 발로 뛰어들어야 하는 자신의 신세가 우스워 다시 한번 쓴웃음을 지었다. 그러나 어차피 각오한 길이었다.

준후는 당당하게 뚜벅뚜벅 걸어서 별관의 철문 앞에 섰다. 그리고 잠시 철문을 살펴보았는데, 예상대로 철문은 잠겨 있지 않았다. 문고리를 그냥 위로 들어올리기만 하면 열릴 것 같았다. 준후는 다시 눈살을 찌푸렸다. 수상한 느낌이 더 강해지면서 좀 더 신중해져야겠다는 생각이 들었다. 준후는 신중한 박 신부를 떠올렸다. 그분이라면 어떻게 했을까? 순간 철문이 드르륵 소리를 내면서 위로 휙 열렸다. 그러자 철문 안쪽에서 휙휙 하고 머리칼만큼이나 가느다랗고 뾰족한 것이 마구 쏟아져 나왔다. 역시나 별관은 함정이었고 매복이 있었던 것이다. 하지만 이미 그 자리에 준후는 없었다. 대신 반투명한 몸체를 지닌 형상이 "크어!" 하고 포효하더니 철문 안으로 뛰어들었다. 준후가 불러낸 리매였다. 그러자 문 안쪽은 삽시간에 비명이 울려 퍼지면서 퍽퍽 하고 누군가를 두들겨 패고 집어 던지는 소리가 들려왔다. 준후는 별관 벽에 기대어 서서 느긋하게 그 소리를 들으면서 중얼거렸다.

'첫 관문 돌파!'

안쪽이 조금 잠잠해지자 준후는 날아가서 벽에 박힌 가느다란 은침을 하나 뽑아서 살펴보았다. 뭔가 요상한 냄새가 났지만 독이 있는 것 같지는 않았다. 허나 그 냄새를 맡으니 아주 조금이기는 했지만 정신이 흐려지고 눈이 감기는 것 같았다.

'마취제? 그럼 날 산 채로 잡을 생각이었나?'

그때 별관 안쪽에서 으헝 하고 리매가 부르짖는 고통스러운 소리가 울려왔다. 준후는 조금 의아해하면서 다시 주문을 외워 리매를 사라지게 하고, 직접 철문 쪽으로 조심스레 다가갔다. 그 안을 보자 놀랍게도 낯익은 얼굴이 보였다. 거기에는 바로 진언 밀교의 승려인 도운이 있었다. 도운은 선장을 들고 있었는데 리매를 몰아붙인 것은 바로 도운의 힘인 듯싶었다.

"어……?"

준후로서는 너무 뜻밖이었다. 분명 사악한 무리가 있을 것으로 생각했었는데…… 도운은 비록 퇴마사들과 맞서기도 했었지만, 나중에는 함께 일을 해결했던 사람 아닌가?

준후가 놀란 표정을 짓자 도운도 선장을 다시 세우고는 준후에게 합장하며 미소를 지어 보였다. 그가 손짓하자 다른 승려가 걸어 나왔다. 그 사람은 마른 체구에 키가 자그마한 승려였는데, 준후는 처음 보는 얼굴이었다. 그 사람이 앞으로 걸어 나와 준후에게 합장해 보이면서 한국어로 말했다.

"아미타불. 저는 하쿠운이라 합니다. 준후 군, 맞습니까? 놀라지 마십시오?"

그러자 준후는 흥 하고 코웃음을 쳤다.

"놀라지 않았어요. 도운 스님이 있을지도 모른다고 생각했으니까요."

"그래요?"

"신시 문자가 무엇인지, 누가 해독할 수 있는지 아는 사람은 두 사람뿐이죠. 도운 스님과 귀자모신 할머니."

그러자 도운이 뭐라고 하쿠운에게 말했고 하쿠운은 도운의 말을 통역했다. 하쿠운은 거의 한국 사람과 구별되지 않을 정도로 한국어에 능통해 발음이나 억양조차 전혀 거부감이 없었다.

"그런 것은 아니랍니다. 도운 스님은 준후 군이 돌아가신 걸로 알았답니다. 결코 준후 군을 노린 것은 아닙니다. 좌우간 놀라지 않았느냐고 도운 스님이 물으시는군요. 그러나 남의 이목이 무서우니 얼른 안으로 들어오시랍니다."

준후는 잠시 그 자리에 서서 도운을 잠자코 바라보다가 입을 열었다.

"들어가고 싶지 않군요."

"어째섭니까? 도운 스님과는 구면이 아니십니까?"

"다짜고짜로 이런 마취제 묻힌 침을 내쏘는 판인데…… 아무리 구면이라도 날 잡아 줍쇼 하고 들어갈 수는 없잖아요?"

하쿠운은 미소를 지으며 말했다.

"그건 준후 군인지 모르고 한 것입니다. 용서하십시오."

하쿠운이 도운에게 일본어로 뭐라고 하자 도운도 미소를 띠며 다시 하쿠운에게 말을 했다.

"정말 도운 스님이나 모든 분들은 준후 군이 돌아가신 줄 알았습니다. 준후 군이 고작 일년 사이에 이렇게나 훌쩍 커 버려서 못 알아봤답니다. 다만 수상한 사람이라고 여긴 것뿐이랍니다."

그래도 준후는 의심을 풀지 않았다.

"수상한 사람이면 저런 것을 다짜고짜 던져도 되나요?"

"저건 사람을 해치거나 고통을 주려고 내쏜 것이 아닙니다. 다만 이곳의 비밀을 지키기 위해서 만들어진 것이랍니다. 준후 군은 저 침 끝에 마취제가 묻어 있다는 것을 아시면서, 어떻게 그런 섭섭한 말씀을 하십니까?"

"무슨 엄청난 비밀이 있기에 그러는 거죠?"

하쿠운은 뭔가 생각해 보는 듯하다가 도운을 바라보았다. 도운이 고개를 끄덕이자 비로소 하쿠운도 고개를 끄덕이며 준후에게 말했다.

"일단 들어와서 말씀하시지요. 준후 군이 이곳에 올 줄은 도운 스님도 모르셨답니다. 다만 조선의 고문자를 알아볼 사람을 찾기 위해 이런 일을 꾸민 것일 뿐, 다른 뜻은 없답니다."

"역시나…… 그런데 무엇이기에?"

준후가 의아한 표정을 짓자 하쿠운이 냉큼 대답했다.

"일 년이나 그 글자를 아는 사람을 찾아서 이곳을 만들고 사람들을 모은 것이랍니다. 좌우간, 여기서는 말하기 어려우니 들어가서 말씀하시지요."

하쿠운의 말에 이어 도운도 뭐라고 하면서 손가락으로 안쪽을 가리켜 보이며 히죽 미소를 지었다. 그에 하쿠운이 말했다.

"저 안쪽에 또 준후 군을 보시면 반가워할 분이 계신답니다. 노호법님이시죠."

"노호법님이라면?"

"아…… 과거 명왕교에 계셨던, 귀자모신님 말입니다."

준후도 고개를 끄덕였다. 이미 짐작했던 일이기는 했다. 귀자모신도 아마 이 일과 관련이 있을 것이라고 말이다. 그러나 도운과 귀자모신이 둘 다 있을 것이라고는 생각하지 못했다.

귀자모신이라면 과거 명왕교의 호법이었던 할머니 아닌가. 비록 맞서 싸우기도 했지만 그 할머니 정도라면 원리 원칙이 분명한 사람이라 믿을 수 있을 것 같았다. 결국 준후는 도운과 하쿠운과 함께 들어가기로 했다. 그러나 경계심을 완전히 푼 것은 아니었다.

수수께끼의 글자

건물 안에 들어선 준후는 깜짝 놀랐다. 그 안에는 생각보다도 훨씬 많은 사람들이 있었던 것이다. 우선 자신을 안내한 도운과 하쿠운, 그리고 귀자모신이 쪼글쪼글한 얼굴에 미소를 머금은 채 중앙에 서 있었다. 그런데 그 주변에는 세 명이나 되는 다른 사람들이 있었는데 한 명은 인도인 같아 보이는 서양 사람이었고 나머지 두 명은 바로 동양 사람이었다. 그중의 한 명은 ─ 준후는 미처 몰랐지만 ─ 홍수 사건 때 현암 및 박 신부와 마주친 적이 있었던 모산파의 도사 모(毛) 선생이었다. 그들의 중앙에는 커다란 유리구가 있었고, 그 안에는 도자기의 깨어진 파편이 들어 있었다. 사람들은 모두 그 유리구를 중앙에 두고 둥글게 둘러서 있었다.

"뭐죠? 생각보다 사람들이 많은데요?"

준후는 아무래도 긴장이 됐다. 가만 보니, 이들 역시 뭔가 힘을 지닌 인물들인 것 같았다. 귀자모신의 능력은 원래 상당한 편이었고, 도운도 퇴마사들과 비할 바는 아니었지만 무시 못 할 능력자였다. 두 명의 동양인 역시 도인 같은 기운을 풍기고 있었으며, 인도 사람 같은 서양인도 어딘가 묘한 느낌이 왔다. 그러한 느낌이 와닿을 정도라면 하나같이 쟁쟁한 실력자들이라 할 수 있었다. 한데 이 사람들이 왜 여기에 모두 모여 있는 것일까?

준후가 경계심을 풀지 않는 것 같자 귀자모신이 입을 열었다. 그 말을 하쿠운이 바로바로 번역했기 때문에 준후는 마치 귀자모신과 직접 이야기하는 것처럼 자유롭게 의사소통할 수 있었다.

"꼬마야. 살아 있었구나. 짧은 세월이었는데도 근사하게 자랐구나. 반갑다, 반가워."

준후는 일 년 사이에 키도 꽤 자라, 나이에 비해 그리 작은 편이라고까지 할 수 없을 정도였다. 그러나 도운과 달리 귀자모신은 그렇게 성장한 준후를 한눈에 알아보았다. 그런 것으로 볼 때 도운이 아무래도 자신을 속인 것 같아서 준후는 좀 찜찜했다. 귀자모신보다는 도운이 자신과 훨씬 많이 만나지 않았던가? 그런데 못 알아보고 은침을 쏘았다고?

"예. 할머니도 건강하시군요."

"여기는 너 혼자 왔느냐? 그때 그 청년은 같이 안 오고?"

그 말에 준후는 냉랭히 대답했다.

"조금 떨어진 곳에서 기다리고 있어요. 일행들 모두 다."

준후는 '모두 다'라는 말에 일부러 힘을 주고 또박또박 발음했다. 아직 안심할 수 없는 터라 거짓말한 것이다. 그러자 귀자모신은 크게 안색이 변했다.

"그러면 명왕께서도 오셨느냐?"

"명왕이라뇨?"

"애염명왕의 현신이신 그분 말이다."

"승희 누나요? 아, 음. 아뇨, 누나만 빼고요."

승희는 이제 더 이상 애염명왕의 현신이라고 부를 수 없었지만 일부러 그렇게 둘러댔다. 승희까지 왔다고 한다면 이 할머니는 기운이 느껴지지 않는 것에 대해 이상하게 여길지도 몰랐다.

준후는 이런 묘한 함정에 자신을 끌어들인 것이 결코 좋은 일 같지 않다는 예감 때문에 경계를 늦추지 않았다. 그런 마음가짐은 이미 저세상 사람이 된 주기 선생이 준후에게 남긴 교훈이기도 했다.

준후는 잠시 돌이켜 옛 생각에 잠겼다. 그리고 주기 선생이 했던 마지막 말도…….

— *정의가 이긴다는 거니? 정말로?*

— *가! 그리고 십이지신술을 잊지 마라! 절대!*

"흠, 그렇구나. 명왕 현신을 다시 뵈올 수 있었다면…… 모든 의문이 쉽게 풀릴 수도 있었는데……."

귀자모신이 중얼거리면서 준후에게 다른 사람들을 소개했다.

"꼬마야, 이쪽은 중국서 오신 분들이다. 한 분은 화산파의 황 도인, 한 분은 모산파의 모 선생이시다."

'화산파? 모산파?'

처음 밀교에 있었을 때 준후가 모신 여러 명의 스승 중, 한 사람은 화산파의 벽공 도인이었고, 또 한 사람은 모산파의 술수를 익힌 허허자가 아니었던가? 그런데 지금 그 화산파와 모산파의 도인들을 직접 만나게 되다니. 잠시 후 귀자모신은 인도인 같은 사람도 소개했다.

"이쪽은 비마, 힌두교의 술사셔."

비마는 준후에게 마가 호법을 생각하게 만들었다. 마가 호법 또한 자신의 스승 중 하나였다. 자신의 친아버지였던 장 호법과 밀교의 술수를 익혔으니 귀자모신이나 도운과 술법이 비슷할 것이다. 그렇다면 무속의 기술을 준 을련 호법만 빼고 자신이 배운 네 가지 계열의 술법을 아는 사람들이 모두 모인 것 아니겠는가? 말을 바꾸어 보면, 준후를 제압하기 가장 좋은 사람들만 모여 있다고 할 수 있었다.

더구나 아무리 서로를 적대시하는 관계는 아니라지만 도운도 아주 무시할 상대는 아니었고, 귀자모신은 일대일로도 버거운 상대였다. 아무래도 준후는 불안해졌다.

"그런데 나에게 뭘 원하는 거죠?"

"음, 그건 지난번과 비슷한 이유 때문이야. 너는 그때 나에게서 『해동감결』을 얻어 가지 않았더냐? 이번에도 또 그 비슷한, 조선

고문자를 해독할 필요가 있기에 그런 것이지."

"그러면 일 년 동안 이 건물에서 내내 나를 기다리셨나요? 이 사람들 모두가?"

"그럴 수야 있었겠니?"

그 말에 준후는 조금 미간을 찌푸리며 되물었다.

"그러면 오늘 내가 온 것은 어떻게 알았지요?"

"박물관에는 CCTV가 있단다. 거기서 너를 보고 깜짝 놀랐지. 그래서 급히 모이게 된 것이란다."

준후는 고개를 끄덕이며 도운 쪽을 보고 말했다.

"그래서 난 줄 알고 은침을 쏜 거군요. 참 고맙네요."

하쿠운은 모든 말을 그대로 통역하는 데만 최선을 기울이는 것 같았다. 그 말을 듣자 도운은 당황한 듯 황급히 고개를 저었다.

"아니오! 아니오! 나는 카메라의 영상을 직접 제대로 본 적은 없소. 그저 여전히 아주 작은 아이일 거라고만 여기다가 그런 실수를 저지른 거요. 오해하지 말아 주기 바라오."

준후는 무어라 대꾸도 하지 않고 다시 귀자모신에게 말을 건넸다.

"그런데 도대체 무슨 고문자를 해독해야 하기에 그러는 거죠?"

준후의 질문에 귀자모신은 한숨을 한 번 내쉬며 대답했다.

"아주아주 중요한 일이란다. 이것은……."

그러면서 귀자모신은 간략하게 그간의 일들을 준후에게 말해 주었다.

구마노시에 있는 서복의 무덤은 그간 일본 내에서도 많은 논란의 대상이 됐다. 그러나 모든 것이 확실하지 않아도, 그와 비슷한 시대에 중국에서부터 도래한 이방인의 무덤이 있는 것만은 틀림없는 사실이었다. 그런데 그러한 옛 무덤 중 하나를 뒤지다가 사람들은 기이한 도자기의 파편 하나를 발굴하게 됐다. 하지만 그 내용을 아무도 해독하는 이가 없어서 사람들은 고문자에 능한 학자를 초빙했다. 그 학자는 진언 밀교와 깊은 연관을 가진 사람이었는데, 그는 도자기의 내용을 보고는 대경실색했다.

전면에는 무슨 내용인지 알 수 없는 기이한 글자가 가득 새겨져 있었으나, 그 밑에는 한문으로 쓰인 주석이 있었다. 그 한문조차도 너무 오래된 전자체의 글자였기 때문에 그 학자 말고는 그때까지 아무도 해독할 수가 없었던 것이다.

학자는 즉시 그 내용을 밀교에 알렸다. 물론 다른 사람들에겐 자신이 해독한 내용을 철저히 함구한 채. 그래서 진언 밀교는 즉시 학자들에게 손을 써서 그 도자기 파편을 아무런 가치 없는 모조품이라 단정 짓게 하고는 자신들의 수중에 넣었다. 그리고 그와 함께 그 내용을 연구하기 시작했다.

그러나 도자기 파편에는 그것이 아주 중요한 경전의 일부라는 점을 언급하고 있었으며, 그 내용을 풀이할 수 있어야만 큰 재앙을 막을 수 있다는 뜻을 간접적으로 내포하고 있었다.

"도대체 그 주석의 내용이 뭐죠?"

준후가 묻자 귀자모신은 황 도인에게 눈짓을 해 보였다. 그러자 황 도인은 품에서 종이 한 장을 꺼내 준후에게 넘겨주었다. 황 도인은 풍채가 당당하고 조금 누른빛이 감도는 수염을 기른 남자였는데, 몹시 태도가 의젓해 준후는 조금 호감이 가는 것을 느낄 수 있었다.

종이를 넘겨주면서 황 도인은 암암리에 묘한 기운 같은 것을 종이에 담아 보낸 듯했다. 공력을 약간 담아 기선을 제압하려는 것 같아서 준후는 속으로 코웃음을 치며 그 기운을 같은 수법으로 두 배 정도의 힘으로 쳐 내면서 종이를 받았다.

준후는 현암에게서 태극기공을 전수해 조금씩 수련을 해 왔기 때문에 그 정도의 공력은 끌어올릴 수 있었으며, 화산파의 벽공 도인에게서 주술 이외의 다른 술수도 약간은 배웠다.

"고맙습니다."

황 도인은 갑자기 얼굴빛이 조금 변하면서 뭔가 말할 듯하다가 다시 입을 다물었다.

준후는 돌아보지도 않고 그 종이를 펴서 읽어 보았다. 그것은 전자체의 고문자를 현재 통용되는 한자로 옮긴 것이었다.

> 천하의 안온을 구하는 자는 자신의 위험을 마다하지 않으며
> 천하의 근심을 없애는 자는 자신의 목숨을 아끼지 않는다.
> 우사의 길이 바로 그러해 수천 년을 남았으니
> 세상의 그 무엇을 그러한 마음에 비할 바가 있겠는가?
> 나의 이름은 여기에 남길 것이 되지 못하나 이러한 신비는
> 풀 길이 없음이로다. 세상에 어떤 재인이 나와서 그것을

적을 수 있으며, 세상이 얼마나 바뀌어야 그때가 올 것인가?
세상이 흥하고 망함이 위에 적은 글에 달려 있으며
영원히 죽지 않고 사는 것 또한 위에 적은 글에 달려 있으니
인연이 닿고 재주가 있는 자, 이것을 풀이하리라.
이것이 없어지는 것을 저어해 도자기 가마의 불을 지폈으니
때가 되면 썩지 않고 나와 전해질 사람에게 전해질 것이다.
걱정하고 근심하라. 걱정하고 근심하라.
그때가 오면 모든 것이 끝날진저 이것만이 다시 한번
세상을 구원할 빌미가 될진저.

 준후는 모든 내용보다도 '우사'라는 두 글자를 보는 순간 심장이 멎는 것 같았다. 역시 이것은 『우사경』과 연관이 있는 무엇임에 틀림없었다. 그런데 이번에는 모산파의 모 선생이 다시 준후에게 한 장의 종이를 건네주었다. 그것을 보고 준후는 더더욱 놀랄 수밖에 없었다. 거기에는 풍백 비렴이 『해동감결 원전』에 남긴 것과 거의 똑같은 말이 쓰여 있었다.

옛 글자를 읽을 줄 아는 자가 거의 남지 않게 되고
사람의 색이 갈라지고 사람이 모두 같아지고
한 사람이 자기 집에 선 채 백만 명을 죽일 수 있게 되며
자연에서 태어나지 않은 것들이 걸어 다니고 날아다니게 되며
물이 검게 물들고 별이 떨어지며 세상이 좁아질 때.

그때가 오기 전에는 이 내용은 풀이해서는 아니 된다.

준후의 안색이 크게 변하는 것을 보았는지 못 보았는지, 귀자모신은 다시 담담하게 이야기를 이어 갔다.

"이것은 분명 말세에 대한 말이다. 그리고 지금이야말로 그 시기가 온 것임이 틀림없다."

귀자모신이 준후에게 다가오며 계속 말했다.

"이 옛글자를 읽을 줄 아는 자는 물론 거의 남지 않았으며, 사람의 색이 갈라진다는 것은 여러 인종의 사람들이 만나는 것을 의미한다. 사람이 모두 같아진다는 것은 만민이 평등하다는 것을 모든 사람이 알고 있는 것을 의미하는 것이지. 한 사람이 자기 집에 선 채 백만 명이 아니라 천만 명도 죽일 수 있으며, 자연에서 태어나지 않은 자동차나 비행기가 굴러다니고 날아다니고 있다. 물은 검게 오염되고 인공위성이 별처럼 떨어지고 세상은 좁다고 아우성이다……."

귀자모신은 준후의 바로 앞에서 천천히 말했다.

"때가 온 것이다! 이 내용을 해석할 때가! 그래서 우리는 그 글자를 알아볼 사람을 찾았다. 나는 예전에 네가 가져간 『해동감결』을 읽을 순 없었지만, 그 글자 모양은 눈여겨보았지. 그래서 그것과 우리가 가진 것이 같은 글자라는 사실을 알 수 있었다. 따라서 이 내용을 해독할 수 있는 사람을 찾은 것이고, 결국 여기에 네가 온 것이다."

귀자모신의 전신은 확신에 가득 찬 모습으로 무시무시한 위압감이 느껴졌다. 그러나 준후는 조금도 주눅 들지 않고 말했다.

"결국 말세가 다가오고 있다는 건가요?"

"그렇다! 모든 것이 그것을 가리키고 있다."

이것은 모 선생의 말이었다. 하쿠운은 각개 국어에 어느 정도 능통한지 귀자모신 외에 다른 사람의 말들도 즉시즉시 통역하고 있었다.

"도가의 비급에도 비슷한 예언들이 얼마든지 있소. 인간 세상은 이제 썩을 만큼 썩어 들어갔소. 그리고 하늘의 섭리마저도 이미 저버린 상태요. 말세가 벌써 오지 않은 것이 이상할 정도요."

곧바로 황 도인도 말했다.

"사람들은 자신의 눈에 보이는 것만을 믿으며, 보이지 않는 것은 우습게 여기고 있소. 그리고 자존망대(自尊望大)하고 있지. 우주의 어떤 것이든 난 것은 반드시 쇠해 멸망하게 마련. 인간의 멸망도 이미 정해진 것이오. 그러니 어떻게든 그것을 늦추고 막아야 하오."

인도에서 온 비마도 한마디 하는 것 같았다.

"힌두교의 오랜 가르침에도 지금은 칼리 유가(Kali Yuga)[1]라고

---

[1] '유가(Yuga)'는 힌두교의 우주론에 따른 세계기(世界期) 구분법이다. 세계기는 네 시기로 구분되는데, 1기는 크리타(Krita) 유가, 2기는 트레타(Treta) 유가, 3기는 드와파라(Dwapara) 유가, 4기는 칼리(Kali) 유가이다. 크리타 유가는 4000 신년(神年), 트레타 유가는 3000 신년, 드와파 유가는 2000 신년, 칼리 유가는 1000 신년 동안 계속된다

돼 있답니다. 세상은 곧 종말을 맞이할 것입니다. 사랑과 성애(性愛)가 분리되고, 진실은 감추어지며, 정의가 아닌 재물이 지위를 가져다주고, 외적인 가식이 내적인 종교와 혼돈되는 시기. 지금 세상의 모습 그대로입니다……. 칼리 유가로 보아도 마지막 시기라고 할 수 있겠지요."

준후는 한 번 주위를 둘러본 다음 입을 열었다.

"그런데 왜 이 도자기 조각에 그토록 집착하는 건가요? 밀교의 경전, 도교의 비급, 힌두교의 고전, 그 모든 것들보다 여기 새겨진 말이 더 중요하다고 여기는 건가요?"

준후의 말은 상당히 무례하다면 무례하다고 할 수 있는 말이라, 모든 사람이 약간 노기를 띠는 것 같았다. 그러나 그들은 나름대로 수양이 깊은 사람들이라 대놓고 굳이 뭐라고 탓하지는 않았다.

"이 내용은 중요한 것이다. 네가 직접 보고도 모르느냐?"

"이 내용이 현실적으로 구원의 가능성을 보이고 있기 때문인가요? 다른 경전들처럼 비유적이고 알아보기 어렵게 돼 있지 않고

고 하며, 지금이 칼리 유가의 마지막 부분(말세)라고 전해진다. 네 유가를 합친 기간을 1마하 유가라고 하며, 2000 마하 유가가 모여 브라흐마의 1주야(하루)인 칼파를 형성하고, 칼파를 하루로 따져 1세기(100년)에 해당하는 것이 파라이다. 브라흐마의 생애와 우주의 지속은 1파라 동안 이어지며, 파라가 끝나면 브라흐마를 포함한 우주의 재창조와 순환이 이루어진다고 한다. 칼리 유가는 기원전 3102년에 시작돼 427세기 동안 계속된다고 했으니 그 끝은 아직 멀었다고 할 수 있다. 그러나 인간은 칼리 유가가 끝나기 전에 완전히 종말을 맞는다고 전해진다. 남은 기간에는 영혼의 종말이 이루어진다고 할 수 있을 것이다.

다시 한번 세상을 구원할 빌미가 된다고 확실하게 명기해 놓았기 때문에요?"

"그렇다!"

준후는 눈을 조금 가늘게 뜨면서 귀자모신을 보았다.

"다만 그것 때문이라면, 어째서 서복의 무덤에서 찾아내려고 그토록 애를 썼나요? 애초부터 목적이 여기에 있는 것이 아니었다면요?"

귀자모신의 눈동자는 몹시 차분했고 조금도 눈빛이 변하지 않았다. 늙은 나이답지 않게 너무도 맑고 또렷한 눈동자였다. 그러나 준후는 그 눈동자를 보자 오히려 더 불안해졌다. 결국 준후는 마음속에 있던 이야기를 확 꺼냈다.

"나는 『해동감결』을 당신에게서 얻었죠. 그리고 당신은 그 책을 나에게 넘겨주었어요. 그런데…… 당신은 그때 정말 『해동감결』의 복사본을 만들어 두지 않았나요?"

그 질문에 귀자모신은 눈을 크게 떴다. 그 눈동자를 바라보면서 준후는 다시 결정적인 말을 던졌다.

"그리고…… 당신은 물론 『해동감결』 마지막 장의 이름을 아직도 기억하고 있겠죠? 「불사의 장」!"

그 순간 준후는 귀자모신의 눈빛이 잠시 흔들리는 것을 놓치지 않고 보았다. 준후는 번개같이 벽조선을 품에서 꺼내 들며 외쳤다.

"넌 누구냐!"

준후가 벽조선을 휘둘러 검은 기운을 쏟아내자 모 선생과 황 도인, 그리고 비마가 빠르게 앞을 막아서면서 각각 양손을 떨쳤다. 황 도인은 도목검(桃木劍)² 을 꺼내 휘둘렀고, 모 선생은 마치 깃발에 다는 기 같은 커다란 부적을 품 안에서 주욱 늘여 막았으며, 비마는 금빛과 칠보로 번쩍이는 차크라³를 뽑아 휘둘렀다. 세 사람이 한꺼번에 무기와 힘을 합해 준후가 내쏜 기운을 쳐 내자 폭음이 방 안을 메웠다. 순간적으로 준후는 뒤로 두 발짝 물러섰고, 세 사람은 다 같이 어깨를 한 번씩 들썩했다. 그러자 도운이 뭐라고 외치면서 준후의 앞을 막아서려 했다. 그의 얼굴에는 놀란 표정이 완연했다.

준후는 도운에게 손을 번쩍 들어 보여 도운을 제재하고는 냉랭하게 외쳤다.

"저 사람은 귀자모신님이 아니에요!"

그 외침에 도운이 가장 놀란 표정을 지었고, 그때까지도 냉정을 잃지 않고 기계적으로 통역을 하던 하쿠운 역시 놀라서 입을 벌렸다.

"뭐, 뭐라고(な, なんと)?"

"저 사람은 남자입니다!"

---

2 복숭아나무를 칼 모양으로 다듬은 검이다. 복숭아나무는 고대로부터 귀신을 쫓는 힘이 있다고 믿어져 왔으며, 이를 다듬어 만든 도목검은 축귀(逐鬼)를 전문으로 하는 도사들의 상징으로 알려져 있다.
3 힌두교에서 전해지는 인체의 기를 전달하는 주요한 부분이자 상징물이다. 본문에서는 둥근 고리 모양의 무기를 뜻한다.

준후가 다시 한번 외치자 귀자모신은 갑자기 하하하 하고 큰 소리로 웃으면서 얼굴과 머리를 쓸어내렸다. 그러자 주름 잡힌 얼굴과 삼대같이 희게 헝클어진 머리칼이 우수수 떨어져 나가며 남자의 얼굴이 나타났다. 그 모습에 도운과 하쿠운도 놀라서 한 발짝씩 뒤로 물러서며 놀란 표정을 지었다. 새로 얼굴을 드러낸 그 남자는 조금 서툰 한국어를 직접 구사하며 준후에게 말했다.

"어찌 알았소? 내가 변장한 것을······?"

눈동자였다. 준후는 눈동자로 그 사실을 알아낸 것이다. 아무리 변장을 기가 막히게 했다고 해도 눈동자 속의 동공까지도 변장할 수는 없었다. 귀자모신의 눈동자는 구십이 가까운 할머니의 눈동자치고는 지나치게 생생했고 기운이 넘쳤다. 거의 반쯤은 느낌으로 맞힌 것이기는 하지만. 준후는 구태여 그런 것을 설명하지는 않고 이렇게 말했다.

"말세의 예언이나 계시는 어떤 종교의 경전이나 비급에도 얼마든지 있어. 그런데도 이렇게 전람회장을 만들기까지 하고 일 년 이상씩이나 기다렸다는 것은 말이 안 되지. 더구나 사람을 잡으려는 식의 함정을 만들어 두는 것은······."

남자는 하얀 얼굴에 기분 나쁘게도 여자 같은 미소를 지으며 준후에게 물었다.

"그러면 왜 왔소이까?"

"한국에 이런 속담이 있지. 호랑이를 잡으려면 호랑이 굴로 들어가야 한다고······ 너도 「불사의 장」에서 뭔가 얻으려는 게 분명하지? 하필 서복의 무덤을 뒤진 것도 그렇고, 신시 문자를 해독하려고 수작을 부린 것도 그렇고 말이야. 너 또한 서복이나 진시황처럼 불사신이 되려는 꿈을 꾸고 있는 놈이 아니냐?"

다음 순간 준후의 뒤에서부터 갑자기 세찬 기운이 몰아쳐 왔다. 준후는 미리 준비하고 있었던 듯, 뒤돌아보지 않고 벽조선을 화르륵 펼쳐서 등 뒤를 막았다. 그러자 슈리켄 하나가 벽조선에 막혀 옆으로 퉁겨지고 말았다. 슈리켄은 물리적인 힘을 쓰는 무기였지만, 습격자는 슈리켄에 법력을 넣은 터라 벽조선의 힘에 밀려 나버린 것이다.

"도운 스님…… 기습하려면 조금 더 일찍 하셨어야죠."

준후를 습격했던 도운이 깜짝 놀라면서 자신도 모르게 뒤로 한 걸음 물러섰다. 준후는 벽조선을 뒤로 돌린 자세 그대로 다른 손으로 부적 뭉치를 서서히 꺼내 들며 말했다.

"내가 저 남자가 귀자모신이 아니라고 했을 때 너무 놀라는 척 하셨어요. 오버액션이라 하던가요? 도운 스님은 한국말을 전혀 모르는 걸로 알았는데 말이죠……. 변장은 이제 벗어 던지시는 게 어떤가요?"

그러자 귀자모신으로 변장했던 남자가 다시 기분 나쁜 목소리로 호호거리며 여자 웃음처럼 웃었다.

"아주 영특하군! 아주 영특해! 과연 신동이군그래!"

"나, 나는…… 나는……."

하쿠운이 덜덜 떠는 것을 보고 준후는 조용히 말했다.

"하쿠운 스님은 물러서요. 다치고 싶지 않으시면."

그 말에 하쿠운은 몸을 덜덜 떨면서 구석으로 바싹 등을 대고 붙어 섰다. 그러자 하쿠운을 뺀 나머지 다섯 사람은 준후의 중심으로 둥글게 둘러서서 준후를 포위하는 자세를 취했다. 준후는 오른손을 뒤로 돌려 벽조선을 등에 대고 왼손으로는 부적뭉치를 들어 앞을 막은 자세 그대로 꼼짝도 하지 않았다.

귀자모신으로 변장한 남자가 등에서 기다랗고 아주 끝이 날카로운, 휘청거리는 회초리 같기도 하고 낚싯대 같기도 한 무기를 꺼내 쌕 하고 허공에 휘둘러보더니 말했다.

"좋다. 너를 속인 것은 인정한다. 하지만 왜 그리 경계하는 거지? 여기 있는 도자기의 내용은 거짓이 아니야. 그것만 해독해 준다면 너를 아무 탈 없이 돌려보내 줄 수도 있는데 말이야."

준후는 나지막이 말했다.

"난 아무도 믿지 않아……."

준후는 애초 이 사람들을 믿지 않았다. 믿고 싶지가 않았다. 준후는 다시 주기 선생의 말이 떠올랐다.

— 난 못된 놈이야. 세상에서 나 혼자만 잘난 줄 알았지. 그러나 널 보니…… 하하하, 넌 참 착한 아이다. 그러나 세상은 착한 것만 가지고는 제대로 살 수 없어.

홍수 사건 때 거의 죽을 뻔하고 나중에 의식이 든 후, 준후는 주기 선생이 죽었다는 사실을 알고 몹시 슬퍼하며 며칠을 울었다. 현암이 죽은 것만큼이나 슬퍼했다고 보아도 좋을 것이다. 그리고 준후는 틈이 날 때마다 주기 선생이 남겨 준 『십이지번술 요결』을 보았다. 그때마다 책을 넘기면서 주기 선생이 했던 말을 돌이켜 보곤 했다.

여태껏 준후 자신은 한 번도 이치에 그르게 힘을 사용해 본 적도 없었고 어떤 경우에도 선한 생각을 잃지 않으려 했지만, 자신과는 다른 주기 선생의 가치관도 상당히 괜찮게 다가왔다. 주기 선생을 알게 되면서 점점 그랬다. 그것은 주기 선생도 마찬가지였다. 그래서 그는 술사로서 목숨보다도 중요하게 여기는 십이지신술의 비급을 준후에게 주었으며, 준후를 위해, 준후의 소망을 위해 목숨을 바쳤다.

그 후 준후는 많은 고민을 하게 됐다. 그 고민은 누구에게나 찾아오는 청소년기의 격렬한 갈등과 합해져서 준후를 크게 바꾸어 놓았다.

　　아무나 믿지 마라. 자기 목숨을 내주어도 아깝지 않은 사람만 믿어라.

이 말은 주기 선생이 『십이지번술 요결』의 첫 장에 볼펜으로 커다랗게 써 놓은 말이었다. 그렇게 낙서처럼 적어 놓은 말들은 장을 넘길 때마다 계속 이어져 있었다.

　　남의 고통을 자기 고통처럼 받아들이는 것도 좋다. 그러나 남의 고통이라도 묵살할 줄 알아야 할 때가 있다.

 지는 것은 바보짓이다. 비굴해지는 것은 더 바보짓이다. 그러나 죽어 버리는 것은 더더욱 바보짓이다.

 남을 위하는 만큼 자기도 위할 줄 알아야 하는 게 사람이다. 안 그러면 대부분의 경우 위선이 된다.

준후는 십이지신술뿐만 아니라, 주기 선생의 전언까지도 열심히 읽고 그 뜻을 곰곰이 되새겼다. 생각해 보면 과거에 자신의 약한 마음 때문에 사람들에게 상처를 주고 위기를 맞았던 일이 얼마나 많았던가? 그러한 마음이 가장 소중한 것이라고 현암이나 박 신부가 누누이 타일러 왔지만 준후는 점점 자신도 모르게 변해 가고 있었다.
 사람에게 전혀 주술을 쓰지 못하던 때도 있었다. 그다음에는 할 수 없이 자기방어를 위해 사람에게 주술을 쓰기도 했다. 나중에는 분노와 상황에 떠밀려서 사람을 죽여 버릴까도 마음먹었던 적이 몇 번이나 있었다.
 과연 그랬다고 해서 그 모든 것이 잘못이었을까? 오히려 자신의 마음이 강했다면 더 쉽게 위기를 넘어갈 수 있지 않았을까? 그렇다면 작은 동정은 이제 그만 버리고 보다 큰 목적을 위해 눈을 감고 지나쳐야 하는 일도 있는 것이 아닐까? 그것이 바로 준후가 근래에 하는 생각이었다. 더구나 홍수 사건으로 퇴마사들 모두가 저승 앞에까지 갔다가 되돌아오자 준후는 남을 믿지 않는 습성이 몸에 배고 말았다.

'신부님, 현암 형, 승희 누나, 연희 누나, 백호 아저씨, 성난큰곰…… 난 그 몇 명 이외의 누구도 믿지 않는다. 절대로…….'

준후는 다시 한번 속으로 외치면서 온몸에 힘을 모았다.

준후가 몸에 기운을 주입하자 보이지 않는 에너지가 이글이글 넘쳐서 몸은 마치 불붙은 시퍼런 칼날 같아 보였다. 그 기세에 다섯 명의 술사는 조금 놀라는 것 같았지만, 크게 당황한 듯이 보이지는 않았다. 귀자모신으로 변장했던 남자가 그런 준후를 자세히 보더니 기분 나쁜 어조로 말했다.

"대단하구나, 대단해. 전설의 영웅이 나타난 것 같구나. 그런데 말이다……. 너 사람을 공격할 수 있니? 네가 지닌 주술은 사람에게 쓰라고 주어진 것이 아니잖아? 잊었느냐?"

준후는 흥 하고 웃으며 대꾸했다.

"나에 대해 연구깨나 하셨나 보군."

"도운과 귀자모신이 말해 줬지. 상당히 발악하긴 했지만……."

남자는 은근히 위협하는 듯한 목소리로 말했다. 역시 그 두 사람은 이들에게 한발 먼저 당했구나. 하지만 준후는 애써 냉랭하게 말했다.

"그 사람들이 어찌 됐든 나와는 상관없는 일이지."

"정말 그럴까?"

준후는 남자의 비꼬는 듯한 목소리에 가슴에서 무언가가 울컥 치밀어 올랐다. 놈들이 두 사람을 인질로 잡은 것은 아닐까? 진언밀교 자체를 풍비박산으로 만든 것은 아닐까? 준후는 애써 마음을 다잡았다.

'난 상준이 형의 후예야. 주기 선생의 전인이야……'

생전의 주기 선생이었다면 아마 이런 위협 따위는 코웃음을 치며 흘려버렸을 것이다. 준후는 다시금 주기 선생을 떠올리며 몸과 마음을 꼿꼿이 했다.

예상외로 준후의 태도가 조금도 흐트러지지 않자 남자는 조금 고개를 갸웃하더니 화제를 바꿨다.

"너, 나에게 주술을 쓸 수 있겠니? 사람에게 주술을 쓰는 건 죄악이고…… 너 같은 정의파가 할 일이 아닐 듯한데."

준후는 씩 웃어 보이며 대답했다.

"물론 그렇지. 하지만 너희를 사람이라 부를 수 있겠어?"

그 말에 도운으로 변장했던 자가 노한 소리를 내면서 본색을 드러냈다. 그자의 모습을 힐끗 보고 준후는 속으로 깊은 한숨을 내쉬었다. 그자의 얼굴은 심한 화상이라도 입은 듯 엉망진창으로 짓뭉개져 있어서 몹시도 추악해 보였다. 그러나 준후를 놀라게 한 것은 그 용모가 아니었다. 자세히 보니 그자는 바로 명왕교의 팔대 명왕 중 하나였던 항삼세명왕이었던 것이다.

지난번 명왕교 사건 때 준후는 승희가 현암 대신 총을 맞는 것을 보고는 분노에 못 이겨서 항삼세명왕에게 강력한 뇌전술을 썼었다. 그 즉시 항삼세명왕의 온몸이 불에 탄 것처럼 됐던 것을 그냥 내버려두었는데, 그자가 바로 도운으로 둔갑해 이 자리에 서 있을 줄이야.

항삼세명왕은 준후를 잡아먹을 듯한 눈빛으로 노려보다가 말했다. 그러고 보니 그사이 어떻게 한국어를 배운 모양이었다.

"너…… 이 가증스런 꼬마! 사람에게 주술을 안 쓴다고? 나를 이 꼴로 만들어 놓고서도 말이냐? 난 오늘…… 너를 없애서 원한을 풀겠다!"

준후는 다시 마음이 아려 왔다. 그래, 분명히 주술을 썼었지, 그때는……. 준후는 약해지려는 마음을 주기 선생을 생각하면서 다시 다잡으려 애썼다.

"싸우지도 않던 여자에게 총질을 한 녀석이 과연 사람일까?"

"헛소리하지 마라……. 그리고, 그리고 너희 놈들은 내 친구인 군다리명왕의 두 팔을 잘라 버렸다……. 그 친구는 평생 불구자가 된 거다."

준후는 그 말도 한 귀로 흘려버렸다. 만약 이 자리에 주기 선생이 서 있었다면 뭐라고 했을까를 생각하자, 말이 술술 잘도 나왔다.

"안 죽인 것을 다행이라 생각하지는 않아? 그때 너희가 이겼으면 우리를 팔 두 개로 그냥 놓아두었겠어? 고맙다는 소리는 안 하고 은혜를 원수로 갚다니. 정말 왜놈들 심보 그대로구나. 자기네가 한 짓은 생각지도 않고, 자기네가 당한 건 죽어도 안 잊는군."

그때 귀자모신으로 변장했던 남자가 앞으로 나서며 뭔가 말하려 했다. 그러나 준후는 버럭 소리를 질러 그자의 말을 끊어 버리며 외쳤다.

"남자 같지도 않고 여자 같지도 않은 네놈의 이름은 뭐냐? 이름이나 알아야 욕을 해도 할 거 아니냐?"

남자는 깔깔거리고 웃더니 대답했다.

"그냥 편하게 겐조라고 하려무나. 좌우간 입씨름하지 말고 마지막으로 내 제안하겠다. 도자기의 문구를 나에게 알려 다오. 그러면 즉시 보내 줄 뿐만 아니라 보상금도 줄 수 있다."

"흥! 너희들 말고 불사의 비밀을 알고 있는 다른 사람을 용납할 만큼 네 마음씨가 좋아 보이지는 않는데? 그리고 아까 내가 말했지? 난 아무도 안 믿는다고!"

"네가 수단이 좋고 총명한 건 인정하겠지만…… 너 혼자 다섯 명을 이길 것 같으냐?"

겐조가 이죽거리자 준후는 다시 자신 있게 말했다.

"단언하건대, 그 글자를 해독할 수 있는 사람은 나뿐이다. 너희도 그 내용을 알고 싶어서 안달이잖아? 그렇다면 결코 나를 죽일 수 없을 텐데?"

"하하…… 양팔, 양다리가 없어도 해독은 할 수 있을 거야. 눈도 하나면 되고, 코나 귀도 해독하는 데는 필요 없는 것 아닐까? 더구나 여기 다섯 명은 모두 네 술법 정도는 모두 꿰뚫고 있는데……. 그리 만만할까?"

준후는 이를 뿌드득 갈았다. 겐조의 악랄함을 한마디로 나타내는, 소름이 오싹 끼치는 소리였지만 그 말은 사실이었다. 항삼세명왕과 겐조는 밀교의 계통이니 자신의 주술이나 수인을 다 알아볼 것이고, 마가 호법에게서 배웠던 힌두교 정통의 술수는 비마가 알아볼 것이다. 그리고 벽공에게 배운 화산파의 수법과 허허자에게서 배운 모산파의 술법은 황 도인과 모 선생이 알아볼 확률이 높았다.

한 사람도 아니고 여럿을 혼자 상대하는 싸움에서 자신이 쓰는 수법을 모두 읽힌다면 말할 수 없이 불리해진다는 것은 틀림없는 사실이었다. 지금 저들에게 통할 수 있는 건 단 하나, 우리나라 무속의 주술밖에 없었다. 하지만 그 술수는 결코 사람을 상대하는 주술이 아니었다. 그러나 준후는 여전히 오기를 부렸다.

"그래, 누가 더 센가 한번 해보자."

준후의 말이 끝나자마자 남자는 조용히 옷의 앞섶을 펼쳤다. 이어서 다른 자들도 마찬가지로 옷을 펼쳤다. 그러자 모든 이들이 그 안에 또 기이한 옷을 입고 있는 것이 보였다. 범자(梵字)와 기타 이상한 도형이 가득 그려진 옷이었다. 그것을 보고 준후는 등골이 오싹해지고 아연한 기분이 됐다.

"깔깔. 이 범자들과 도형들이 네 주술을 다 막아 줄 텐데……. 그래도 네가 이길 수 있을까?"

그 범자와 도형들은 모두 밀교나 도교의 일파에서 비롯된 것이었다. 그것은 주술의 효력을 없애는 것으로, 저들이 저렇게까지 준비했다면 준후가 아무리 술수를 부려 보아도 소용이 없을 것이었다. 준후의 법력이 그들보다는 훨씬 강한 것은 사실이었지만, 아무리 최대한으로 힘을 쓴다고 해도 주술은 저 글자와 도형에 막혀 절반의 위력도 나오지 않을 것이기 때문이다. 더군다나 준후가 자주 쓰는 우보법도 저것들 앞에서는 무용지물이 될 것 같았다. 게다가 상대는 다섯 명이었고, 여기는 도망칠 길조차 없는 밀폐된 건물 안이었다.

'이거 큰일이구나……'

준후는 십이지신술을 떠올렸지만 깃발을 가지고 오지 않은 상태였다. 너무 눈에 띄고 거추장스러웠기 때문이다.

준후는 당황해 조금씩 땀을 흘리기 시작했다. 겐조가 다시 기분 나쁜 미소를 지었다.

"그래, 선선히 말을 들어라. 네 재주가 아까우니 나도 굳이 너를 해치고 싶지는 않아. 해독만 해 주면 모든 게 잘될 거다."

그러면서 그는 유리구 앞을 막아섰다. 겐조는 아까부터 준후가 가까이 오지 못하도록 유리구 앞을 막고 있었기 때문에 준후는 도자기에 새겨진 글씨를 볼 수 없었다. 겐조가 비켜서서 자기를 그 앞으로 인도해야만 그것을 볼 수 있었다. 준후는 겐조를 믿을 수 없었다. 아니, 여기 있는 그 누구도 믿지 않았지만, 일단 죽을 때 죽더라도 그 내용을 보아야 한다고 생각했다.

준후가 겐조에게 말했다.

"그럼 어서 보여 줘."

겐조는 웃으며 대꾸했다.

"그러려면 우선 네 무기와 부적을 모두 버려라."

다음 순간 아악 하는 비명과 함께 구석에 서 있던 하쿠운이 쓰러졌다. 그리고 항삼세명왕이 흉측한 얼굴에 미소를 띠면서 준후에게 말했다.

"비밀을 아는 사람이 많으면 곤란하지."

준후는 이를 갈았으나 곧 체념한 듯, 벽조선을 던져 버렸다. 그리고 부적 뭉치를 바닥에 버리고, 품을 뒤져서 다른 부적 뭉치들도 모두 꺼내어 바닥에 버렸다. 그러나 겐조는 다시 냉소를 흘렸다.

"숨겨도 알 수 있어. 법력이 아직 느껴지는걸? 나를 속일 생각은 마라. 나도 신안이 트였으니까."

준후는 다시 한번 몸을 부르르 떨고는 장 호법의 유품인 방울과 자그마한 호리병, 그리고 동경(銅鏡)과 조그마한 신칼까지도 모조리 꺼내어 바닥에 버렸다. 이제 남은 것은『해동감결 원전』뿐인데, 이것만큼은 죽어도 내놓을 수 없었다. 겐조가 신안이 트였다고는 하지만 법력을 지닌 물건만 알아보는 터라, 다행히 법력의 기운이라곤 전혀 없는『해동감결』만은 알아차리지 못한 것 같았다.

이전투구(泥田鬪狗)

모든 물건을 내려놓자 항삼세명왕이 칼로 준후의 등을 겨누었고 황 도인과 모 선생이 준후의 물건들을 멀찌감치 치웠다. 그런데 황 도인과 모 선생은 준후가 꺼낸 부적들을 보더니 주변은 의식조차 하지 않고 그것들을 마구 뒤적이며 자세히 들여다보기 시작했다. 몇 장의 부적들은 화산파와 모산파에서조차 실전된 지 오래된, 그들로서도 처음 보는 전설의 부적들이었다. 비마도 그쪽으로 자꾸 눈길을 보내면서 신기하다는 표정을 지었다.

겐조는 이제 그들에게 더 이상 관심이 없는 듯, 항삼세명왕이 준후를 밀어서 가까이 인도하자 미소를 띠면서 유리구 앞에서 비켜섰다. 그러자 준후는 조용히 말했다.

"영원히 산다는 게 좋은 일인 줄 아나요?"

준후는 『해동감결』의 「불사의 장」이란 결코 불로장생법을 기록한 것이 아니라는 사실을 잘 알고 있었다. 그러나 그런 사실을 이야기해 봤자 눈이 뒤집힌 놈들이 믿을 리도 없었고, 그랬다간 당장 목숨이 위험해질 수도 있기에 곧이곧대로 말할 수도 없었다. 준후는 그저 악랄한 겐조가 미워 견딜 수 없어 참지 못해 한마디 한 것이다.

겐조는 대답도 하지 않고 힐끗 턱으로 유리구를 가리켰다. 준후는 입을 다물고 유리구 안의 도자기를 천천히 보았다. 그러다가 준후는 겐조에게 말했다.

"종이와 붓을 줘요. 나도 즉석에서 통역할 정도의 실력은 없으니…… 종이에 적어 해독해 드리지요."

겐조는 고개를 끄덕이고 종이와 펜을 주었다. 펜을 쳐다보며 준후는 고개를 저으며 말했다.

"난 펜에 익숙하지 않아요. 지필묵을 줘요."

"그냥 이걸로 써도 되지 않으냐?"

"좌우간 붓을 줘요. 안 그러면 난 못 써요."

겐조는 조금 미심쩍어하는 것 같았지만 그래 봤자 아무 짓도 못 할 것이라 생각한 듯, 잠시 후 붓과 먹물을 어디선가 찾아서 준후에게 주었다. 그것을 받아 들고 준후는 조용히 도자기의 표면을 보면서 해독해 나가기 시작했다. 준후는 갑자기 얼굴이 하얗게 질렸다. 또 한참이 지나자 준후는 주르륵 눈물을 흘리기 시작했다. 겐조는 준후가 도대체 무슨 이유로 그러는 것인지 알 수 없어서 잠자코 준후를 바라보고 있을 수밖에 없었다. 그러자 항삼세명왕이 겐조에게 귓속말로 말했다.

"저 녀석…… 보통이 아닌데, 무슨 수를 부리는 건 아닐까요?"

"보아하니 글의 내용이 보통은 아닌 것 같으니 일단은 그대로 두지."

"하지만 해독이 끝나면 저 녀석은 반드시 제가 없애게 해 주십시오."

"그러지."

겐조는 저쪽의 도인들과 비마를 힐끗 바라보며 말을 이었다.

"만약 이 녀석이 풀이한 내용이 정말 타당성이 있다면 저 녀석들도 그냥 두면 안 되겠지?"

"그렇죠……. 허나…… 놈들의 수가 많은데……."

겐조의 눈빛이 잠시 번쩍 빛났다.

"다 나에게 방도가 있어."

그사이에 저편에서 황 도인과 모 선생은 또 다른 이야기를 하고 있었다. 그들은 그들 나름대로 중국어로 이야기하고 있어 겐조와 항삼세명왕은 알아들을 수가 없었다.

"이건 분명 화산파의 황사공의 공력을 응용한 부적이오. 황사공을 쓰는 자가 아직 남아 있다니……."

황 도인이 놀란 듯 말하자 모 선생도 좀 사납기는 했지만 놀란 눈길로 다시 준후를 바라보면서 말했다.

"그뿐이오? 이 만부원진술의 부적은 더욱 신묘하오. 이것은 모산파에서 전해지던 전설의 술법…… 아니, 전설 이상이오."

"우리가 불사의 비결을 전해 들으려 온 것이기는 하지만…… 저 아이를 그냥 없애는 것은 아깝지 않겠소? 아까 슬쩍 보니 공력 또한 비범하던데……."

황 도인이 말하자 모 선생이 눈을 빛냈다.

"아깝긴 하오. 그러나 저런 녀석을 살려 둘 수 없지 않소? 우리가 녀석을 잡은 것이나 마찬가지이니…… 살려 주어서 풀어놓는다면 호랑이 새끼를 키우는 것이나 다름없소."

"그렇다면?"

"다만 지금 당장 없애는 것은 아깝고 녀석이 알고 있는 비전의 술수를 모조리 토해 낸 다음에 없애는 편이 훨씬 낫지 않겠소? 저 왜놈들에게 넘겨줄 수는 없지요."

그 말에 황 도인은 눈을 가늘게 뜨고 모 선생에게 물었다.

"둘이 힘을 합해 저 녀석을 빼앗자는 거요?"

"안 될 거야 있겠소? 보시오. 우리는 부적들을 사용할 수 있으니 이 힘을 우리도 쓸 수 있는 셈이오. 그러니 저 녀석들과 붙어도 절대 지지는 않을 거요. 더구나 저 꼬마 녀석은 자기를 구해 준다고 여기고 우리를 도우려 할 테니 얼마나 유리한 싸움이오? 인도 녀석이 왜놈 편을 든다 해도 삼 대 삼, 충분히 승산 있소."

황 도인은 여전히 눈을 가늘게 뜨고 모 선생을 보며 말했다.

"일이 끝난 다음에 모 선생이 내 등을 찌르는 건 아닐 테죠?"

황 도인의 날카로운 말에 모 선생은 놀라며 대꾸했다.

"내 아무리 어찌 같은 도인에게 그런 짓을 하겠소? 우리가 왜놈이나 인도 녀석, 조선 아이와 무슨 관련이 있단 말이오? 우리는 어차피 피차 모산파와 화산파의 실전된 술법을 얻으면 그뿐이지. 서로 해코지한다고 다른 술법을 익힐 수 있는 것도 아닌데, 그런 부질없는 짓을 해서 무엇하겠소?"

"그렇다면 좋소. 어차피 우리는 한배를 탄 것이고, 나도 쇠락한 화산파의 흥망이 걸린 일이니 어찌 가만있겠소? 우리 힘을 합칩시다."

"좋소. 다만 눈치채지 못하게 조용히 해야 하오."

"알았소이다."

그러나 황 도인이나 모 선생이나 둘 다 진정한 속셈은 따로 있었다. 만약 불사의 비결을 정말 알게 된다면 그걸 아는 것은 자신

뿐, 다른 녀석들에겐 절대 그런 비밀을 알게 하진 않겠다는 꿍꿍이였다. 비마는 혼자서 무슨 생각을 하고 있는지 차크라의 날만 계속 만지작거리고 있을 뿐이었다.

그 자리에 모인 자들이 각각 다른 꿍꿍이를 하는 동안 준후는 줄곧 도자기의 글자들을 들여다보면서 놀랍기도 하고 슬프기도 한 표정을 지어 보였다. 그러다가 준후가 겐조에게 물었다.

"그런데…… 한 가지만 묻겠어요. 당신들은 이 도자기의 내용도 알지 못하는데, 이게 그토록 중요한 것이라는 사실을 어떻게 안 거죠?"

별것 아니라는 듯이 겐조가 하하 웃더니 대꾸했다.

"간단하다. 너…… 오키에를 기억하겠지?"

준후는 고개를 끄덕였다. 명왕교 교주였던 오키에. 그 때문에 박 신부와 현암, 연희와 승희까지도 모조리 중상을 입고 죽을 뻔하지 않았던가? 그러자 준후는 비로소 기억이 났다. 오키에가 박 신부에게 했다는 그 말이…… 오키에는 『해동감결』에 절대적인 힘이 담겨 있다는 것을 알고 그들을 부른 것이었다. 신지 문자를 아는 준후를 끌어들이기 위해서 말이다.

오키에가 뜻을 이루지 못하고 박 신부에 의해 저승으로 가 버려, 퇴마사들은 『해동감결』 내에 있는 위대한 힘이란 것이 무엇인지에 대해 알 수 없게 돼 버리고 말았다. 그런데 바로 이것이었단 말인가?「불사의 장」에 기록된 내용이……!

"그랬군요. 전에 오키에와 대적할 때…… 오키에는 『해동감결』 중에 있는 위대한 힘을 끌어내기 위해 우리를 끌어들였다고 했어요. 그리고, 그리고 당신들은 바로…… 그녀의 뒤를 이은 거군요."

그러자 겐조가 껄껄거리면서 말했다.

"그래! 내가 바로 명왕교의 새 교주다! 이제야 눈치챘느냐?"

준후는 입술을 깨물었다. 겐조가 바로 명왕교의 새 교주였다니. 명왕교는 그때 끝장난 것이 아니었단 말인가? 이자가 다시 항삼세명왕 등의 흉악한 인사들을 불러 모아 재건했단 말인가? 그러고 보면, 도운은 원래 그리 강한 사람은 아니었으니 그렇다 치더라도, 귀자모신만 한 사람이 이들에게 당한 것이 이제 이해가 됐다. 귀자모신도 명왕교의 일원이었으니 일단 겐조가 교주가 되자 음모를 써서 제거해 버렸을 것이 분명했다.

이제 궁금한 것은 단 한 가지, 겐조의 내력이었지만 굳이 물어볼 필요가 없다고 여겨졌다. 준후는 거의 모든 수수께끼가 풀리자 만사를 포기한 듯한 표정으로 서서히 종이에 한자들을 써 내려갔다.

겐조를 비롯한 모든 사람이 준후의 뒤에 서서 그것을 들여다보느라고 열심이었다. 사실 그들 모두가 그 내용이 정말 불사의 비법을 담고 있는 것이라 확신하고 있지는 않았지만, 영원히 사는 것에 대한 조금의 단서라도 얻을 수 있다면 그것으로 만족할 셈이었다. 그리고 지금 준후가 정말로 그 내용을 읽은 대로 순순히 적을지는 알 수 없는 일이기 때문에 눈을 부릅뜨고 혹시나 어긋나는 곳이 있는지를 살피고 있었다.

준후가 쓰고 있는 내용은 다음과 같았다. 물론 한문으로 적당히 번역하고 있는 것이었지만 말이다.

> 우사(雨師)의 길은 인간의 도(道)를 위함에 있다.
> 인간의 도란, 인간이 먹고 입고 잠자고 말하고 행동하는 모든 것을 지칭함이니 결코 신령스럽거나 기이해 보이지는 않지만,
> 인간이 먹고 입고 잠자는 데 빼놓을 수 없는 날씨의 변화를 다스리는 것이 우사의 큰길이며,
> 수많은 인간이 저마다의 도를 지니고 있어 서로 부딪치고 혼란됨이 생김에,
> 이를 하나로 엮어 그들에게 앞날을 제시하는 것이 우사의 작은 길이다.
> 그러나 우사의 가장 큰길은 영원히 죽지 않는 비결을 전하는 데에 있다.
> 우사의 뜻을 이해하는 자 죽음을 벗어날 수 있을 것이며,
> 우사의 길을 되밟아 걷는 자 영원히 썩지 않고 잊히지 않으리.
>
> 풍백 비렴 남김

"이게 뭐지? 이게 다는 아니겠지?"
겐조가 준후에게 묻자 준후는 겐조를 바라보며 대답했다.
"이건 서문일 뿐이죠. 차차 보세요."

의외로 준후는 고분고분했다. 그러나 겐조는 점점 안달이 났다. 영원히 죽지 않는 비결이라거나 죽음을 벗어날 수 있다거나 하는 말들이 아무래도 심상치 않았기 때문이다.

준후가 그대로 옮겨 적진 않았지만 실제로 비렴이 남긴 문구는 훨씬 더 길었다.

    우사의 길은 인간의 도(道)를 위함에 있다.

    인간의 도란, 인간이 먹고 입고 잠자고 말하고 행동하는 모든 것을 지칭함이니 결코 신령스럽거나 기이해 보이지는 않지만,

    인간이 먹고 입고 잠자는 데 빼놓을 수 없는 날씨의 변화를 다스리는 것이 우사의 큰길이며,

    수많은 인간이 저마다의 도를 지니고 있어 서로 부딪치고 혼란됨이 생김에,

    이를 하나로 엮어 그들에게 앞날을 제시하는 것이 우사의 작은 길이다.

    그러나 진정한 우사는 쉽게 나오지 않는 것이니 우사의 길 또한 따라 걸어가기가 쉬운 것만은 아니리라.

    나쁜 우사는 남을 생각하지 않고 자신의 이익만을 추구할 따름이니 천벌을 받을 것이며,

    작은 우사는 사람들보다 나라의 힘을 키우는 데에 힘을 쓰니 지위가 올라갈 것이며,

    큰 우사는 나라를 이루면서도 사람 하나하나를 따스하게 다

스러서 이름이 영원히 남으며,

　가장 큰 우사는 지금의 사람만이 아니라, 먼 훗날의 사람마저도 위하고 아끼는 법이어서 오히려 아무도 그가 있었음조차도 모르기를 바란다.

　우리가 운이 좋아 가장 큰 우사를 얻었으나,

　그 우사는 먼 훗날의 알지도 못하는 후손을 위해 천기를 누설하고 스스로의 꽃 같은 생명을 버렸으니,

　이보다 바른 우사의 길은 아무도 걸을 수 없으리.

　우사의 뜻을 이해하는 자, 죽음에서 자유로울 수 있을 것이며,

　우사의 길을 되밟아 걷는 자, 영원히 잊히지 않으리라.

　　　　　　　　　　　　　　　풍백 비렴 남김

　이 내용대로라면 우사의 길이란 것이 결코 불로장생의 비법이 아니라는 것이 분명했다. 그러나 준후는 그 내용을 빼놓고 쓸 수밖에 없었다. 실제로 우사였던 맥달의 말은 너무나 놀라운 내용이어서 그대로 따르지 않을 수가 없었기 때문이다. 준후가 다시 붓을 놀리자 사람들의 눈이 휘둥그레지기 시작했다.

　나, 우사 맥달이 적는다.

　인간으로 태어나 죽음을 겪고

　다시 태어나기 이전의 곳으로 돌아가는 것은 자연의 이치이나

나는 지금 아래에 글을 적어 커다란 죄를 짓는다.
비록 내 목숨은 이것으로 인해 없어질지언정
누군가 큰일을 할 자가 있어 이것으로 생명을 연장하리라.
영원히 죽지 않는 불사의 방법은 없으며
영원히 사는 것은 차라리 고통과 저주일 뿐이다.
다만 죽음을 미루고 미루어 뜻을 이룰 때까지 살 수 있으면
그것이야말로 진정한 불사의 의미라 하지 않을 수 없을 것이다.
후세에 이것을 보는 이는 이 뜻을 잘 새기어
결코 사리사욕을 위해서 이 술수를 사용하지 않기를 바란다.

거기 모인 사람들은 실제로 아주 영원히 사는 비법이 존재한다고는 믿지 않았다. 다만 조금이라도 생명을 연장할 수 있는 장생법이 있다면 그것만으로도 만족할 셈이었다. 그런데 여기 도자기의 내용을 보니 그 내용은 자못 진솔하고 깊은 뜻이 있는 것 같았다. 오히려 '이렇게 하면 영원히 산다'는 식의 문구를 적었다면 이들은 되레 믿지 않고 도자기를 깨 버리거나 준후에게 윽박질렀을 것이다. 그러나 그 어조가 간곡하고 자못 깊은 뜻을 담고 있는 것을 보니, 거짓말이거나 허무맹랑한 말 같지는 않았다. 그래서 그들은 자신들도 모르게 그 말에 공감하며 점점 그 내용에 빠져들기 시작했다.

사람의 생명은 호흡함으로써 이어지며

숨을 들이쉬고 내쉰다는 것은 하나의 순환이 이어지는 것이니
짧게는 태어나고 죽는 것과 다를 바 없는 것이다.
가장 중요한 것은 숨의 조절에 있으며
팔다리의 힘이 아닌 마음의 힘을 믿고
빈틈없이 행해야 한다.

그다음에는 하나의 도형이 있었다. 준후는 도형을 도자기에서 베낀 다음 종이에 그렸는데, 사람들이 보기에 그 도형은 그렇게 복잡하지 않은 듯했다. 그러나 모든 이들은 그것을 보자 돌연 이상한 기분이 느껴졌다.

밀교의 술수를 수행한 겐조와 항삼세명왕은 등줄기가 시큰해지며 근지럽고도 시원한 기운이 지나가는 것을 느낄 수 있었고, 황 도인과 모 선생은 단전에서부터 갑자기 가느다란 기운이 솟구쳐서 몇 개의 혈도를 스치고 지나가는 것을 느낄 수 있었다. 비마 역시 뭔가 느껴지는 듯 놀란 눈을 깜박였다. 그들은 혹시 무슨 술수에 걸린 것은 아닌가 해서 조심스레 각자 몸의 이곳저곳을 말없이 살폈지만 이상한 점은 없었다.

그다음은 호흡법에 대한 이야기가 있었다. 이 부분에 이르자 겐조 등과 황 도인 등은 서로 속셈을 감추고 잠시 이야기를 나누었다. 호흡법의 방식은 밀교의 것도, 도교의 것도, 힌두교의 것도 아니었다. 그러나 법술과 공력에 일가견이 있는 그들이 아무리 보아도 거기에 적힌 호흡법과 전신의 기 흐름을 나타낸 방식은 결코

허무맹랑한 것은 아닌 듯했다. 더구나 아무리 천재라도 준후가 그런 내용을 즉석에서 지어낸다는 것은 말도 안 되는 일이었다. 그래서 그들은 저마다 누가 먼저라고 할 것도 없이 호흡법의 내용대로 조심스럽게 경계하며 기를 돌렸다. 그러자 놀라운 일이 벌어졌다. 온몸이 상쾌해지면서 사지의 힘이 넘쳐나며 단 몇 번의 호흡을 했을 뿐이었는데도 법력이나 공력이 크게 증진된 것처럼 느껴지지 않는가? 도대체가 믿어지지 않는 신기한 일이었다.

'정말 신기하다. 이러한 술수가 세상에 있을 줄이야……! 그렇다면 이 방법으로 오랜 세월 계속 수련을 하면 불로장생할 수도 있겠다. 더구나 몇 번 호흡한 것만으로도 몸의 힘이 이토록 넘쳐나는데, 오랜 기간 수련을 한다면 불로장생까지는 안 되더라도 세상에 적수가 없어질 것이고 불가능이 없어지겠다!'

이는 모두의 공통된 생각이었다. 특히 호흡을 위주로 하는 도가 계열의 황 도인과 모 선생은 더더욱 기뻐했다.

준후는 그 다음 부분인 손의 기를 운행해서 힘을 얻는 방법을 쓰고 있었다. 이것은 무드라, 즉 수인과 비슷한 것이라 이번에는 비마나 겐조, 항삼세명왕이 더더욱 기뻐했다. 황 도인이나 모 선생은 수인은 잘 몰랐지만 그런대로 조금씩 따라 해 보자 역시 기운이 가득해지고 알 수 없었던 신묘한 기운까지도 차오르는 것이 느껴졌다. 음흉한 겐조는 그때까지 이런 생각도 했었다.

'요 꼬마 녀석은 우리보다 한발 앞서 모든 것을 알았을 테니, 녀석이 먼저 이 방법대로 수련하고 있었는지도 모른다. 이제 우리들

이 합해도 못 당할 정도가 되는 것은 아닐까?'

이번에 손을 움직이는 무드라의 수련을 하니 또 법력이 증가하며 신묘한 기운까지 생기는 것이 느껴졌다. 아까부터 지켜보았지만 준후는 글씨를 쓰느라 손 같은 건 전혀 놀리지 못하는 것 같으니 그런 걱정은 할 필요가 없을 것 같았다.

다음 부분은 기의 운행에 대한 것이었는데, 그것을 보자 겐조는 더더욱 안심했다. 전 단계에서 무드라를 수련하지 않으면 이 기의 운행을 할 수 없었기 때문이다. 그러나 음흉한 겐조와 모 선생은 항상 위험의 소지를 생각해 항삼세명왕과 황 도인, 그리고 비마가 먼저 수련하고 기쁜 얼굴빛이 됐을 때 비로소 자신들도 수련에 들어갔다. 이미 그들의 법력과 공력은 처음보다 두 배 가까이 불어나 있었다.

준후가 글을 쓰는 시간이 자못 오래 걸렸다고는 하나, 그래도 불과 서너 시간 만에 공력이 두 배로 늘어난다는 것은 굉장한 일이었다. 모 선생이나 겐조는 이러다간 별안간 주화입마라도 되는 것이 아닌가 하고 은근히 신경을 썼지만, 그런 일은 더 이상 걱정하지 않아도 될 것 같았다. 이건 정말 하늘의 신선들이나 할 것 같은 기상천외한 수련법이었다.

단시간에 얻어지는 힘이 점점 강해지자 그들은 거의 경쟁적으로 수련을 해 댔다. 이렇게 급속하게 힘이 얻어진다면 잠시만 한눈을 팔아도 상대방이 더더욱 강해져서, 혹시라도 상대가 다른 마음을 품었을 경우 그냥 당할 수밖에 없기 때문이었다.

그때 모 선생이 황 도인의 귀를 잡아당기며 다른 사람이 듣지 못하도록 아주 작은 소리로 물었다.

"황 도인, 화산파에 자미주천법(紫薇周天法)[4]이라는 술수가 있다고 하는데…… 그것을 아시오?"

황 도인은 영문을 알 수 없었지만 모 선생의 얼굴을 보고 고개를 끄덕였다. 자미주천법은 이름은 거창했지만, 단순한 기체조(氣體操)와 같은 연마법에 불과했지, 무슨 힘이나 위력을 가진 법술은 아니다. 그러나 모 선생은 다른 말은 하지 않고 입을 다물었다.

항삼세명왕은 준후의 등 뒤로 무기를 겨누고, 준후가 조금이라도 서툰 수작을 부리면 팔이라도 하나 잘라 낼 각오를 하고 있었지만, 그도 계속 은근히 수련을 해 나가는 중이었다.

준후는 조금도 머뭇거리지 않고 마치 무엇엔가 도취한 듯 계속 글을 적어 나갔다. 다섯 번째 단계에 다다르자 준후는 먼저 다음과 같은 말을 옮겼다.

> 다섯 번째와 여섯 번째의 단계는 급히 시행할 수 없다. 천천히 시간을 두고 해석해야 할 것이다.

준후는 계속해서 이상야릇한 도형과 알아볼 수 없는 글자들을 종이에 써 내려갔다. 겐조는 히죽 미소를 지으며 준후에게 말했다.

---

[4] 소설상 가상의 술수로 도가의 호흡법 중 하나로 설정했다.

"잘한다. 착하다, 착해. 계속 적어야 한다. 그래야만 해."

겐조는 팔짱을 끼고 그때까지도 입고 있던 긴 여자 옷소매 속에 손을 넣은 채 모 선생과 황 도인을 향해 미소를 지었다. 그러자 황 도인도 히죽 미소를 지어 보였다. 바로 다음 순간 겐조의 소맷자락이 꿈틀하면서 요란한 소리가 터져 나왔다. 미소를 짓던 황 도인의 몸이 갑자기 휘청거렸다. 겐조가 황 도인에게 총을 쏜 것이다.

그다음 순간, 모 선생은 마치 기다렸던 것처럼 놀라운 속도로 부적 한 장을 허공에 던졌다. 그러고는 곧바로 합장하며 손과 발을 딱 붙였다. 겐조는 모 선생에게도 총구를 돌렸으나 모 선생이 발을 탁 딛는 순간, 겐조의 몸은 뻣뻣하게 굳어 버렸다. 겐조만이 아니라 항삼세명왕과 비마, 준후 또한 마찬가지였다.

"이, 이게 도대체……?"

겐조가 놀라며 일본말로 중얼거렸다. 모 선생은 그 말을 알아들은 것 같지는 않았으나 미소를 띠며 말했다.

"이건 석화술(石化術)[5]이다, 흐흐…… 네놈들은 날 과소평가했구나. 난 모산파의 일개 도사일 뿐이지만…… 여러 가지를 알고 있지."

겐조는 식은땀을 흘렸다. 겐조 등 다섯 명의 사람들은 모두가 준후의 주술과 법력을 막을 수 있는 범자와 부적의 옷을 입고 있

---

5 소설상 가상의 술수로 우보법과 비슷하게 사람의 몸을 굳혀 움직이지 못하게 하는 술수로 설정했다.

었다. 그 때문에, 아이러니하게도 그들 스스로의 술법도 피차간에는 통용되지 않았다. 그래서 겐조는 미리 권총을 준비해 가지고 있다가 준후를 먼저 해결한 뒤, 다른 자들까지 없애 버릴 생각을 하고 있었다. 그런데 모 선생은 준후의 우보법과 흡사하기는 하지만, 근본이 다른 석화술이라는 수법을 써서 모든 사람을 움직이지 못하게 만들어 버린 것이다. 석화술은 준후의 우보법과 비슷한 원리였지만, 이것은 본래 남방 먀오족의 샤먼 주술의 일종이라서 도가의 부적으로는 방어가 되지 않았다. 그러나 이 주술은 몸은 상대의 몸을 돌같이 굳힐 수 있었지만 말까지 못 하게 만드는 힘은 지니고 있지 않았다. 그리고 우보법과 마찬가지로 이 수법을 쓰면 자신도 움직일 수가 없었다. 모 선생은 이미 몸이 굳은 채 총을 맞아 숨만 헐떡거리는 황 도인에게 아주 작은 소리로 말했다.

"황 선생! 선생은 이 주술을 풀 수 있소! 아까 내가 말한 술법을 응용하면 이 주술은 풀리오! 힘을 내어 저놈들을 모조리 때려죽이시오!"

그러자 황 도인은 곧 힘을 어떻게 운기하는가 싶더니 흐음 소리를 냈다. 황 도인의 팔다리가 다시 굳은 상태에서 풀리자 황 도인은 총에 맞은 가슴을 움켜쥐며 헐떡거렸다.

"나, 나는…… 이미 중, 중상이오……."

"원수를 갚아야 할 것 아니오! 아이 하나만 빼고 저놈들을 모조리 없애 버리시오!"

그러면서 모 선생은 음침한 눈빛으로 겐조를 보며 웃었다. 모 선생의 간계는 실로 지독한 것이었다. 모 선생은 이미 겐조의 속셈을 일찌감치 알아채고 일부러 황 도인을 끌어다 겐조와 자신 사이에 서게끔 머리를 굴린 것이다. 그래야 만일의 경우에 황 도인이 자신의 방패가 돼 줄 테니까. 예상대로 과연 겐조가 흑심을 드러내어 일단 가까운 황 도인에게 총질을 했다. 그러자 모 선생도 미리 준비했던 회심의 일격을 가한 것이다.

겐조나 항삼세명왕, 비마는 당연히 도가의 술수를 알 리 없었으며, 더구나 자미주천법이란 것은 더더욱 알 수가 없었다. 그러니 모 선생에게 이제 남은 것은, 죽어 가는 황 도인이 스스로의 원한에 못 이겨 준후만 빼고 남은 자들을 모조리 없애고 죽어 주는 것뿐이었다.

모 선생은 그래도 공력이 강한 황 도인이기에 권총 한두 발로는 단번에 죽을 리 없다는 것까지도 이미 계산하고 있었던 것이다. 비록 모 선생은 석화술을 펼치느라 꼼짝할 수 없었지만, 준후 혼자만 남게 된다면 몸을 움직일 수는 있을 터였다. 그러면 죽은 겐조의 권총을 가지고 얼마든지 준후를 협박할 수 있다고 생각한 것이다. 그러나 황 도인은 모 선생을 공허한 눈으로 바라보며 말했다.

"당, 당신은······. 그럼 처, 처음부터······."

그 말에 모 선생은 조금 당황해 얼버무리듯, 짐짓 비분강개한 듯 외쳤다.

"나는 대비했던 것뿐이오. 그리고 어서 원수를 갚으시오! 당신은 개죽음을 당하고 싶소?"

"원, 원수……."

더 이상 살 가망이 없는 황 도인은 쿨럭거리면서도 이를 악물고 몸을 일으켰다. 떨어뜨린 도목검을 집어 한 번 휘두르자 나무 칼날이 쑥 빠져나가고 그 안에 감추어져 있던 아주 가느다란 칼이 나왔다. 황 도인은 이미 제정신이 아니어서 악만 남은 듯, 흉악한 표정을 지으며 비틀거리며 겐조에게 다가갔다. 겐조의 얼굴이 하얗게 질렸고, 황 도인이 칼을 쥔 팔을 높이 들어 올렸다. 그러나 다음 순간…….

"아악……."

황 도인은 들고 있던 칼을 미처 내려치지도 못한 채 앞으로 쓰러져 버리고 말았다. 황 도인의 칼은 겐조 앞을 스치며 지나가서 땅에 떨어져 버렸고, 그의 등에는 날카로운 슈리켄이 두 개나 꽂혀 있었다.

"어엇!"

이번에는 모 선생이 하얗게 질리면서 눈을 크게 떴다. 이 건물 안에 또 다른 사람이 있었단 말인가? 눈을 돌린 모 선생의 눈에 들어온 것은 전혀 의외의 인물이었다.

슈리켄을 던진 사람은 놀랍게도 조금 전에 죽임을 당한 하쿠운이었다. 그는 이미 아무렇지도 않은 얼굴로 일어나 변장을 찢어 내고 있었다. 그것을 보고는 준후마저도 깜짝 놀랐다. 그는 바로 팔대 명왕 중 하나였던 금강야차명왕 중 한 명이었던 것이다.

과거 명왕교의 팔대 명왕 중 항삼세명왕, 군다리명왕, 금강야차명왕은 귀자모신이나 대위덕명왕 등과 달리, 끝까지 사악한 교주였던 오키에의 편을 들었다. 그러나 그들은 준후 일행과 싸워 참패했었다. 군다리명왕은 월향검에 의해 양손이 잘려져 나가 폐인이 됐고, 항삼세명왕은 준후의 뇌전에 맞아 참혹한 몰골이 되고 말았다. 그때 이인 일조였던 금강야차명왕은 도망쳤는데, 그중 한 명이 바로 하쿠운으로 변장해 있었던 것이다. 금강야차명왕은 본래 둘이 하나로 뭉쳐져서 싸우기 때문에 혼자만 있을 경우에는 그 기운이 드러나지 않았고 그 때문에 준후는 물론, 치밀한 모 선생까지도 깜박 속아 넘어간 것이다.

금강야차명왕은 비록 한 명만 왔고 혼자서는 주술을 부릴 수 없다고 해도 슈리켄을 던지는 정도는 아무 문제 없었다. 더구나 모두는 그가 죽은 줄로만 알고 있었기 때문에, 아무도 그에 대해서 신경을 쓰지 않았다. 게다가 그가 쓰러져 있던 곳은 모두가 있던 장소와 좀 멀리 떨어진 곳이라, 모 선생도 거기까지는 석화술을 부리지 않았던 것이다.

모 선생은 다급히 석화술을 풀었다. 지금은 자신도 꼼짝할 수가 없는 처지이니, 금강야차명왕이 슈리켄을 던지기만 하면 자신은 속절없이 당할 것이었다. 그는 곧바로 금강야차명왕까지 사정에 넣어서 석화술을 부리려 했으나, 겐조는 그럴 틈을 주지 않고 다시 총을 쏘았다. 모 선생은 결사적으로 몸을 굴려 권총을 피하면서 겐조에게 달려들었다. 그러자 항삼세명왕이 재빨리 모 선생의 등을 발로 걷어찼다. 항삼세명왕도 싸움에 끼고 싶었지만 준후의 등에 칼을 겨누고 있었기 때문에 발밖에 쓸 수가 없었다.

허덕거리며 쓰러지는 모 선생을 향해 겐조가 다시 권총을 겨누는 순간, 비마가 느닷없이 겐조에게 달려들었다. 비마는 겐조가 황 도인을 죽이는 것을 보고, 그다음은 분명 자기 차례라는 것을 깨달았던 것이다. 비마의 차크라가 휙 하고 휘둘러졌다. 비마의 차크라도 무시무시한 것이어서 쩽하는 쇳소리와 함께 차크라의 날이 권총을 푹 파고들었다. 겐조는 권총을 쏠 수 없게 되자 차크라가 박힌 총을 비틀어 그것을 가지려 했다. 그러나 모 선생이 엎어진 채 겐조의 몸을 잡아당겨서 겐조는 다시 균형을 잃고 말았다. 그때 금강야차명왕이 다시 슈리켄을 던지자 슈리켄이 비마의 팔목에 맞았다. 비마는 비명을 지르며 차크라를 놓쳤고, 차크라는 겐조의 권총과 함께 땅에 떨어져 버렸다. 금강야차명왕이 다시 슈리켄을 던지려 하자, 비마는 눈을 부릅뜨면서 주문을 외우며 자기 팔에서 솟아나는 피를 뿌렸다. 그러자 금강야차명왕은 놀라서 소리를 질렀다.

"락타비자(Raktabija)!⁶"

비마가 뿌린 피는 곧 생물처럼 공중에 엉겨 가면서 금강야차명왕에게 달려들었다. 그 피가 마치 아메바처럼 금강야차명왕을 덮

---

6 힌두교의 설화에 나오는 악마로 피를 근본으로 하는 일종의 괴물이다. 락타비자는 상처를 입어 피를 흘리면 피 한 방울이 다른 락타비자로 변하는 능력을 지니고 있다. 락타비자를 처리한 신이 바로 칼리 여신인데, 칼리는 락타비자와 분신들을 단번에 삼켜 처리했다고 전해진다.

쳤고 이윽고 긴 비명이 사방을 메웠다. 금강야차명왕은 두 사람이 뭉쳐야 비로소 주술을 쓸 수 있었는데, 혼자 나와 연극을 하느라 주술을 막는 방어구도 지니고 있지 못했다. 너무나 허무하게, 그리고 끔찍하게도 금강야차명왕의 몸은 우두둑 소리와 함께 뒤틀리고 꺾어져 순식간에 즉사하고 말았다.

죽어 버린 금강야차명왕의 몸에서 피가 솟구치자 무서운 피의 괴물 락타비자는 더더욱 커져 겐조에게 달려들려고 했다. 그때 항삼세명왕은 준후의 등에 칼을 들이댄 자세로 주문을 외웠다. 그의 특기인 덴구[7]를 불러낸 것이다.

소환된 네 마리의 덴구와 락타비자의 대결, 곧 괴물끼리 처절한 싸움이 벌어졌다. 한쪽에서는 비마와 겐조, 모 선생 셋이 모두 엎치락뒤치락하면서 목불인견(目不忍見)의 싸움을 벌이고 있었다. 어차피 세 명의 주술은 서로에게 통하지 않았고 비마는 차크라를 놓쳤으며 겐조는 총을 잃었다. 그리고 모 선생은 원래 무기 대신 주술이 적힌 헝겊을 사용했기 때문에 변변한 무기가 없었다.

형세로 보면 겐조 하나에 비마와 모 선생 둘이 싸우는 판이었다. 그런데 갑자기 겐조가 품에서 낚싯대 같은 것을 꺼내더니 마

---

7   일본 신화의 나오는 덴구는 개의 형상이 아니다. 덴구는 일본에서 인기 있는 도깨비의 일종으로 코가 몹시 큰 사람의 형상을 하고 있다고 한다. 그 때문에 중세 시대 정도에 표류해 온 서양인이 모델이 아닌가 하는 설도 있다. 본문에서는 개의 모습을 한 소환 괴물로 묘사됐으며, 이름만 전설에 나오는 덴구로 붙였을 뿐, 실제 전설상의 덴구는 아니다.

구 휘두르며 기선을 제압해 버렸다. 덕분에 비마와 모 선생은 모두 얼굴과 온몸이 날카로운 낚싯대로 그어져서 피 칠갑이 됐으나, 쓰러지면 곧바로 죽임을 당한다고 생각하자 두 사람은 악착같이 겐조에게 덤벼들었다.

또 한편에선 락타비자와 덴구들이 처절하게 싸우고 있었고, 항삼세명왕은 준후를 경계하느라 이 모든 상황을 구경만 하는 꼴이 되고 말았다.

조용히 붓만 놀리던 준후가 갑자기 자리에서 벌떡 일어났다. 준후의 얼굴은 혐오감과 분노로 가득 차 있었다. 겐조의 싸움에만 신경을 쓰고 있던 항삼세명왕은 깜짝 놀라면서 준후를 칼로 위협하려 했으나, 준후는 빙글 몸을 돌리면서 수형도의 수법으로 칼날을 내리쳤다. 쩽강 소리와 함께 항삼세명왕의 칼이 꺾어져 버렸다. 다음 순간 준후는 그림과 도형들을 그리고 있던 종이를 잡아 파르륵 소리와 함께 항삼세명왕에게 덧씌웠다.

"어어!"

항삼세명왕은 종이가 바로 그 기막힌 수련법을 적은 것이라 생각해 감히 찢어 내지도 못하고 머뭇거렸다. 바로 그때 그 종이가 갑자기 허공에서 불타올랐다. 종이 한 장을 태운 것이라고는 상상도 할 수 없는 엄청난 불길이 솟구쳐 오르면서 항삼세명왕의 전신에 불길이 옮겨붙었다.

"으, 으악! 뭐야!"

항삼세명왕이 놀라서 팔을 마구 휘저으며 뒤로 물러서는 순간,

준후는 양팔을 뻗고 손가락을 쭉 폈다. 그러자 불길은 휘르르 열두 갈래로 갈라져 준후의 손가락으로 빨려 들어갔다.

물고 뒹굴면서 싸우던 겐조와 비마, 모 선생도 그 광경을 보았으나 서로 얽힌 판이라 금방 무슨 수를 쓸 수가 없었다. 다시 준후는 양 손가락을 모두 꼿꼿이 세우면서 앞으로 쭉 내뻗었다. 그러자 준후의 손가락에서 무시무시한 기운이 불꽃, 바람과 더불어 뻗어 나와 뒹굴고 있던 세 사람을 덮쳐 갔다.

"이, 이게 무슨 술수냐!"

겐조는 대경실색하며 수인을 맺으려고 했지만 팔이 모 선생의 손에 잡혀 수인을 맺을 수가 없었다. 비마도 무슨 수를 쓰려고 했지만 이미 겐조에게 깔린 상태였다. 모 선생도 마찬가지였다. 그들은 순간적으로, 준후의 술수가 자신들이 입은 범자와 도형들에 의해 막힐지도 모른다고 생각했지만 그것은 어림도 없는 일이었다.

여러 줄기의 불과 연기와 바람 등의 서로 다른 기운은 세 사람을 정통으로 맞추어 버렸다. 셋은 동시에 째지는 듯한 비명을 지르면서 저쪽 벽까지 밀려 나서 벽에 틀어박혔다. 얼마나 심하게 부딪혔는지 두툼한 벽에 금까지 갈 정도였다. 세 사람은 삽시간에 증진된 엄청난 공력을 지니고 있었지만, 미처 대응도 하지 못하고 그대로 벽에서 떨어지면서 뻗어 버리고 말았다. 그 모습을 보며 준후는 마음속으로 소리쳤다.

'상준이 형! 잘 보세요! 십이지신술이에요!'

준후가 쓴 것은 바로 주기 선생이 전해 주었던 십이지신술이었다. 준후는 놈들이 서로 싸우는 사이, 종이에 십이지번의 도형을 적어서 십이지번을 만든 것이다. 그리고 그것을 한 번에 태운 다음 열 손가락에 흡수해 깃발 대신 손가락을 휘둘러서 십이지신술을 펼친 것이다.

준후와 주기 선생이 원래 지니고 있는 법력 자체는 서로 비슷한 점이 하나도 없을 만큼 달랐지만, 온갖 주술에 능하고 영특한 준후는 순식간에 주기 선생의 수법을 응용해 그것보다 훨씬 강력한 위력을 발휘한 것이다.

쓰러진 자들을 냉정한 눈초리로 바라보면서 준후는 한 번 침을 뱉었다. 그러나 더 이상 그들을 공격하지는 않았다.

이렇게 되자 이제 남은 것은 항삼세명왕뿐이었다. 준후는 다시 획 몸을 돌려서 항삼세명왕을 향해 십이지번의 술수 중 남겨 놓았던 자번(子幡)의 술수를 썼다. 자번은 십이지신술 중 최강의 술수였으며, 수백 개의 작은 기운이 사방팔방으로 공격을 가하는 술수였다.

준후는 지금의 항삼세명왕을 제압하는 데는 그 정도 힘이면 충분하리라 생각하고, 앞서 자번의 술수는 쓰지 않고 남겨 두고 있었다. 그러나 다음 순간, 준후는 깜짝 놀라고 말았다. 자번의 기운이 항삼세명왕을 향해 쏘아졌지만 그에 앞서 달려든 물체들이 있었다. 그것은 바로 조금 전에 항삼세명왕이 불러냈던 덴구들이었던 것이다.

'아차!'

비마가 쓰러져 버리자 자연히 락타비자도 기운을 잃고 사라져 버렸다. 그러자 남은 덴구들이 항삼세명왕을 보호하기 위해 달려든 것이다. 자번의 기운은 몹시 강했지만 항삼세명왕의 사면을 덴구들이 에워싸자 번번한 타격도 주지 못한 채 그대로 폭발해 버렸다. 네 마리의 덴구들도 사라져 버렸지만 항삼세명왕은 멀쩡한 모습으로 급히 몸을 일으켰다. 십이지번이 탈 때 일어난 불길로 인해 그는 또다시 화상을 입어 안 그래도 추악하던 용모가 더욱 추악해졌지만, 그보다 더 추악해 보이는 건 그의 표정이었다.

"이, 이 조센징 꼬마!! 나를…… 두, 두 번이나……."

준후는 주춤 뒤로 물러서면서 힘을 끌어올려 수인을 맺었다. 순간 푸른 뇌전이 항삼세명왕의 몸에 날아들었으나 그 기운은 그만 그 앞에서 허무하게 사라져 버리고 말았다. 급한 나머지 준후는 항삼세명왕도 주술을 막는 옷을 입고 있다는 것을 잊은 것이다. 항삼세명왕은 소리를 지르면서 뒤에 세워 두었던 막대기를 주워 들었다. 그는 능숙하게 익혔던 선장을 쓰는 수법으로 봉을 빙빙 돌리면서 준후에게 돌진해 들어갔다. 그때 준후가 외쳤다.

"잠깐! 나를 해치면 오 단계와 육 단계의 수법은 익히지 못해! 그래도 좋은가?"

그 외침에 항삼세명왕은 막 준후의 머리를 내리치려던 막대기를 멈추어 세웠다. 일그러진 그의 얼굴보다도 그의 탐욕에 가득 찬 눈동자가 역겨워서 준후는 욕지기가 나올 것 같았다. 하지만 입을 꼭 다물고 조금도 두려운 기색이 없이 항삼세명왕을 쳐다보앉다.

항삼세명왕은 흐흐하는 웃음소리를 내더니 다시 막대기를 휘둘렀다. 막대기는 퍽퍽 소리와 함께 준후의 오른팔과 오른손, 왼팔과 왼손을 무지막지하게 때렸다. 몇 군데가 삽시간에 부러지고 탈골되자 준후는 악 하고 소리를 지르며 데굴데굴 몸을 굴렸다. 다시 항삼세명왕은 흐흐 하고 웃으며 말했다.

"꼬마! 당분간 수인을 맺지 못할 거다. 또 수작을 부리면 용서 없다. 알겠지?"

준후는 억지로 고통을 참으며 매서운 눈초리로 항삼세명왕을 바라보았으나 결국은 별수 없이 고개를 끄덕일 수밖에 없었다.

그런데 의외의 일이 벌어졌다. 항삼세명왕은 다시 막대기를 높이 들고 달려가서 쓰러져 있던 겐조의 머리를 한 방에 내리치는 것이 아닌가. 준후는 너무도 참혹한 모습에 악 소리를 질렀으나 겐조의 머리는 수박처럼 퍽 하며 깨지는 소리를 냈다. 곧이어 항삼세명왕의 미친 듯한 웃음소리가 들렸다.

"으하하하! 나 혼자다! 그 힘을 얻는 건 나 혼자만이다! 겐조 놈! 교주라고 우쭐댔지? 꼴좋다!"

이번에는 비마의 머리통을 후려갈겼다. 그러나 머리가 단단했던 듯, 한 번에 깨지지 않자 항삼세명왕은 대여섯 번이나 퍽퍽 소리를 내며 미친 듯이 막대기를 휘둘러 비마의 머리를 그야말로 산산조각으로 만들어 버리고 말았다. 준후는 더 이상 보지 못하고 구역질을 하면서 몸을 구부렸다. 그러자 항삼세명왕은 다시 외쳤다.

"히히히! 꼬마! 얼른 해라! 안 그러면 이 꼴로 만들어 줄 테다!"

그리고 모 선생의 머리를 마구 내리쳤다. 그러고도 모자라서 아까 쓰러졌던 황 도인과 친구였다던 금강야차명왕의 시체마저도 막대기질해 안 그래도 참혹한 시체를 더 끔찍하게 만들어 버렸다. 준후는 구역질을 하면서도 눈물을 주르륵 흘렸다. 더 이상 보고 있을 수가 없어서 눈을 질끈 감았다.

'역시, 역시 그대로구나……. 맥달의 예언은…… 정말…… 정말로…….'

"으헤헤! 다 죽어! 다 죽어 버리란 말이야!"

항삼세명왕은 이제 더 이상 죽일 사람이 없는데도 미친 듯 여기저기를 헤매면서 시체에 매질을 했다. 그의 눈은 이미 뒤집혔고 노란 기운마저 비쳐 보였다. 앞에 쓰러졌던 세 명을 때릴 때까지는 그래도 멀쩡하긴 한 것 같았는데, 지금 계속해서 시체에 매질을 하고 이토록 발작하는 것은 거의 미쳐서 제정신이 아닌 것 같았다. 주화입마에 빠진 것이다.

항삼세명왕은 쓰러진 준후에게로 비틀거리며 걸어와서 준후마저도 내리치려 했다.

준후는 조용히 눈물만 흘릴 뿐, 항삼세명왕의 행동을 알아차린 건지, 아닌지 눈도 뜨지 않고 가만히 있었다. 항삼세명왕은 준후의 머리를 노리고 막대기를 쳐들다가 갑자기 입과 코, 귀와 눈에서까지 피를 분수처럼 뿜어내고는 막대기를 쳐든 자세 그대로 뒤로 쓰러져서 죽어 버리고 말았다.

우사의 길

 준후는 한동안 눈물을 흘리다가 눈을 떴다. 그리고 눈앞에 널린 피 무더기와 시체들을 바라보았다. 끔찍해서 견딜 수가 없었다. 피와 살점과 튀어나온 뇌수가 끔찍한 것이 아니라, 이런 끔찍한 행위를 저지른 인간의 마음이 추악하게 느껴져서 견딜 수가 없었다.

 '정말 지독하구나……. 악귀나 야차도, 악령도, 악마도 결코 사람보다 지독할 수는 없구나…….'

 준후는 비틀거리면서 부러지고 탈골된 팔과 손가락이 다치지 않도록 조심스럽게 일어섰다. 그러고 나서 유리구 안에 있는 도자기 조각에 조용히 고개를 숙여 절을 했다. 준후는 저 도자기에 있는 가르침 덕분에 살아남을 수 있었다.

> 후세의 현명한 이여! 나는 우사 맥달이다.
> 그대가 분명 내 자취를 찾아 내 말을 읽을 것임을 나는 안다.
> 나의 생각이 맞다면 그대는 지금 대단한 위험에 처했을 것이며,
> 힘을 쓰지 못하고 많은 자들에게 협박당하고 있을 것이다.
> 지혜로운 이여, 그대는 힘을 써서는 안 된다.
> 악한 이들과 자신만을 생각하는 이들이 끝까지 이기지 못하는 것은,

그들 자신이 적이기 때문이다.

다음에 한 가지, 그 시대에는 잊힌 것이 될 수법 한 가지를 남긴다.

그대는 이것을 악한 이들에게 주어라.

다만 내가 지시한 대로 순서에 맞게 주어라.

그렇지 않고 그대의 의지대로 한다면

그대는 목숨을 잃거나 크게 다칠 것이다.

그러나 이것을 그대로 전해 주기만 한다면

그들 스스로가 모두 죽임을 당할 것이다.

정말로 맥달은 대단한 사람이었다. 그녀는 비록 세세한 부분까지는 알 수 없었지만, 오천 년 후에 어떤 이가 자신이 남긴 말을 찾게 되고 사악한 자들에게 협박당할 것까지, 미래 일에 대해 예견했던 것이다. 준후는 비록 맥달이『해동감결』을 쓴 사람이라는 것을 알고는 있었지만, 이토록 엄청나게 정교한 예언 앞에 자신이 서게 되자 놀랄 수밖에 없었다. 그야말로 감복하는 마음이 절로 일었다.

맥달은 준후가 해독했던 '미얄중중기[8]'라는 술수를 기록하고

---

8 소설상 가상의 술수로 공력을 단기간 내에 크게 증가시키지만 아주 특별한 체질을 지닌 사람(풍백 비림과 같은)이 아니면 마공(魔功)처럼 수련하는 사람의 목숨을 위태롭게 만드는 부작용이 있다.

있었다. 맥달의 말대로라면 이 미얄중중기는 일종의 마공(魔功)처럼 작용하게 돼 오 단계까지는 공력을 크게 증강시키며 수련에 어떠한 장애도 느껴지지 않지만, 이를 익힌 다음 급히 힘을 쓰면 순식간에 주화입마돼 전신이 찢어지면서 죽임을 당하게 되는 일종의 금지된 술법이었다.

준후는 아무리 악인일지라도 차마 그렇게 죽는 꼴을 볼 수가 없어서 오 단계를 적지 않고 주저하고 있었다. 그래서 놈들이 저마다 암투를 벌이게 되자 준후는 급히 십이지번을 종이에 그렸다. 십이지신술은 여기 있는 자들의 어떤 종파에도 속하지 않는 술수였기 때문에 그것을 써서 서로 다투는 혼란을 일시에 제압해 희생자를 최소로 줄이려 했던 것이다.

비록 황 도인과 금강야차명왕을 구하지는 못했지만, 그래도 준후는 나머지 넷의 목숨을 살려 보려고 했다. 하지만 그 의도가 성공했다고 생각했을 때, 오히려 항삼세명왕에 의해 자신의 두 팔이 부러지고 결국 모든 이들이 죽임을 당하고 만 것이다. 항삼세명왕도 미얄중중기를 사 단계 정도밖에 익히지 않았지만, 텐구를 불러내고 준후를 치느라 공력을 급히 쓴 데다가, 평소 그런대로 억눌러 오던 욕심과 광기를 참지 못하고 표출시키자, 오히려 그 때문에 더더욱 주화입마가 급히 돼 죽음을 당한 것이다.

결국 맥달은 이런 상황까지도 예측해 '내 지시를 따르지 않고 자기 의지대로 한다면 목숨을 잃거나 크게 다칠 것이다'고 한 것이었으니, 어떻게 감탄하고 감복하지 않을 수가 있겠는가. 하지만 준후가 눈물을 흘리게 된 결정적인 이유는 바로 그다음에 이어지는 맥달의 간곡한 부탁 때문이었다. 그 부분은 사 단계로 해석하고, 겐조 등이 싸움을 시작할 때야 읽을 수 있었는데, 다음과 같은 말이었다.

> 아! 슬프다. 어찌 사람을 해치는 것이 우사의 길이랴만
> 스스로 술수를 내어 아무리 악인이라 하나 사람을 해치게 되니
> 어찌 죄가 되지 않으며 마음의 병이 되지 않으랴.
> 그러나 후세에 이 앞에 설 이에게 묻는다.
> 그대는 악인이 될 수 있는가?
> 이제까지 쌓아 왔던 덕을 모두 무너뜨리고
> 미워했고 버리려 했던 흉악한 마음을 도로 찾을 수 있는가?
> 나는 전장에 나가 수천 명을 죽게 했으며
> 이제 먼 훗날에 이르기까지 술수를 써서 사람들을 속여
> 죽음에 이르게 만들었다.
> 이 어찌 우사의 길이라 할 수 있으리.
> 그러나 또 이 어찌 우사의 길이 아니라 할 수 있으리.
> 우사의 길이 이토록 쓰라린 것인 줄 알면서
> 내 어찌 이 길을 걷지 않을 수 있었으리.
> 아무리 생각을 거듭하고 거듭해도
> 이 길밖에는 방법이 없는 것을 어찌하리.
> 이 앞에 서게 될 현명한 이여, 명심하라.

그대밖에는 없을 것이다.
그토록 선한 마음을 지니고
그토록 악한 일을 할 수 있는 사람은
오직 그대밖에는 없을 것이다.
그대는 그것을 명심하라. 그것을 명심하라.

'우사의 길, 우사의 길이라……'

준후는 알 수 없는 무언가가 마음을 저릿하게 하는 통에 흐르는 눈물을 멈출 수 없었다. 비록 오천 년이라는 시공의 간격이 있었지만, 우사 맥달의 마음은 뚜렷하게 느낄 수 있었다.

그것은 자신이 느끼고 있는 지금의 번민과도 흡사했다. 정의를 위해, 보다 큰길을 위해…… 자신은 어떻게 하는 것이 옳을까? 지금 준후의 마음은 분명 박 신부나 현암과는 달라져 있었다.

준후는 맥달이 남긴 말, 특히 이토록 쓰라린 것인 줄 알면서 어찌 이 길을 걷지 않을 수 있으랴는 말이 처절하게 공감이 됐다. 아니, 맥달이 이미 오천 년 전에 자신의 마음을 읽어 내어 깨우침을 준 것이 아닐까 하는 생각마저도 들었다.

'그래, 나는 악인이 될 필요가 있으면 악인이 될 테다. 분명 맥달은 그런 뜻을 나에게 전한 것이다. 나밖에는 없다. 나밖에는……'

잠시 복받치는 기분을 진정시킨 후 준후는 도자기의 남은 마지막 부분의 글을 보았다. 그것은 분명 『우사경』의 지금 행방에 관한 내용이었다.

내가 감긴 작은 글은 큰 바다를 건너

알지 못할 사람들 속에 묻혔으나

그래도 알 수 있는 사람들 손에 있을 것이다.

여자만이 온전히 손에 넣을 수 있을 것이며

악한 자만이 그것을 알아볼 수 있으리

그러고 난 다음에도

세상을 구하려면 다음의 세 가지가 이루어져야 하리.

『천부인』이 세상에 풀리고

내가 남긴 큰 글이 얻어져야 하며

뜻을 지닌 네 사람과

열 사람이 필요하리라.

준후는 그 내용을 다시 종이에 옮겼다. 탈골된 손가락으로 글을 쓰기는 힘들었지만, 아픔을 무릅쓰고 결국 적어 내려갔다. 그리고 그 종이를 『해동감결 원전』과 함께 품에 잘 갈무리해 넣은 다음, 기합을 넣어 단방에 유리구와 도자기를 산산조각으로 만들어 버렸다.

준후는 차분하고 냉정한 얼굴로 철문을 열고 밖으로 빠져나왔다.

그리고 있는 힘을 다해 기합을 넣어 발을 굴렸다. 그러자 지반이 우르릉거리고 흔들리며 별관의 건물 전체가 삐걱거려 갔다.

준후는 마치 지나간 세월 동안 걸어온 자신의 마음에 발길질하듯 혼신의 힘으로 인정사정없이 계속 발을 굴렀고, 마침내 작지만 육중한 별관 건물 여기저기에 금이 가더니 무너져 내리기 시작했다. 그리고 준후는 조용하고도 냉정한 얼굴로 몸을 돌려 다친 팔을 감싸며 걸음을 옮기기 시작했다.

세상에서 가장
무서운 여자

그로부터 몇 년 후

차이나타운

미국에는 여러 곳에 차이나타운이 있다. 시카고, 뉴욕, 포틀랜드, 오리건 등 많은 곳에 중국인들이 모여 사는 구역이 있지만 그중에서도 가장 규모가 크고 넓은 곳은 샌프란시스코의 차이나타운이다. 열여섯 개의 블록을 차지하고 있는 이곳은 공식적으로는 칠만 정도, 비공식적으로는 십만이 넘는 중국인이 거주하고 있어, 거의 하나의 도시로 보아도 될 정도의 규모였다.

차이나타운은 중국 특유의 신기한 물건과 사람이 많이 있다는 것 때문에 유명했다. 거기에 동양을 신비하게 생각하는 서양인들의 시각도 덧붙여져, 안으로 깊이 들어가면 불가사의하고 신기하기 이를 데 없는 무엇인가가 있으리라는 사람들의 막연한 기대와 호기심도 한몫을 거들었다. 실제로 정말 신비한 그 무엇인가가 존재하는지는 알 길이 없었지만…….

사설탐정인 더글러스가 샌프란시스코의 차이나타운에 오게 된 것은 우연이 아니었다. 의뢰를 받아서 왔다고 할 수도 있지만 꼭 의뢰 때문만은 아니었다. 그를 초청한 것은 윈디고 사건 때 만났던 신비로운 동양인 일행들이었다. 윈디고 사건이 끝나고 미국으로 돌아왔던 그들은 더글러스 주변에서 벌어진 기이한 일 하나를 해결해 주었다. 물론 더글러스는 심장이 멎을 정도로 놀라운 경험이었으나 그들은 마치 검불을 털어 내듯 가볍게 해결했다. 더글러스는 자신의 주변에서 그런 일이 벌어지고 있다는 것을 미처 깨닫지 못하고 있었지만, 그들이 아니었다면, 어쩌면 더글러스는 목숨을 잃을 수도 있었다. 그때의 신세를 갚기 위해 더글러스는 애썼다. 그들이 꼭 그렇게 하길 원한 것은 아니었으나 더글러스로서는 무엇이든 간에 그들을 돕지 않으면 신세를 갚지 못해 마음이 편치 않을 것 같았다. 그런 이유로 그들이 미국에 올 때마다 그들을 만나 함께 행동하곤 했는데, 다행히도 신세를 갚을 기회가 왔다. 누구에게도 털어놓지 못했던 자신의 고약한 능력이 발동된 것이다. 그의 사이코메트리 능력은 자기 마음대로 되는 것이 아니라 우연한 기회에 발휘되는 것이라 퍽 답답했는데, 어쨌거나 그때 그 능력이 발휘됐다. 그 덕분에 퇴마사들이 찾던 마스터의 본거지를 쉽게 찾도록 해 주었으니 신세는 갚은 셈이었다. 아니, 그렇게 생각하려 했다.

'난 미친 게 틀림없어. 내가 왜 그자들에게 또 말려든 거지?'

더글러스는 차이나타운 입구에서 길게 한숨을 내쉬었다. 스스로 포기를 모르는 성격이라 자부하는 더글러스였다. 허나 그에게도 두려움은 있다. 예전에 우연히 투시가 행해졌을 때 그가 받았던 느낌을 절대 잊을 수 없었다. 더글러스는 자신이 내뱉었던 말을 아직도 기억하고 있었다.

— 당신들도 대단하고, 무시무시한 힘이 있지. 그런데 이거 쓴 사람이 누군지는 모르겠지만 힘이 느껴져. 이건, 이건 말도 안 돼. 당신들을 합해도, 아니 그 열 배가 돼도 못 당할 것 같아. 내, 내가 잘못 본 거지? 어떻게 그럴 수가 있어?

그의 사이코메트리 능력은 아주 드물게 발동되지만 한 번 투시된 것은 틀린 적이 없었다. 그가 편지에서 느낀 것은 단순히 강한 존재가 아니다. 눈앞에 있던 동양인들도 자기로서는 상상도 하지 못할 만큼 강했는데, 편지를 쓴 자와는 차이가 어마어마했다. 굳이 예를 들자면 토끼와 티라노사우루스 정도의 차이라고 할까.

"빌어먹을!"

더글러스는 공연히 애꿎은 길가의 가로등을 손바닥으로 쳤다. 안 그래도 행색이 남루하고 머리가 헝클어진 노숙자 같은 인상이라 주변 사람들이 돌연한 그의 행동에 한 발짝 물러났다. 그럼에도 더글러스는 인상을 쓰며 그들을 헤치며 마구 걸음을 옮겼다. 그러면서 그는 속으로 외쳤다.

'난 도망쳤어! 제길! 도망쳤던 거야!'

물론 더글러스 스스로 도망친 것은 아니다. 그런 엄청난 존재와 대적하러 가면서도 그들은 차분했다. 더글러스는 도움이 되지 않으며, 투시를 행해 준 것만으로도 충분히 고맙다고 말했다. 물론 더글러스는 참여하지 않았고, 더 정확히는 그러지 못했다. 모르면 모를까 너무도 압도적인 상대의 크기를 알면서 달려들 정도의 용기는 나지 않았다. 더구나 그가 가 봤자 아무 도움도 될 수 없다. 그렇게 속으로 변명했다. 그 자리를 떠나면서 다시는 그 동양인 일행을 만나지 못할 거라 생각했다. 분명히 다 죽을 거라 여겼다. 건물을 나오는 잠깐 사이에 등이 땀으로 흥건히 젖고, 다리와 어깨가 덜덜 떨렸다. 정확히 뭔지는 알 수 없지만 편지를 썼으니 인간, 아니 인간에 가까운 존재일 텐데, 그런 것이 존재하는 세상에 대한 두려움이 더글러스를 휘어 감았다. 그는 며칠 동안이나 잠을 이루지도 못했다. 철부지 아이일 때 처음으로 두려운 뭔가를 느낀 것처럼, 아니 그보다는 백 배 더 심하게 마음의 고통을 받았다. 동양인 일행은 아예 떠오르지도 않았고 수면제를 치사량 가까이 복용하면서 간신히 잠을 자 버텨 냈다. 며칠이 지나 은근히 궁금해서 알아보니, 그들은 살아 있었다! 그들의 신병은 비밀이었지만, 일단 정부 측도 그들에게 도움을 주었던 더글러스가 그들을 만나는 것을 막지 않았다. 그들은 만신창이가 돼 있었으나 분명 살아 있었다. 그들은 그 일에 대해서는 한마디도 언급하지 않았지만 싸워 이긴 것이 분명했다. 그 말도 안 되는, 엄청난 존재와!

더글러스는 부끄러웠다. 비록 그들이 강자였지만, 자기가 투시로 느낀 그 존재와의 차이가 너무 커서, 자신과도 별 차이 없다고 생각됐다. 자기의 승률이 0.001퍼센트라면 그들의 승률은 0.1퍼센트 정도 될 것 같았다. 한데 그것을 뚫고 승리를 거둔 그들 앞에서 더글러스는 한없이 초라해졌다. 그는 자기 혐오감에 빠져 술로 나날을 보냈다. 동방의 신비한 능력을 체험한다는 사이비 종교 집단 같은 데에 몸담은 적도 있었다. 퇴마사들의 신비로운 능력이 부럽고 질투 나서 한 옹졸한 행동이었다. 그러나 진짜배기를 본 더글러스에게 그런 사이비 모임은 애들 장난이나 사기로밖에 보이지 않았다. 더글러스는 퇴마사들을 보며 그런 것을 사람들에게 보인다는 것은 극도로 위험하다는 것을 느꼈다. 그런데 포주처럼 사람들을 호객하는 그런 집단이 진짜일 리 없었다. 더글러스는 결국 거기에서조차 말썽을 일으켜 큰 싸움을 벌인 뒤 몇 주나 입원해야 할 만큼 얻어맞고 쫓겨났다. 정말로 싸워 보니 놈들은 신비한 능력 같은 것은 없었지만 불행히도 더글러스의 능력 역시 투시 말고는 없었다. 다만 놈들은 수가 많았다. 끈질기게 덤벼드는 더글러스의 투지는 고통과 입원 기간만 크게 늘렸을 뿐이었다. 그래도 그렇게 두들겨 맞자 오히려 뭔가 개운한 기분이 들어서 어느 정도 생활에 안정을 찾을 수 있었다. 바보 같은 짓이지만 나름의 작은 속죄라고 할 수도 있었다. 물론 그 이후로 그런 사이비 집단에는 발도 들이지 않았다.

세월이 지나 그들에 대한 기억이 거의 잊힐 때쯤, 더글러스는 뜻밖의 방문을 받았다. CIA에서 그들을 추적하고 있다는 것이었다. 더글러스는 그 이후 그들과 접촉한 바가 없었기에 별 고초를 겪지 않았으나, 분노했다. CIA는 속을 내비치지 않았지만, 그때도 원치 않던 더글러스의 능력이 약간 발동됐다. 놀랍게도 CIA는 그들을 찾아 말살시키려 하고 있었다. 더글러스는 충격을 받았다. 어떤 이유에서 그러는 것인지까지는 알지 못했다. 자신을 방문할 정도의 말단 요원이 자세한 것을 알 리 없었다. 그러나 실제 죄를 범했다기보다는 그들이 지닌 힘의 위험성 때문에 제거 대상이 됐다는 것이 분명히 느껴졌다. 더글러스는 그들이 그럴 리 없다고 믿었다. 그들이 없다면 그때 편지에서 자신이 느낀 것 같은 존재는 누가 막는단 말인가? CIA가? 군대가? 더글러스의 느낌으로 그것은 그런 것으로 막을 수 있는 종류의 괴물이 아니었다. 오로지 그들만이 막을 수 있었고, 실제로 막아 냈다. 그런데 그들을 없앤다는 것은…… 물론 더글러스는 아무것도 할 수 없었고, 아무것도 하지 못했다. 말단 CIA 요원에게 화풀이할 수도 없었고, 어디로 숨어 다닐지 모르는 그들에게 도움을 줄 수도 없었다. 더글러스는 몇 년 전 사이비 집단에서 얻어맞고 퇴원한 이후 끊었던 술을 다시 마시기 시작했다. 어느 정도 제자리를 잡았던 생활도 망가져 갔다. 사귀던 여자도 도망쳐 버렸고, 사무실도 결국은 빈민가로 옮겨 갔으며, 나름대로 말쑥해졌던 차림새도 예전처럼 노숙자 스타일로 변해 갔다. 주변 사람들은 술 때문이라고 수군댔지만, 실제로는 마음속에 입은 상처 때문이었다. 더구나 더글러스가 짐작한 그들의 말로가 그 상처를 더더욱 벌렸다. 그들이 제아무리 강해도 개인일 뿐이다. 강하긴 하지만 초월적 괴물은 아니었다. 오히려 선량한 나머지 제대로 반항도 못 할 사람들이었다. 그렇다면 말로는 뻔하다. 더글러스는 이미 마음속으로 수십 번이나 그들에 대한 조의를 표하고 명복을 빌어 주었다. 그리고 그때마다 그 자신도 조금씩 허물어져서 마침내 무너져 내렸다. 밑바닥에서 간신히 위로 기어 올라간 더글러스는 다시 밑바닥으로 떨어져 갔다. 밑바닥이 된 그에게는 일조차 깨끗하지 못한 것들만 남았다. 마약 밀매 조직, 갱단, 깡패, 마피아의 말단…… 더글러스는 결국 자기도 모르는 새 사회의 가장 밑바닥까지 추락해 있었다. 그는 이제 체념했다. 세상을 살고 싶은 의욕조차 들지 않았다. 그리고 스스로도 잊으려 애썼지만 마음속에는 퇴마사들에 대한 생각이 깊은 앙금처럼 남아 있었다. 그들같이 정의롭고 선하게 살아도 그 꼴이 되는데, 무엇을 위해 살아야 한단 말인가?

그런데 그들이 연락을 취해 왔다.

'그런데 멀쩡했다니! 아니, 멀쩡하다고는 볼 수 없겠지만…… 살아 있어. 살아 있었다고!'

그들이 살아 있다는 것은 반가운 소식이었다. 그들에 대해 나쁜 감정은 없었다. 허나 더글러스는 자신이 지금까지 계속 도망치기만 해 왔다는 사실을 깨달았다. 그들이 맞선 적이 무서워서. 그리고 그들이 처한 운명을 보고 세상이 두려워져서. 그러나 그들은 아직도 버티고 있고, 여전히 세상을 위해 움직이고 있다. 겁먹고 항상 도망치던 것은 자신이었다.

'간다. 이번에야말로 간다. 뭐든지 할 거야.'

그들과 함께 다니면 보통 사람으로서는 상상도 할 수 없는 것들

세상에서 가장 무서운 여자

과 마주치게 될 것이다. 그러나 그것들은 어쩌면 원래부터 주변에 있음에도 보이지 않고, 보려 하지 않는 것이었는지도 모른다. 그들을 보지 못하는 자들은 너무 하찮아서 그쪽에서 그냥 내버려두는지도 모른다. 그런 것은 없다고 떠들어 대는 것이야말로 그들에게 유리하니까. 그러나 그들과 다니면 그런 것들과 정면으로 부딪히게 된다. 어쩌면 CIA나 정부, 국가와도 부딪힐지 모른다. 두렵지 않다고 하면 거짓말일 것이다. 그렇지만 이번에는 절대 물러설 수 없었다. 더글러스의 분노는 이제까지 도망만 쳐 왔던 자신의 비굴함에 대한 분노였고, 다시 도망치지 않기 위해서는 더더욱 분노해야만 했다. 더글러스는 속으로 다짐했다.

'이번엔 절대 물러서지 않아.'

퇴마사들이 원하는 것은 어떤 물건이었다. 보다 구체적으로는 고대 동양에서 전해진 책과 같은 물건이라고 했다. 더글러스는 그 이야기를 듣자 최근 차이나타운의 암흑가가 떠올랐다. 근래에 들어서 차이나타운이 술렁거린다는 소문을 간접적으로 ―말하자면 비공식적인 방법으로― 들을 기회가 있었다. 차이나타운의 암흑가에서 내분이 생겼는데 그 원인이 무엇인가 아주 진기한 책 같은 것이라고 했다. 물론 막연하긴 했지만, 암흑가의 조직들이 책 따위에 관심을 가진다는 것은 이상했다. 그런 정보를 아는 녀석들은 그저 가치가 높은 보물이나 골동품이라고 생각하고 있었다. 그러나 더글러스의 생각은 달랐다. 암흑가의 수입원은 의외로 막대하다. 어지간한 보물 한 점 따위는 값이 제아무리 높아도 피를 보는 싸움이 일어날 정도의 액수는 될 수 없었다. 막대한 액수에 거래할 수 있는 고흐의 그림이나 거대한 다이아몬드 같은 것이라면 또 모르겠지만, 아무리 골동품이라도 책 한 권이 그렇게 될 수는 없었다. 그렇다면 그것은 돈 문제가 아니라, 그 책에 특이한 가치가 있다는 이야기가 된다. 책에 적힌 것은 결국 정보인데, 고대 동양의 책이라니 무슨 국가 기밀 정보나 최신 기술 정보일 리도 없었다. 이렇게 유추해 보면 뭔가 신비로운 힘. 그러니까 퇴마사들이 찾을 법한 고대의 힘이 담긴 책이라 보는 편이 더 말이 된다. 그리고 그 힘은 암흑가의 갱들조차 차지하려고 아귀다툼을 벌일 만큼 명확하고 큰 것이다. 그 소식을 전하자, 퇴마사 측에서도 그리로 가 보겠다고 했다. 사실 이런 정보를 전해 준 것만으로도 더글러스는 할 일을 한 셈이 된다. 이제 더글러스가 직접 나설 필요는 없었다. 그러나 여기서 그만두고 싶지는 않았다. 이번에는 물러설 수 없다. 차이나타운의 차이나 마피아가 두렵지 않은 것은 아니었지만, 그대로 도망치기만 했던 자신의 과거를 지울 기회를 얻고 싶었다. 그래서 두려움을 억누르며 여기까지 온 것이다.

막상 와 보니 그 '무엇'은 정말 뭔가 대단한 물건 같았다. 차이나 마피아의 세 파벌이 그것을 둘러싸고 치열하게 암투를 벌이고 있었으며, 사상자까지 생겼다는 소문을 들을 정도였다. 그들은 이미 기관총 등의 중화기까지도 동원했으며, 그로 볼 때 그 '무엇'을 얻기 위해서는 무슨 짓이라도 할 것 같았다. 더구나 그 '무엇'을 노리는 것은 차이나 마피아들만이 아니었다.

확실히 알 수 없는 정체불명의 사람들, 그 외에도 몇 개의 집단이 더 있다는 소문이 돌았다. 차이나 마피아들끼리의 대대적인 선전 포고도 바로 그들의 배후에서 조작한 것이라는 풍문도 있었다. 실제로 차이나 마피아들 간의 힘겨루기에서 몇몇 사상자들이 발생했는데, 그것도 실은 그 정체불명의 집단에 의해 저질러진 일이라는 것이다.

그러나 이상하게도 차이나 마피아 측에서는 사상자의 발생 사실을 애써 부인하는 것으로 보였다. 원래 비합법적인 집단인 만큼 사상자가 나왔다고 경찰에 신고하거나 호들갑을 떠는 일 등은 생각할 수 없기는 하지만.

더글러스는 거기에서 더 이상 앞으로 나아갈 수가 없었다. 가장 큰 문제는 그 '무엇'이 무엇인지를 전혀 알 수가 없다는 점이었다. 도대체 어떤 물건이기에, 얼마나 귀중하고 얼마나 놀라운 물건이기에 이렇듯 치열한 암투가 벌어지는 것일까? 뭔가 신비한 힘이 있다고 해도, 퇴마사 같은 사람들에게나 소중해 보이지 일반인은 그런 것을 느끼지도 못할 것이다. 한데 일반인보다 이하인 암흑가 존재들조차 욕심을 낸다는 것은······.

"제기랄!"

더글러스는 차이나타운 부근의 자그마한 바에서 혼자 생각에 잠겼다가 불쑥 소리를 지르며 테이블을 탁 쳤다. 그 기세에 위스키 잔에 띄웠던 얼음이 달각 소리를 냈다.

"직접 뛰어드는 것밖에는 방법이 없군."

차이나타운에서 마피아들이 눈에 불을 켜고 노리는 물건의 일에 끼어든다는 것은 상당히 위험했다. 차이나 마피아는 일반 시민은 건드리지 않는 것을 원칙으로 하지만, 자신들의 일에 개입하는 자들은 비밀 보장을 위해서 반드시 제재를 가할 것이다.

하지만 여기까지 와 놓고 아무것도 모른 채 물러선다는 것은 자존심이 용납하지 않았다. 차이나타운에 그가 심어 놓은 '슈'라는 정보원도 어느 한도 이상으로는 도통 입을 열지 않았다. 더글러스는 오늘은 놈을 두들겨 패거나 협박하는 한이 있더라도 꼭 그 '무엇'을 알아내고야 말겠다고 작정했다.

위스키 값을 치르고 더글러스는 바를 나섰다. 그런 그를 창문 너머로 흰옷을 입은 사람이 그림자처럼 서서 입가에 미소를 띤 채 물끄러미 바라보고 있는 것을 더글러스는 눈치채지 못했다.

"오! 안 돼. 더 이상은 나도 아는 것이 없어. 그리고······."

예상대로 슈 녀석은 고개를 설레설레 저었다. 허나 그런다고 물러날 더글러스가 아니었다. 그는 슈 녀석의 멱살을 잡아 한쪽 구석에 밀어붙였다. 한창때가 지나긴 했지만 더글러스는 거구였고 힘도 만만치 않았다. 그에 비해 슈는 조그마하고 싸움 재주도 없는, 그야말로 피라미 건달에 지나지 않았다. 슈가 겁먹은 표정을 보이자 더글러스는 슈의 멱살을 한 손으로 잡은 채 품에서 백 달러짜리 지폐 세 장을 꺼냈다. 삼백 달러라면 건달에게는 큰돈이었다.

"자, 어때? 이걸 가지고 재미있는 시간을 보내고 싶어, 아니면 병원 신세를 지고 싶어?"

"아, 안 돼. 난 아무것도 몰라. 아는 게 없다고!"

슈가 제안을 거부하는 듯해 보이자 더글러스는 노한 목소리로 외쳤다.

"거짓말! 나에게까지 거짓말을 하다니!"

그러면서 더글러스는 슈의 오른쪽 눈 밑을 톡톡 치며 말했다.

"여기가 숯검정처럼 검어지고 싶지 않다면 아는 대로 이야기하래도. 나에 대해서는 잘 알잖아? 난 사설탐정일 뿐이야. 절대 비밀 보장이 될 테니 염려할 것 없다고. 전부터 그랬잖아?"

"하, 하지만…… 그 책은……."

"책?"

"앗! 아니야! 아니야! 난……."

슈의 얼굴이 하얗게 질리자 더글러스가 여유 있는 목소리로 말했다.

"아니라고? 그럼 좋아. 한 시간 후면 차이나타운의 모든 사람이 슈가 책에 대해 떠들었다는 소문을 듣게 될 테니까 말이야."

그러자 슈가 부르짖었다.

"난 그럼 죽어!"

"그럼 어서 말해. 실수든 고의든 간에 너는 벌써 입을 열었으니까. 그래, 책이라……. 좋군. 그다음은 뭐지?"

슈는 완전히 모든 것을 포기한 듯한 얼굴로 사방을 둘러보았다.

"으음. 누가 있는 것은 아닐까? 응? 누가 듣고 있으면 나는……."
"아무도 없어."

그들이 있는 곳은 어느 후미진 뒷골목이었다. 모퉁이만 돌아서면 시끄러운 도심 번화가의 불빛이 그대로 비치는 곳이기도 했다. 환한 곳 옆의 어두운 곳. 시끄러운 곳 속에 숨은 조용한 곳. 그런 장소가 밀담을 나누기에 가장 안전한 곳이라는 것을 더글러스는 잘 알고 있었다.

"오백 달러. 제길, 한 번 죽지 두 번 죽나?"
"사백 달러."
"안 돼. 오백 달러. 그 정도의 가치는 있어."

더글러스는 다시 백 달러짜리 두 장을 꺼내어 슈의 목덜미에 쑤셔 넣었다. 그러자 슈는 다시 불안하게 주위를 돌아본 다음 더글러스의 귀에 입을 갖다 대고 말했다.

"차이나 마피아의 보스들은 이미 늙었어. 아주 늙었다고."
"그건 나도 알아. 그런데?"

지금 이곳에서 암투를 벌이는 차이나 마피아는 바이룽(白龍) 또는 화이트 드래곤, 츠다오(赤刀) 또는 레드 소드, 그리고 쥐딩(巨鼎) 또는 그레이트 칼드론이라 불리는 세 개 파였다. 그 세 파는 상당히 역사가 오래돼 바이룽파와 쥐딩파의 보스는 거의 아흔 살에 가까운 노인이라는 소문이 있었고, 츠다오파는 그 아들이 보스를 물려받기는 했지만 그 창시자는 거의 여든 이상의 나이로 아직 살아 있다는 소문이었다.

"그들은, 그들은 말이야. 죽고 싶어 하지 않아. 늙어 죽는 걸 싫어한단 말씀이야."

"늙어 죽는 걸 좋아하는 자는 없겠지. 그런데……?"

반문하던 더글러스는 눈을 크게 떴다. 그렇다면 혹시 그 책이 젊음을 되찾아 준다거나 늙어 죽지 않게 해 주는 비결을 적은 것이란 말인가? 슈는 더글러스를 보고 흐흐하고 웃으며 말했다.

"옛날에 중국을 처음 통일한 진(秦)이라는 나라의 황제가 있었어. 그 황제는 죽지 않는 약을 찾아오라고 수천 명을 해외로 보냈는데 아무도 돌아오지 않았지. 그때 불사약을 찾으러 간 자들의 인솔자는 쉬푸(徐福, 서복)라고 해. 내 먼 선조뻘이 되지. 나도 그래서 알고 있었던 거지만. 그런데…… 마피아의 보스들이 찾는 책이 바로 그 후예가 쓴 책이라는 거야."

동양의 고사라 더글러스는 잘 몰랐지만 어디선가 들어 본 것 같기는 했다. 그 황제가 바로 시황제라고 하던가? 좌우간 더글러스는 바짝 호기심이 느껴졌다.

"그렇다면 거기에 불사의 비결이 있다는 건가?"

"그건 나도 몰라. 좌우간 그렇게 믿고들 있어."

"그런데 어떻게 해서 그 책이 여기 있다는 거지? 그때 쉬푸가 신대륙이라도 발견했단 거야? 어떻게 아메리카에 그 책이 와 있을 수 있다는 말이야? 믿을 수 없군."

슈가 다시 말했다.

"차이나타운은 보통 사람에게는 신비해 보일지도 모르지. 그러나 실제로는 그렇게 신비한 곳이 아니야. 사람 사는 평범한 곳일 뿐이지. 그러니 좀 아는 사람들은 보통 사람들의 그런 신비함을 다 비웃어. 그렇기 때문에 그 책이 여기로 옮겨졌다는 거야. 우리가 이 번화가 옆 골목을 약속 장소로 잡은 것도 그렇게 사람들의 허를 찌르기 위한 것 아니겠어? 중국 속담으로는 등하불명(燈下不明)이라고 하지."

그 말을 듣고 보니 그럴 것 같기도 했다. 차이나타운은 뭔가를 숨기기에 가장 안성맞춤인 곳이기도 하다. 더구나 책은 작은 물건이니 꼭 수천 년 전의 쉬푸가 가지고 오지 않았더라도, 누가 이곳으로 들고 왔을 수도 있다.

믿어지지는 않지만 슈의 말대로 그 책이 정말 장생불사의 비결을 담고 있으며 그것이 엉터리가 아니라면, 늙어 죽을 때가 된 차이나 마피아의 보스들이 무슨 짓을 해서라도 그것을 손에 넣고 싶어 한다는 것도 이해가 가는 일이다.

"그 책의 이름은?"

"그건 정말 몰라. 제길, 나도 사실 볼 수만 있다면 한 번 보고 싶어. 나라고 나이 먹어서 허리가 구부러진 채 죽고 싶겠어? 하지만 정말 모른다고."

"그럼 어디에 있지?"

"그것도 정확히 어디 있는지는 아무도 몰라. 그래서 그렇게들 필사적으로 찾고 있는 거야. 제길, 774번가에 있다는 말은 있지만…… 정확한 건 아냐."

슈가 어느새 더글러스의 손을 빠져나가며 말했다.

"제길, 난 당분간 여기서 떠야겠어. 입조심하고 파고들지 말라고. 목숨이 열 개 있어도 모자랄걸?"

그 말을 남기고 슈는 바람처럼 사라져 버렸다. 더글러스는 그 자리에 서서 입술을 깨물며 생각을 정리하고 있었다. 그런 그의 모습을 그곳에서 조금 떨어진 낡은 아파트의 사 층 발코니에 선 휜 그림자가 묵묵히 내려다보고 있었다.

774번가는 워낙 오래되고 낙후된 곳이었다. 창고를 방불케 하는 몇 채의 건물만 있을 뿐 변화한 상점이나 관광객들의 눈길을 끌 만한 색다른 것은 별로 없었기에 인적 또한 드물었다. 그러나 밤 무렵의 774번가는 수상쩍은 분위기로 가득 차기 시작했다.

여기저기서 수상해 보이는 남자들이 하나둘씩 나타나서 길목 곳곳을 가로막고 서성이기 시작한 것이다. 그들이 특별히 어떤 행동을 취하는 것은 아니었지만 행인들은 심상치 않은 분위기를 느끼며, 774번가를 일부러 피해서 가곤 했다. 그날은 낮부터 흐리더니 나중엔 비가 억수같이 쏟아지고 안개까지 끼기 시작했다. 그날 밤, 774번가의 한적한 뒷골목에서 더글러스는 비를 맞는 것도 아랑곳하지 않고 눈을 빛내고 있었다.

'많은 녀석이 이곳을 포위하고 있구나.'

근방에 모여드는 작자들은 아마도 차이나 마피아의 일원들인 것 같았다. 그러면 그들이 저렇게 모여드는 이유는 뭘까? 그건 분명 장생불사의 비법이 적혀 있다는 그 책과 연관이 있기 때문일 것이었다. 슈의 이야기가 사실이라면 말이다. 그러나……. 그런 게 정말 있는 것일까?

"제길, 세상에 그런 게 있다면 벌써 알려졌지, 왜 안 알려졌겠어? 미친 것들 같으니."

그는 죽지 않고 영원히 사는 방법이 있으리라고는 생각지 않았다. 그런데 막상 저렇듯 그것을 노리는 사람이 있다고 생각하니 또 그 말이 그렇게까지 허무맹랑한 것만은 아니지 않을까 하는 생각도 들었다.

잠시 후 몇 명의 중국인 남자들이 주위를 경계하는 듯 사방을 훑어보며 걸어오는 것이 보였다. 더글러스는 혹시라도 그들에게 발각될까 봐 몸을 담벼락의 어두운 곳에 바싹 붙였다. 그런데 그들이 하필이면 그가 숨은 골목의 바로 앞 어귀에 자리를 잡고 우뚝 서서 사방을 살펴보기 시작하는 것이었다.

더글러스는 그 자리에서 움직일 수가 없었다. 손가락 하나만 잘못 움직여도 그들이 자신의 존재를 알아차릴 수 있을 것 같았다. 마음을 졸이며 주의 깊게 살펴보니 그들의 손에는 신문지로 둘둘 만 무엇인가가 들려 있었다. 언뜻 총이 아닌가 생각했지만 꼭 그런 것 같지도 않았다. 길쭉한 막대기 모양이니 손잡이가 달린 기관총이나 권총은 아닐 것이고, 장총이라 여기기에는 길이가 조금 짧아 보였다.

'그러면…… 칼?'

다음 순간 그들 중 한 명이 몸을 움직이는 사이 신문지 틈으로 흰 금속성의 빛이 잠깐 스치고 지나갔다. 번쩍이는 빛을 보자 더글러스는 몸에 소름이 돋았다. 총이 아닌 것이 더 무서웠다. 차이나 마피아는 보통 총을 잘 사용하지 않는다고 알고 있었다. 총은 시끄럽기 때문이었다. 중국인들은 총을 사용하지 않고 칼이나 막대기, 밧줄, 심지어는 젓가락이나 맨주먹, 맨 손가락만으로도 얼마든지 사람을 죽일 수 있다고 들었다. 전에 더글러스 본인도 퇴마사들을 통해 그보다 더 놀라운 것들을 보지 않았던가. 그 이후로는 조심성이 더 많아졌다. 이런 일과 관련됐을 때는 일상적으로 총이나 칼만 피해서는 안 된다. 더 음침하고 무서운 수단이 나올 수도 있으니까.

더글러스는 저들에게 발각되면 큰일이다 싶어서 더더욱 담벼락에 몸을 바싹 붙였다. 곧 팔다리가 저렸지만 할 수 없었다. 다행히 그들은 자신이 있는 골목 귀퉁이로는 관심을 기울이지 않았고 다만 길 건너편만을 열심히 주시하는 것 같았다.

'저쪽에 뭐가 있기에 저러지?'

그는 궁금했지만 내다볼 수도 없는 입장이라 그냥 그들이 갈 때까지 참고 있을 수밖에 없는 판이었다. 그런데 간간이 그들이 이야기하는 소리가 희미하게 들려왔다. 다행히 그들은 중국인 2세나 3세인 듯, 영어로 대화하고 있어서 그도 알아들을 수 있었다.

"도대체 상대가 몇이야?"

"몰라."

"우리도 이 정도 숫자가 모였으니 상대 숫자도 많을 것 같은데…… 근데 저런 좁은 곳에 몇이나 숨어 있겠어? 완전히 포위되기까지 했는데…… 뭘 기다리는 거지? 지루한데."

"낸들 알아? 좌우간 방심하면 안 돼. 상대 숫자는 예상외로 적을지도 모르지만……."

"적다고?"

"그래. 어쩌면 한두 명일지도……."

"한두 명? 아니 그러면 상대가 되겠어? 그냥 밟고 지나가도 문제없겠다."

"허허. 너 같이 방심했다가 그저께 여섯 명이나 입원했다고."

"음? 여섯 명이나? 한두 명한테?"

"그래."

더글러스는 시큰둥했다. 차이나 마피아들의 싸움 이야기에는 별로 관심도 없었으니까. 그런데 그다음에 들려온 말은 뜻밖의 것이었다.

"근데 말이지, 나도 들은 이야기지만…… 절대 비밀이야, 이건. 그저께 여섯 명이 입원했는데 그들의 몸에는 그야말로 조그마한 상처 하나 없었어. 근데 다섯 명이 의식 불명이라는 거야."

"그런데?"

"나머지 하나가 이런 말을 했대. 상대는 아주 덩치가 큰 자였는데, 자기는 미처 싸워 보기도 전에 갑자기 어지러워 쓰러져 버렸다는 거야. 그것도 여섯이 동시에. 놈이 손가락 하나 까딱하는 것도 못 봤는데 말이야."

"음? 어떻게 그럴 수가 있지?"

더글러스도 흠칫했다. 그러나 그는 그것이 그렇게 불가능한 일이라고는 여기지 않았다. 한 번 기이한 경험을 한 그로서는 얼마든지 일어날 수 있는 일 같았다.

'혹시 현암이라는 친구가 왔나? 아니, 그는 그렇게 큰 체구가 아닌데……'

녀석들은 계속 떠들어 댔다.

"어쩌면 보이지도 않게 빠르게 움직였나 보지. 아니면 누가 뒤에서 기습했던지."

"말도 안 돼. 도대체 여섯 명을 동시에, 게다가 기척도 없이 어떻게 기습한다는 거야?"

"그거야 모르지. 무슨 신기한 무술이라도 익혔거나 마술을 부렸을지도."

"제길. 어쨌건 엄청난 고수인가 보네. 그놈이 사당에 숨어 있다는 거야?"

"그래. 그리고 몇이 더 있을지도 모른다는 거야."

"빌어먹을. 그럼 그놈은 바이룽이나 츠다오에서 보낸 녀석일까?"

더글러스는 그 말을 듣고 속으로 생각했다.

'그렇다면 지금 저자들은 쥐딩파의 자들인가 보군. 그런데 사당이라니?'

다음 순간 이어진 녀석들의 이야기를 듣고 더글러스는 자신도 모르게 몸을 움찔했다.

"그 녀석이 그 책을 갖고 있을까? 그게 도대체 뭔 책이기에……."

"나도 잘은 몰라. 그러나…… 히히, 이것도 비밀인데……."

"뭔데?"

"그건 아주아주 중요하고 귀중한 책이라는 거야. 아마……."

"아마?"

"불로장생에 대한 이야기가 있는 것이라고들 하던데."

"불로장생? 아니, 그런 게 정말 있단 말이야?"

"제길, 나도 믿을 수 없어. 그러나 바이룽이나 츠다오 놈들이 기를 쓰는 걸 보아서는…… 놈들도 뭔가 있으니까 그렇게 난리들일 거 아냐?"

더글러스는 하마터면 놀란 나머지 기침이 나올 뻔했지만 간신히 참았다. 그렇다면 정말 그 책 때문에 저들이 서로 싸우는 것이란 말인가? 슈 녀석이 일러 준 정보가 사실이었단 말인가?

"그 책 이름은 뭐야?"

"흠…… 그러니까 그건……."

더글러스는 자신도 모르게 꿀꺽 침을 삼키면서 온몸의 신경을 귀에 모았다. 바로 그때 난데없이 한 발의 총성이 들려왔다.

"총소리다!"

"사당 쪽이다!"

쥐딩파의 녀석들도 놀라는 것 같았다. 더글러스도 놀란 나머지 무심코 옆에 굴러다니던 깡통을 밟아서 소리를 냈다. 그러자 녀석들이 그 소리를 듣고 휙 몸을 돌렸다.

"뒤에 누군가 있다!"

더글러스는 기겁해 몸을 벽에 찰싹 붙였다. 녀석들이 신문지에 쌌던 것을 꺼내는 모습이 보였다. 그것은 칼과 비슷했지만 가운데를 쥐게 돼 있는 특이한 무기였다. 그런 무기를 세 명이나 들고서 긴장된 얼굴로 골목길 안쪽으로 성큼성큼 걸어 들어오는 모습이 보였다.

더글러스의 등 뒤는 담벼락이라 도망치거나 더 이상 몸을 숨길 곳조차 없었다. 식은땀이 등골로 흐르는 것이 느껴졌다. 한 발짝만 더 들어오면 발각되고 만다. 순간 그는 자신도 모르게 몸을 돌려 골목 밖으로 냅다 뛰쳐나갔다. 그러자 세 녀석이 소리를 지르면서 그 칼같은 무기를 휘두르며 쫓아왔다. 더글러스는 열심히 달렸으나 원망스럽게도 꽉 막힌 담벼락이 앞을 가로막았다. 하필 그 길은 막다른 골목이었다.

"잠, 잠깐 나는 그냥······."

"아가리 닥쳐!"

더글러스는 뭐라고 변명하려고 했으나 그들은 번쩍이는 무기를 들고 험상궂은 표정으로 다가왔다. 그들의 이야기를 엿들은 것을 눈치챈 것이 분명했다. 그걸 안 이상, 자신을 그냥 보내 줄 것 같지 않았다. 그런데 갑자기 저쪽에서 또 몇 발의 총성이 들려왔다. 이번에는 기관총 소리였다.

"제길. 저쪽이 급한가 보군!"

"이 자식은 어떻게 하지?"

"수상한 놈이야. 입을 못 열게 해 주고 어서 가자."

한 녀석이 무기를 들고 더글러스 앞으로 한 걸음 다가섰다. 순간 그는 이제 끝이구나 생각하며 눈을 질끈 감았다.

거인 기사

"어?"

한참 동안이나 아무 일도 일어나지 않자 더글러스는 의아해졌다. 칼이 찔러 들어오지도 않았고, 총알이 날아들지도 않았다. 그저 조용한 침묵. 감았던 눈을 살며시 떠 보자 믿지 못할 일이 벌어져 있었다. 아무런 인기척도 느끼지 못하고 아무런 소리도 들리지 않았는데, 흉기를 든 그 세 명은 멍하니 서 있다가 바로 코앞에서 빗물이 질펀한 땅에 철벅 철벅 쓰러지는 것이 아닌가?

"어…… 이, 이게 도대체……."

더글러스의 놀라움은 뭐라 말할 수 없을 정도였다. 더글러스의 뇌리를 스친 것은 누군가가 소음기가 달린 저격 총 같은 것으로 세 사람을 쏘지 않았을까 하는 것이었다. 그런데 더글러스가 허리를 굽혀 녀석들을 자세히 보니, 놈들은 죽은 것도 아니었고 외상조차 전혀 없었다. 그러나 놈들은 완전히 기절한 데다가 얼굴까지 창백하게 질려 있어서 순식간에 반쯤 죽은 사람처럼 변해 있었다. 녀석들은 숨을 거칠게 몰아쉬긴 했으나 몸의 어느 곳에도 상처는 없었다. 총상은커녕 뭔가에 맞은 듯한 타박상 흔적도 없었고 찰과상 흔적 하나 보이지 않았다.

"제기랄, 역시 이건 보통 싸움이 아니야!"

더글러스는 멍하니 있다가 또다시 들려온 총성에 다시 고개를 번쩍 들었다. 기관총 소리였다. 뒤이어 여러 명이 왁자지껄하게 외치는 소리가 들려왔다. 더글러스는 방금 죽다 살아나서 아직 다리가 후들거렸지만 호기심이 두려움보다 앞섰다. 그는 세 녀석이 떨어뜨린 무기 하나를 주워 들고 총소리가 난 쪽으로 달려갔다. 골목길 어귀를 벗어나는 순간, 더글러스는 믿어지지 않는 광경에 그만 걸음을 멈추면서 입을 딱 벌리고 말았다.

"저, 저런 인간이 있었나?"

그곳에는 정말로 작게 잡아도 키가 삼 미터는 될 법한 거인 하나가 성큼성큼 거리를 가로질러 가고 있었다. 키가 이 미터만 넘어도 거대하게 느껴질 지경인데 그자의 키는 이 층 창문에 닿을 만한 크기였으며, 보통 키가 큰 사람들은 팔다리만 길어서 홀쭉한 모양새임에 비해 그자는 근육질로 똘똘 뭉친 거대하고도 우람한 체구를 지니고 있었다. 정말 보는 사람이 한눈에 위압돼 질려 버릴 정도였다.

그자의 뒤에서는 몇몇 사람들이 소리를 지르며 총질을 해 대고 있었다. 그러나 그 거인은 총질에도 조금도 개의치 않는 듯 맞은 편 건물 안으로 들어가고 있었다.

"세……상에…… 총을 맞으면서……."

더글러스는 자신 눈을 믿을 수 없었다. 그가 아는 한, 가장 강한 현암도 총알은 두려워 피했었다. 거인은 맞은편 건물로 들어가려 했으나 문이 비좁아 들어갈 수 없자 통나무 같은 팔뚝으로 문을 밀어붙였다. 그러자 콘크리트로 된 벽이 마치 스티로폼 덩어리처럼 떨어져 나가면서 우르르 무너져 버렸다. 그러면서 벽에 걸려 있는 등롱 하나가 땅에 떨어졌다. 그것을 보고 더글러스는 아까 녀석들이 이야기하던 사당이 바로 저기였음을 알았다. 벽을 뜯어낸 다음 거인은 사당 안으로 슥 몸을 굽혀 들어가 버렸다.

순간 더글러스는 거인이 몸에 검은빛이 감도는 무엇인가를 입고 있다는 사실을 발견했다. 방탄조끼나 그와 비슷한 종류의 방어용 철갑인 것 같았다. 그래서 총알이 소용없었던 것이다. 좌우간 거인의 무지무지한 힘과 체구에 질린 데다가 총알이 빗발치는 바람에 그는 골목길 어귀에서 더 이상 움직일 수가 없었다.

그때 또 믿지 못할 일이 벌어졌다. 저쪽에서 총을 쏘아 대던 녀석들이 소리를 지르면서 사당 앞으로 뛰어오더니 갑자기 그 자리에 우뚝 멈추어 서고는 아무 소리도 내지 못하고 픽픽 쓰러지는 것이었다. 아까 세 녀석의 경우와 똑같았다. 이번에는 네 명이나 됐는데 네 녀석 모두가 아무 힘없이 쓰러져 버렸다. 녀석들은 빗물이 고인 길가와 차도에 마구 나뒹굴었다. 한 놈은 기관총까지 가지고 있었는데 기관총도 철컥거리면서 물에 빠져 버렸다. 눈앞에 펼쳐지는 장면을 머리로는 그럴 수도 있다고 여겼지만 놀라운 것은 어쩔 수 없었다. 겉보기에는 비슷하지만 자기가 살아온 것과는 전혀 다른 세계로 빠져드는 것 같았다.

"제기랄! 역시 이렇군, 하느님."

평소에 교회나 성당에 나가 본 적이 없는 더글러스도 이때만은 하느님을 찾을 수밖에 없었다. 그때 누군가가 더글러스의 뒷덜미를 툭 쳤다. 그는 너무도 놀라서 그만 그 자리에 주저앉을 뻔했다. 허나 그 사람은 상냥한 목소리로 말을 건넸다.

"안녕? 오랜만이네요."

밝은 여자의 목소리였다. 영어가 능숙했지만 억양으로 보아 외국인, 그것도 동양인. 어디선가 보았었던 얼굴. 누구더라? 그건, 그건…… 맞다!

"어, 미스…… 미스 승희?"

여자는 고개를 끄덕이며 다시 밝은 얼굴로 웃었다. 발꿈치까지 늘어지는 하얀 비옷을 입고 옷에 달린 모자를 쓴 승희의 표정이 몹시도 밝아서 더글러스로 하여금 지금까지의 꿈같던 정황마저도 한순간 잊게 했다. 그러나 그는 너무 당황하고 놀란 참이라 승희의 얼굴과 이름은 어찌어찌 생각해 냈지만 승희가 어떤 여자인지는 순간적으로 뇌리에 떠올릴 수가 없었다.

"여, 여긴 도대체 어떻게……? 아니, 온다는 것은 알았지만 어떻게 이렇게 딱 마주칠 수가……."

승희는 그 말에는 대답하지 않고 앞으로 살짝 나서면서 말했다.

"들어가요."

"여긴…… 여긴 위험하오! 웬 거인이…… 벽을 부수고 안으로 들어갔……."

"알아요."

승희는 주변을 한 번 휙 둘러보고는 빗물에 젖은 기관총을 주워 들고 물을 두어 번 털어 낸 다음 쓰윽 살펴보며 말했다.

"MP-40[1]이라니. 아직도 이런 총을 쓰나? 제길. 그러니 구조를 알 수가 없지."

더글러스는 무슨 영문인지 알 수가 없었다. 그러나 불만이 가득한 표정으로 승희는 그 기관총을 더글러스에게 휙 던져 주었다.

"뭐 해요? 어서 들어가자니까요."

"그때 그 청년 안 왔소?"

"현암 군요?"

"음, 그래. 현암."

"다른 데 갔어요."

"그렇다면 무리요. 당신도 뭔가 한 수 하겠지만 저런 거인에다가 난폭한 녀석들이 득시글대는데……."

그러자 승희는 씩 웃었다.

"괜찮아요."

"이봐. 내 말 좀 들으라고. 아니, 그리고 이 총…… 나는 쏠 줄

---

[1] 2차 세계 대전 당시 독일군에서 사용하던 제식 기관 단총이다.

몰라. 권총 아니면……."

"어서 들어가자고요."

도대체 자신이 왜 총을 들고 그 안으로 들어가야 하는 것인지, 이 신비한 한국 여자가 왜 딱 잡아 여기 나타난 것인지 의문은 헤아릴 수 없이 많았지만, 더글러스는 그런 말을 할 틈도 없이 승희에게 끌려 부서진 사당 안으로 들어가게 됐다. 그들이 안으로 들어서는 순간 부서진 벽에서 돌 부스러기 몇 개가 후드득 먼지와 함께 떨어져 내렸다.

"미스 승희?"

"조용히 있어요."

승희는 불안해하는 더글러스를 문가에 세워 놓고 혼자 안으로 들어섰다. 사당 안은 어두운 데다가 이상한 무늬를 넣은 대나무 주렴이 사방에 쳐져 있어서 내부가 잘 보이지 않았다. 향냄새와 더불어 곰팡내가 났는데, 거인의 모습은 보이지 않았다. 더글러스는 두려움을 누르며 억지로 말했다.

"여기가 뭐 하는 곳인지 아시오?"

더글러스가 묻자 승희는 대나무 주렴을 힐끗 턱으로 가리켜 보이며 말했다.

"태극 무늬가 안 보이나요? 여긴 도관(道館)이에요."

"도관? 태극? 그게 뭡니까?"

그러자 승희는 피식 웃었다.

"아실 리가 없지. 그냥 잠자코 있어요."

"그러나…… 그 거인은……."

아까 그 거인이 손가락 하나만 놀리면 저런 조그만 여자는 납작해져 버릴 것이었다. 그리고 덤으로 자신까지도. 그러나 승희는 태연하게 안을 보고 소리까지 지르는 것이었다.

"누구 없나요? 없어요? 『우사경』을 좀 빌리러 왔는데요?"

더글러스는 승희가 한국어 발음으로 말한 '우사경'이라는 것이 무엇을 의미하는지 알지 못하고 멀뚱하게 서 있을 뿐이었다. 그러다가 문득 자기 손에 총이 들려 있다는 것을 깨닫고 화들짝 놀랐다. 이런 구식 기관 단총은 만져 본 적이 없는데…….

"미스 승희…… 다 좋은데 이 총은……."

"알아요, 알아. 누가 들어오려고 하면 쏴 버리라고요."

"함부로 총을 쏘라고? 더구나 이런 총은 처음 만져 본다고! 조준도 잘할 줄 몰라. 난 권총 말고는……."

"알아요. 그러니까 쏘라는 거예요. 정말 맞춰서 죽이면 큰일이게요? 당신이 쏘면 하나도 안 맞을 거 같아서 준 거예요. 그냥 위협이나 하라고요."

내가 쏘면 하나도 안 맞을 것 같아서라고? 그 말이 맞는 말이긴 했지만 더글러스로서는 무시당했다는 생각에 얼굴이 붉어졌다. 급기야는 거의 울 듯한 얼굴로 외쳤다.

"이봐요, 아가씨. 아까부터 말했지만, 난 이런 기관 단총은 몰라. 장총이라면 모를까……."

그 말에 승희는 조금 놀라면서도 재미있다는 표정을 지었다.

"어? 당신 군대도 안 갔어요?"

"군대에 왜 지원을 하겠소? 난 그런 적 없어요. 이런 종류의 총은 구경이나 했지, 만져 본 적도 없단 말이오! 난 자동 화기 클래스 면허가 없다니까!"

"아참, 당신은 한국 사람이 아니지. 음, 그래도 미국 사람이라면 다 총은 쏠 줄 아는 거 아니에요? 권총은 잘 쏘잖아요."

"난 탐정이니까. 더구나 경찰 출신이고……."

"갱 영화에서 보면 기관총도 숱하게 나오던데……."

"제길, 비록 탐정이지만 난 민간인이오. 갱단도 아니고 군인도 아닌데, 왜 내가 자동 화기를 쏠 줄 알아야 한다는 거요? 제기랄! 미국인들이 전부 총질을 잘한다는 건 어디서 들은 빌어먹을 헛소리요?"

"정말 못 쏴요?"

더글러스가 씨근대며 총을 좀 살피다가 퉁명스럽게 말했다.

"뭐, 대강 알긴 알겠군. 이게 안전장치고……."

"그럼 됐잖아요. 왜 자꾸 물러서려고 해요?"

"난 물러서지 않소! 알았어! 알았다고! 이 빌어먹을 고물이 뒤로 터져 나가지만 않는다면, 저 문으로 빌어먹을 애새끼가 오든 경찰이 오든 마구 갈겨 드리지! 내가 학살범으로 잡혀가 전기의자에 앉을 때 눈물이라도 흘려 줄 거요?"

"선량한 사람들이 여기 올 리가 없거든요?"

순간 사당 문 저쪽에서 인기척이 들려오더니 총소리가 났다. 더글러스는 깜짝 놀라서 뒤로 물러서려 했으나 승희가 그런 그를 가볍게 밀면서 채근했다.

"좀 쏴 봐요. 아무 데나요. 적어도 그럼 누구도 당장 들어올 생각은 안 할 거 아녜요!"

"이건……."

더글러스는 총을 쏠 생각이 없었는데도 갑자기 총이 타타탕 소리를 내며 발사됐다. 손가락을 방아쇠에 걸고 있긴 했지만 조금도 힘을 준 적이 없는데 총알이 발사된 것이다. 그는 놀라 하마터면 총을 떨어뜨릴 뻔했다. 총알은 담벼락에 먼지만 튀겼을 뿐 문밖으로 날아가지는 않았지만 그 소리에 놀랐는지 바깥에서 들리던 인기척은 어느새 사라지고 말았다. 그러자 승희가 더글러스에게 다시 총을 고쳐 쥐여 주며 웃었다.

"잘 쏘네요. 탄창 열어 봐요, 총알이 있는지."

"탄창이라면……."

"이거 말이에요."

승희는 총 앞부분의 기다란 부분을 빼어 안을 보고 난 다음 찰칵 소리가 나게 재빠르게 다시 끼웠다. 그러고 나서 더글러스를 보며 싱긋 웃어 보였다.

"거꾸로 끼우면 총알이 뒤로 나가서 당신이 죽으니까 잘 끼워야 해요."

더글러스는 싸늘하게 웃었다.

"미국인들은 다 총 잘 쏜다고 했으면서, 그런 썰렁한 농담에 내가 속으리라 보는 거요?"

"그러니 당신, 총 잘 쏘는 거잖아요. 자꾸 못 쏜다니까 그러죠. 그런데 정말 그런 줄 아는 미국인도 많던데."

더글러스는 화를 냈다.

"잘 알면서 왜 미국인을 전부 갱 취급하냐고!"

"에이. 좀 더 분발해 달라고 그런 거예요. 화났어요?"

"나 참. 지금 장난칠 때요?"

더글러스는 화도 나고 당황하기도 해서 외쳤다. 지금 밖에는 차이나 마피아들이, 그것도 무장한 자들이 득실거리는 것 같은데 지금 이게 무슨 짓이란 말인가?

승희는 여전히 태연하게 웃으며 말했다.

"거 참, 그거 가지고 되게 뭐라 그러시네. 남자답지 않게시리. 그런데 당신은 안 와도 되는데 왜 직접 오셨어요?『우사경』에 관심 있어요?"

"『우사경』?"

"당신이 알려 준 책 말이에요."

그 말에 더글러스의 눈이 커졌다.

"그 책이 '우사경'이라는 이름이었소?"

"어라? 당신이 여기 있을 거라 해 놓고 제목도 몰랐어요?"

"몰랐소. 그게 뭐요?"

"음. 하긴 이름은 몰랐을 수도 있죠. 풍백, 운사, 우사를 한국에서는 삼사라고 부르지요.『우사경』은 그 우사의 가르침을 실은 것인데…… 음…… 설명은 관둡시다. 복잡하니까. 그런데 당신은 왜 온 거예요? 위험하기 짝이 없는데."

"그그, 그냥 궁금해서…… 이렇게 위험할 줄은 몰랐소."

그러자 승희가 씩 웃어 보였다.

"에이, 위험한 거 다 알면서도 자신감 되찾으러 오셔 놓고 왜 그래요? 우리한테 미안하기도 하고…… 이번만은 물러서지 않고 뭔가 하겠다고 오셨으면서……."

"무, 무슨 소리요."

"그래도 고마워요. 저도 사실 급하니 기꺼이 도움받을게요. 어차피 위험은 각오하신 걸 테니까 자꾸 딴전 피우지 말고 제대로 좀 쏴요. 부끄러워서 그러시는 거예요?"

"아니, 대체 남의 속마음을 어떻게 맘대로 짐작……."

"짐작 아닌데요? 확신인데요?"

"아……."

더글러스는 그제야 기억해 낼 수 있었다. 그렇구나! 미스 승희는 초능력자였다. 남의 마음속을 들여다볼 수 있는! 그래서 수년 전 캐나다 윈디고 사건 때…… 그 일이 떠오르자 더글러스는 새삼 승희를 다시 보게 됐다. 그러자 승희가 피식 웃으며 말했다.

"사이코메트리까지 하시는 분이면서 내가 뭐 그리 신기하다고 보나요?"

승희는 여전했다. 수년 전에 비해 달라진 점도 없는 것 같았다. 여전히 화난 듯한 예쁜 얼굴에 조금 짙은 화장을 했고 자그마하고 날씬한 몸매였다. 자신은 그새 늙은 것 같은데 승희는 나이를 더 먹은 것 같지도 않았다. 그러나 예전에 보았던 것보다 더 강한 자신감이랄까? 묘한 카리스마 같은 것이 느껴졌다.

"그렇군. 당신이라면 다 알고 있어도 신기할 것 없군그래."

그러면서 더글러스는 그때 승희와 같이 있었던 또 다른 세 명의 사람들에 대해서 기억이 보다 확실히 떠올랐다. 괴력의 남자, 현암과 체구가 큰 박 신부, 그리고 작은 남자아이 준후…… 그때의 일을 서서히 잊어 가고 있었는데…… 그런데 여기서 불쑥 승희와 다시 만나게 될 줄이야. 아까 혼자 왔다고 했지만 그래도 미련을 가지고 더글러스는 다시 한번 물었다. 그때 그 사람들이 같이 왔다면 제아무리 마피아나 거인이 설친다 해도 무서울 것이 없다고 생각했다.

"당신의 동료들은 정말 같이 안 왔습니까?"

"아, 정말 혼자 왔다니까요."

"흠……."

더글러스는 다시 암담해지는 느낌이었다. 승희는 투시력이 있을 뿐 별다른 힘은 없는 것으로 알고 있었는데 도대체 무슨 배짱으로? 기관총이 하나 있다고 안심하는 것일까? 그렇게 무모한 여자는 아닐 텐데…… 그는 도무지 마음이 불안해서 견딜 수가 없었다.

"그럼 무슨 계획이라도 있소?"

"여기 있는지도 확실치 않았었는데 계획은 뭘요. 그냥 빌려 가면 되지 않나요?"

"어떻게 빌린다는 거요? 그리고 그게 여기 있는지 당신이 어떻게 확신하나요? 아직 확실한 건 아니잖아요."

"아뇨, 확실해요."

"여기 있는 건 중국 시황제 때 책이지 당신네 나라의 책이 아니잖소."

"아뇨, 같아요."

"같은 책이라고?"

"네, 같은 책이에요. 당신, 정말 고마워요. 이렇게 콕 집어 찾을 수 있을 줄은 몰랐거든요."

"난, 난 그저 여기 암흑가에 이상한 책이 굴러다닌다는 소문을 듣고 짐작만으로······."

"아, 추리가 대단했어요. 암흑가 갱들이 돈도 안 되는 고서를 왜 찾겠어요? 아주 정확하게 짚으신 거예요. 정말 고마워요."

그러자 더글러스는 말했다.

"자꾸 마음대로 남의 마음속 들여다보지 마시오. 무섭소."

"어머, 미안해요. 당신 마음 읽으려는 게 아니라······ 좀 넓게 보고 있어서 할 수 없이 본 거예요. 안 보도록 노력할게요."

"넓게 본다니 무슨 소리요?"

"그러니까······ 그냥 레이더라고 할까. 이 일대에 있는 것들 거의 다 봐야죠. 그래야 안전하지 않겠어요?"

"이 일대 사람들 마음을 동시에 다 본다고? 그게 가능하오?"

"아, 전부 보이는 건 아니에요. 마음이 아주 굳고 강한 자들은

세상에서 가장 무서운 여자 349

보려고 애를 써도 안 보여요. 그러니 조심은 해야겠지만, 조무래기들은 문제없다고요."

그러면서 승희가 더글러스가 들고 있는 총을 손가락으로 톡톡 건드렸다.

"그러니 애꿎은 사람 다치는 건 걱정하지 말고 내가 쏘라면 마구 쏴요. 아셨어요?"

"휴. 정말 모든 상식이 무너지는군. 정신이 하나도 없소. 허나 정말 믿어도 되오? 어떻게 투시력만으로 그렇게 확신을……."

"난 해요. 왜 그러세요. 당신도 사이코메트리만 발동되면 그런 것쯤 할 수 있잖아요."

"사이코메트리는 물건을 직접 손에 대지 않으면 안 되잖소. 그나마 내 마음대로 되는 것도 아니고. 한데 당신은 아무리 사람 마음을 읽는다고 해도 어떻게 동시에 여럿을……."

승희가 다시 씩 웃었다.

"제가 그동안 훈련을 좀 했거든요."

"훈련?"

"범위가 좀 많이 넓어졌다니까요. 그러니 내가 쏘라면 쏘세요. 내가 못 느낄 강자라면 그런 거 아무리 쏴도 죽지 않을 거고, 선량한 자들이라면 내가 쏘라고 안 해요. 나, 아무리 그래도 사람 죽는 건 싫거든요?"

"알았소. 믿어 보겠소."

"고마워요."

"그런데…… 어떻게 여기를 찾아왔소? 난 대략 샌프란시스코 차이나타운 같다고만 전했는데……."

"뭐. 제가 별수 있겠어요. 당신을 따라온 거죠."

"계속 내 뒤를 쫓았단 말이오?"

"맞아요."

"내 마음을 계속 들여다보면서?"

"아, 미안해요. 프라이버시는 존중해 드릴 테니 화내지 마세요. 별것도 없던데 왜 그리 부끄러움을……."

"당신 지금……."

더글러스가 화를 내려는데 승희는 여전히 태연했다.

"화내지 말라고요. 잘못한 것도 없는 아주 바른 분이시던데 굳이 그러실 거 없잖아요. 혹시 내가 못 읽은 죄지은 거 있어요?"

"아, 미치겠군, 당신들을 만난 건 정말 재앙 같소."

"미안해요."

그때 더글러스에게 짚이는 것이 있었다. 그렇다면 아까 자신을 해치려던 차이나 마피아 세 명을 보이지 않게 쓰러뜨린 사람이 혹시 승희가 아닐까? 그러나 이 아가씨는 투시력 말고는 아무 힘도 없는 여자일 뿐인데? 더글러스는 그럴지도 모른다는 의혹을 떨쳐 버릴 수가 없었다. 그녀는 투시력만 가지고도 너무나 기이한 능력의 소유자였기 때문에.

그때 승희가 갑자기 하던 이야기를 중단하더니 뒤를 돌아다보며 말했다.

"거인이라고 하더니, 저 사람이었나요?"

그 말과 동시에 시커멓고 거대한 그림자가 주렴 너머로 어른거리는 것이 보이자, 더글러스는 자신도 모르게 기관총을 쥔 손에 힘이 들어가는 게 느껴졌다.

성당 기사단

"잠깐."

기관총을 움켜쥐는 더글러스를 승희가 손짓으로 제지했다.

"왜 그러시오?"

더글러스의 눈이 휘둥그레지자 승희가 웃으면서 말했다.

"잠시만요. 아는 사람일지도 몰라요."

"아……."

그는 갑자기 몸에서 긴장이 풀리는 것 같았다. 그러나 막상 주렴 너머로 거대한 그림자가 다가오는 것을 보자 두려워진 더글러스는 벽 쪽으로 주춤거리고 물러섰다. 허나 승희는 물러서지 않고 조심스레 그림자를 향해 말했다.

"성난큰곰! 당신 벌써 왔나요?"

그러자 주렴 건너편의 그림자는 우뚝 멈춰 섰다. 그때 갑자기 먹을 따는 듯한 울부짖는 소리가 들려왔다. 중국어로 소리를 지르는 것이라 승희나 더글러스 모두 알아들을 수 없었지만.

그와 함께 누군가가 비틀거리면서 거의 몸을 튕기듯 하며 안쪽에서 달려 나오는 모습이 역시 주렴에 드리워진 그림자로 보였다. 그 사람은 거인에게 매달리기라도 하려는 듯했다. 그러나 거인은 갑자기 손바닥을 편 손을 획 휘둘렀고, 뛰쳐나온 사람은 그 손에 맞자 크악 하는 소리를 내면서 주렴을 헤치고 밖으로 튕겨 나와 넘어졌다. 얼굴이 피투성이가 된 사람이 자기 옆에 처박히는 것을 보고 더글러스는 기겁했지만 승희는 담담했다. 그녀는 눈썹을 한 번 치켜뜨고 혼잣말로 중얼거렸다.

"성난큰곰이 아닌가?"

"그럼 쏴도 되는 거요?"

더글러스는 거인이 승희가 아는 사람이 아니라고 생각하자 다시 다급해졌고 입안이 마르기 시작했다. 그는 기관총을 들려 했지만 하도 손이 떨려서 총구가 두세 개로 보일 지경이었다. 승희는 그것을 보고 쯧쯧 혀를 차며 고개를 저었다.

"쏘지 말아요. 좁은 데서 그렇게 총을 갈겨 대면 총알이 튀어 모두 죽게 돼요."

그 말에 더글러스는 다시 입을 떡 벌렸다.

"정, 정말이오?"

"내 뒤로 물러서요."

"그건…… 아무리 그래도 난 남자요. 난……."

더글러스가 우물쭈물하자 승희가 인상을 쓰며 매섭게 소리쳤다.

"빨리 물러서라니까!"

세상에서 가장 무서운 여자

그 순간 무엇인가 시커먼 것이 부웅 하고 우는 소리를 내며 눈앞에 날아들어 승희의 코앞에 딱 멈췄다. 승희는 꼼짝도 하지 않고 서 있었지만 더글러스는 그 기세에 눌려서 뒤로 그만 주저앉아 버렸다. 그것은 서양풍의 거대한 양손 검이었는데 정말 거인의 크기에 걸맞을 만큼 무시무시한 크기였다.

게다가 그 검은 보통의 것과는 달라 전체가 시커먼 색을 띠고 있었다. 그 물건이 주렴을 뚫고 불쑥 내밀어진 것이다. 그랬는데도 주렴은 꼭 검날이 나온 만큼만 뚫려 있고 더 이상은 벌어지지 않아 아직도 거인은 그림자만 보였다.

"나는 너를 모른다. 살고 싶으면 비켜라."

커다란 종이 울리는 듯한 목소리가 주렴 저편에서 울려왔다. 승희는 홍 하고 코웃음을 치면서 대답했다. 더글러스는 저 여자가 무엇을 믿고 저렇게 자신만만할까 싶었다. 남은 무섭게 속이 타서 죽을 지경인데.

"성난큰곰이 아니었군. 하지만 너도 그만큼 크구나. 근데 넌 누구야?"

그 질문에 오히려 거인이 갑자기 몹시 의아한 듯 승희에게 반문했다.

"너는 누구냐? 너의 느낌은…… 그것은……."

승희는 대꾸도 하지 않고 이야기를 계속했다.

"당신은 왜 왔지? 『우사경』을 뺏으러 왔어?"

그러자 거인은 검을 들지 않은 손을 조용히 펼쳐 보이며 말했다. 그의 손바닥 위에는 그야말로 고색창연한 두루마리 같은 것이 하나 놓여 있었다.

"이 레인 마스터(Rain Master)의 스크롤을 말하는 거냐?"

그것은 책이 아니라 오래된 대나무 조각을 이어 글자를 쓴 죽간 형태의 두루마리였다. 그러니 스크롤이라 부를 만도 했고, 우사(雨師)를 영어로 굳이 번역하자면 '레인 마스터'라고 할 수도 있겠으니 『우사경』임이 틀림없었다.

그것을 눈으로 보자 승희는 약간 정색을 하며 물었다.

"나에게 줄 순 없을까?"

그 순간 문밖에서 으악 하는 소리와 함께 차이나 마피아의 단원으로 보이는 몇몇이 소리를 지르며 우당탕 뛰어 들어왔다. 놀란 더글러스는 급히 승희를 잡고 뒤로 끌어당겼다. 뛰어든 자들 중 하나가 총을 겨누려 했으나 앞으로 내밀어졌던 거대한 검이 무서운 속도로 방향을 바꾸어서 그자의 총을 후려갈겼다. 그러자 총이 박살 나고 총을 들고 있던 자마저도 힘에 밀려 건너편 벽에 걸레처럼 처박혔다가 다시 앞으로 엎어져 버렸다.

그 통에 거인의 앞을 가리고 있던 주렴이 검에 베어져서 떨어져 내렸고 마침내 거인의 모습이 드러났다. 키가 천장에 닿을 만큼 거대한 체구에 시커먼 검을 한 손에 들고 온몸에 시커먼 갑옷을 입었는데 무슨 금속으로 만들었는지 알 수 없었지만 번들거리는 것이 묘한 느낌을 주었다. 갑옷은 중세풍으로 만들어져서 마치 중세의 기사가 나타난 듯한 느낌이었다.

세상에서 가장 무서운 여자

이어서 다른 차이나 마피아들이 뛰어 들어왔다. 그들은 들어오자마자 거인의 모습에 질린 듯 승희나 더글러스 정도는 돌아볼 여유도 없이 거인에게 달려들거나 총을 겨누려고 했다. 거인은 달려들던 한 명을 칼날이 아닌 칼 몸으로 후려갈겼다. 칼날로 쳤으면 반토막이 났을 터였지만 칼 몸으로 맞았기에 베어지지는 않았다. 그자는 마치 조그만 벌레가 몽둥이로 맞은 것처럼 벽에 처박혀 버렸다.

거인의 힘은 그 정도로 무시무시했다. 다른 한 명이 권총을 연달아 쏘아 댔으나 총알은 거인의 갑옷에 튕겨 나올 뿐, 조금의 흠집조차 내지 못했다. 그 광경에 그들은 기가 질린 듯, 입까지 딱 벌리고 슬슬 뒷걸음질을 쳤다. 그러자 거인이 말했다.

"썩 꺼져라."

우렁찬 목소리에 그들은 다급하게 쓰러진 두 사람을 끌면서 문으로 물러섰다. 거인은 힐끗 그들을 보고는 다시 검을 곤추세우고 석상처럼 움직이지 않았다. 나머지 녀석들이 슬슬 눈치를 보면서 밖으로 빠져나가 버렸다. 거인은 그들을 해치고 싶지 않은 듯, 그 자리에서 꼼짝하지 않고 서 있었다. 놈들은 밖으로 나가자마자 용기를 얻었는지 나오기만 하면 벌집을 만들 거라고 소리를 질러 댔으나 거인은 들은 척도 하지 않았다. 승희는 조용히 서 있을 뿐이었다. 더글러스는 거인의 위세에 질려 멍하니 있다가 승희에게 말했다.

"우리도 나갑시다."

승희는 흥 하며 코웃음을 치더니 되받았다.

"밖에서 마피아 총알 우박을 맞으니 차라리 저 거인 양반과 있는 게 나을걸요?"

그러고는 거인에게 말을 건넸다.

"당신은 뭐 하는 거지? 밖으로 나갈 건가?"

거인은 여전히 칼을 든 채 묵묵히 고개를 저었다. 그러자 승희는 생글생글 웃으며 또다시 말했다.

"칼은 왜 안 거두지?"

마침내 그 거인이 침울한 목소리로 입을 열었다.

"네가 저 녀석들 따위보다는 열 배나 더 무섭기 때문이다."

거인의 말을 듣고 승희는 호호 웃으며 물었다.

"내가 왜?"

"너는 무엇인가 큰 힘을 숨기고 있고 또 이 스크롤을 노리고 있으니까. 그리고……."

"또 뭐지?"

"너는 여자다. 싸우고 싶지 않다."

"어쭈? 네가 뭔데?"

그러나 그 거인은 승희의 질문에는 대답하지 않고 묵묵히 말했다.

"나의 이름은 키건(Keegan), 나이트 템플러(Knight Templar, 성당 기사단)[2]의 기사다."

---

2   성당 기사단은 십자군 원정 때 성지 탈환을 위해 나섰던 기사들이다. 본래 신앙은

이상한 것을 쫓아다니는 데에 거의 평생을 보낸 만큼, 더글러스도 성당 기사단이 무엇인지는 알고 있었다. 십자군 원정 이래 신비에 싸여 있으며 구구한 이단 신앙의 대표 격으로 언급됐을 뿐, 그 실체는 베일에 가려졌던 집단들. 그들이 바로 성당 기사단이 아니던가? 그런데 이 거인이 실제 성당 기사단의 기사라고? 더글러스가 더 놀란 것은 총알에도 끄떡없는 저 거대한 기사가 승희를 보고 차이나 마피아보다 열 배나 무섭다고 하며 긴장을 늦추지 않고 있다는 점이었다.

 승희도 거인이 자신의 능력에 대해 알고 있다고 생각하자, 그제야 조금 긴장한 표정을 지었다. 승희의 능력을 눈치챘다면 그 역시 힘만 남아도는 범상한 자는 아닐 듯싶었다. 하지만 주눅이 든 눈치는 아니었다.

 "기사라서 여자랑은 싸우기 싫으시다? 그럼 그냥 그걸 내게 줘."
 "그럴 수는 없다."
 "그건 동양의 비전(秘傳)이야. 네가 그걸 가져가서 뭣에 쓴다는 거야?"
 "이건 구백 년을 내려온 성당 기사단의 존속과 관련이 있다. 아

기독교였으나 진군한 주둔지에서 이슬람과 지역의 토속 신앙 등의 영향을 받았고 이를 기독교 신앙에 동화시켰다. 결국 그들은 다른 파를 형성해 십자군에서 벗어나 주둔지만을 지켰고, 마술적인 힘을 숭상하는 '이단'으로 몰려 멸망하게 됐다. 멸망하면서 그들의 비밀 신앙과 전례 등은 전해져 내려오지 못했고, 성당 기사단의 이름은 장미십자회와 함께 대표적인 서양 전설의 신비주의 집단으로 알려져 왔다.

울러……."

거인, 아니 키건은 한 번 한숨을 내쉬었다가 다시 말을 이었다.

"말세와도……."

키건이 말세에 대해 말하자 승희의 얼굴이 딱딱하게 굳었다. 영문을 모르는 더글러스는 총을 들고 엉거주춤 서 있을 수밖에 없었다. 이 거인 기사나 문밖의 마피아들이나, 이 알 수 없는 신비를 가득 담은 듯한 동양 여자 또한 점점 두려워지기 시작했다.

"말세의 예언을 너도 찾고 있는 거야?"

승희가 묻자 키건은 고개를 저었다.

"나는 일개 기사다. 자세히는 모른다."

"너도 『우사경』이 불로장생의 비결을 담은 것이라고 믿고 있는 거야?"

그러자 키건은 잠시 움찔했다. 그것을 보고 승희는 고개를 한 번 젓더니 또렷또렷한 목소리로 말했다.

"『우사경』은 서복이 쓴 거라고 알고 있지. 그는 불로초를 얻으러 갔다가 그대로 행방불명이 돼 버린 자라서, 그가 남긴 책에 불로장생의 비결이 있을 거라고 믿는 거겠지. 그러나 그건 서복이 쓴 게 아냐. 그가 우리나라에서 얻어 가지고 간 것은 맞지만."

"서복이 누구지?"

"아, 미안. 본토 발음으로 쉬푸라고 부를걸? 해튼 그는 우리나라 남쪽의 큰 섬인 제주도에 들르게 됐지. 거기는 과거 중국인들이 불로초라 믿었던 영지버섯의 특산지라 서복은 좋은 영지버섯을 얻으러 제주도를 샅샅이 뒤지다가 우연히 『우사경』을 얻게 됐던 거야."

"너는 그걸 어떻게 알지?"

거인이 눈을 동그랗게 뜨고 묻자 승희는 웃었다.

"흥, 그 일은 제주도에선 전설로 내려오고 있어. 당시 제주도는 세상 사람들에게 그리 알려지지 않은 아름다운 섬이었는데, 서복은 버섯과 책을 얻어 가면서 섬의 이름까지 지어 주었지. 전설로는 서복이 버섯을 얻어 간 것만 전하고 책을 얻어 간 건 전하지 않지만…… 모든 여건으로 볼 때 서복이 『우사경』을 제주도에서 얻어서 그때 가지고 나간 것은 분명해."

"어째서?"

"『우사경』은 우리나라의 한웅 조선 때, 음…… 그러니까 기원전 2700년경에 치우천왕을 받들던 삼사 중 하나인 여자 우사 맥달이 쓴 책이야. 그 여자는 신통력이 대단해서 노스트라다무스 따위와는 비교도 되지 않는 대예언가였어. 그는 당신이 지금 들고 있는 『우사경』 말고 더 중요한 예언서를 남겼어. 그게 바로 『해동감결』이라는 예언서지!"

만약 키건이 해동밀교에 대해 알고 있던 사람이라면 아마 놀라 까무러쳤을 것이다. 그러나 그는 여전히 미동도 하지 않았고, 더글러스는 무슨 말인지 알아들을 수가 없어서 눈만 굴리고 있었다.

"『우사경』은 그 예언서의 숨겨진 고리를 푸는 열쇠이며 말세에 대한 예언을 풀어내는 중요한 거야! 불로장생 따위와는 관련 없는, 일종의 암호 해석서라고! 그러니 네가 그걸 가지고 가도 아무 소용이 없어! 너희는 『해동감결』을 가지고 있지도 않고, 혹시 그걸 가지고 있다고 해도 그건 잊힌 고대 조선의 글자로 돼 있어서 알아볼 수가 없다고! 그 글자는 세상에서 단 한 사람만이 읽을 수 있는 글자니까. 어차피 너희 성당 기사단이나 불로장생과는 아무런 관련도 없는 것이니 나에게 넘겨주는 편이 좋을걸?"

승희의 이야기가 끝나자 키건은 천천히 검을 한 번 고쳐 잡으며 말했다.

"왜 나에게 그런 이야기를 하지? 그건 비밀이 아닌가?"

승희가 웃으며 대답했다.

"비밀도 그게 비밀이란 걸 아는 사람들에게나 비밀이지. 너는 아마 우리나라에 제주도란 섬이 있었는지도 몰랐을걸? 여기 이 탐정님도 마찬가지이고."

"나에게서 이걸 빼앗아 갈 자신은 없나 보군?"

그러자 승희는 다시 웃었다.

"자신은 있어. 하지만…… 걱정이 돼서."

"무엇이?"

"넌 생각보다 센 것 같거든. 힘만 센 자라면 무서울 게 없지만…… 너도 뭔가 감추고 있는 것 같아서 말이야."

거기까지 말하다가 승희는 퍼뜩 소리를 쳤다.

"성당 기사단의 보스는 괴물인가? 어떻게 팔백 살이 돼서도 살아 있을 수 있지? 어라? 더 오래 묵었을 수도 있잖아! 그러고도 더

살기를 바라다니, 참."

그 말에 키건은 거대한 몸을 움찔하며 한 걸음 뒤로 물러섰다. 태산이 무너져도 변하지 않을 것 같던 키건 얼굴에 경악의 표정이 드러나 있었다.

"너, 너는 그걸…… 어떻게……."

"말세와 관련이 있다는 걸 안 걸 보면 너희 보스도 용하기는 하구나. 그러나 그만큼 살고도 생명에 애착을 더 가지면 추하지요, 추해. 자, 『우사경』은 불로장생과는 상관없는 것이니 이제 그만 내게 달라고."

"그럴 수는 없다."

키건의 얼굴이 대번에 딱딱하게 굳었다. 그러자 승희의 얼굴도 다시 굳어졌고 잠시 후 그녀는 푸우 한숨을 내쉬었다.

"결국…… 보스가 날 없애라고 했나? 당신들은 모두 텔레파시로 교감을 하는군그래."

그 말에 키건도 한숨을 쉬면서 고개를 설레설레 저었다.

"너는 투시력이 있구나……. 대단해. 하지만 더 이상은 소용없을 거다. 이제 나는 아무 생각도 하지 않을 테니."

말을 마치자 키건의 얼굴은 백지장처럼 하얗게 됐다. 그러자 승희도 한 번 고개를 끄덕이더니 뒤로 한 걸음 물러섰다.

"너도 상당하구나. 마음을 비울 줄 안다니. 하긴 팔백여 년 동안이나 알려지지 않고 숨어 있으려면 그 정도는 해야겠지. 완전 괴물이네, 괴물."

승희는 웃으며 한마디를 보탰다.

"하지만 이제 늦었어. 난 알 걸 다 알았으니까. 어쨌거나 『우사경』은 포기 못 해. 어서 줘, 다치기 전에."

승희의 요구에 키건은 고개를 저으면서 한숨을 쉬었다.

"자신은 없지만…… 명령이니 할 수 없다. 그러나 너는 정말 대단하구나. 너야말로 정신 능력으로는 세계에서 따를 자가 없겠구나. 여자에다가 나이도 적으면서……."

"내가? 호호호……."

승희는 한 번 깔깔 웃더니 키건에게 말했다.

"근데 이를 어쩌나? 나보다 백 배는 더 강한 동료가 셋이나 있거든."

그러다가 승희는 키건의 흑검을 가리켰다.

"그건 참 대단한 칼인데? 갑옷도 그렇고. 아까워. 현암 군이 있었으면 참 신기해했을 텐데."

"이건 성당 기사단 비전의 보물이다. 다크 헌터(Dark Hunter)와 나이트 아머(Night Amor)지. 그런데…… 그 현암이란 자는 누구지? 당신보다 백 배나 강하다는 자인가?"

"난 너하고 싸우려면 온몸에 힘을 줘야 하지만, 현암 군은 말 한마디로 당신을 가루로 만들 수 있을 거야. '월향! 나가라!' 하면 말이야. 호호호……."

승희는 장난스럽게 계속 웃어 댔다. 그러나 키건과 더글러스는 승희가 무슨 말을 하는지 알 턱이 없었다. 더글러스는 승희와 키건의 대치 국면을 보며 불안한 마음을 가눌 길이 없었다. 바깥에서는 아까부터 뭐라고 지껄이는 소리가 커지고 차의 엔진 소리가 계속 들려오는 것으로 보아 차이나 마피아가 점점 불어나고 있는 것 같았다. 이 거인 기사는 그렇게 나쁜 사람 같지는 않았지만, 차이나 마피아는 여전히 두려운 존재였다. 더글러스가 승희에게 울상을 지으며 뭔가 말하려고 하자 승희가 웃음을 거두고 천천히 미소를 지으며 키건에게 말했다.

"자, 이제 말장난은 그만하자고. 바깥의 놈들이 화염 방사기를 가져왔어. 그걸 맞으면 파마머리가 될 테니 좀 곤란하잖아. 그 다크 헌터나 한번 휘둘러 보시지 그래?"

키건은 천천히 검을 얼굴 앞으로 똑바로 세웠다. 기사들이 하는 일종의 의례였다. 그러나 그는 팔에 힘이 빠진 듯 하마터면 칼을 떨어뜨릴 뻔했다. 그 모습을 보며 승희가 말투를 바꾸어 차분하게 말했다.

"미스터 키건, 당신도 결국 인간이네. 어서 『우사경』을 줘. 다치게 하고 싶지는 않아."

키건은 믿을 수 없다는 듯 눈을 부릅뜨면서 다시 칼을 들어 올리려 했으나 팔은 마치 깁스를 해서 굳어진 것처럼 움직이지 않았다.

"이, 이건 뭐냐? 너는, 너는 무슨 사악한 마술을?"

"마술이라니? 난 그런 건 몰라. 근데 말이지, 나보고 능력이 대단하다고 한 게 누구였더라?"

더글러스의 입이 딱 벌어졌다. 승희의 정신 능력이란 것이 이 정도로 대단한 것이었던가? 저 거인의 팔 힘은 보통 사람의 스무 배는 될 것 같았다. 그런데 손가락 하나 대지 않고 키건의 팔을 못 쓰게 만들어 버리다니!

"그, 그러나 이건…… 이건 도대체 뭐지? 이건……."

키건은 여전히 굴복하려 하지 않고 이를 악물면서 팔을 들어 올리려다가 잘되지 않자 왼손으로 검을 옮겨 쥐려고 했다. 그러나 왼팔마저도 잘 움직이지 않게 되자 그는 억눌린 듯한 신음을 냈다. 키건의 얼굴에 삽시간에 구슬 같은 땀이 맺혀 아래로 끊임없이 흘러내리기 시작했다. 백지장 같던 얼굴도 조금씩 붉어지기 시작하더니 곧 얼굴 전체가 시뻘겋게 돼 버리고 말았다.

"사, 사이코키네시스(Psycho-kinesis)[3]. 도대체 얼마나 강한 힘이기에……."

키건이 안간힘을 쓰며 중얼거리자 승희는 그에게 다가서며 안 됐다는 듯 말했다.

"염력이 맞긴 한데, 그 힘은…… 글쎄, 한 이삼 킬로그램 정도 될까?"

"말, 말도 안 된다! 이건…… 이건……."

승희는 싱긋 웃으며 키건의 커다란 손에서 『우사경』을 슬쩍 빼냈다. 거인 키건은 여전히 땀만 흘리고 이만 악물고 있을 뿐, 아무

---

3 염력(念力)이라고도 하며 정신력을 물리력으로 전환해 마음의 힘으로 물체를 움직일 수 있는 힘을 의미한다.

런 힘도 쓰지 못했다.

"말이 돼."

승희는 유쾌한 듯 대답했지만 머릿속에서는 지난 수년간 해 왔던 그 엄청난 고생이 주마등처럼 흘러 지나가고 있었다.

승희의 능력

마스터와의 마지막 싸움이 끝나고 애염명왕이 승희의 몸에서 빠져나가 화신(Avatara)에서 보통 사람이 돼 버린 후, 승희는 자기 몸에 변화가 왔음을 깨달았다. 모든 능력이 사라진 것은 아니었다. 그러나 증폭력은 희미해져 버렸고 투시력도 이전과는 좀 달라졌다. 마음만 먹으면 아무리 먼 거리에 떨어져 있는 사람이라도 마음속을 들여다볼 수 있었던 것이 이제는 범위가 약간 줄어들게 된 것이다.

그 대신 정확하게 누군가를 짚어 내는 능력은 더더욱 발달해서, 가령 근처에 수십 명이 숨어 있다고 해도 원하는 한 명의 마음을 정확하게 짚어 낼 수 있게 됐다. 가장 큰 변화는 염력이 생긴 것이었다. 비록 그 힘이 미약하기는 했지만.

애염명왕이 남기고 간 것인지, 아니면 아버지 현웅 화백에게서 물려받은 유전적인 것인지는 알 수 없었지만, 그 힘은 고작해야 이 킬로그램 정도의 물건을 들어 올릴 수 있을 뿐이었다.

처음 염력을 가진 것을 알았을 때 승희는 가벼운 물건을 마음대로 띄워 올리고, 던지고 하는 것이 무척이나 재미있었다. 그러나 재미있을 뿐, 실제로 그 힘은 아무 쓸모가 없을 거라 생각할 수밖에 없었다.

"이걸 가지고 뭘 하란 말이야? 칫, 만화에선 염력으로 빌딩도 허물고 커다란 돌덩이도 던지고 하던데…… 그래야 좀 할 맛이 나지. 차라리 없는 게 낫겠어."

그러나 승희의 힘을 옆에서 차분히 지켜보던 박 신부는 곧 그 힘이 결코 미약한 것만은 아님을 알아내었다. 약하기는 했지만 순간적으로 그 힘을 발휘할 때의 반응 속도는 엄청나게 빨랐다. 즉, 한참이나 인상을 쓰고 정신 집중을 해야 염력이 발휘되는 것이 아니라 마음만 먹으면 즉각적으로 힘이 발휘되는 것이다.

게다가 파급 범위도 넓어서 승희의 시야에 들어오는 것은 물론, 대략 사오백 미터 범위에까지 힘이 그대로 발휘됐다. 그것도 무척이나 정밀하고 정확하게. 그러니까 작은 힘이라도 신경을 써서 집중하면 바늘 끝처럼 작은 점에 힘을 집중할 수도 있었고, 밀고 당기고 꼬고 비트는 등 사물에 자유롭게 힘을 가할 수 있었던 것이다.

승희는 박 신부가 이끄는 일련의 실험에 군말 없이 따르긴 했지만 그런 일이 며칠이나 계속되자 싫증을 냈다.

"그렇다고 해서 이걸 가지고 뭘 어쩐단 거예요? 조금만 크고 무거우면 움직일 수가 없는걸. 이런 걸 뭐에 쓴다고 이러시는지 모르겠네요."

그러나 박 신부는 웃으며 이렇게 말할 뿐이었다.

"승희야, 조금만 더 고생 좀 해 주렴······."

며칠 후 승희는 놀라운 제안을 들었다. 박 신부와 현암, 준후 세 사람이 앞으로 승희를 가르치겠다는 것이다. 박 신부는 전력을 살려 의학을, 현암은 혈도에 대한 지식을, 그리고 준후는 자신이 만든 부적에 대한 지식과 기타 다른 사람에게 영향을 줄 수 있는 술법을 알려 주기로 한 것이다.

"왜 이런 걸 다 배워야 한다는 거죠?"

승희가 의아해하자 박 신부가 대답해 주었다.

"승희야, 네 염력은 비록 작은 힘이지만 가장 무서운 힘도 될 수 있는 것이란다. 염력이 너의 투시력과 결합하면 더없이 무서운 힘이 될 수도 있어. 물론 인간들에게나 통하는 것이고 영적인 싸움에서는 큰 도움이 되진 않겠지만."

현암도 한마디 거들었다.

"우리가 그동안 골치를 썩인 건 영적인 존재들보다는 우리를 방해하는 '인간'들인 경우가 많았지. 그 경우 네가 우리에게 힘이 돼 줄 수 있다는 거야."

"이 조그만 힘으로? 어떻게?"

"간단해. 너는 그 힘을 아주 정밀하게 집중시킬 수 있으며, 수백 미터 밖에까지 힘을 발휘할 수 있지? 그 힘으로 혈도를 찌른다고 생각해 보렴."

그 말을 듣자 승희는 뭔가가 머리를 한 대 탁 치는 것 같은 느낌이 들었다. 현암은 기공을 연마한 만큼 오랜 기간에 걸쳐 혈도에 대해 상당한 지식을 쌓아 왔다. 아직 현암의 힘은 너무 강하고 날카로워서 사람의 혈도를 자유로이 찌르고 푸는 경지에 이르지 못했는데, 승희는 할 수 있다는 것이었다. 거기에 박 신부도 덧붙여 말했다.

"꼭 혈을 찌르지 않더라도 방법은 또 있단다. 인간의 몸에는 많은 신경과 핏줄 등의 섬세한 조직이 있지. 그에 대한 지식을 잘 쌓기만 해도 혈도를 찌르는 것 못지않은 효과를 볼 수 있을 거란다."

이 킬로그램은 작은 힘이지만 인간의 몸 내부의 신경 조직 등을 건드리거나 거머쥐기에는 충분한 힘이었다. 즉, 승희는 특유의 투시력과 장거리에 뻗치는 염력을 성공적으로 결합하기만 하면 어떤 사람이라도 무력화시킬 수 있는 능력을 지닐 수 있다는 것이다.

그 길은 정말로 험하고 힘들었다. 승희는 의대생 못지않게 필사적으로 의학을 공부해야만 했으며, 구역질을 해 가면서 모 대학 실습실에 숨어 들어가 해부까지도 해내야 했다. 더구나 박 신부는 승희의 힘이 조금만 잘못해도 사람의 목숨을 빼앗아 갈 수 있는 것이니만큼 정말로 혹독하리만치 엄격하게 승희를 수련시켰고, 머리칼만 한 실수가 있어도 눈물이 날 만큼 따끔하게 혼을 냈다.

그것만이 아니었다. 승희는 현암이 일러 주는 혈도의 지식을 한의사를 능가할 정도로 외워야 했으며 중후가 만들어 준 부적들도 능숙하게 사용할 수 있도록 익혀야 했다. 그러나 애를 썼음에도 불구하고 승희는 준후의 부적은 잘 사용할 수 없었다. 체내의 잠재력을 끌어내는 승희의 힘과 외부의 다른 기운을 빌리는 부적의 힘이 잘 맞지 않는다는 준후의 설명이었다. 그러자 현암은 다른 궁리를 또 해냈다.

현암은 승희가 천신만고 끝에 혈도를 다 외우자 또 다른 것을 시키기 시작했다.

"한 번에 한 개의 표적만 노려서는 곤란할 경우가 있지. 그러니 순식간에 여러 개의 표적을 찌르는 방법을 연구해 보자."

현암은 승희의 대답이나 동의를 구할 생각도 않고 승희를 다그치며 밤낮을 가리지 않고 연습을 시켰다. 승희는 나중에 지쳐서 울고불고했으며 몇 번이나 도망치려고까지 했지만, 결국 현암과 박 신부의 말에 따를 수밖에 없었다.

드디어 거의 일 년에 걸친 노력 끝에 승희는 오백 미터 내에 있는 최대 일곱 개까지의 목표를 염력으로 찌를 수 있게 됐다. 일단 그렇게 되고 나자 이때까지 힘들었던 과정은 잊어버린 듯 그것으로 만족하지 않았다.

현재 퇴마사들에게 가장 두려운 것은 역시 총이라 할 수 있었다. 악령이나 귀신들과 싸우는 것은 이제 비할 바가 없을 정도로 강해졌다. 가령 현암은 천정개혈대법을 육 단계까지 올려서 맞싸우면 당해 낼 사람이 없다고 보아도 과언이 아니었다. 그러나 멀리서 쏘아 대는 총에는 그들 모두가 속수무책이었다.

승희는 총기를 연구했다. 총기 역시 인체처럼 구조만 잘 알고 있다면 염력을 총기의 내부에 투사해 총알이 나갈 수 없게 만들 수 있다고 본 것이다. 그런데 총의 구조는 인간처럼 공통으로 이뤄져 있지 않았다. 승희는 상당한 수효의 총을 찾아다니며 연구했고, 마침내 대부분의 총을 무력화시킬 수 있게 됐다. 그러기까지 도합 이 년이 넘는 시간이 흘렀고, 그간의 고생 또한 이루 말할 수 없었지만…….

키건의 몸은 거대했지만 혈도는 다른 사람과 다를 바가 없었다. 그러나 키건의 덩치가 워낙 커서 승희는 혹시라도 이자가 남들과 다른 신체 구조를 가진 자이면 어쩌나 하는 두려운 마음이 들었다. 그래서 쓸데없는 소리를 해 가면서 시간을 끌고 그 틈을 이용해 키건의 몸을 투시한 다음 비로소 키건의 팔을 움직이는 신경과 혈도를 염력으로 잡아 버린 것이다. 시간을 끌기 위해 말을 계속하면서 성당 기사단에 대한 것을 알아내기도 했고…… 승희는 자신이 가진 단 이 킬로그램의 힘만으로 거대한 키건을 무력화시키자 흐뭇하기가 그지없었다. 승희는 다시 한번 『우사경』을 들여다본 다음 키건에게 밝게 웃으며 말했다.

"고마워. 그럼 이만 갈게."

승희가 말을 끝내며 힘을 풀자 키건의 몸이 휘청하고 움직였다. 키건의 팔이 다시 움직여지자 한순간 검을 쳐들려고 했으나 승희가 날카롭게 말했다.

"팔 하나로 부족하다고 여겨? 그럼 다리는 어때? 아니, 심장을 한 번 멈추게 하면 어떨까? 꼭 내가 그래야겠어?"

그러자 키건의 안색이 흙빛으로 변하면서 검을 든 어깨가 부르르 떨렸다.

지금까지의 광경에 더글러스는 거의 혼이 나가서 마치 꿈속에 있는 것처럼 몽롱한 기분이 들었다. 그런 그를 툭 치며 승희가 말했다.

"갑시다, 탐정님."

"그, 그러나 밖에는……."

"염려 말아요."

승희는 『우사경』을 재킷 주머니에 찔러 넣고 뚜벅뚜벅 서슴없이 문밖으로 걸어 나갔다. 더글러스는 아직 완전하게 마음을 놓을 수는 없었지만, 홀린 듯 승희의 뒤를 따라 걸어 나갔다. 그래도 저 여자는 저 무서운 거인 기사를 무력화시키지 않았던가?

승희의 뒤를 따라 나온 더글러스는 의외의 광경을 보았다. 사당 밖을 둘러싼 차이나 마피아들이 사당 앞에 차로 바리케이드를 쳐 놓은 것이다. 차 뒤에 숨어서 총질을 해 댈 심산이었던 것 같았다. 더글러스는 마치 금방이라도 총알이 날아올 것 같아서 목을 움츠렸지만 이상하게도 한동안 아무런 반응이 없었다.

"왜…… 가만있는 걸까……?"

더글러스가 중얼거리듯 말하자 승희는 아무렇지도 않은 듯 주위를 둘러보며 혼잣말처럼 홍겹게 말했다.

"넷은 이미 갔고…… 저 건물 위에 하나 숨어 있고……."

그 말이 떨어지는 순간, 저편 건물의 이 층에서 으악 소리를 내면서 한 사람이 떨어져 내렸다. 그 사람이 들고 있던 총과 함께. 쿵 소리가 들리자 승희는 쯧쯧 소리를 내며 말했다.

"이상하다. 중추 신경 부분을 건드린 게 아닌데 왜 실족을 하지? 흠, 그래도 이 층에서 떨어졌으니 죽지야 않겠지."

그러면서 승희는 또 다른 쪽으로 고개를 돌렸다. 그러자 지나가던 행인처럼 서 있던 한 남자가 갑자기 풀썩 쓰러져 버렸다.

"바보 같은 놈들. 그러면 속을 줄 알고?"

갑자기 웬 여자 하나가 비명을 지르면서 건너편 건물에서 뛰어나왔다. 그리고 그 뒤로 총을 든 남자 하나가 역시 소리를 지르면서 달려 나왔으나 승희가 눈썹을 조금 찌푸리자 남자는 무릎을 꺾으며 달려오던 힘을 이기지 못하고 그 자리에서 데구루루 나뒹굴었다. 여자는 남자가 쓰러진 것을 보지 못한 듯, 계속 비명을 지르며 승희 쪽으로 달려왔다. 그 모습이 너무 안 돼 보여서 더글러스는 자신도 모르게 앞으로 나가려 했다. 그러자 승희가 날카롭게 외쳤다.

"엎드려요!"

더글러스는 무슨 말인지 알아듣지 못하고 그냥 앞으로 나서려 했다. 그러자 그의 양다리에 힘이 빠지더니 그 자세 그대로 풀썩 진흙탕에 주저앉고 말았다. 그 순간, 달려오던 여자가 어디에서 감춰 들고 온 것인지 둥글게 휜 만도(蠻刀)를 자기 쪽으로 휘두르는 것이 보였다. 날카로운 칼날은 더글러스의 머리털을 스치면서 간신히 비껴 지나갔다. 다음 순간 여자는 병을 딸 때 김이 빠지는 듯한 소리를 내며 그 자리에서 털썩 옆으로 쓰러지고 말았다. 더글러스로서는 하마터면 목이 날아갈 뻔한 위기를 넘긴 셈이라 거의 제정신이 아니었다.

"이, 이건……"

"탐정님, 신사도를 아무 데서나 찾으면 어떡해요. 요즘 여자들은 그렇게 약하지 않거든요."

그때 저쪽에서 요란한 엔진 소리를 내면서 두 대의 차가 달려왔다. 순간 승희의 안색이 조금 변했다.

'제길, 운전하는 놈을 건드리면 간단하긴 하지만…… 그러면 사고가 나서 다 죽이게 될지도 모르는데…….'

승희는 살인을 하고 싶은 생각은 추호도 없었다. 그랬다가는 나중에 박 신부나 현암이 펄펄 뛸 것이기 때문이기도 했다. 잠시 머뭇거리는 사이 차창으로 두 녀석이 몸을 내밀고 총을 쏘려고 했다. 승희는 녀석들이 총을 쏘려고 한다는 것쯤은 이미 투시로 읽고 있었다. 녀석들은 방아쇠를 당기려 할 때쯤 그 자리에서 실 끊어진 꼭두각시처럼 푹푹 쓰러져 버렸다. 한 녀석은 차 안으로 처박혔지만 다른 한 녀석은 차창에 덜렁덜렁 걸린 채였다.

그러나 운전하는 놈들은 승희를 들이받을 것처럼 끝까지 달려들었다. 승희도 그것만은 예상외였다. 아까 총을 쏘려는 놈들에게 신경을 집중하느라 운전석에 있는 놈의 마음마저 투시하기 어려웠던 탓도 있지만, 이건 너무 급작스러운 반응이 아닌가? 승희는 차의 타이어를 터뜨리려 해 보았지만 타이어의 고무가 너무 두꺼워 염력으로는 구멍이 나지 않았다. 승희는 거칠게 내뱉었다.

"제길!"

그렇다고 몸을 날려 피하고 싶지는 않았다. 자존심이 허락하지 않았던 것이다. 승희는 도망가느니 모험하는 셈 치고 놈들의 왼팔과 오른팔에 신경을 집중했다. 그러자 두 대의 차는 달려오다가 방향을 급작스레 꺾더니 서로 부딪쳐 멈춰 서고 말았다. 신경계를 건드려서 다른 사람의 팔을 조종할 수 있을지 없을지는 확신이 서지 않았었는데 다행히도 성공한 것이다. 두 대의 차가 멈추어 서자 승희는 녀석들의 뇌 신경계에 살짝 자극을 주어 기절하게끔 만들어 버렸다.

빗물이 넘치는 길바닥에 주저앉은 채 이 모든 광경을 보고 있던 더글러스는 빗물이 입안으로 들어오는 것도 느끼지 못하고 입을 딱 벌리고 있었다. 이 여자는 마술을 부리는 것일까? 보아하니 아까 자신을 구해 준 것도, 그 전에 마피아들이 기척도 없이 쓰러뜨린 것도 이 여자임이 틀림없었다. 아까 그 거인이 염력 운운하는 말을 듣기는 했지만, 그로서는 승희가 어떻게 사람들을 그렇게 쓰러뜨릴 수 있는지는 알 수가 없었다. 다만 승희가 형언할 수 없이 무시무시한 힘을 사용한다고밖에 볼 수 없었다. 주변이 쥐 죽은 듯 조용해지자 더글러스가 승희에게 말했다.

"당, 당신의 힘은 도대체 어느 정도요? 이건 정말⋯⋯. 믿을 수가 없군."

"조용히 해요. 아직 안 끝났어요."

"예?"

더글러스가 멍하니 있는데 갑자기 승희가 소리를 빽 질렀다.

"키건! 당신 포기하지 못하겠어?"

길가를 울리던 승희의 목소리가 막 사라져 갈 즈음, 사당의 반쯤 무너진 벽이 다시 와르르 허물어져 내렸다. 그리고 그곳에서 키건이 거대한 몸을 드러냈다. 그는 번뜩이는 눈으로 승희를 바라보더니 말했다.

"나에겐 임무가 있다. 너는 그대로 갈 수는 없다."

말을 마치고 키건은 다크 헌터를 들어 자신의 왼쪽 허벅지를 푹 찔렀다. 선혈이 튀자 더글러스는 물론 승희까지도 헛 하는 소리를 냈다. 키건은 입술을 깨물며 다시 오른쪽 허벅지마저도 찔렀다. 그리고 검을 치켜들고 갑옷의 연결부인 양쪽 어깨 부분까지도 검 끝으로 푹푹 찔렀다. 그는 고통에 겨운 듯 고개를 푹 숙였다. 승희는 키건이 자살하려는 줄 알고 깜짝 놀라 말했다.

"뭐, 뭐 하는 거야······. 당신?"

그때 키건이 으으윽 하는 거친 신음 같은 것을 내면서 고개를 번쩍 들었다. 키건의 얼굴은 좀 전에 사뭇 점잖았던 모습과는 완전히 딴판이었다. 얼굴은 붉게 상기된 데다 눈에는 핏발이 가득 섰고, 얼굴 전체와 온몸의 혈관과 잔 힘줄들이 터질 듯이 부풀어 오른 흉악한 형상을 하고 있었다. 그의 손에 들린 흑검인 다크 헌터의 검은 광택 또한 한층 짙어진 것 같았다.

"각오하셨군."

이번에는 승희도 바짝 긴장한 것 같았다. 더글러스는 당할 자가 없던 것처럼 보이던 승희가 긴장하자 덩달아 바짝 촉각을 곤두세웠다.

"왜…… 왜 그러시오?"

승희는 바짝 긴장한 채로 아무 말도 하지 않았다. 무슨 수를 쓴 것인지는 모르겠지만, 지금 키건의 온몸은 무서울 정도의 경직 상태로 들어가 있는 것 같았다. 그 때문에 신경도 굳어 버린 것인지 승희의 염력이 제대로 먹히는 것 같지 않았다. 승희의 염력은 원래 이 킬로그램 정도의 힘밖에는 가할 수 없었는데 키건의 몸은 그보다 훨씬 높은 압력으로 가득 차 있었던 것이다.

승희는 계속해서 키건의 몸 여기저기를 염력으로 찔러 댔지만 그는 조금씩 몸을 움찔거리기만 할 뿐, 큰 충격을 받는 것 같지는 않았다. 이윽고 키건이 커다란 괴성을 지르면서 다크 헌터를 무섭게 휘두르며 달려들려 하자 승희는 더글러스의 옷소매를 휙 잡아끌었다.

"뛰어요!"

"뭐라고?"

"도망치자고요! 어서!"

그러면서 승희는 뒤도 돌아보지 않고 죽을힘을 다해 도망치기 시작했다. 더글러스는 기세등등하던 승희가 갑자기 왜 저러나 싶었지만 키건의 다크 헌터가 다시 한번 허공에서 붕 소리를 내자

목을 움츠리며 곧바로 승희의 뒤를 따랐고, 그 뒤를 키건이 쿵쿵거리는 발걸음 소리를 내며 따라왔다. 키건은 덩치도 어마어마한 데다가 걸쳐 입은 나이트 아머라는 것이 몹시 무거운 듯, 발걸음을 옮길 때마다 땅이 흔들리는 것 같았다.

정신없이 도망치다 보니 저쪽에서는 다시 여러 대의 차가 달려오고 있었다. 끈질긴 차이나 마피아들이 또다시 부하들을 내보낸 것 같았다. 더구나 그 수는 승희가 상대할 수 있는 일곱 명 정도가 아니라 이삼십 명이나 돼 보였다. 그 탓에 승희와 더글러스는 더 이상 그쪽으로 도망칠 수가 없었다. 이삼십 명이 동시에 총을 쏘아 댄다면 승희도 벌집이 되는 수밖에 없었으니까. 게다가 지금 뒤에서는 총보다도 더 무서운 키건의 다크 헌터가 달려들고 있지 않은가?

"제길!"

다급해진 승희는 도망치다가 뒤를 돌아다보며 힘을 썼다. 그러자 좀 전에 쓰러진 녀석들이 떨어뜨린 총들이 파닥거리며 총구를 들며 방향을 바꾸더니 키건을 향해 일제히 발사됐다. 그러나 승희의 염력은 무거운 총을 들고 움직이며 쏠 정도의 위력이 없었고, 총알이 나가는 반동을 견디면서 조준할 만큼 강하지도 못했다.

총이 발사되면서 마구 튀었고 총알은 사방으로 흩어져 버렸다. 여러 자루의 총이 일제히 발사된 터라 그중 몇 발은 키건의 몸에도 맞았다. 그러나 키건의 나이트 아머는 무슨 신통한 힘이 있는지 총알을 계속 튕겨 냈다.

승희는 입술을 깨물고 독한 마음을 먹었다. 승희가 다시 힘을 모으자 이번에는 권총 한 자루가 허공에 떠올라 키건의 얼굴을 똑바로 겨누었다. 그 순간 키건은 검을 휘두르며 한 팔을 등 뒤로 돌려서 뭔가 조작하는 듯했다. 그러자 나이트 아머의 목덜미 부분에서 창창 쇳소리가 나며 삐죽삐죽한 쇠붙이들이 솟아올라 삽시간에 키건의 얼굴을 둘러쌌다. 눈 깜짝할 사이에 칼날 투구가 키건의 얼굴까지도 완전히 방어하게 된 것이다.

"제길! 망설이지 말고 그냥 쏠걸!"

승희는 안타까워서 발을 동동 굴렀으나 키건이 다크 헌터를 획 휘두르는 순간 허공에 떠 있던 권총이 삽시간에 반쯤 쪼개지고 찌그러지면서 땅에 처박혀 버렸다. 키건이 다시 쿵쿵거리면서 승희 쪽으로 달려들었고, 등 뒤에서는 차이나 마피아들의 차가 무섭게 달려들고 있었다. 할 수 없이 승희는 옆으로 몸을 피해 아무 건물로나 뛰어들려고 했지만 차이나 마피아들이 해지기 전부터 기승을 부린 데다 소란이 일어난 후로도 한참 시간이 지난 터라 모든 건물의 문은 굳게 잠겨 있었다. 당황한 승희를 향해 키건은 여전히 서두르지도 않고 쿵쿵거리며 걸어오고 있었다.

혼전(混戰)

위기일발의 순간, 갑자기 승희는 더글러스의 손에 들린 총을 쳐서 떨어뜨리고는 비명을 질렀다.

"아악!!!"

째지는 듯한 비명을 지르면서 승희는 마피아들의 차 쪽으로 양손을 휘저으며 달려 나가기 시작했다. 더글러스가 무슨 영문인지 생각할 겨를도 없이. 그러자 차들은 승희 옆으로 방향을 급히 틀면서 끼익끼익 소리를 내며 급정거했다.

"뭐야, 넌?"

한 녀석이 험상궂은 말투로 소리를 지르자 승희는 울먹일 듯한 목소리로 말했다.

"저, 저기 괴물이……! 총 든 사람들을 모조리 해쳤어요!"

승희는 이자들이 앞서 당한 자들에게서 아직 정확한 보고를 받은 것은 아니라는 사실을 투시로 알 수 있었다. 그래서 키건을 이자들에게 떼어 넘기고 위기를 모면하기 위해 기지를 발휘한 것이다. 승희는 겉보기로는 평범하고 힘없는 여자 같아 보이니 의심을 받을 우려도 없었다.

"뭐? 괴물?"

곧이어 키건이 쿵쿵거리며 나타났다. 그리고 더글러스가 키건을 피해 반은 기듯이 달음질치는 모습도 보였다.

"으아아!"

축축한 안개비 속을 뚫고 지축을 흔들며 걸어오는 키건의 모습은 괴물이라 표현해도 전혀 이상하지 않았다. 그 광경을 보고 마피아 단원들은 잠시 주춤하다가 곧 총을 쏘아 대기 시작했다. 승희는 너무 무섭다는 듯 일부러 꺅꺅 소리를 지르며 그들 뒤로 도망쳐 숨었다. 다행히 마피아들은 무시무시한 키건의 형상에 정신이 팔려 승희가 뒤로 슬그머니 빠지는 것은 신경조차 쓰지 않는 듯했다.

키건이 쿵쿵 소리를 내며 거대한 체구를 이끌고 다가오자 마피아들은 곧 소나기처럼 총을 쏘아 대었다. 그러나 총알은 모조리 나이트 아머에 맞고 사방으로 튕겨 나갈 뿐이었다. 그 모습에 마피아들은 겁에 질린 듯 모두 뒤로 움찔거리며 물러섰다. 그 상황에 승희는 다급해졌다. 저들이 이대로 그냥 물러나 버린다면 결국 키건은 자신을 잡을 것이 아닌가? 승희는 냅다 소리를 질렀다.

"저 거인이 책을 갖고 있어요! 레인 마스터의 책을……."

말을 해 놓고 승희는 아차 싶었다. 마피아들 중 나이가 꽤 들고 눈매가 유난히 날카로운 자가 승희를 보고 눈살을 찌푸렸기 때문이다.

'레인 마스터의 책이라고? 저 여자는 어떻게 그걸 알고 있지?'

그 남자의 마음을 투시한 승희는 큰일이다 싶어서 이자도 처치해야겠다고 생각했다. 그런데 막상 힘을 쓰자 그 사람은 몸을 한 번 움찔했을 뿐, 마비된다거나 정신을 잃지도 않았다. 이자도 키건처럼 염력이 잘 통하지 않는 것이 분명했다. 다만 키건처럼 무슨 술수를 부리는 것 같지는 않고, 신경과 근육 조직이 대단히 튼튼하고 뭔가 알 수 없는 힘에 의해 자신의 염력을 차단하는 것 같았다. 이런 반응은 전에 현암에게 시험해 보았을 때와 비슷했다. 현암의 몸은 내공력이 가득 차 있었기 때문에 승희의 작은 염력이 통하지 않았었다. 비록 현암보다 저자가 몇 수 아래인 것 같았지만…….

'그렇다면 저자도 내공을 쌓은 고수란 말인가? 미국 땅에 내가 고수가 있었단 말인가?'

승희는 의아해했다. 그러나 그자는 승희에 대해서는 그리 대수롭게 생각하진 않았는지, 곧 거구의 키건만을 형형한 눈매로 쏘아보았다. 승희는 그가 자신을 수상쩍게 여기기는 하지만 일단 저 괴물을 물리쳐야 한다고 생각하는 그의 마음을 놓치지 않고 읽었다.

"이 여자를 도망 못 가게 좀 지켜!"

그자는 그 말을 남기고는 양 손바닥을 휘두르며 키건에게 몸을 날렸다. 그 몸놀림이 대단히 날렵했다. 그러자 마피아 중 한 녀석이 소리를 질렀다.

"우 사부가 나갔다! 사격 중지!"

승희는 일단 그들에게 감시받게 됐지만, 그런 것은 신경 쓸 게 못 됐다. 다만 우 사부라는 자의 내력이 궁금해져서 마피아 녀석들의 마음을 휙 한 번 둘러보았다.

우 사부는 츠다오파의 숨은 고수로 통배권(通背拳)의 대가였다. 승희는 통배권이 무엇인지 확실하게 알 수는 없었지만, 일종의 장법으로 물체를 통과해 타격을 전달하는 권법인 것 같았다. 과거 우 사부는 물이 가득 든 항아리를 후려쳐 손바닥을 댄 쪽은 조금의 흠집도 내지 않았고 그 반대쪽의 항아리 벽만 터져 나가게 했던 일도 있는 듯싶었다. 그러니 키건이 비록 총알을 튕겨 내는 갑옷을 입었다고는 하나 싸워 볼 자신이 있는 것 같았다.

'으음, 상당한 고수로구나. 통배권은 현암 군의 '투' 자 결과 비슷한 건가 보군!'

승희는 흥미를 느끼며 과연 우 사부가 키건과 싸워 이길 수 있을까를 흥미진진하게 바라보았다.

우 사부는 고수였지만 키건의 검술도 만만치 않았다. 중국 무예처럼 화려한 동작은 없었지만, 키건의 한 동작 한 동작은 조금도 빈틈이 없는 데다가 엄청난 힘이 실려 있었다. 더구나 그 칼은 총알을 튕겨 내는 나이트 아머와 한 쌍을 이루는 다크 헌터이니 단 한 번만 맞아도 우 사부는 토막이 나 버릴 것이 분명했다.

그러나 우 사부는 날렵한 보법과 상대적으로 작은 체구라는 장점을 이용해 재빠르게 키건의 몸 주위를 돌며 그의 칼을 피했다. 그러면서 우 사부는 계속 양 손바닥을 펴서 휘두르고 있었는데, 손바닥을 휘두를 때마다 팟팟 하는 바람 소리가 났다. 그사이에 더글러스는 얼굴이 시퍼렇게 질려서 엉금엉금 기다시피 해 승희 쪽으로 왔다.

"어서, 어서 여길 피합시다! 어서요!"

더글러스가 거의 울 듯이 승희에게 외치자 승희를 감시하던 마피아 녀석이 더글러스의 어깨를 탁 밀며 외쳤다.

"네 마음대로 오고 갈 수 있다고 생각하냐? 거기서 꼼짝 말고 있어!"

그러는 사이 우 사부가 키건의 배 부위를 손바닥으로 한 번 명중시키는 데 성공했다. 과연 통배권의 위력은 대단해서 나이트 아머를 뚫고 충격이 전달됐는지 키건의 거대한 어깨가 움찔하고 흔들렸다. 그 틈을 타서 우 사부는 양손을 동시에 뻗어 키건의 가슴과 배를 연달아 후려치자 키건은 휘청거리며 뒷걸음질을 쳤다.

키건은 다시 다크 헌터를 휘둘렀고 우 사부는 칼을 아슬아슬하게 스쳐 피했다. 바로 그 순간 놀랍게도 다크 헌터가 차르릉 하는 쇳소리와 함께 쫙 늘어나면서 채찍 같은 기다란 줄 세 개로 변했고 삽시간에 사방을 뒤덮었다.

너무도 의외의 일이라 우 사부는 몸을 팽이처럼 돌리면서 뒤로 피하려 했으나 어깨와 옆구리의 옷이 찢기고 말았다. 그는 넘어지지 않고 간신히 뒤로 물러서서 착지했지만, 어깨와 옆구리에서는 선혈이 배어나고 있었다. 다크 헌터는 다시 차르릉 소리와 함께 원래의 칼로 돌아가 있었다. 승희는 키건이 자신에게 저런 수법을 썼다면 벌써 당했을지도 모른다고 생각하며 몸을 떨었다.

키건이 일단 위기를 모면하기는 했지만, 그의 발걸음은 조금 흔들리고 있었으며 더 이상 우 사부를 공격하려 하지도 않았다. 그러나 상처를 입은 우 사부는 노성을 터뜨리면서 부하들에게 소리쳤다.

"저건 인간이 아니라 괴물이다! 수단 방법을 가리지 말고 어서 해치워 버려!"

그러자 트럭 뒤에서 두 명의 기이한 옷을 입은 사람이 내렸다. 번쩍거리는 옷과 반투명한 큰 안경이 달린 헬멧을 쓰고 등에 무엇인가를 메고 있는 사람들이었다. 그들이 손에 든 막대기 같은 것을 움직이자 끝에 확 하고 불꽃이 맺혔다. 방호복을 입고 화염 방사기를 든 자들이었던 것이다.

그 모습을 보고 승희는 다시 몸을 움찔했다. 화염 방사기를 가져오라고 마피아들이 전했던 것을 투시력으로 읽기는 했지만 정말로 그걸 사람에게 들이댈 줄이야……. 그 두 녀석은 다른 녀석들이 키건을 향해 총을 쏘는 사이 화염 방사기의 가스 압력을 조작하려는 듯 등에 진 봄베(고압 상태의 기체를 저장하는 데 쓰이는 두꺼운 강철로 만든 둥근 원통)를 만지작거리고 있었다. 인정사정 볼 것 없이 키건을 태워 버리려는 모양이었다.

"죽어라! 이 괴물!"

두 녀석이 기세 좋게 외치면서 앞으로 달려 나가자 키건도 놀란 듯 멈칫했다. 그러나 뭔가 각오한 듯 그도 곧 소리를 길게 지르면서 칼을 휘두르며 달려들었다. 거의 자포자기에 가까운 몸짓 같았다. 기세등등하게 달려 나갔던 두 녀석은 그만 놀라서 멈칫하며 뒤로 물러서며 발사 스위치를 당겼으나 화염 방사기가 발사되지 않았다.

"어어?"

녀석들이 놀라는 사이 키건의 검이 옆으로 부딪치자 두 녀석은 아까의 그 당당하던 기세에도 불구하고 저만치 엎어져서 나뒹구는 신세가 되고 말았다. 키건은 칼 몸으로 후려갈긴 것에 불과했지만, 녀석들은 죽은 것처럼 쓰러져서 꿈틀대지도 못했다.

키건은 칼을 똑바로 세우고 승희 쪽을 쳐다보았다. 화염 방사기가 먼저 발사되지 못하게 힘을 쓴 것은 승희였던 것이다. 고맙다는 인사를 하는 것 같았다. 그러나 승희는 순수한 호의에서 그런 것이 아니고 다른 꿍꿍이가 있었다.

'휴…… 이제 이 떨거지들은 키건이 알아서 쓸어버릴 것이고, 키건은 나한테 빚을 진 셈이니 『우사경』을 도로 빼앗아 가지 않겠지. 이로써 해결이다.'

그런 깜찍한 생각으로 승희는 차이나 마피아와 키건의 싸움을 재미있게 지켜보았다. 화염 방사기가 무용지물이 되고 우 사부마저도 다친 상태에서 차이나 마피아들은 더 이상 키건의 적수가 되지 못했다. 그들이 뺑소니를 치려고 하자 승희는 자신과 더글러스를 감시하던 녀석에게 염력을 가해 그 자리에서 쓰러뜨리고 손뼉을 치면서 키건에게 말했다.

"브라보! 정말 멋지네. 그럼 다음에 보자고."

그러자 키건은 인상을 찌푸리며 안 그래도 무시무시하게 변한 얼굴을 더 험상궂게 일그러뜨렸다.

"그건 안 된다. 레인 마스터의 스크롤은 놓고 가라."

"내가 아니었으면 넌 지금쯤 불고기가 됐을 텐데도?"

"그건 그거고, 임무는 임무다. 난 반드시 그것을 가지고 되돌아가야 한다."

때마침 차에 기대어 상처를 동여매던 우 사부가 그 소리를 들었다.

"잠깐! 저 여자가 책을 가지고 있나 보다!"

그 외침에 마피아들의 총부리가 이번에는 일제히 승희 쪽으로 몰렸다. 승희는 갑자기 상황이 악화하자 버럭 화를 냈다.

"뭐야! 치사한 방법을 쓰고! 무슨 기사가 이래?"

키건은 무표정한 얼굴로 승희에게 다가오면서 말했다.

"너도 마찬가지 아닌가?"

"좋다고! 어디 보자! 덤벼 봐!"

승희는 외치면서 자신을 겨누고 있던 차이나 마피아들에게 최대의 힘을 발휘했다. 곧바로 앞줄에 있던 일곱 명이 자지러지게 비명을 지르면서 쓰러졌다. 독이 좀 오른 승희가 이번에는 그냥 기절시키지 않고 극도의 고통을 주는 혈을 찌른 것이다. 그러나 역효과가 났다. 뒤쪽에 있던 몇몇 놈들이 승희의 정체에 대해 눈치를 채고 말했다.

"저 여자다! 핑과 링을 습격한 건 저 여자야!"

"무서운 술법을 부린다! 인정사정 두지 말고 쏴라!"

그 소리와 함께 열다섯 명에 가까운 차이나 마피아들이 일제히 총과 무기를 승희에게 겨누었다. 일촉즉발의 순간이었다. 아무리 승희라도 열다섯 명이 한꺼번에 총을 쏘아 댄다면 꼼짝없이 당할 판이었다. 하지만 승희는 갈 데까지 가 보자는 오기로 그 자리에 꼼짝도 하지 않고 서서 놈들의 마음을 헤아렸다. 무리를 해서라도 좀 많은 숫자의 놈들을 쓰러뜨려 볼 생각이었다.

그때였다. 별안간 놈들의 뒤편에서 코요테의 울부짖음 같은 괴상한 소리가 들려왔다. 너무 처절한 소리라서 모든 사람이 움찔하며 잠시 그 소리가 들려온 쪽을 바라보았다. 하지만 기회를 노리고 있던 승희만은 그 짧은 순간을 놓치지 않았다. 먼저 겁을 주기 위해 아까 쓰러뜨린 일곱 명의 총을 허공으로 치켜올리자 마피아들이 기겁하며 놀라는 것 같았다. 일곱 명을 더 쓰러뜨릴 수도 있었지만, 그래도 여덟 명이 남는다는 것을 생각한 승희가 놈들의 공포심을 자극한 것이다. 다행히 놈들은 유령이라도 나와 자신들에게 총을 겨누기라도 한 것처럼 비명을 지르며 놀랐다. 우왕좌왕하는 폼이 가관이라 승희는 그 틈을 놓치지 않고 꽥 소리를 질렀다.

"너희들, 덤비면 모조리 몰살시켜 버릴 줄 알아!"

놈들의 얼굴이 창백해져 머뭇거리는 사이 뒤편에서 다시 쾅 하는 소리가 났다. 그 틈을 타고 키건이 다시 다크 헌터를 휘두르며 승희에게 달려들었다. 승희라도 키건만은 염력이 통하지 않으니 그저 도망치는 수밖에 없었다. 순간 승희의 마음이 흐트러져서 일곱 자루의 총이 다시 바닥에 우르르 떨어졌다.

그와 동시에 또다시 놀라운 일이 벌어지자 마피아들은 다시 한 번 기겁할 수밖에 없었다. 그들이 타고 온 차가 그 자리에서 쾅쾅 뒤집히는 것이 아닌가. 마지막으로 남은 차 한 대가 쓰러지자 키건 못지않게 커다란 덩치를 지닌 사람이 빗속을 뚫고 서서히 모습을 드러냈다. 머리를 땋고 상체에는 몇 개의 천 조각만을 두르고 있었으며 얼굴에 무늬를 그려 넣은 거대한 남자. 인디언 주술사인 성난큰곰이었다. 원래 성난큰곰의 덩치가 거대하기도 했지만, 강신술로 몸을 불린 상태라서 지금의 덩치는 키건에 못지않았다.

사실 승희는 미국에 와서 먼저 성난큰곰에게 도움을 청했다. 그러다가 더글러스를 쫓아 연락도 없이 서둘러 774번가로 왔던 것인데, 성난큰곰은 용케 승희를 쫓아 이 부근까지 온 것이다.

성난큰곰이 나타나자 승희는 반가움으로 소리를 질렀다.

"왜 이리 늦었어요!"

성난큰곰은 그 특유의, 마음속을 울리는 대화법으로 승희에게 뜻을 전달했다.

난 늦지 않았다. 오히려 일찍 온 것이지.

성난큰곰은 다시금 길게 코요테의 울음 같은 소리를 질렀다. 그 소리는 샌프란시스코의 도심 전체를 괴이한 분위기로 몰아넣을 정도로 우렁찼다. 그러자 승희가 다시 외쳤다.

"『우사경』을 찾았어요! 일단 여기 조무래기들 말고 이 덩치 큰 남자 좀 상대해 줘요!"

알았다.

키건과 강신술을 펼친 성난큰곰의 덩치는 막상막했다. 키건은 자신 못지않은 거인이 나타나자 의외라는 듯 조금 눈살을 찌푸리며 성난큰곰을 바라보았고 성난큰곰도 부릅뜬 눈으로 키건을 마주 바라보았다.

"넌 뭐냐? 저 여자와 한패냐?"

키건이 묻자 성난큰곰이 우렁우렁한 음성으로 대답했다.

"친구다."

그 말에 돌연 키건이 다크 헌터를 휘두르며 달려들었고 성난큰곰은 왼손으로 날쌔게 키건의 팔을 잡았다. 그 상태에서 힘을 주고 전진하자 키건의 몸이 와르르 뒤로 밀려 나가 건너편의 건물 벽에 쾅 하고 부딪쳤다. 성난큰곰은 다시 무지무지한 오른손 주먹으로 키건의 몸을 삽시간에 대여섯 번이나 쳤고, 그 힘에 키건의 몸은 벽에 조금씩 박혀 들어갔다. 성난큰곰의 힘은 그야말로 위력적이었다. 일곱 번째로 주먹을 날리자 키건의 몸이 닿아 있던 건물 벽이 와르르 무너지면서 키건은 뒤로 넘어져 버렸다.

 그때를 놓칠세라 성난큰곰은 양손을 하늘로 벌리면서 인디언의 주술을 외웠다. 곧 흰색 정령 같은 기운들이 사방에서 솟아 나와 넘어진 키건의 몸을 밧줄처럼 엮었다. 그에 맞서 키건이 돌연 커다랗게 고함을 지르자 나이트 아머가 갑자기 광채를 냈다. 성난큰곰이 불러낸 정령들은 키건의 몸을 묶고 있다가 나이트 아머의 검은 광채를 쐬자마자 갑자기 얼음이 햇빛에 녹듯이 녹아 없어졌다. 성난큰곰은 의외의 사태에 놀라서 한 걸음 뒤로 물러섰고, 키건이 벌떡 몸을 일으켰다. 전혀 타격을 받지 않은 듯한 날랜 동작이었다.

 "아아, 저 갑옷이……."

 성난큰곰은 식은땀이 흘러내렸다. 강신술을 펼쳐서 힘으로는 키건을 압도할 수 있었지만 키건의 갑옷과 검까지는 미처 생각을 못 한 것이다. 키건의 갑옷인 나이트 아머는 주술을 막아 내거나 물리칠 수 있으며, 총알까지도 막는 힘을 지닌 것 같았다. 그 때문에 성난큰곰이 무시무시한 힘으로 키건을 일곱 차례나 후려치고 인디언의 주술까지 썼음에도 그에게 조금의 타격도 주지 못했다. 키건은 차분하게 성난큰곰에게 말했다.

"죽이고 싶지는 않다. 물러서라."

그의 얼굴은 오히려 성난큰곰을 봐주고 싶다는 듯한 표정이라 성난큰곰은 등골이 서늘해졌다.

승희 또한 편한 입장은 아니었다. 마피아들이 차를 타고 자꾸 몰려오는 것이 보였기 때문이다. 스무 명에 가까운 자들을 처리했으니 제아무리 쥐딩파라도 남은 사람이 그리 많을 리는 없을 텐데. 이상하게 생각한 승희가 남은 놈들의 마음을 읽어 보니 몰려오는 녀석들은 놀랍게도 츠다오와 바이룽 등 다른 파들인 것 같았다. 놈들은 전 조직원들의 목숨을 걸고 『우사경』을 찾아 빼앗겠다는 심산인 것 같았다.

"제기랄, 이거 어떻게 하나?"

제아무리 승희라도 눈앞이 막막할 수밖에 없었다. 염력을 쓰는 것도 한도가 있었다. 이미 수십 차례나 염력을 사용했는데, 저렇듯 많은 인간을 상대하다가는 자신이 먼저 탈진해 버릴 가능성이 컸다. 승희는 도움을 얻을 수는 없을까 생각하며 힐끗 성난큰곰 쪽을 돌아보고는 그와 함께 행동해야겠다고 결정했다. 서로 각각의 적과 싸우기보다는 둘이 힘을 합해 한쪽의 적을 먼저 해치우고 나머지 한쪽을 대적하는 것이 옳은 것 같았다. 그러나 더글러스가 양손을 저으면서 승희를 막아섰다.

"뭐예요?"

"어서 도망쳐요! 당신이 가 봐야 도움이 되지 않소!"

"어디로 가란 말이에요! 마피아들이 가득 몰려오는데."

"저자들은 당신을 알지 못할 거요! 아까처럼 빠져나가요! 이미 책은 얻은 것 아니오?"

애당초 승희 혼자라면 쉽게 빠져나갈 수가 있었다. 하지만 승희는 자기를 도우러 온 성난큰곰을 두고 혼자 가기는 싫었다.

"안 돼요!"

"상대가 안 된다면서?"

승희는 더글러스를 보며 조용히 말했다.

"도망칠 건가요?"

그러자 더글러스가 잠시 숨을 들이마시더니 눈을 빛냈다.

"물론 그럴 순 없지."

더글러스가 총을 손에 꽉 쥐자 승희는 씩 웃어 보였다.

"훌륭해요. 더글러스 탐정님."

더글러스는 소리를 지르며 총을 치켜들었다. 그리고 달려오는 마피아들을 향해 총을 난사했다. 달려오던 자들도 급히 몸을 숨기면서 응사해 왔으나 더글러스는 크게 소리를 지르면서 여기저기 뛰어다니며 정신없이 총을 쏘아 댔다. 총을 쏘는 것은 더글러스 혼자였지만 그렇게 하자 상대는 이편의 숫자가 많은 것으로 오해했는지 섣불리 다가오지 못했다.

"겨우 이 정도냐? 응? 더 해 봐! 해 보라고!"

더글러스는 마구 외치면서 전쟁 영웅처럼 날뛰었다. 혼자서 십여 명도 넘어 보이는 적의 발목을 완전히 묶어 두고 있었다. 그러다가 어느 순간 상대편의 총성이 멎었다. 상대가 많은 줄 알고 전진을 멈춘 것이다. 그러자 더글러스가 뒤를 돌아보며 말했다.

"저 괴물에게 뭔가 하시오. 당장은 다가오지 않겠지만 나 혼자란 게 들통나면 끝이오."

문득 승희의 눈동자가 빛났다. 좋은 생각이 떠올랐다. 승희는 곧 더글러스에게 손짓했다.

그러자 더글러스는 승희를 보고서 기가 막힌다는 듯 웃었다.

성난큰곰은 이제 더는 힘을 쓰지 못하고 반은 위협조로 휘둘러대는 키건의 다크 헌터를 피하고 막아 내느라 정신이 없었다. 키건은 나이트 아머로 알 수 없는 이상한 힘을 끌어내어 뿜어내곤 했다. 그때마다 성난큰곰의 거대한 몸이 뒤로 날아가 쓰레기통이나 우체통, 전신주 등이 마구 찌그러지고 부러졌으며, 벽과 창문들도 무너지거나 깨어져 버렸다. 일방적으로 성난큰곰이 당하고 있었다.

키건의 공격은 일정했다. 다크 헌터를 일부러 성난큰곰의 머리를 향해 휘두르면 성난큰곰이 그것을 애써 손으로 막는다. 그러면 나이트 아머에서 기운이 뿜어나와 성난큰곰을 밀어붙이는 식이었다. 단순한 패턴이었지만 성난큰곰은 어떻게 다른 방법을 강구해 낼 수가 없었다. 나이트 아머의 기운은 강한 펀치 정도라 맞아도 타격이 덜했지만 다크 헌터에 한 번 베이기라도 한다면 머리가 두 쪽이 나 버릴 것이 분명했기 때문이다.

그런 식으로 이미 열 몇 차례를 얻어맞자 제아무리 강한 성난큰곰이라도 체력이 급속도로 떨어지고 있었다. 성난큰곰이 헐떡이며 길에 불룩하게 솟아 있는 소화전을 감싸안고 일어서려고 애쓰자 키건이 다가오며 말했다.

"다시 한번 말하겠다. 너를 죽이고 싶지는 않다. 포기하고 스크롤을 넘겨 달라고 말해라."

성난큰곰은 여전히 표정 없는 얼굴로 고개를 저었다. 그러자 키건은 음울한 얼굴로 다시 다크 헌터를 붕 소리가 나게 옆으로 휘둘렀다. 성난큰곰이 노린 것은 바로 그 순간이었다. 그가 옆으로 급히 몸을 눕히자마자 다크 헌터가 아슬아슬하게 그의 목을 스쳐가면서 소화전을 쳤다. 소화전이 다크 헌터의 날에 맞아 잘려 나가면서 물줄기가 분수처럼 솟구쳐 다크 헌터를 위로 밀어 올렸다. 놀란 키건이 다크 헌터를 놓치지 않으려고 힘을 주는 순간, 성난큰곰은 그 기회를 놓치지 않고 그의 팔을 잡고 매달렸다. 그리고 혼신의 힘을 다해 키건의 팔을 꺾으며 거대한 몸 전체를 뒤로 젖혔다. 키건의 오른팔이 뒤로 우두둑 소리를 내며 꺾어졌고, 다크 헌터는 물줄기에 휩쓸려 올라가다가 옆으로 땡그랑 소리를 내며 떨어졌다.

"됐다!"

성난큰곰은 키건의 팔을 부러뜨리는 데 성공하자 곧 손을 뻗어 다크 헌터를 집으려고 했다. 그러나 상상치도 않은 일격이 성난큰곰의 뒷덜미를 내리쳤다. 키건은 오른팔이 부러진 것에는 꿈쩍도 하지 않고 왼손 주먹으로 성난큰곰을 내려친 것이다. 성난큰곰이 비명을 지르면서 저만치로 엎어지자 키건은 다시 뚜벅뚜벅 걸어서 왼손으로 다크 헌터를 집어 들었다.

키건은 방금 성난큰곰에 의해 오른팔이 부러져 덜렁거리고 있었지만 아무렇지도 않은 표정이었다. 아니, 사실 아무렇지도 않은 것은 아니었다. 무척 심한 고통을 느끼는 듯, 키건의 얼굴이 좀 하얗게 질려 있었고, 땀방울이 송골송골 맺혀 있었다. 오로지 정신력으로 그 무서운 아픔을 참아 내는 모양이었다. 성난큰곰이 다시 인디언 고유의 환영 주술로 힘을 써 보았지만 환영들은 나이트 아머에 차단돼 키건에게 조금의 타격도 주지 못했다.

'끝인가?'

성난큰곰은 자신을 향해 천천히 겨누어지는 키건의 다크 헌터를 보면서 절망감을 느꼈다. 맨몸으로 키건의 다크 헌터와 나이트 아머에 대항하는 것은 역부족이었다. 그러나 키건은 다크 헌터를 성난큰곰의 목에 닿을락 말락 하게 들이댄 채 그 자리에 멈춰 서서 성난큰곰쪽으로 다가오려는 승희를 향해 소리쳤다.

"스크롤을 내놓아라. 마지막 경고다."

승희는 입술을 깨물며 마피아 쪽과 키건을 번갈아 바라보고 말했다.

"이 사람을 놓아줘. 그러면 내가 남겠다."

"스크롤을 내놓으면 당연히 놓아준다."

"믿지 못하겠어. 일단 이 사람을 놓아 달라고. 이제 당신은 날 무서워할 것 없잖아? 내 염력은 당신에게는 통하지 않으니까."

키건은 조금의 빈틈도 보이지 않고 되받았다.

"아까 당신과 같이 있던 남자가 보이지 않는데…… 일단 스크롤을 네가 가지고 있는지 보여 다오. 아까 그 녀석에게 줘서 빼돌린 것 아닌가?"

그러자 승희는 미소를 띠었다.

"정말 대단한 기사네. 나도 그럴까 생각했지만…… 그러지 않았어. 자, 봐. 여기에 있다고."

승희가 비옷을 헤치고 재킷 주머니에서 『우사경』을 꺼내 키건에게 보여 주었다가 다시 허리춤에 넣었다. 그러자 키건은 피식 웃었다.

"이번에도 나와 저들을 싸움 붙일 생각이라면 그만두는 게 좋아. 저들은 나에게 고용된 바이룽파의 일원들이니까. 네 힘이 대단하기는 하지만, 네가 빠져나갈 길은 더 이상 없다."

"뭐? 저들이 당신 편이라고?"

"늦게 와서 화가 났었는데…… 차라리 잘된 것 같군그래. 어쨌든 이제는 포기하는 게 좋지 않을까?"

승희는 지긋지긋하다는 듯 성질을 부리며 소리쳤다.

"알았어! 알았다고! 일단 저 친구는 풀어 줘. 그리고 나랑 같이 있던 남자도 그냥 보내 주고. 그 사람은 우연히 끼어든 것에 불과

해. 어쨌거나 『우사경』만 넘겨주면 되잖아."

"알았다. 그렇게 하지. 아무튼 조금 더 이쪽으로 와라."

"왜?"

"안심이 안 돼서 그렇다. 너는 내 손에 닿는 곳에 있어야 해."

"후훗. 『우사경』을 그냥 빼앗을 생각은 하지 마. 나도 그렇게 되면 죽기 아니면 살기로 나올 거니까."

"알았다. 내가 왜 서두르겠나? 약속은 지킬 테니 걱정 마라."

승희가 마지못한 듯 키건 쪽으로 몇 발짝을 걸어가자 키건은 다크 헌터를 칼집에 꽂은 뒤 승희의 어깨에 살짝 왼손을 얹었다. 성난큰곰은 자신을 겨누던 칼이 사라지자 곧 몸을 일으켰지만 승희가 키건에게 잡혀 있는 것을 보자 마음이 불편한 듯 인상을 썼다.

키건이 성난큰곰을 힐끗 쳐다보며 말했다.

"염려 마라. 나는 기사다. 너희가 먼저 허튼짓을 하지 않는 이상, 사람을 해치고 싶지는 않다."

승희도 성난큰곰에게 말했다.

"일단 가세요. 여긴 나에게 맡기고요."

하지만…….

성난큰곰이 주저하자 승희는 고개를 저으며 미소를 지었다.

"괜찮아요. 이 사람이 우릴 죽이려고 했다면 벌써 죽였을 거예요. 하지만 그러지 않았잖아요? 『우사경』만 포기하면 그뿐이죠, 뭐. 그러니 일단 가요. 당신은 너무 눈에 띄어서 마피아들이 도착하면 곤란해져요."

그 말에 성난큰곰은 고개를 한 번 끄덕여 보이고는 재빨리 건물 구석의 어두운 곳으로 모습을 감추었다. 성난큰곰이 사라진 지 몇 초도 되지 않아 차이나 마피아의 차들이 승희의 주변을 에워싸며 요란한 소리와 함께 멈추어 섰다. 수십 명에 달하는 인원들이 차에서 우르르 내려서 총과 무기를 들고 승희의 주변을 그야말로 첩첩이 에워쌌다. 차이나 마피아들의 인원이 워낙 많았기 때문에 그들은 승희를 포위한 것은 물론이고, 몇 명은 주변에 쓰러진 녀석들을 순식간에 치워 버렸다.

토트의 예언

승희는 그런 모습을 잠자코 지켜보고 있다가 키건에게 말했다.

"거참, 대단하군그래. 어떻게 저들을 고용할 수 있었지?"

키건은 그 말에는 대답하지 않고 승희의 어깨에서 손을 떼었다. 그리고 그 무지막지하게 큰 왼손을 승희에게 내밀어 보였다.

"이제 줘."

승희는 허리춤에서 『우사경』을 꺼내 들고 키건에게 물었다.

"약속은 약속이지. 그러나 한 가지 물어볼 게 있어."

"뭘 묻는다는 거냐?"

"당신들이 이걸로 뭔가 흉악한 짓을 한다면 내가 죽는 한이 있어도 이걸 넘겨줄 수는 없어. 도대체 이 글이 말세와 무슨 연관이 있는지, 어떻게 당신들이 머나먼 동방의 이야기를 알게 된 건지, 그리고 당신들 성당 기사단이 이걸 얻어서 뭘 하려는 건지 말해 줘."

그러자 키건은 어이가 없다는 듯 웃었다.

"허허, 여기서 그 긴 이야기를 하라는 건가? 당신은 지금 당신의 처지를 모르는가 본데?"

"당신, 내 능력에 대해 알지?"

"사이코키네시스 말인가?"

"그래.『우사경』은 퍽 오래된 물건이라서 말이야……. 손만 잘못 대도 부스러질 것 같은 물건이야. 대나무로 만든 죽간이 이렇게 오래 보존돼 형체라도 남은 게 기적 아니겠어? 후후. 난 단순히 물건을 움직일 뿐만 아니라 불을 붙이는 일도 할 수 있지, 이렇게."

승희는『우사경』의 바삭거리는 한쪽 귀퉁이를 조금 꺾어 허공으로 집어 던졌다. 순간, 조그마한 대나무 조각에 확 불이 붙어서 순식간에 타 없어져 버렸다. 승희의 염력은 렌즈가 태양열을 모으는 듯 한군데로 집중할 경우 인화 물질에 불을 붙일 수도 있었다. 그 광경을 보고 키건은 흠칫 놀라면서 물었다.

"지금…… 이게 무슨 짓인가?"

"키건, 난 당신이 나쁜 사람이라고는 믿지 않아. 당신이 악하지 않고 의도가 나쁘거나 잘못되지만 않았다면 난 이걸 그냥 넘겨줄 수도 있어. 하지만 만에 하나 당신이 사악한 의도를 가지고 있다면 난 죽어도 이걸 넘겨줄 수 없는 거야. 이해하겠지?"

그러자 키건은 다크 헌터에 손을 대며 느릿하게 말했다.

"속이려는 것 아닌가? 네 능력은 대단하지만, 내 칼이 더 빠를 수도 있다는 걸 명심하기 바란다."

"죽는 순간에도 염력은 발휘할 수 있어."

승희가 지지 않고 대꾸하자 키건은 고개를 저으며 칼에서 손을 떼었다.

"정말…… 당신 걱정도 무리는 아니지만 나는 조금도 사악한 의도를 가지고 있지 않다."

잠시 머뭇거리다가 키건은 다시 승희에게 말했다.

"좋다! 말해도 좋다는 단장의 명령이다. 아니, 단장께서 직접 말씀하시겠단다. 어차피 너 정도의 능력자라면 숨길 수도 없는 일이고 떳떳하지 못한 일도 아니니까. 하지만 그걸 넘겨주지 않는다면 그때는……."

"염려 마. 반드시 넘겨준다."

"하지만 여기는 너무 사람이 많아서……."

키건이 머뭇거리자 승희는 지체 없이 말했다.

"말로 할 필요는 없어, 키건. 다만 마음의 벽을 열기만 하면 돼. 그러면 내가 순식간에 다 읽을 수 있으니까."

키건은 조금 망설이면서 물었다.

"쓸데없는 것까지 읽는 건 아니겠지? 사적인 건 좀……."

승희는 거인 키건이 밝히고 싶지 않은 자신의 과거가 드러날까 봐 어린아이처럼 부끄러워하는 것을 느끼고 슬며시 미소를 지었다.

"원치 않는 건 엿보지 않아."

곧 키건은 마음의 벽을 허물었고 승희는 재빨리 그의 마음을 읽었다. 아니, 키건의 마음이라기보다는 그와 텔레파시로 연결된 성당 기사단장의 마음을 읽었다고 하는 편이 옳았다. 승희의 얼굴이 점점 딱딱하게 굳어 갔다.

성당 기사단장의 마음은 마치 승희와 대화하려는 듯했다. 키건을 통해서 그의 나이가 이미 팔백 살이나 됐다는 것은 알고 있었지만, 그는 실제로 팔백 년 동안 육신을 가지고 살아온 사람은 아니었다. 말하자면 팔백 년 동안 영혼만 남아 있어서, 다른 사람의 마음속에 들어가 살아 있는 처지였다. 영혼의 상태이지만, 육체를 옮길 수는 있으되 육체에서 벗어날 수 없다는 점에서 일반적인 부유령 같은 것과는 달랐다. 게다가 그만한 세월 동안 존재해 왔으니만치 결코 호락호락한 영혼은 아니었다. 그 영혼은 자신이 보여 주고 싶은 것만 승희가 볼 수 있도록 스스로를 조절하고 있었으며, 승희와 대화할 수도 있었다.

종말의 때가 다가왔으니 그것을 막아야 하오. 그것은 당신이나 나나 마찬가지의 목적일 것으로 압니다. 허나 당신은 라미드 우프닉스(Lamed Wufniks)에 대해 모르고 있소. 그들 없이는 종말의 때가 오는 것을 막을 수 없소. 그러니 우리를 믿고 우리에게 맡기시오.

라미드 우프닉스? 그게 뭐지?

아주 드문 인간이요. 우리는 이미 오랫동안 라미드 우프닉스를 지켜 왔소. 종말의 때를 위해……

그렇다면 당신들은 왜 『우사경』을 필요로 하는 거죠?

종말의 때에 열쇠가 될 자…… 그것을 정확히 알아내어 기록한 자는 둘밖에 없었소. 『계시록』의 요한도 보지 못했으며, 노스트라다무스도 할 수 없었소. 더 태곳적의 인간이 아니면 안 됐던 거요.

그 둘이란 것이 바로……?

그렇소. 한 사람은 『우사경』을 쓴 동방의 여인, 다른 한 사람은 고대 이집트의 대예언가였소. 그의 예언은 이미 실전됐고, 사실 그는 구체적인 사실을 짚어 낼 능력도 없었소. 그러나 그는 동방에서 위대한 예언가가 자신보다 정확한 예언을 남길 것을 기록했던 거요. 그 사람의 예지력은 그 동방의 예언가만 못했지만, 동방에서 자기를 능가하는 대예언가가 나올 것임은 알 수가 있었던 거지.

그 사람도 대단하군요.

그 사람은 후세 이집트인에 의해 신의 반열에 끼이게 된 대학자, 토트(Thoth)[4]였소.

그렇다면 성당 기사단은 이집트의 영향도 받았다는 건가요? 이슬람교만이 아니라?

---

[4] 검은 따오기 머리를 한 이집트 신들의 서기(書記)로 크문 또는 헤르모폴리스라고도 불린다. 초기에 토트는 창조신으로 여겨졌으나, 기원전 3000년경부터는 법률의 제정, 학문의 발달, 신성 문자(히에로글리프) 등을 발명했다고 생각됐다. 토트는 스스로 히케(Hike), 즉 마술을 터득했다고도 전해진다. 이를 보아 비슷한 시기에 토트라는 대학자가 존재했다고 믿어지고 있다. 본문에서의 토트는 이 학자가 실제로 존재했다는 가정 아래에서 그가 예언을 남겼다고 설정한 것이다.

그것이 전부는 아니지만…… 그렇소.

승희가 아는 지식이 그렇게까지 넓은 편은 못 됐지만, 한때 고고학도였으니만큼 세계사에 대해 어느 정도 일가견은 있었다. 자신이 아는 한도 내의 지식과 짜맞추어 볼 때에 그의 말은 가능한 이야기 같았다.

성당 기사단은 십자군 원정 때 동방으로 원정 간 기사들의 잔류군이 그 지역의 토속 신앙 등의 영향을 받아 변질된 집단으로 알려져 있었다. 당시 십자군은 이슬람교(회교)를 믿는 사라센인들과 주로 싸웠지만, 싸움터는 성지 부근만이 아니라 서아시아와 북부 아프리카에도 걸쳐 있었다. 특히 이집트는 이스라엘과는 지척인 곳이고, 가장 역사가 오래된 곳 중 한 곳이니만큼 성당 기사단이 이집트의 영향을 받지 않았다고 생각할 수는 없었다.

십자군은 실제로 신앙심으로만 뭉친 집단은 아니었으니 후기로 갈수록 십자군의 종교적인 명분이 차차 변질돼, 나중에는 이슬람교도와 동맹을 맺어서 같은 기독교도와 싸우는 일도 많았던 것이다. 그렇게 볼 때 이집트나 이슬람교, 기타 근동의 종교와 토속 신앙의 영향을 받아 결속된 집단이 성당 기사단이라는 설도 충분히 가능했고, 그들이 당시 쇠망하기는 했지만 이집트로부터 고대의 신비를 전수했다는 것도 가능한 일이었다.

그래서 당신들은 나름대로 동방의 고대 문서들을 조사했고, 끝내는 불사의 비밀이 적혀 있다는 『우사경』을 알게 된 것이군요?

그렇소. 불사의 비밀이란 것을 곧이곧대로 믿지는 않소. 다만 탄복하기는 했소. 그 문서를 오랜 시간 동안 남아 있게 하려면 그런 소문을 내는 것만큼 좋은 방법은 없었을 테니까. 그러나 그렇게까지 하면서 그 기록을 보존하고자 하는 것은 그 이상의 어떤 비밀이 감추어져 있기 때문 아니겠소?

그 말에는 승희도 탄복했다. 승희는 앞서 준후에게서, 불사의 비밀이란 책을 후세까지 전해지도록 하기 위한 의도로 만들어진 말이며, 그 덕분에 그 책이 남아 있을 수 있게 된 것이 아닌가 하는 말을 들은 적이 있었다. 총명하기 이를 데 없는 준후도 『해동감결원전』을 보고 난 후에야 그런 결론을 내린 것인데, 이 성당 기사단의 단장은 오로지 추론만으로 그런 의도를 짐작하고 있었다. 정말 이자는 가볍게 볼 존재가 아니었다. 비록 악인 같지는 않았지만 그의 사려 깊음과 용의주도함은 과거의 적들을 능가할 것 같았다.

그렇다면 말이죠. 그…… 누구더라? 그렇지, 토트의 예언은 뭐였죠?

그러나 그는 승희의 말에는 대답하지 않고 오히려 반문했다.

당신은 아까 이 문서는 우리가 절대 해독할 수 없는 고조선의 글자로 쓰여 있으며 『해동감결』이라는 다른 예언서의 열쇠일 뿐이라고 했소. 그것이 맞소?

이럴 줄 모르고 공연히 떠들었군요.

승희는 안타깝게 생각하며 입술을 깨물었다.

솔직히 말해 주니 고맙구려. 그렇다면 우리에게 그 문서의 내용을 알려 줄 수는 없겠소? 우리 서로 도웁시다. 당신들은 『해동감결』이라는 예언서를 지니고 있고, 우리는 지금 그 예언을 풀어낼 수 있는 『우사경』을 지니고 있으니까 말이오.

토트의 예언을 말해 주면 생각해 보죠.

그러자 단장은 잠시 뭔가를 생각하는 듯하더니 대답했다.

그것은 비전 중의 비전이오. 그러나 당신의 믿음을 얻으려면 우리부터 솔직해져야겠구려. 좋소……

그리고 그는 천천히 마음속에 예언의 내용을 떠올리기 시작했다.

말세의 때에 인간들을 지켜 주는 힘이 사라진다고 했소. 그리고 그것은 심연의 눈……

승희는 놀라서 단장이 말하는 중간에 끼어들었다.

뭐라고 했죠?

심연의 눈이라 했소. 심연의 눈을 가진 사람이 사라져 가니 신의 분노에서 자유로워질 사람은 하나도 없다고 했소.

심연의 눈이 사라져서 신의 분노가 온다고요?

왜 그러시오? 심연의 눈이란 말을 당신은 들어 본 적이 있소?

그런데 그 심연의 눈이란 뭐죠?

그것은 바로 라미드 우프닉스의 상징이오. 아랍에서는 쿠트브라고도 부르지. 신의 분노에서 세상을 정당화하는 사람, 그것이 라미드 우프닉스요.

승희는 연희를 떠올렸다. 그렇다면 연희가 라미드 우프닉스란 말인가? 신의 앞에서 세상을 정당화하는 사람이라고?

라미드 우프닉스에 대해 조금 더 말해 주시겠어요?

당신은 소돔과 고모라의 멸망 때 아브라함이 드린 기도[5]를 아시오?

---

5 아브라함이 다가가서 물었다. "당신께서 죄 없는 사람을 죄인과 함께 기어이 쓸어

알아요.

그때 죄를 짓지 않은 의인(義人)이 열 명만 있었어도 소돔과 고모라는 멸망하지 않았을지 모르오. 그것은 신의 약속이었으니. 그래서 이후 유대의 주술사들은 힘을 모아 그러한 대주술을 걸었소. 신 앞에서 세상을 정당화할 수 있도록 대대손손 정직한 인간이 항상 세상에 존재하도록 말이오. 그들은 서른여섯 명밖에 없고, 스스로가 자신이 라미드 우프닉스라는 것을 깨달으면 즉시 죽음을 맞이하며, 새로운 라미드 우프닉스가 태어나오. 그들이야말로 더러운 세상을 신의 분노로부터 지켜 주는 구원자라고 할 수 있는 거요.

그, 그런 일이 얼마나 지속됐나요?

몇천 년, 적게 잡아도 이천 년이오.

버리시럽니까? 저 도시 안에 죄 없는 사람이 오십 명이 있다면 그래도 그곳을 쓸어버리시럽니까? 죄 없는 사람 오십 명을 보시고 용서해 주시지 않으시럽니까? 죄 없는 사람을 어찌 죄인과 똑같이 보시고 함께 죽이려 하십니까? 온 세상을 다스리시는 이라면 공정하셔야 할 줄 압니다." 야훼께서 대답하셨다. "소돔 성에 죄 없는 사람이 오십 명만 있다면 그 죄 없는 사람을 보아서라도 다 용서해 줄 수 있다." 그러자 아브라함이 다시 말했다. "티끌이나 재만도 못한 주제에 감히 아룁니다. 죄 없는 사람 오십 명에서 다섯이 모자란다면 그 다섯 때문에 온 성을 멸하시겠습니까?" 야훼께서 대답하셨다. "저곳에 죄 없는 사람이 사십오 명만 있어도 멸하지 않겠다" 아브라함이 또 여쭈었다. "주여 노여워하지 마십시오. 다시 말씀드리겠습니다. 삼십 명밖에 안 된다면 어떻게 하시겠습니까?" 야훼께서 "삼십 명만 돼도 멸하지 않겠다"라고 답하시자 그가 또다시 여쭈었다. "죄송하오나, 다시 말씀드리겠습니다. 만일 이십 명밖에 안 된다면 어떻게 하시겠습니까?" 야훼께서 "이십 명만 돼도 그들을 보아 멸하지 않겠다" 하고 대답하셨다. 아브라함이 다시 "주여, 노여워 마십시오. 한 번만 더 말씀드리겠습니다. 만일 열 사람밖에 안 돼도 되겠습니까?" 야훼께서 대답하셨다. "그 열 사람을 보아서라도 멸하지 않겠다." 야훼께서 아브라함과 말씀을 마치시고 자리를 뜨셨다. 아브라함도 자신의 고향으로 돌아갔다.

그런데도 주술이 아직도 세상에 존재한단 말인가요?

대부분의 사람은 모르고 있소. 그러나 분명 세상에 존재하오. 그 때문에 인간은 멸망을 면하고 오늘에까지 이른 것이오.

승희는 두근거리는 심장을 가라앉히려 노력했다. 라미드 우프닉스! 잘 알고 지내던 연희가 라미드 우프닉스 중 한 명이라니? 그러나 이 일을 연희에게 이야기할 수도 없었다. 스스로가 라미드 우프닉스임을 알게 되면 그 자리에서 죽음을 맞이한다지 않는가? 승희는 침착해야 한다고 다짐하면서 다시 물었다.

그러면 심연의 눈이란 뭐죠?

심연의 눈은 라미드 우프닉스의 상징이오. 항상 선함을 찾아내는 눈이지.

승희는 비로소 이해가 갔다. 왈라키아 성에서의 드라큘라 부인의 눈도 그랬다는 말을 들었다. 그리고 연희를 사랑했던 리도 연희 말고 그 눈을 가진 사람을 알고 있었다. 현암이 전해 준 리의 마지막 말에 의하면 리는 어린 시절 그런 눈을 한 여자를 만났고, 그것을 평생 잊지 못했다고 했다. 더구나 티베트의 판첸 라마도 그것을 알고 있었다. 그래서 승희는 그동안 심연의 눈이 도대체 무엇이며, 왜 그런 눈을 가진 사람들이 있는 것인지 궁금해했다. 진실은 승희가 나름대로 짐작했던 어떤 상상이나 추측보다도 엄청난 것이었다.

단장은 승희의 그런 놀람을 아는지 모르는지 담담하게 말을 이었다.

아무튼 토트의 예언은 이러하오. 말세의 때가 오면 인간을 지켜 주는 힘이 사라진다. 심연의 눈을 가진 자가 사라져 가니 신의 분노 앞에서 자유로워질 수 있는 사람은 하나도 없으며, 구원을 방해하는 거대한 힘이 나타날 것이다…….

그리고요?

그러나 그 힘은 동방의 예언가만이 제대로 알아볼 수 있으며, 심연의 눈이 더해지지 않으면 아무것도 알 수 없다고도 했소. 그리고…… 피로 이어진 것만이 진실로 이어진다고 했소. 이것이 전부요.

피로 이어졌다고요?

그렇소.

승희는 잠시 침묵하면서 예전의 기억을 더듬었다. 박 신부와 현암, 준후는 이번 일에 자신이 애써 줄 것을 부탁했다. 미국으로 가려면 비행기를 타야 했는데, 백호가 가짜 신분증을 만들어 주려 애썼음에도 그때까지 여권은 승희 것밖에는 만들지 못했고, 다른 사람의 것은 언제 만들 수 있을지 기약할 수도 없는 판이었다. 어차피 미국은 승희밖에 갈 수 없었다. 준후가 맥달의 예언에 여자가 가야만 『우사경』을 얻을 수 있다고 했으니 승희밖에 갈 사람이 없다고 우겼던 것이다. 『우사경』─이라기보다는 불사의 비밀을 담은 고대 문서─이 미국에 있다는 것을 안 것도 일본에서의 준후의 노력과 맥달의 예지 덕이었으니, 그 말을 거부할 수도 없었다.

『우사경』은 서복과 함께 일본으로 건너왔다가 막부(幕府)의 창고에 숨겨졌다. 그러다가 개항 과정에서 미국인들에게 넘어가는 운명을 맞았다. 그 후 미국에서 골동품으로 전전하다가 결국 제목이나마 읽을 수 있는 중국인들이 사는 곳, 즉 차이나타운으로 옮겨졌다는 것까지 알아낼 수 있었다. 승희가 성난큰곰의 도움을 받기로 하고 한국을 떠나올 때, 박 신부는 이렇게 말했다.

"승희야, 우리의 길은 몹시 외로운 길이 될 것이다. 그러니 아무도 믿지 마라. 아무리 옳은 이야기를 하고 아무리 합당한 말을 해도 그럴수록 믿으면 안 된다."

그러면서 박 신부는 잠깐 지나치듯 말을 이었다.

"나는 전에 계시를 받은 것이 있다. 왠지 모르게 한동안 기억이 나지 않았었는데 이제 기억이 나는구나. 그 사람은, 나와는 피로 이어졌으니 피로 이어진 것 말고는 믿지 말라고……."

"그 사람이 누군데요?"

"나도 모른단다. 그러나 우리는 단군의 자손이니 피로 이어진 셈이겠지? 하하, 여하간 괜한 소리는 아닐 것이니 피로 이어진 우리나라 사람 말고는 아무도 믿지 말고 아무에게도 속지 말려무나."

'동방의 예언가…… 라미드 우프닉스…… 그리고 피로 이어진 것만이 진실로 이어진 것이다…….'

승희는 절대 잊어버리지 않도록 그 내용을 다시 되뇌어 보았다. 잠시 후 단장이 계속 말을 이었다.

이제 어떠시오? 나는 당신의 능력이 대단하다는 것을 느꼈소. 그런 능력은 결코 사악한 주술이나 범속한 수련으로 얻어지는 게 아니오. 당신은 어쨌거나 신과 통한, 물론 테트라그람마톤과 같은 절대 신은 아니지만…… 뭐랄까? 천사? 반신(半神)? 어쨌거나 인간의 영역을 훨씬 벗어난 신적인 존재와 통하는 그런 사람이라 여겨지오. 맞소?

승희는 단장에게 보이지 않는 깊은 마음속으로 이 늙은이, 아니 늙은 영혼이 정말 대단하다고 생각했다. 이미 사라진 애염명왕의 기운까지도 은근히 느끼다니. 그러나 승희는 그런 마음은 보이지 않고 상냥하게 대답했다.

비슷해요.

더구나 당신은 분명 토트의 예언에서 언급한 동방의 예언서를 이미 가지고 있는 것임이 틀림없소. 그러니 이 스크롤, 『우사경』을 찾는 거겠지요. 우리 서로 정보를 교환하거나…… 나아가서는 힘을 합하는 것이 어떻겠소?

승희는 이 사람, 아니 이 영혼과 마음으로 대화 중이었기 때문에 이자가 결코 거짓말하고 있지는 않다는 사실을 알 수 있었다. 그러나 왠지 석연치 않았다. 마음이 열려 있었기 때문에 이자의 성격도 조금 느껴졌는데 이자의 문제 해결 방식은 평화적이라기보다는 다소 힘을 동원하는 방식이었다. 하찮은 이유였지만 승희로선 그게 꺼림칙했다. 승희는 그것은 자신이 결정할 문제가 아니라고 생각하며 말했다.

제가 대답할 수는 없군요.

성당 기사단장이 다시 말했다.

당신이 비록 동방 예언가의 책인 『해동감결』을 가지고 있고 『우사경』마저 얻는다고 해도 라미드 우프닉스의 힘을 얻지 못하면 일을 이룰 수 없소. 이것은 우리 한두 사람의 문제가 아니라 세상 전체에 대한 문제요. 한 가지만 물읍시다. 당신은 라미드 우프닉스를 알고나 있었소?

아뇨.

그렇다면 어떻게 그 일을 수행해 나갈 생각이오? 우리는 라미드 우프닉스를 찾아내고, 그가 눈치채지 못하도록 보호하는 방법을 강구하는 데에만 팔백 년이 걸렸소. 우리는 지금 세상을 구하자고 하는 거요.

그건 알아요.

그런데 왜……

그가 말끝을 흐리자 승희는 짤막하게 물었다.

당신들은 종말의 때를 어떻게 알죠? 그리고 그걸 어떻게 막으려는 거죠?

막을 방법은 아직 모르오. 그러니 알려고 하는 것 아니겠소? 그러나 말세가 이미 다가왔다는 것은 분명한 사실 아니오? 당신도 능력자이니 대답해 보시오. 지금이 말세가 아니오?

글쎄요…….

어쨌거나 우리는 힘을 합해야 하오. 세상이 신의 분노로 종말을 맞이하는 것을 그냥 보고 있을 참이오?

그럼 어떻게 하자는 거예요?

일단 『우사경』은 우리에게 맡겨 두시오. 그리고 연락할 수 있도록 거처를 알려 주시오.

글쎄요, 그건…….

거처만이라도 알려 주시오. 『우사경』을 달라고 하지 않겠소. 좌우간 우리는 이제 서로를 존중해야만 하오. 나는 성당 기사단의 비전인 토트의 예언까지도 모조리 이야기했는데 아직도 우리를 못 믿는 거요? 키건을 보시오. 그는 추호도 부끄러운 짓은 하지 않는 명예로운 기사요. 우리가 그 예언을 얻어서 달리 무엇을 하겠소? 나는 이미 죽어서 육신도 없는 몸이오. 내가 이런 존재라는 건 성당 기사단 내에서는 비밀 중의 비밀이고, 키건도 그런 사실은 모르오. 내가 무엇을 더 바란다고 당신을 속이겠소? 이건 개개인의 문제가 아니라, 이 세상의 존망이 걸린 중대한 문제가 아니오? 당신도 그것을 알기 때문에 여기까지 온 것이고 말이오.

그의 말이 너무도 겸허하고 간곡해서 승희는 몹시 번민했다. 그러나 승희는 박 신부의 말을 다시 한번 되새기고 있었다. 너와 피로 이어지지 않은 자는 아무도 믿지 말라고…….

'일단 내가 결정할 만한 일이 아닌데…… 설마 여기서 이것을 넘긴다 해도 나쁠 것은 없지 않을까?'

현암이나 박 신부, 준후였다 해도 키건의 인물됨을 보고 단장의 말을 들었다면 그들을 바로 믿었을지 몰랐다. 그러나 승희는 여자라서 그런지 이상한 직감이 있었다. 키건은 마음에 들었지만, 막상 기사단의 우두머리란 단장은 마음을 터놓고 이야기를 나눴는데도 그다지 마음에 들지 않았다. 그런 불일치가 한층 이상하게 느껴져서 승희는 대답하지 못하고 한참이나 망설였다.

그러다가 승희는 갑자기 아차 하는 생각이 들었다. 일이 너무 순조롭게 잘 맞아떨어진 것에 생각이 미친 것이다. 승희가 『우사경』의 행방을 알아내어 여기까지 오는 데에는 몇 년이란 시간이 걸렸으며, 그마저도 더글러스 덕에 우연히 알게 된 것이다. 그런데 왜 하필 오늘 키건이 이 장소에 쳐들어왔던 것일까? 이토록 기막히게 우연한 일이 있을 수 있을까?

'만약, 만약 이들이 『우사경』을 해독할 수 없다는 것을 알고 그

에 대해 잘 아는 사람이 올 때까지 기다리고 있었던 거라면······.'

키건은 이미 바이룽파와 결탁을 하고 있었다. 그리고 더글러스의 말에 의하면, 바이룽과 츠다오, 쥐딩 세 파가 『우사경』을 놓고 다툰 것은 상당히 오랜 기간이었다.

문득 준후가 일본에서 겪었던 일이 기억났다. 준후도 함정에 빠져서 하마터면 목숨을 잃을 뻔하지 않았던가? 승희는 모든 일이 후회스러웠다. 공연히 입을 나불거려서 『해동감결』에 대한 이야기까지 하다니······.

조금 더 생각해 보니 더더욱 두려워졌다. 이들은 우리들의 은신처를 알려 달라고 하고 있었다. 그것을 말한다면 이들은 곧 그곳을 덮칠 수 있을지도 몰랐다. 자신이 알리는 것보다 더 빨리! 이들은 우리에게는 없는 텔레파시의 능력을 갖추고 있다! 이미 한국에도 파견한 사람이 있을 것이 분명했다. 토트의 예언에서도 동방에 관해 언급했으니까. 그렇다면 여기서 속아 넘어가 우리가 있는 곳을 알려 준다면 그 즉시 잠입해 『해동감결』을 훔쳐 갈 수도 있었다.

'가만가만······ 내가 무슨 생각을 하는 거지?'

갑자기 지나친 기우 같다는 생각도 들었다. 그렇다면 쥐딩의 우사부와 마피아들도 이들이 불렀단 말인가? 그것은 좀 말이 되지 않는 것 같았다.

'아냐, 내가 의심이 지나친 건가? 하지만 저 사람이 거짓말하는 것 같지는 않았는데······.'

단장이 거짓말을 했다면 승희는 바로 느꼈을 터였다. 마음의 벽을 둔다는 것은 바라지 않는 속마음을 투시로부터 감추는 것이지, 거짓말을 하면서 거짓말이 아닌 것처럼 만드는 방법이 아니었다. 그래, 그럴 수는 없었다. 분명히…….

승희는 갈팡질팡하면서 도무지 정확한 판단을 내릴 수가 없었다. 이젠 머리가 아프고 지긋지긋해서 더 이상 생각하기조차 싫어졌다. 마침내 승희는 결단을 내렸다. 근거는 아주 단순했다. 만에 하나라도 현암이 잘못될 가능성이 있는 일은 죽어도 하지 말라고 생각을 굳힌 것이다.

미안하군요. 안 되겠어요.

단장은 몹시 놀라는 것 같았다.

어째서……? 어째서 그러는 거요?

전 당신들을 믿어요. 그러나 완전히 믿지는 못하겠어요.

흠, 그렇게 나온다면 우리도 당신을 믿지 못하오. 당신은 혹시 고의로 예언을 은폐하려는 것 아니오?

아니에요. 그러나 목적이 같아도 길은 다를 수 있는 것 아닌가요?

정말 그것이 옳은 일이라 생각하오?

예.

그러면 우리는 우리의 길을 따라야겠군. 최소한 『우사경』만이라도 확보해야겠소!

단장이 화난 듯 마음을 전하자 승희는 쓸쓸하게 중얼거렸다.

당신이나 나나 서로를 못 믿는…… 후후…… 어쩔 수 없죠.

당신 능력은 대단하지만 키건과 이 많은 수의 사람을 이길 수 있을 것 같소? 다시 한번 잘 판단해 보시오. 『우사경』을 넘겨준다면 무사히 돌아가게 해 주겠소. 그러나 그렇지 않다면 당신 목숨은 장담 못 하오. 이건 너무도 중대한 일이니까.

그러자 승희는 속으로 생각했다.

'중대한 일? 중대한 일이라면 나를 죽여서라도 『우사경』을 빼앗겠다는 건가?'

승희는 비로소 머릿속이 맑아지는 기분이 들었다. 승희는 큰일을 위한다고 작은 것을 소홀히 하는 것은 옳지 않다는 박 신부의 말에 완전히 수긍하고 있지는 않았다. 승희 본인의 생각대로라면 대의를 위해 소가 희생되는 것은 어쩔 수 없는 것이 아닌가 싶었다. 그러나 일부러 그런 내색을 하지 않았던 것은 현암 역시 박 신부와 같은 뜻이라, 자신의 그런 마음을 좋아하지 않을 것 같아서였다. 그런데 지금 자신이 바로 그 상황에 처하고 보니, 그 말이 무슨 뜻인가를 비로소 이해할 수 있었다.

승희가 정신을 차린 순간, 자신을 둘러싼 채 묵묵히 기다리고 있던 수많은 차이나 마피아들의 흉기 및 총부리는 이미 자신을 노리고 겨누어져 있었다. 그리고 그 선두에는 키건이 묵묵히 승희를 바라보고 있었다.

세상에서 가장 무서운 여자

"『우사경』을 다오. 아니면 죽인 후 빼앗을까?"

그 협박에 승희는 눈을 일부러 크게 뜨고 한 번 사방을 둘러본 다음 휘파람을 획 불었다.

"와우, 대단한데. 이거 어쩔 수 없겠는걸?"

승희가 『우사경』을 꺼내자 키건은 조금 미소를 띠며 손을 벌렸다.

"나도 내키지 않지만 할 수 없는 일이었다. 여자를 협박하다니…… 좌우간 이해해 다오."

승희는 키건에게 씩 웃어 보이면서 키건의 커다란 손바닥에 『우사경』을 탁 하고 놓았다.

"분명히 줬다?"

그리고 승희는 뒤로 싹 물러섰다. 키건이 만족스럽게 『우사경』을 바라보는 순간, 별안간 『우사경』이 허공으로 휙 솟아 날아가는 것이 아닌가?

"어엇!"

키건이 너무 놀라 그것을 도로 잡으려고 손을 버둥거렸지만 이미 『우사경』은 새처럼 날아 건물 하나를 넘어 사라져 버렸다.

"쫓아!"

키건이 외치자 마피아들이 우르르 몰려 나갔다. 키건은 승희를 바라보며 분노에 가득 찬 고함을 질렀다.

"날 속이다니!"

"난 속인 적 없어. 분명히 당신 손에 『우사경』을 줬다고. 그리고 난 다시 빼앗아 가지 않겠다는 약속을 한 적도 없고……."

승희가 말을 마치자마자 갑자기 저쪽에서 전신주 하나가 우지직 소리를 내며 쓰러졌다. 키건과 달려 나가던 마피아들이 놀라서 전신주를 피하는 사이, 승희는 가볍게 깡충 뛰어서 옆에 있던 나무 벤치 위로 뛰어 올라갔다. 그때였다.

"으아아악!"

"끄아아아!"

갑자기 수십 명이나 되는 차이나 마피아들은 몸을 덜덜 떨면서 비명을 지르기 시작했다. 전기가 그들의 몸을 지져 대기 시작한 것이다. 마피아들이 차를 타고 몰려올 때부터 승희는 이 생각을 해냈다. 비가 내려 바닥에 흥건히 고여 있는 물을 보고 힌트를 얻은 것이다.

그래서 성난큰곰을 미리 대피시키면서 자신의 마음을 보고 있다가 자신이 신호를 하면 전신주를 쓰러뜨려 달라고 부탁했다. 보통 전압선은 땅속에 매설되지만 이곳은 워낙 낙후된 지역이라 아직도 전압선이 전신주 위를 타고 있었다.

전봇대가 쓰러지며 전압선이 끊어지자마자 승희는 염력을 발동해 끊어진 전압선 끝을 땅에 박아 버렸다. 고압 전기가 흐르는 것이라 손으로 잡을 수는 없었지만 승희의 염력으로는 간단한 일이었다. 전선이 두꺼워서 힘이 좀 들기는 했지만 말이다.

그사이 『우사경』은 허공을 훨훨 날아 이미 저쪽에 숨어 있는 더글러스의 손에 들어간 다음이었다. 승희와 더글러스가 이런 작전을 짤 만한 여유는 없었다. 그러나 더글러스에게는 사이코메트리 능력이 있었다. 위기에 처해서 그의 능력이 살아나는 것을 투시로 느낀 승희는 더글러스에게 손을 내밀었고, 손끝이 닿는 순간, 이 작전은 말 한마디 없이도 더글러스에게 전달될 수 있었다. 물론 아무도 엿듣지 못하게. 그럴 시간도 없었지만 만약 그들이 대화로 이야기를 나누었다면 키건이 눈치챘을지도 모른다. 그러나 때마침 발동된 더글러스의 사이코메트리 능력은 이 모든 것을 가능케 해 주었다. 성난큰곰은 원래부터 마음으로 대화하는 능력이 있었기에 조금의 눈치도 보이지 않고 이런 일을 해내는 것이 가능했던 것이다.

승희는 덜덜 떨고 있는 수많은 차이나 마피아들을 보다가 행여 그들이 다 죽어 버릴까 염려해 다시 전선을 끊었다. 모든 녀석이 신음을 내며 풀썩 땅에 쓰러졌다. 빙 둘러선 수십 명의 마피아 중 한 명의 예외도 없었다.

하지만 키건은 전기 쇼크를 버텨 내며 여전히 꿋꿋하게 서 있었다. 키건은 마피아들이 모두 쓰러지는 것을 보고 다시 온몸에 힘을 주었다. 그러고는 다크 헌터를 꺼내 크게 휘두르며 승희를 향해 달려들었다. 쿵쿵거리는 소리가 땅이 다 흔들릴 정도로 무서운 기세였다. 그러나 승희는 오히려 슬픈 듯 고개를 저으며 말했다.

"미안해요, 키건. 나야말로 이러고 싶지는 않았는데……."

순간, 키건이 느닷없이 다크 헌터를 떨어뜨리고 외마디 비명을 지르면서 얼굴을 감쌌다. 승희는 키건의 눈동자에 힘을 집중한 것이다. 제아무리 키건이라도 혈압을 올려 온몸에 강한 힘을 줄 수는 있어도 눈동자에까지 힘을 주어 단단하게 할 수는 없는 노릇이었다.

앞이 보이지 않게 되자 키건은 미친 듯 소리를 지르며 왼팔을 휘둘렀으나 승희를 맞추지는 못했다. 그러자 성난큰곰이 달려와서 키건을 뒤에서 끌어안아 제압한 다음 나이트 아머를 벗겼다. 다크 헌터와 나이트 아머가 없어지고 한 팔이 부러진 데다 눈까지 보이지 않게 된 키건은 더 이상 성난큰곰의 적수가 되지 못했다. 성난큰곰은 키건의 아래턱을 호되게 갈겨 그를 쓰러뜨렸다.

"안됐군. 일단 푹 쉬게."

툭툭 손을 털고 난 성난큰곰은 돌연 승희가 우는 것을 보고 놀랐다.

왜 그러냐?

성난큰곰이 다급하게 묻자 승희가 눈물을 닦으면서 말했다.

"이 사람은 악한 사람이 아니에요. 그런데…… 그런데 난 그의 두 눈을 멀게 했어요. 그러고 싶지는 않았는데……."

저쪽에서 더글러스도 달려 나왔다. 그는 수십 명의 마피아가 쓰러져 있는 것과 천하무적인 것 같던 키건마저도 쓰러져 있는 것을 보고는 놀라서 외쳤다.

"미스 승희! 이건 정말 놀랍군요! 당신은 정말……."

더글러스는 말을 잇지 못하고 자신이 들고 있던 『우사경』을 다시 한번 들여다보았다. 여기에 불사의 비밀이 정말 있을까, 이것을 가지고 도망가 버리면 어떨까 하는 그의 생각을 읽어 낸 승희는 훗 하고 웃었다. 물론 더글러스의 진심이 아니었고, 한번 농담처럼 생각해 본 것에 지나지 않았다. 더글러스는 승희의 얼굴을 보더니 쑥스러운 듯 웃으면서 『우사경』을 건네주었다.

"내가 또 바보짓을 했군. 세상에서 가장 무서운 여자 앞에서 허튼 생각을 하다니. 하하, 한 번만 봐주시오."

"탐정님께는 정말 신세가 많았어요."

"별말씀을. 한 가지만 말해 주시오. 난 이번에는 도망치지 않았소. 그렇지 않소?"

승희는 환하게 웃었다.

"물론이에요."

성난큰곰은 승희의 기분이 좀 풀린 것 같자 그녀의 어깨를 툭치고 나섰다.

너희는 목숨을 걸고 정당하게 싸웠으니 키건도 널 원망하지는 않겠지.

승희는 성난큰곰을 보며 말했다.

"아닌 것 같은데요. 이 사람은 다음에 나를 만나면 반드시 죽여 버린다고 이를 갈고 있어요. 이제 이 사람은 지금까지의 키건이 아닐걸요. 제가 여자였기 때문에 키건은 마지막 순간 말고는 전력으로 나를 상대하지 않았어요. 덕분에 내가 이긴 거예요. 하지만 아마, 앞으로 이 사람은 수단과 방법을 가리지 않는 잔혹한 사람이 될 거예요……."

말끝을 흐리면서 승희는 쓸쓸히 몸을 일으켰다. 저쪽에서 다시 바이룽인지 츠다오인지 마피아들이 몰려들기 시작했기 때문이다. 저들은 겁을 먹었는지 다가오지는 않았지만 간혹 총을 쏘아 댔다. 그러자 성난큰곰은 인상을 좀 찌푸리면서 키건에게서 벗겨 낸 나이트 아머를 주워 들며 말했다.

"좀 빌리기로 하겠다. 전리품이라 여겨 다오."

성난큰곰이 키건의 나이트 아머로 앞을 막는 사이 승희는 다시 한번 키건을 바라보며 속으로 생각했다.

'당신의 눈을 멀게 한 것은 미안하지 않아요. 그러나 나는 당신의 긍지와 자부심을 없애고 야수로 만들었군요. 미안해요, 정말……'

승희는 성난큰곰과 더글러스와 함께 골목을 빠져나가기 시작했다. 간간이 총소리가 울렸지만 총알이 비 오듯 날아오지는 않았으며, 마피아들도 빽빽이 쓰러진 자들의 몰골에 질려 버렸는지 총만 쏘면서 아무도 접근하지 않았다. 가끔 총알이 날아들었지만 거인 키건이 입었던 나이트 아머가 워낙 커서 그들의 몸을 충분히 가려 주었다.

일단 안전한 곳으로 빠져나오게 되자 승희는 다른 생각에 잠겼다.

'『우사경』을 얻었다. 하지만 이제 어떻게 하나? 『해동감결』의 내용은 과연 무엇일까? 연희 언니는 또 어떻게 설득해 힘을 빌리나? 지금까지 내가 한 행동은 과연 옳은 것일까?'

생각할 것은 정말 아득할 정도로 많았다. 토트의 예언, 라미드 우프닉스, 『해동감결』, 『우사경』, 말세, 성당 기사단…….

'원 참, 난 이번 일로 성당 기사단의 원수가 된 셈인가? 키건이나 그 단장 같은 녀석들이 줄줄이 따라다닌다면 지난번 첩보 기관에 쫓기는 것보다 훨씬 더 끔찍할 텐데…….'

골목을 빠져나가면서 승희는 다시 한번 몸서리쳤다.

'그러고 보니 나는 세상에서 가장 무서운 여자가 아니라, 세상에서 가장 무서운 처지에 빠진 여자 아냐? 이런 제길!'

하지만 승희는 곧 그런 마음을 깨끗이 털어 버렸다. 『우사경』을 가지고 한국으로 돌아가면 박 신부나 준후, 그리고 특히 현암이 얼마나 기뻐할까를 생각하자 지금까지의 모든 고생은 아무것도 아니라는 생각이 들었다.

'그래, 세상에서 가장 무서운 여자면 어때. 언제는 안 그랬나, 뭐?'

앞으로도 골치 아픈 일은 끝없이 많겠지만 승희는 이제 아무 생각도 하지 않기로 했다. 무사히 『우사경』을 모두에게 전할 때까지는.

골목을 빠져나오자 사람들이 많은 곳이 나왔다. 이제 안심이라고 생각하니 승희는 다시 기운이 솟아났다. 앞으로 미국을 빠져나갈 때까지 난관이 많을 것이지만, 이제는 자신이 있었다. 승희는 웃으며 어느새 평상시 덩치로 몸을 줄인 성난큰곰에게 말했다.

"어서 가요! 미련퉁이 현암 군에게로!"

성난큰곰은 이 귀엽게 웃고 있는, 세상에서 가장 무서운 여자에게 미소를 지으며 고개를 끄덕여 보였다.

말세의
조짐들

슬픔의 밤

 늦은 밤, 인적이 없는 깊은 산속이었다. 새들과 산짐승도 숨죽인 한밤중의 깊은 산이 울었다. 아주 나직하고 고요하지만 저항할 수 없는 무게를 지니고 엄숙하게 우는 것이다. 그런 깊은 산중 벼랑 한편에 파인 작은 굴이 있었다. 누가 판 것이라기보다는 오랜 세월 바위틈이 벌어져서 자연적으로 생겨 난 그런 동굴이었다.

 동굴은 밖에서는 잘 보이지도 않을뿐더러, 보이더라도 그곳으로 내려가는 데 목숨을 걸어야 할 만큼 험준한 벼랑 중턱에 있기 때문에 혹여 누가 그 동굴을 보더라도 산짐승이나 살고 있을 것으로 생각할 터였다. 그러나 그 안에는 사람이 살고 있는 듯, 흐릿한 불빛이 새어 나오고 있었다. 그곳은 준후가 『해동감결』을 해독하기 위해 찾아낸 장소였다.

 준후는 비지땀을 흘리며 붉게 충혈된 눈으로 이미 해독한 『해동감결』의 「불사의 장」에 나오는 시 세 편을 종이에 옮겨 적고 있었다. 원전에 나오는 시는 모두 서른 편이나 됐다. 그러나 그중 열 편의 시는 '어느 때가 이 예언이 적용되는 때인가'를 나타낸 것들이었다.

풍백 비렴이 인용했던 바와 같이 현대의 다양한 양상이 기록돼 있었으므로 번역해 읽어는 보았지만 굳이 옮겨 적을 필요는 없었다. 사실 여기까지 해독한 것만도 무척이나 힘든 일이었다.『해동감결』은 너무 파자와 비유가 많아서『우사경』을 읽어 도움을 받았는데도 해독하는 것이 여간 까다로운 일이 아니었다. 일종의 산법에 따라 글자를 찾아 나가야 했는데 처음에는 한 글자를 찾는데도『우사경』한 권을 다 뒤져야 했다. 그러다가 열 편의 시를 다 읽을 즈음에는 산법이 준후의 머릿속에 암암리에 기억돼 훨씬 속도가 붙었다.

그러나 산법이란 것도 기가 막힐 정도로 복잡한 것이라 보통 지능의 사람이었다면 일주일이 걸려도 세 편의 시조차 해석하지 못했을 터였다. 그래서 준후는 모든 정신을 거기에 집중하고 또 술법을 걸어 일종의 강신 상태에 들어간 다음에야 해석할 수 있었다.

거의 무아지경의 상태에서 해석해야 하는 까닭에 외부의 그 어떤 소리도 들리지 않는 곳이어야 했다. 그 때문에 준후는 조용하고 그 누구에게도 방해받지 않는 밀폐된 장소를 고르다가 이 깊은 산속의 동굴에 틀어박혀 해석에 전념하게 됐다.

열 사람의 도움이 스스로 따를 것이니

남자가 다섯, 여자가 다섯이고
노인이 셋, 젊은이가 셋, 아이가 넷이며
타고난 이가 다섯, 받은 이가 다섯이다.

열 개의 길이 스스로 열리리.
그리고 열 개의 길이 모두 가로막히리.
아홉 명이 아홉 길을 터야 하며
어두운 한 길은 넷과 한 사람이 막아야 하리.
하나라도 모자란다면 이루어지지 못하리.

 이 두 편의 시는 준후가 지난번에 일본에서 보았던 도자기 조각의 내용과 연관되는 것이었다. 그 조각에는 네 사람과 열 사람이 필요하다고 적혀 있었다. 네 사람이란 박 신부와 현암, 승희 그리고 자신을 의미하는 것일 테고, 열 사람은 여기에 언급된 열 사람의 도움을 의미하는 것 같았다.

 준후는 잠시 어떤 열 사람이 자신들을 도와줄 수 있을까 생각해 보았다. 일단 백호의 도움이 없었으면 지난번 홍수 사건 때 목숨을 부지할 수 없었을 테니 백호를 뺄 수 없겠고, 승희가 알아본 바에 의하면 연희의 도움도 절대적으로 필요하다고 했으니 연희도 당연히 추가해야 했다. 거기에 성난큰곰은 지난번에 승희를 도와주었으니 젊은 사람 셋은 백호, 연희, 성난큰곰 세 사람일 것 같았다.

 그렇다면 노인은? 준후는 윌리엄스 신부를 떠올렸다. 윌리엄스 신부나 이반 교수, 월터 보울 정도면 노인들이라 할 수 있었다.

'그러나 문제는…….'

준후는 잠시 미간을 찌푸렸다. 아이라고 할 수 있는 사람이 넷이나 된다고 했는데 도대체 어떤 아이들이 이번 일에 퇴마사들을 도와줄 수 있을까? 한 명 정도라면 준후도 짐작 가는 바가 있었지만, 네 명이나 되는 아이들의 도움을 받아야 한다는 점에 조금은 막막한 기분이 들지 않을 수 없었다.

거기에 한 명 정도 덧붙인다면 그가 누구인지 예상할 수도 있었지만 다른 두 명에 이르러서는 도무지 감이 잡히지 않았다. 그리고 조금 더 생각해 보니 능력을 타고난 이가 다섯에 능력을 받은 이가 다섯이라고 했는데, 백호는 아무런 능력이 없다고도 할 수 있지 않겠는가?

'그러면 도대체 누굴까? 누가 있어서 우리를 도와주겠다는 것일까?'

더더욱 걱정되는 것은 두 번째 시에 언급된 열 개의 길 내용이었다. 내용을 보아하니 열 개의 길이란 열 가지의 사건 또는 열 가지의 다른 힘이 퇴마사들을 위협하게 되는 것 같았는데, 아홉 개의 힘은 아홉 명의 사람이 막는다고 했고 다른 하나의 어두운 힘은 네 사람과 한 사람이 감당해야 한다고 했다.

한두 개의 힘도 감당하기 어려운 판인데 열 개나 되는 다른 세력을 어떻게 감당해야 할까. 준후는 약간 침울한 기분이 들었다.

그다음의 시는 말세의 의미를 가리킨 것이었다. 다섯 편이나 됐지만 대략 보기에 큰 의미는 없는 것 같아 준후는 대강 읽고 넘겨 버렸다.

그 시는 말세가 오는 것은 확실하지만 말세가 종말로 이어지는 것은 아니며, 그 종말을 자초하는 것은 인간이라는 것. 그리고 말세를 짚어 내어 천기를 막을 수 있다고 생각하기 때문에 오히려 그 행위로 인해 종말이 오게 된다는 내용이었다.

다만 종말의 양상이 무엇인지에 대해서는 적혀 있지 않았다. 대단한 능력을 지닌 맥달로서도 채 읽어 낼 수 없었거나 그 양상을 읽어 내지 못했다기보다는, 구체적으로 사실을 언급하는 것이 더 좋지 않다고 여기고 적지 않은 것으로 보였다.

그저 모든 사람이 별로 주의를 기울이지 않은 예상치 못한 방향에서 어느 날 갑자기, 준비할 겨를도 주지 않고 벼락같이 인간들을 덮칠 것이라고 했다.

예전에 준후는 박 신부와 현암, 승희와 더불어 말세의 양상이 어떻게 벌어질 것인가에 대해 열띤 논의를 벌인 적이 있었다. 그때 그 양상에 대해서는 신경 쓰지 말자고 결론을 내렸지만 궁금한 생각까지 지울 수는 없었다.

다섯 편 이후에 맥달은 다시 중요한 시 세 편을 남겼다. 그 시들을 해석한 후 준후는 자신도 모르게 나지막한 신음성을 울렸다. 지금껏 본 시 중에서 이 세 편의 시가 가장 중요한 것으로 보였기 때문이다.

모든 것은 인간에서 비롯되고 인간으로 돌아가니
수많은 사람 중 그대와 이어진 자를 찾아야 한다.
진실의 눈으로 보지 않으면 알 수 없으며
그 여자의 뱃속에 신의 분노가 자라고 있느니.

준후는 박 신부의 말을 떠올렸다. 박 신부와 '피로 이어진 사람'이란 계시는 박 신부와 같은 민족에서 그 사람이 나온다는 것을 의미했다. 그가 적그리스도이든, 혹은 세상을 구원할 메시아든 간에 말이다.

도혜 선사와 한빈 거사의 말을 현암이 전한 것에 의하면 그를 징벌자 또는 구원자로 일컫는데, 그 둘은 원래 다른 두 사람이 아니며 천기(天機)를 인간이 풀어 나감에 따라 징벌자 혹은 구원자가 되는 것 같다는 견해였다.

그러고 보니 준후와는 조금 거리가 있었지만, 예언가 중에서 가장 유명했던 노스트라다무스의 예언이 떠올랐다. 그는 백 편의 난해한 예언 시를 썼는데, 그중에서 가장 유명해 지나간 세기말에 사람들을 우려하게 만들었던 시는 이것이었다.

1999년, 일곱째의 달.
하늘에서 공포의 대왕이 내려와
앙골모아의 대왕을 부활시키리라.
마르스가 기쁘게 다스리기 전후.

과거 이 시는 인류 멸망을 암시한 시라고 일컬어졌고 많은 연구가가 해석을 시도했다. 대부분의 의견은 공포의 대왕이라는 말에 걸맞은 핵무기나 전쟁에 의한 멸망을 손꼽았다.

특히 마지막 행의 '마르스(Mars)'는 그리스 신화에 등장하는 전쟁의 신 이름이므로 전쟁이라는 설이 상당히 유력하게 퍼져 있었다. 그러나 1999년 7월에는 아무런 일도 일어나지 않았고, 말 많던 '그랜드 크로스(Grand cross, 점성술에서 행성의 궤도가 십자 모양으로 줄지은 것)'도 아무런 힘을 발휘하지 못하고 지나가 버렸다.

이미 지금은 21세기로 접어들지 않았는가. 그러나 연구가들은 과거의 해석이 잘못됐다고 단언하면서 새로운 해석을 하고 있었다. 시기의 문제는 그다지 중요한 것이 아니며, 공포의 대왕이라는 의미를 단순하게 생각해서는 안 된다는 것이다. 그리해서 전쟁 무기나 재앙 같은 외면적인 것이 아니라, 아주 하찮고 눈에 보이지 않는 그러한 것일 수도 있다는 설이었다.

전쟁을 일으키는 지도자보다는 테러리스트 같은 개개인의 힘이 발화점이 돼 인류의 멸망이 시작된다는 설도 있었다. 특히 새 해석을 시도하는 연구가들은 세 번째 연의 '앙골모아'를 칭기즈 칸의 후예라 해석하고 동양인 중에서 문제의 인물이 나온다고 이야기하기도 했다. 동양인······.

노스트라다무스의 예언은 너무도 꼬여 있어서 과거의 것을 맞추자면 그럭저럭 끼워 맞추기가 됐지만, 미래의 일을 예측하기에는 너무도 어려웠고 적중률도 소문만큼 높지 못했다.

준후는 참고할 겸 호기심 삼아 살펴본 이 시의 내용 중에서 '앙골모아'라는 단어가 가장 뚜렷하게 각인됐다. 동양인. 그것도 박 신부와 피로 연결된 사람이라면 한국인의 피가 흐르는 사람임이 분명했다.

그렇지만 그를 도대체 무슨 방법으로 찾는단 말인가? 다행히 맥달은 친절하게도 그에 대한 당부를 바로 다음 시에 남겨 놓았다.

> 세상은 넓다. 세상은 좁다.
> 운명의 길은 복잡하게도 이어진 것이니
> 스스로 원해 구하면 얻지 못하고, 구하지 않으면 저절로 들어오리라.
> 세상의 열 개의 점이 한군데서 만나리니.
>
> 찾으려 애쓰면 더더욱 찾아지지 않으리.
> 해 오던 그대로, 있던 그대로.
> 그것이 가장 가까운 길이니.
> 열 개의 길이 이어지면 그녀가 드러나게 되리.

해석하면서 준후는 조금 의아한 느낌이 들었다.

'찾으려 애쓰지 않아도 찾아지게 된다니, 그럴 수도 있단 말인가? 원 참……'

그러나 다른 사람도 아닌 맥달의 예언이었다. 사천칠백 년 후에 자신이 보존한 문서가 전전해서 다른 나라 어느 장소에 흘러가게 되고, 그것을 어떤 사람이 찾아 처음으로 해석하게 됐는지, 그 시점에서 어떠한 처지에 놓이게 됐는지까지를 정확히 예언하고 그에 대한 대비를 남길 정도인 예언가가 바로 맥달이었다.

그런 인물의 글이니 결코 경솔하게 생각할 수는 없었다. 다만 열 개의 길이라는 것이 자꾸 마음에 걸렸다. 하지만 준후를 더욱 기겁하게 만든 것은 바로 그다음, 스물한 번째부터의 시였다.

여기 이후의 내용은 아무에게도 언급하지 않도록 하라.
그래야만 열 개의 길이 자연히 이어지리라.
헛수고, 공연한 생각, 억울한 눈물, 두려움과 괴로움.
그 모든 것 또한 의미 있는 일이리, 종내 모두 하나로 이루어지리.

이것을 읽고 해독하는 자. 그대만의 짐이며,
그대와 가장 가까운 자에게도 말해서는 아니 되느니.
그렇지 않으면 운명은 비틀어져서 모든 것이 끝나 버릴 것이니,
괴롭고 답답해도 반드시 지켜야 하느니.

준후는 충격을 받았다. 그 누구에게도 이야기해서는 안 된다니! 그렇다면 현암이나 박 신부, 승희에게도 비밀로 해야 한다는 말인가? 그렇게 해야만 운명이 스스로 이어진다고?

준후는 그다음의 내용을 보며 더욱더 놀라워했다. 그 이후에 이어지는 시들은 길이도 길었지만 준후는 산법에 익숙해진 터라 단숨에 읽어 내려갔다. 그 내용들은 정말로 준후의 눈을 의심하게 할 만한 것들이었다.

그 시들을 하나하나 해석하며 준후는 울고 또 울어서 몇 번이나 다시 이를 악물고 정신을 가다듬고서야 해석을 계속할 수 있었다. 그러나 아무리 마음을 다잡으려 해도 그 괴로움을 견딜 수가 없었다.

이 내용대로라면 말세의 양상과 그들이 해야 할 행동은 처음에 예상했던 것과는 아주 달랐다. 그리고 자신의 경우에는 더더욱…….

"이럴 수가! 이럴 수가……!!!"

그토록 박정하고 무자비한 운명이 자신을 기다리고 있다니! 더욱 안타까운 것은 그것을 그대로 받아들여 자신의 손으로 그 일을 해내야만 한다는 것이었다.

준후는 스물아홉 번째의 시를 해석한 다음 눈앞이 캄캄해져 오는 아찔함을 이기지 못해 그만 정신을 잃어버렸다.

몇 시간이나 지났을까? 아니, 며칠이 지났는지도 몰랐다. 준후는 짐승처럼 흐트러진 몰골로 부스스 눈을 떴다. 조그마하게 밝혀두었던 등도 꺼져 사방이 온통 캄캄했다. 그나마 한 줄기 달빛이 동굴 입구에서 스며들고 있어 방금 눈을 떴지만 어둠에 곧 익숙해졌다. 눈앞에 펼쳐져 있는 『해동감결』 및 『우사경』, 그리고 잡다한 종이 등등이 보였다.

준후는 순간 머리칼을 곤두세우면서 『해동감결』과 『우사경』을 한꺼번에 움켜쥐었다. 그러고는 비명 같기도 하고 울음소리 같기도 한 괴이한 소리를 지르면서 그것들을 마구 잡아 뜯으며 우악스럽게 찢어 버렸다.

"난 못해! 난 그럴 수 없어! 못해!"

낡고 오래돼 형태만 간신히 유지해 오던 『해동감결』과 『우사경』의 두루마리는 준후의 손이 닿을 때마다 바스러져서 가루가 돼 날아갔다. 준후는 이까짓 것 하면서 모조리 없애 버릴 심산이었다. 모조리 태워 버리고 없애 버려야 했다.

이건 세상을 구하는 예언이 아니었다. 악마의 유혹이나 다름없었다. 아니, 유혹이 아니라 협박이었다. 보지 않은 것으로 하면 그만이라고 준후는 애써 생각했다. 그러나…….

준후는 문득 손을 멈추었다. 해독하지 않은 『해동감결』의 마지막 한 편의 시. 마지막 서른 번째의 시가 눈에 들어오는 순간, 준후는 자신도 모르게 그 내용을 해석하고 말았다.

    슬프리라. 통탄스러우리라. 그대에게 내 달리 할 말이 없노라.
    그대 못지않게 나 또한 가슴이 아프고 슬프지만 무슨 말을 더 하겠는가.
    여기에 적은 것은 오래된 글자가 아니라 나의 슬픈 마음이니,
    울어라. 슬프면 마음껏 울지어다. 그러나 잊지는 말라.

준후는 자신에게 마지막으로 당부하는 것 같은 내용을 보는 순간, 책을 찢던 손을 멈추고 땅에 엎드려서 다시 엉엉 울기 시작했다. 새삼 무섭고 소름이 끼쳤다. 어떻게 해도 자신은 빠져나갈 수 없었다. 맥달은 항상 옆에서 보고 있었던 양 모든 것을 이미 알고 있었으니까. 맥달은 준후의 괴로움을 알고 있었다. 그리고 준후가 최후에는 자신의 말대로 행동하리라는 것도 알고 있었던 것이다.

모든 것은 정해진 일이란 말인가? 모든 것이 정해져 있다면 왜 자신은 그런 행동을 해야 하는가? 그렇게 함으로써 이 모든 것을 바로잡을 수 있다는 말인가? 아니, 자신이 그런 행동을 하는 것도 이미 정해진 일이 아닌가?

맥달은 준후가 이 내용을 보고 충격을 받아 괴로워한다는 사실까지도 꿰뚫어 보고 있음이 틀림없었다. 그러니 마지막 서른 번째 시를 남긴 것이 아니겠는가? 그렇다면 맥달의 말이 어찌 이루어지지 않는다고 생각할 수 있단 말인가? 결국에는 그녀의 예언대로 모든 것을 행하게 될 것이 아닌가? 준후는 맥달이라는 수천 년 전의 사람에게 놀라고 감탄도 했지만, 결국은 그녀의 족쇄에 단단히 걸린 것이나 다름없어 울면서 고개를 마구 저었다. 맥달의 말이 사실이라면 이후에 세상은 구해질지언정 준후로서는 너무나도 아픔이 컸다. 준후의 눈물이 사방으로 튀었다.

'다만 제발 그대로 되지 않기를…… 제발, 제발……!'

달빛은 그런 준후의 심정을 아는지 모르는지, 묵묵히 희끄무레한 빛을 뿜어내며 동굴 안을 비추고 있을 뿐이었다.

바티칸의 밤

늦은 밤, 바티칸 한 모퉁이의 어느 고색창연한 건물 이 층에 위치한 자신의 방에서 프란체스코 주교는 낡은 가죽으로 장정된 라틴어 『성경』을 뒤적이고 있었다. 그는 이미 칠십 대에 들어선 노주교였지만, 체구가 컸으며 아직도 힘차고 맑은 눈을 지닌 정정한 사제였다.

그가 『성경』을 뒤적이다가 몇 줄의 문구를 노트에 메모하고 있을 때, 누군가가 조용히 문을 두드렸다. 프란체스코 주교는 나이나 덩치에 어울리지 않는, 테너의 맑은 목소리로 대답했다.

"들어오세요."

주교가 말하자 검은 후드를 머리에 눌러쓴 조그마한 남자 하나가 들어서더니 프란체스코 주교 앞에 고개를 숙였다. 그는 후드로 얼굴을 가렸을 뿐 사제복도 입지 않은 모습이었다. 주교가 반지 낀 손을 내밀자 그 남자는 무릎을 꿇고 거기에 살짝 입을 맞춘 뒤 말했다.

"주교님, 말씀하셨던 것에 대한 내용을 알아 왔습니다."

"항상 주님의 은총이 함께하시기를."

프란체스코 주교는 미소를 지으면서 남자를 내려다보았다. 그는 곧 몸을 일으킨 뒤 품에서 가죽으로 된 조그마한 주머니를 꺼냈다. 무척이나 오래된 듯 닳고 해진 물건이었다. 그 주머니를 조심스럽게 풀자 안에는 그보다도 훨씬 더 오래된 것으로 보이는 점토판 조각이 나왔다.

"아아…… 아멘."

프란체스코 주교는 한 번 성호를 그은 다음 조심스럽게 점토판을 들여다보다가 책상 서랍을 열고 황금 테가 둘린 커다란 돋보기를 꺼내 점토판에 새겨진 내용을 유심히 들여다보기 시작했다. 남자가 조심스럽게 말을 건넸다.

"최선을 다했습니다만…… 진품이 맞는지 모르겠습니다."

프란체스코 주교는 금방이라도 너털웃음을 터뜨릴 듯이 흐뭇한 얼굴로 말했다.

"틀림없어요, 틀림없어. 정말 세븐 가디언(Seven Guardian)의 재주는 대단하군요. 주님의 축복이 항상 함께하시기를."

프란체스코 주교가 말하면서 성호를 긋자 남자도 프란체스코 주교를 따라 다시 성호를 그으면서 미소를 지었다.

"주님께서 함께하신 덕분입니다."

프란체스코 주교는 일개 주교로만 세상에 알려졌지만, 그가 맡고 있는 임무는 주교의 지위보다 훨씬 더 막중했다. 그도 그럴 것이 프란체스코 주교는 바로 수백 년 전에 악명을 떨치던 이단 심판관의 일을 그대로 승계받은 인물이었다.

물론 이름은 이단 심판관이었지만, 그는 과거의 피비린내 나는 종교 재판을 열어 수만 명의 마녀와 마법사 용의자들을 고문하고 처형한 그런 이단 심판관의 성격을 이어받지는 않았다.

그는 온화하고 조용했으며, 언제나 유머 감각이 가득한 낭랑한 목소리로 여러 사람과 대화하기를 좋아하는 다정다감한 사람이었다. 또한 이십 년이 넘도록 이 막중한 임무를 무리 없이 잘 소화해 그가 맡고 있는 조직 역시 왕성하게 활동하고 있었다.

지금 그의 일은 이단 심판을 벌이는 것이 아니었다. 그의 임무와 목적은 다른 곳에 있었다. 말세에 나타난다는 적그리스도에 대항하는 힘을 키우는 것이었다. 그의 조직은 공식적인 것은 아니었으며 교황의 직속에 있는 것도 아니었다.

가톨릭에서 같은 생각을 지닌 고위 성직자들이 모여서 설립한 모임이었기에 실제로 프란체스코 주교는 교황을 직접 만나 본 일도 없었다. 그러나 그는 종교의 수호를 위해서라면 언제든지 몸과 마음을 바칠 각오가 된 사람이기도 했다. 그리고 이번이 그에게 있어서는 가장 힘들고 어려운 고비라 할 수 있었다.

"그래요, 그래. 그런데 어떻게 이도교의 손에서 이것을 얻을 수 있었나요? 다치거나 죽은 사람은 없었나요?"

"죽은 사람은 없습니다만……."

남자가 얼버무리자 프란체스코 주교는 서글픈 듯한 눈매를 지어 보였다.

"아, 아무리 이교도들이라도 해쳐서는 안 되는 건데 그러나 가디언이 한 일이니 그만한 이유가 있겠지요. 사람을 다치지 않게 하려고 최선을 다했다고 말씀하실 수 있겠지요?"

"아, 물론입니다……."

프란체스코 주교의 밑에는 세븐 가디언이라는 조직이 있었다.

그들은 거의 성자에 해당하는 기적의 능력을 타고난 사람들로서, 그가 행하는 일련의 조사를 비밀리에 돕는 역할을 하고 있었다. 모두가 독실하고 순결한 교인들로만 이루어져 있었으나, 그들의 능력은 가히 상상을 초월하는 정도의 것이었다. 하지만 그들은 한 번도 살인을 하거나 그에 상응하는 죄를 지은 일이 없었다.

"그러면 됐어요. 다음번에 내가 고해 성사를 봐 드리지요. 주님께서도 용서해 주실 것입니다. 형제 중에 다친 사람은 없었겠지요?"

"두 사람이 조금 다쳤습니다만…… 그리 심한 것은 아닙니다."

프란체스코 주교는 눈살을 조금 찌푸렸다. 상상을 초월하는 힘을 지닌 세븐 가디언이 상대를 다치게 한 것은 그렇다 쳐도, 그들 스스로가 상처를 입었다고 한다면 이는 심각한 일이 아닐 수 없었다.

"아아…… 산중노인의 아사신(Assassin)들이 정말 지독했던 모양이군요. 그렇던가요?"

"그렇습니다. 지금까지 우리가 봐 왔던 자들 중에서 가장 강했습니다. 허나……."

"허나? 뭔가요?"

"각지의 움직임이 심상치 않습니다. 나이트 템플러나 로지크루시언(Rosicrusian, 장미 십자회)[1]도 움직이고 있는 모양이고…… 동방

---

1 고대로부터 전해 내려오는 비밀스러운 지식을 알고 있다고 주장하는 단체이다. 명칭은 예수 그리스도의 구원을 뜻하는 십자가와 장미를 결합한 문양에서 따왔다. 여러 종교의 신앙과 관행을 연상시키는 신비주의 사상과 가르침을 내세우고 있다.

에서도 심상치 않은 움직임이 있다고 합니다."

"나이트 템플러? 그리고 로지크루시언도요? 그들이 움직이기 시작했단 말인가요?"

"그것도 그것입니다만…… 문제는 동방 쪽에서 터질 것 같습니다."

"동방에서 무슨 문제가 있다는 건가요?"

"나이트 템플러 중 한 사람인 키건이라는 자를 아시는지요?"

"예. 강한 사람으로 압니다만……?"

"키건이 동방에서 온 한 여자에게 중요한 문서를 빼앗겼다는 소문입니다. 차이나 마피아 수십 명과 함께 있었지만 연약한 여자 하나를 상대하지 못했고…… 키건은 눈까지 멀었다고 합니다."

비로소 프란체스코 주교는 꿈틀하면서 놀라는 표정을 보였다.

"키건이요?"

"예……."

"키건이라면 세븐 가디언 중 한 사람과도 맞섰던 적이 있는 자 아닌가요? 거의 가디언과 맞먹는 힘을 지니고 있었다고 들었는데, 그가 문서를 빼앗긴 것만이 아니라 눈까지 멀었다면…… 분명 싸움에서 진 것이겠군요?"

"그렇습니다."

"그건 심상치 않군요, 심상치 않아요. 동방에 신비한 사람들이 간혹 나타나기는 하지만……."

"여자 혼자가 아니라 그 정도의 자들이 동방에서 여러 명 나타난다면…… 지금 안 그래도 그쪽의 분위기가 심상치 않습니까?"

"키건이 빼앗겼다는 것은 무엇인가요?"

"말세에 관한 예언서라 들었습니다. 동방에서 수천 년 동안 알려지지 않은 채 내려온 예언……."

"말세라……."

프란체스코 주교는 잠시 뭔가 생각하다 말을 이었다.

"그러한 삿된 예언은 믿을 필요는 없어요. 진리는 하느님의 말씀인 『성경』에만 있는 것입니다. 우리는 『묵시록』의 내용을 숙지해 그대로 따르기만 하면 되는 겁니다. 베드로 형제여, 말세가 임박했습니다. 모든 조짐이 그것을 가리키고 있습니다. 우리는 무슨 수를 써서라도 하느님의 심판이 내리기 이전에 악의 근원을 없애서 이 세상을 불의 심판으로부터 구원해야만 합니다. 그것이 바로 우리가 해야 할 일입니다. 아멘."

그러나 베드로라 불린 그 남자는 매우 우울한 표정이었다.

"때가 임박해 왔습니다. 악의 힘은 점점 강성해지고 있습니다. 지금 상황은 대단히 좋지 않습니다. 말세가 임박했다는 것을 사악한 자들도, 이교도들도 잘 알고 있는 것 같습니다. 검은 편지가 나돌고 있으며…… 시온주의자들이 그들과 결탁했다는 말도 있습니다. 더구나 중국에서는 용화교(龍華敎)라는 대규모의 종교가 퍼지고 있으며 인도에서는 칼키파가 힘을 키우고 있습니다."

"다른 종교의 일에 관여할 필요는 없지 않겠어요?"

"하지만 그들 말고도 얼마나 많은 이상한 사이비 종교들과 구세주를 자칭하는 무리가 있는지 모릅니다. 그러나…… 적어도 지금 제가 말씀드린 그 조직들은 모두 우리 가디언들이 직접 조사를 한 곳들입니다. 그들은 모두 직접적인 말세가 왔다고 단정 짓고 있으며 나름대로 행동을 취할 기세입니다."

"이미 대희년 — 서기 2000년 — 이 지난 지도 꽤 됐는데…… 그들이 아직도 그런다는 것입니까?"

"예. 우리는 그간 너무 신중했습니다. 『성경』 말씀에 이르시기를, 적그리스도가 마지막 날에 사악한 인간들의 무리를 이끌고 하느님의 형제들과 하르마게돈에서 최후의 싸움을 벌인다고 하지 않았습니까. 그렇다면 그 사악한 무리는 이제 더 이상 어둠 속에 숨어 있지는 않을 것입니다. 이제야말로 세상에 나타나서 거짓 이적과 거짓 예언을 하면서 사람들을 어지럽히고 신앙심이 없는 자들을 그들의 기치 아래 모으려 할 것입니다. 주교님, 우리도 본격적인 행동에 나설 때입니다."

그 말에 프란체스코 주교는 한숨을 쉬었다.

"형제여, 나도 잘 알고 있어요. 세븐 가디언들 모두 나에게 그런 말을 했지요. 바티칸에 편안히 앉아 있는 나보다는, 세계 각지를 돌아다니는 당신들이 훨씬 더 상황을 정확하게 알고 있겠지요. 그러나 문제는 우리가 전면적으로 나선다는 게 결코 쉬운 일이 아니라는 데 있지요. 교황청은 직접적으로 나설 수가 없어요. 기도와 신앙의 힘을 쓰는 것 이외의 물리적인 행동은 할 수 없는 겁니다. 우리의 존재가 세상에 알려지는 것 자체가 금지인데 표면적으로 우리가 나선다는 것은…… 으흠, 가디언들의 활동을 암묵적으로 허가받는 일만 해도 얼마나 힘이 들었는지 모릅니다. 그래요, 나도 알 만큼은 알고 있습니다. 이건 『묵시록』의 예언이 이루어지고 있는 증거이기도 해요. 일곱 머리를 가진 짐승의 열 개의 뿔[2]. 이것은 바로 지금 일어나고 있는 세력들을 의미하는 것임이 틀림없어요."

그러면서 프란체스코 주교는 서랍에서 둘둘 만 문서 한 장을 꺼내 베드로에게 보여 주었다.

"자, 보세요. 나이트 템플러와 로지크루시언. 그들의 배후에는 프리메이슨(Freemason)[3]이 있어요. 시온주의자들은 사방에 검은 편지를 보내고 있고…… 동방에서 미륵 신앙을 변질시킨 용화교가 불붙은 듯 위세를 떨치고 있어요. 인도에는 칼키파가 득세하고 있고, 아랍에는 진(Jinn)[4]을 숭배하는 이교도의 무리가 일어나서 산

---

[2] 『요한 묵시록』에서는 말세에 새로 태어날 메시아를 노리는 악마적인 존재를 붉은 용이라고 지칭한다. 그 용의 이름은 사탄으로, 일곱 개의 머리와 열 개의 뿔을 지녔으며 머리마다 왕관을 쓰고 있다고 한다.

[3] 유럽 중세 시대의 숙련 석공(Mason) 길드에서 비롯된 세계 최대의 박애주의 비밀결사체이다. 창설될 때부터 기존 종교 조직, 특히 로마 가톨릭교회와 여러 국가로부터 심한 탄압을 받아 비밀 결사의 성격을 띠었다. 종종 그리스도교 조직으로 오해받기도 하지만 그런 조직은 아니며, 도덕성, 박애, 준법을 강조하는 종교적 요소를 많이 포함하고 있다. 절대자의 존재와 영혼의 불멸을 믿는 성인 남자만 회원이 될 수 있으며, 일부 지부는 유대인, 가톨릭교, 유색 인종을 기피하는 편견이 있다고 비판받았다.

[4] 아랍 신화에서 천사와 악마보다 아래 수준의 초자연적인 정령 지니(Jinni)의 복수형이다. 불꽃이나 공기로 존재하며 인간이나 동물의 모습을 취할 수도 있다.

중노인의 아사신당(黨)을 다시 결성했지요. 아메리카에서는 마녀협회가 다시 창궐하고 있고…… 남아메리카에도 정체를 알 수 없는 이단 종교가 일어나고 있습니다. 이 모두를 상대하기에는 우리의 힘이 벅찹니다. 형제여, 우리는 신중해야 합니다. 만에 하나 우리의 행동이 세상에 알려질 경우, 개신교와 그 밖의 수많은 단체에 의해 교황 성하까지 모욕을 입으실 수 있는 빌미를 줄 수 있는 거예요……."

베드로는 그 문서를 보고 슬픈 듯 고개를 숙였다. 창피하기도 하고 마음이 아프기도 했다. 프란체스코 주교의 능력을 과소평가하고 있었던 것이 창피했고, 지금 이렇듯 산재한 어려움 앞에서 그것을 해결해야 할 사람이 너무 적다는 것이 마음 아프기도 했다. 게다가 프란체스코 주교의 번민이 얼마나 클 것인가 생각하니 더더욱 마음이 아팠다.

프란체스코 주교는 조금 우울한 표정으로 점토판을 조심스럽게 싸서 가죽 케이스에 넣고는 다시 그것을 액자 뒤에 있는 비밀 금고에 넣었다.

"아직도 네 개나 부족해요. 이것을 모두 얻는 것만 해도 우리에게는 역부족일 텐데…… 더구나 형제 둘이 상처를 입었다면 지금 당장 움직일 수 있는 가디언은 네 명밖에 없는 것 아닌가요?"

"그리 큰 상처는 아닙니다. 그러니……."

"아, 안 돼요. 지금은 악한 무리의 능력도 굉장해요. 완치되지 않은 몸으로는 위험합니다. 그런 모험을 할 수는 없어요. 세븐 가디언은 모두가 대단히 소중하고 중요한 존재들입니다. 그런 무리를 하게 할 수는 없습니다."

프란체스코 주교는 딱 잘라 말했다. 그러다가 그는 갑자기 무슨 생각이 떠오른 듯 베드로에게 물었다.

"그런데…… 키건을 물리쳤다는 동방의 여자, 어느 나라의 사람이라던가요?"

"글쎄요……. 그것까지는 듣지 못했습니다만 수소문하면 금세 알 수 있겠지요. 언뜻 듣기로는 혼자가 아니고 동료들이 여럿 있다는 것 같았습니다만."

"동료들요? 그 여자만큼 강한 사람들인가요?"

"그거야 알 수 없지요. 그런데 그건 어째서?"

"어쨌든 그 사람들은 성당 기사단과는 적이 아니겠어요? 적의 적이라면 우리에겐 아군이 될 수도 있는 것이 아닐까요?"

"글쎄요. 그들이 과연 믿음을 가진 자들일지는……."

"비록 세례를 받지 않았다 하더라도 마음이 깨끗하다면 우리의 마음을 몰라줄 리 없겠지요. 아니면 설득해도 좋고요. 세븐 가디언으로도 힘이 모자라는 이때에, 키건을 능가할 수 있는 그런 사람들을 우리 편으로 끌어들인다면 정말 큰 힘이 될 거예요."

돌연 프란체스코 주교의 표정이 밝아졌으며, 아이처럼 즐거워하는 얼굴이 됐다.

"그래요. 그들은 악한 자들이 아닐 거예요. 우리를 도와 힘이 돼줄 겁니다. 베드로 형제, 그들을 알아보세요. 꼭 알아봐야 합니다.

아마 쉽게 드러나지는 않을 테지만, 모든 지원을 아끼지 않을 테니 그들의 정체에 대해 될 수 있는 한 모든 것을 조사해 주세요. 가능하겠지요? 그렇지요?"

베드로는 잠시 주저하다가 입을 열었다.

"키건과 싸울 때 차이나 마피아 수십 명이 있었다고 하니 그들을 통하면 그 여자를 찾는 건 가능할 겁니다. 그러고 나면 그녀의 동료들도 알아낼 수 있겠지요. 그러나 지금 이런 상황에서 과연 그들을 찾는 것이 정말로 급한……."

"베드로 형제, 나를 믿으세요. 그들을 알게 된 것은 주님의 뜻이 틀림없습니다."

그리고 나서 프란체스코 주교는 성호를 그었다. 그러자 베드로도 따라서 성호를 그어 보이고는 조용히 방을 나섰다. 베드로가 나가자 프란체스코 주교는 다시 라틴어 『성경』과 노트를 집어 들고 필기를 시작했다. 그가 지금 노트에 적고 있는 단어는 바로 '적그리스도'와 '용[5]', '짐승[6]' 그리고 '바빌론의 탕녀[7]'였다.

---

[5] 『요한 묵시록』에 예언된, 말세에 구세주를 노리고 나타나는 사탄을 가리킨다.
[6] 『요한 묵시록』에서 용에게 권세를 받아 인간을 지배하는 존재를 지칭한다. 용처럼 일곱 개의 머리에 열 개의 뿔을 지녔다. 마지막 때가 되면 인간들이 짐승의 수하가 되며 이마나 오른손에 짐승의 숫자인 '666'이라는 표식을 받는다고 한다.
[7] 『요한 묵시록』에서 짐승을 타고 화려한 옷을 입었으며 음행에 취한 여자의 모습으로 묘사된다. 이마에는 '온 땅의 탕녀들과 흉측한 물건들의 어머니인 대바빌론'이라고 새겨져 있다고 한다.

뉴욕의 밤

그 시각, 뉴욕에 있는 거대한 고층 건물의 지하에서는 수십 명의 사람들이 참석한 가운데 모종의 회의가 열리고 있었다. 비밀리에 열리는 모임이라 그런지 입구는 꼬불꼬불한 미로 같은 지하실 구내를 빙빙 돌아야 들어갈 수 있게 돼 있었다. 곳곳마다 경비 용역 회사에서 나온 듯 명찰을 달고 제복을 입은 남자들이 지키고 있었으며, 출입문은 굳게 닫혀 있었고 방음 장치가 돼 있었다.

그런데 한 가지 특이한 사실은, 회의장에 있는 사람들 모두가 여자라는 점이었다. 나이가 많은 여자와 젊은 여자도 있었으며 키가 큰 여자와 작은 여자도, 예쁜 여자와 평범한 여자도 있었지만 남자는 단 한 명도 없었다. 지금 회의 석상에서 열변을 토하고 있는 것은 수십 명의 여자 중에서도 가장 뚱뚱하고 늙은 여자였다.

"이번에 제기된 사항은 일고의 가치도 없다고 판단됩니다. 우리 마녀 협회가 왜 다른 조직의 명령을 따라야 합니까? 도대체 우리 협회의 목적이 무엇입니까?"

그러자 붉은 머리의 창백한 여자가 날카롭게 말했다.

"우리 협회 여성들의 능력과 권익을 나타내기 위해 결성된 단체가 아니었던가요? 대의명분에 맞는 일이라면 어째서 우리가 고집을 피워야 하는 거죠?"

"능력과 권익을 나타내기 위해 신비주의를 표방할 필요가 있다는 것입니까?"

그러자 저만치에 앉아 있는, 검은 머리의 놀랄 만큼 요염한 생김새의 여자가 우아하게 되받았다.

"신비주의가 없다면 우리 회의 이름이 마녀 협회가 될 필요도 없겠지요."

뚱뚱한 여자는 격렬히 고개를 저었다.

"신비주의라고 해도 모두 다 같은 것이 아닙니다. 나는 마녀 협회의 백마녀화를 주장하는 것입니다. 마법에도 백마법과 흑마법이 있는 것처럼, 어둠의 힘을 숭상하고 힘을 얻기 위한 신비주의와 결탁하는 그러한 일은 결코 찬동할 수 없다는 겁니다."

그때 검은 머리의 요염한 여자는 냉소를 지으며 한 뭉치의 서류를 책상 위에 올려놓고 뚱뚱한 여자 쪽으로 주욱 밀었다.

"이걸 보시고도 그런 말씀을 하실 수 있을까요, 바이올렛?"

뚱뚱한 여자의 이름은 바이올렛이었다. 바이올렛은 다시 뭐라고 외치려 하다가 그 문서를 보고 입을 다물었다. 그리고 그것을 몇 장 넘겨보다가 돌연 얼굴빛이 흐려졌다.

"과거의 비극을 왜 들추어내는 거죠, 바이올렛?"

바이올렛은 떨리는 목소리로 검은 머리의 여자에게 말했다. 공교롭게도 그 여자의 이름도 똑같이 바이올렛이었다. 검은 머리의 여자는 희한하기 이를 데 없는 보랏빛의 눈동자를 가지고 있어 바이올렛이라는 이름에 걸맞았다. 검은 머리의 바이올렛은 냉랭한 어조로 말했다.

"과거의 비극? 그러니 잊어도 된다는 건가요? 과거…… 마녀들이 종교 재판에서 어떤 처벌을 받았는지 알고 있나요? 그 문서는 단지 그러한 사례를 조사한 것에 불과합니다만, 적어도 이 모임의 명칭이 마녀 협회라는 단체라면 그런 사실을 잊어서는 안 되는 것이 아닐까요?"

마녀재판의 비극…… 늙은 바이올렛도 그에 대해서는 잘 알고 있었다. 중세 이단 심판관들의 손길은 그야말로 무자비했다. 그들은 마녀의 혐의가 씌워진 여자들에게 끔찍한 고문을 가했다. 자신이 마녀임을 거부하면 고문당하다가 전신이 망가져 죽는 수밖에 없었고, 마녀임을 인정하면 고문은 멈춰졌지만 죄의 정화를 위해 교수형이나 화형에 처했다.

물에 여자를 집어넣어서 뜨면 마녀이고 가라앉으면 결백하다는 식의 논리를 펼친 이단 심판관도 있었다. 물에 뜨면 화형당해야 했고 가라앉으면 익사하는 수밖에 없었다.

"그들은 손가락이 짓뭉개지고 뼈마디가 부서지고 으깨어졌으며 산 채로 배가 갈라지고 내장을 긁어내는 고통을 겪어야 했습니다! 그리고 최후에는 뜨겁디뜨거운 불더미에 휩싸여 타들어 갔어요! 나는 믿고 싶습니다. 그 당시의 마녀들은 결코 억울한 희생양이거나 오해의 산물이 아니었다고요. 그들 중 상당한 수효는 정말 마녀였기를 나는 바랍니다. 그것이 그들을 위하는 길이라고 믿어요. 그들이 모두 억울한 희생양이었고, 이웃의 사악한 음모와 음산한 종교 제일주의자들의 피해자일 뿐이라고요? 웃기는 소리! 그것은 그녀들을 그 꼴로 만든 자들에게 안도의 한숨을 내쉬게 해

주는 방편밖에는 되지 않습니다! 나는 주장합니다. 그들은 정말 마녀들이었습니다! 그들은 정말 사탄과 함께 동침하고 마술 가루를 뿌려 날아다녔으며, 죽고 난 다음에도 그 악랄한 이단 심판관들과 가톨릭 신부들의 뒷덜미를 음산한 눈길로 노려보는 그런 존재들이었습니다!"

검은 머리 바이올렛의 말에 늙은 바이올렛 역시 기세를 돋우어 격렬하게 맞섰다.

"그들 대부분은 아무런 힘도 없는 무고한 아이이거나 여자들이었습니다! 그들을 모욕하지 말아요!"

"모욕? 그들을 모욕한다고요?"

검은 머리의 바이올렛은 믿지 못할 정도의 싸늘한 눈길로 늙은 바이올렛을 바라보았다. 그러자 놀랍게도 늙은 바이올렛은 깜짝 놀라 허둥거리다가 그만 의자에 털썩 주저앉고 말았다. 그만큼 검은 머리 여자의 눈길은 매섭기 이를 데 없었다. 지옥의 불꽃이 여자의 눈동자 가운데에서 활활 타오르는 것 같았다.

"당신이야말로 그들을 모욕하지 말아요. 어째서 그들의 행위를 기만하는 거죠? 그들은…… 그들은 그런 권능이 있어야 했어요! 좋아요. 대다수의 여자는 물론 당신이 말한 것처럼 아무런 힘이 없는 여자나 아이들이었어요. 그러나 종교라는 이름의 허울은 그런 그녀들을 잡아다가 처절한 고통을 주었죠. 그렇게 처절하게 고통을 당하면서 그들이 무슨 생각을 했을까요? 그들의 죽음은 확실했어요. 빠져나갈 방법이 없었어요. 그렇다면 그들에게 남은 일은 무엇이었을까요? 무엇이 아무 죄도 없이 당한 그 고통을 보상해 줄 수 있을까요? 속죄? 하느님의 자비? 영혼의 구원? 웃기지 말아요! 그들은 그들의 죄를 시인함으로써, 그들이 정말 마녀이며 그 끔찍한 이단 심판관들이 부들부들 떨며 놀라는 얼굴을 하도록, 그들이 앞으로 남은 생애 동안 밤마다 어두운 몽환에 시달리며 평안한 잠을 이룰 수 없도록 증언한 거예요! 바로 이것입니다!"

그녀는 마치 자신이 당시의 종교 재판을 받고 있던 마녀라도 되는 양 처절함과 격앙된 목소리로 소리쳤다.

"나는 사탄의 신부다! 이 거짓 사제들아! 인간을 위한답시고 영혼을 파괴하는 자들아! 나는 지금부터 너희들이 말하는 그 사악한 힘의 추종자가 됐노라! 병을 퍼뜨리고! 검은 짐승을 잡아 피를 뿌리고! 빗자루를 타고 날아다녔고! 발푸르기스산[8]에 날아가 축제를 지냈노라! 바로 이 순간! 지금 이 순간부터!"

그녀는 그 시대의 악령에 홀린 것 같아 보였다. 그러나 모든 여자들은 그녀의 그 홀린 듯한 동작 하나하나와 말 한마디 한마디를 똑똑히 새겨듣고 있었다. 그녀는 하늘을 보고 미친 듯 소리쳐 웃다가 책상을 내리쳤다.

"수백 년이 지났어도…… 진실은 잊지 않아. 그 수만 명의 여

---

8 중세 독일의 전설에서 온갖 악마와 마녀가 모여 연회를 벌인다는 산을 뜻한다. 브로켄산 등 다른 산도 유명하지만 괴테의 『파우스트』에서 언급되면서 발푸르기스산은 마녀 및 악마의 집합처로 가장 유명해졌다.

자들을 마녀로 만든 것은, 죽는 순간 사탄에게 몸을 바치기로 서약하게 만든 것은 바로 종교인들이었어! 그리고…… 그리고 그건 지금도 변하지 않았어. 여자라는 이유로, 여자라는 이유 하나만으로 인간 이하의 존재가 돼 간다면, 차라리 남자들을 능가하는 힘과 권능을 지닌 마녀가 되는 게 나아! 다시는 누구에게도 짓밟히지 않고! 다시는 무엇에도 예속되지 않는! 그런 힘과 그런 권능을……!"

그 장소에 있던 수십 명의 여자들은 검은 머리의 여자가 몸을 떨면서 울부짖듯 내뱉는 소리를 듣고 있었다.

"힘…… 권능을! 힘과 권능을!"

"안 돼! 안 돼! 들어서는 안 돼!"

늙은 바이올렛이 결사적으로 소리를 지르려 했지만 아무도 그녀의 말에는 귀를 기울이지 않았다. 검은 머리의 바이올렛은 그녀를 보면서 섬뜩한 미소를 지었다.

"알겠어? 나는 이제 다시 태어났다. 수백 년 동안 불꽃에 타들어 가며 방황하다가 다시 태어났어! 나는 사백오십 년 전에 독일에서 불타 죽었던 엘리자베스의 환생이야. 그리고…… 그리고 모든 마녀 협회의 회원들은 모두 그녀들의 환생일 뿐이다. 이것은…… 이것은 역사의 인과응보야. 이제는 우리가 그들에게 복수할 차례다. 나는 그 힘을 알아. 그 힘을 가진 자를 알아. 모두…… 모두 그 길로 가야 해. 당신들은…… 당신들은 이 세상이 좋은가? 이 세상에 원한이 없어? 응?"

돌연 그중 조그마한 갈색 머리의 여자가 울음을 터뜨렸다.

"나는…… 남자들에게 속고, 아이를 둘이나 죽게 만들었어요!"

그러자 검은 머리 바이올렛은 저승의 사자 같은 목소리로 커다랗게 외쳤다.

"그 남자의 죄가 그 남자에게 떨어지리라!"

"나는, 나는 남편에게 매일 얻어맞아서…… 더 이상은……."

다른 금발 머리의 여자가 울부짖자 검은 바이올렛은 다시 소리쳤다.

"이제는 네가 채찍을 들 때다!"

그에 덩달아 모든 여자들이 그녀에게 매달려 눈물로 호소할 때마다 그녀는 각각의 여자들에게 외치면서 그들의 이마를 짚었다. 그때마다 여자들은 비명을 지르면서 외쳐 댔다.

"기억난다! 기억이 난다! 나야말로 그때의……."

"아아! 뜨거워! 뜨거워!"

"아파! 아파! 고통은 그만! 이제 더 이상은…… 아악!"

늙은 바이올렛은 멍하니 그들의 광란을 바라보고 있었다. 그녀의 번히 뜬 눈에도 눈물이 고였다. 수십 명의 여자들은 모두 자신들의 전생을 깨달은 듯 미친 듯이 소리를 지르고 날뛰고 있었다.

그때 검은 머리 바이올렛이 서서히 다가와 거역하기 힘든 위엄으로 늙은 바이올렛에게 말했다.

"너도…… 너도 내게 와라……."

순간, 늙은 바이올렛은 무언가 크게 외치면서 눈을 감고 손을 모았다. 그러자 한 줄기 회오리바람 같은 힘이 그녀의 몸에서부터 퍼져 나와 검은 머리 바이올렛을 덮쳤다. 검은 머리 바이올렛의 몸이 뒤로 주르르 밀려 났다.

"너는……!"

검은 머리 바이올렛의 보라색 눈이 분노로 번쩍하고 빛나자 늙은 바이올렛의 몸은 뒤로 붕 떠서 십여 미터를 날아가 벽에 호되게 부딪쳤다. 그녀의 동공이 충격을 받아 풀리고 입과 코에서는 피가 솟구쳤다. 곧이어 그녀는 앞으로 서서히 쓰러졌으나 그래도 힘겹게 몸을 꿈틀거리고 있었다. 늙은 바이올렛은 피에 젖은 얼굴을 간신히 쳐들면서 말했다.

"너는…… 너는 틀렸어……. 안, 안 돼……. 너는……."

그러나 아무도 그녀의 말을 듣지 않았다. 되레 모두가 손에 잡히는 대로 아무거나 들고 무서운 얼굴로 그녀를 향해 서서히 다가오고 있었다. 검은 머리 바이올렛은 무섭도록 창백한 얼굴에 보랏빛 눈동자를 번뜩이면서 그녀에게 소리쳤다.

"죽어라!"

검은 머리 바이올렛의 눈이 다시 한번 무시무시하게 번쩍 빛나는 순간, 갑자기 굳게 닫혀 있던 한쪽 문이 와장창 부서지면서 시커먼 것이 날아들었다. 그리고 돌연 문밖을 지키던 두 명의 경비원이 얼굴이 퉁퉁 부은 채 문 안쪽으로 털썩 쓰러져 버렸다.

그 시커먼 물체는 사람이었는데 그가 한 번 팔을 휘두르자 검은 머리 바이올렛이 쏘아 낸 무형의 기운은 그의 팔에 맞아 펑 소리를 내며 사라져 버렸다. 그때 검은 머리 바이올렛은 그의 얼굴을 얼핏 볼 수 있었다. 백발의 남자로 얼굴빛은 사람 같지 않게 시퍼렇게 물들어 있었으며 입가에는 날카로운 송곳니가 삐져나와 있었다. 그 모습을 보자 검은 머리 바이올렛은 깜짝 놀라면서 외쳤다.

"뱀파이어!"

다음 순간, 검은 머리 바이올렛은 그 남자의 옷을 보았다. 남자의 옷은 바로 사제들이 입는 검은 사제복이었다.

검은 머리 바이올렛은 크게 놀라며 외쳤다.

"어둠의 왕자인 당신이 어째서……!"

그는 대답하지 않고 숨만 간신히 붙어 있는 늙은 바이올렛의 커다란 몸을 한 손으로 번쩍 들어 어깨에 메었다. 검은 머리 바이올렛은 뭔가 알았다는 듯 서서히 눈을 치켜뜨며 외쳤다.

"저, 저놈은 어둠의 왕자가 아니야! 저놈은 가톨릭의 사제다!"

뱀파이어의 얼굴을 한 사제는 인상과는 어울리지 않게 조용히 말했다. 그는 윌리엄스 신부였던 것이다.

"틀렸다. 나는 성공회의 사제다."

"다 죽여!"

여자들은 검은 머리 바이올렛이 소리를 지르자마자 그의 주위를 에워쌌다.

"비키지 않으면 다치오."

윌리엄스 신부가 한 번 옷자락을 휘젓자 무서운 바람이 서너 명의 여자를 삽시간에 저만치로 날려 버렸다. 그때 한 여자가 소리를 지르면서 뭔가를 꺼냈다.

"은총알! 이거라면!"

마녀 협회의 회원들이라 미신을 믿는 여자들이 많아서인지 이 여자들은 별것을 다 지니고 다녔다. 그녀는 조그만 총도 아닌 45구경의 커다란 권총을 꺼내 든 것이다. 윌리엄스 신부는 음산한 흡혈귀의 얼굴로 당혹스러운 표정을 지었다. 아무리 흡혈귀의 힘을 끌어냈어도 총에 맞는다면 좋을 것이 없기 때문이었다.

그때 반대편에서 펑 하는 총소리가 요란하게 들리면서 권총을 든 여자가 우당탕 넘어지며 몇 바퀴를 데굴데굴 굴렀다. 그러자 저만치에서 거센 북유럽 악센트의 점잖은 목소리가 들려왔다.

"은총알은 늑대 인간에게 쓰는 것이지 흡혈귀가 아니오."

말이 끝나자마자 다시 총소리가 들리고, 다른 여자 하나가 또다시 넘어져서 대여섯 바퀴나 구르다가 쓰러졌다. 그러자 여자들은 놀라서 윌리엄스 신부 주변에서 한 발짝씩 물러났다.

그것을 보고 흡혈귀의 얼굴을 한 윌리엄스 신부가 어울리지 않는 미소를 지으며 외쳤다.

"교수님!"

회색 머리카락의 바싹 마른 노신사가 금방 윌리엄스 신부가 부수고 들어온 문 앞에 고색창연한 벨기에제 장총을 들고 서 있었다. 이반 교수였다. 그는 조금의 표정 변화도 없이 철컥하며 총을 장전하면서 담담히 말했다.

"48구경 데모 진압용 덤덤탄이오. 맞아도 죽진 않지만 며칠 동안 고생하게 되지. 그나저나 어서 나오시오."

검은 머리 바이올렛은 눈을 허옇게 빛내며 이반 교수에게 달려들었지만 윌리엄스 신부가 다시 한번 기합을 확 뿜어내자 그녀의 발 앞에 불덩어리가 퍽 하면서 솟아올랐다. 불을 보자 모든 여자가 비명을 지르면서 흩어졌다. 불에 타 죽은 마녀로서의 전생이 떠올라 불에 대한 공포심이 솟구친 것이다. 그 틈을 타서 윌리엄스 신부는 늙은 바이올렛을 메고 바람처럼 사라졌다.

"실례했소이다, 숙녀 여러분."

이반 교수도 정확하면서도 재빠른 동작으로 총을 어깨에 메며 점잖게 실례했다는 포즈를 취한 뒤에 한마디 말만 남기고 그 장소를 떠나 버렸다.

검은 머리 바이올렛이 이를 갈면서 발을 구르자 윌리엄스 신부가 뿜어냈던 불이 사방으로 흩어져 꺼져 버렸다. 그녀는 잠시 그들이 사라졌던 부서진 문만을 뚫어져라 바라보다가 캬아악 하며 비명을 질렀다. 그러자 부서졌던 문이 폭발하듯 완전히 박살이 나면서 작은 가루가 돼 흩어졌다.

이반 교수는 회색의 거대한 리무진에 윌리엄스 신부와 늙은 바이올렛을 실었다. 윌리엄스 신부는 피가 모자라는지 본래 모습으로 돌아오면서 정신을 잃었다. 이반 교수가 거대한 리무진을 몰고 가는데 뒤에서 바이올렛이 떨리는 목소리로 말했다.

"아아…… 어서…… 어서……."

"십삼 분에서 십사 분 정도만 달리면 병원에 도착하오. 아마도 십삼 분 사십 초를 넘지 않을 거요. 그러니 일단 절대 안정하시오."

이반 교수는 여전히 조금도 감정의 변화가 없는 목소리로 말했으나 바이올렛은 피에 젖은 손으로 차 시트를 움켜쥐며 말했다.

"그들에게 알려야 해요. 막을 수 있는 사람들은 그들밖에……."

"그들?"

"그들…… 한국의……."

그러자 이반 교수는 고개를 저었다.

"그들은 모두 죽었소."

"아니, 그들은 아직…… 그들은……."

무표정한 이반 교수의 얼굴에 아주 희미하기는 했지만 달가운 기색이 획 스쳐 갔다.

"그들이 살아 있단 말이오? 반가운 소식이군. 한데 왜?"

"마녀…… 바이올렛은 지금…… 엄청난 일을……."

"무슨 일 말이오?"

"그 여자는…… 검은 편지 집단과 함께 엄, 엄청난 짓을……."

그 말만 남기고 바이올렛은 시트를 긁어 손을 피투성이로 만들면서 풀썩 실신했다. 이반 교수는 검은 편지라는 말을 듣고는 눈을 부릅뜨면서 액셀러레이터를 더욱 힘차게 밟았다. 차는 전혀 흔들리지 않았지만, 속도는 이미 백팔십 킬로미터를 넘어서고 있었다.

인도의 밤

마을 전체를 뒤덮은 불이 반쯤 꺼져 가고 있었다. 이제 마을에 살아 있는 사람은 하나도 없는 것 같았다. 곳곳의 건물들 태반이 무너져 내려앉아 검은 연기에 휩싸여 있었고, 불에 탄 목조 건물의 재가 눈발처럼 흩날리고 있었다. 여기저기 널린 시체들은 불에 타들어 가거나 혹은 재에 파묻혀 가고 있었다.

마을 외곽에서부터 접근해 오던 경찰들과 군인들, 그리고 사건 조사대는 코를 찌르는 연기 냄새와 시체 타는 냄새에 눈살을 찌푸렸다.

"지독하군요."

"생존자가 과연 있을까?"

머리가 희끗희끗하고 매부리코가 몹시 굽어 있는 늙은 학자풍의 남자가 중얼거렸다. 그러자 그의 옆에 서 있던, 얼굴과 온몸에 문신을 하고 천을 몸에 감은 젊은 남자가 말했다.

"도대체 어떻게 이런 일이 생겼을까요……?"

매부리코의 남자는 문신한 남자를 한 번 돌아보며 대꾸했다.

"어떻게 이런 일이 생기다니? 시타 교수, 지진 때문에 그런 것 아니겠소?"

문신한 남자는 마치 야만인 같아 보이는 겉모습과는 다르게 박사 학위를 지닌 인텔리였다. 그는 입술을 깨물며 말했다.

"지진이 아닙니다, 케샤브 교수님. 저도 지진계의 기록을 보았습니다만, 지진과는 충격 양상이 다릅니다. 달라도 너무 다르지요. 제 생각에는 일종의 폭발 같습니다."

"이 마을은 이렇게 높은 화산 중턱에 있지 않소? 용암의 부분적 분출 때문에 일어난 재앙임이 분명하오. 마을 전체가 지진 직후 불타오른 것도 그렇고……."

매부리코의 노교수 케샤브는 뭔가 마음에 들지 않는다는 듯한 표정으로 시타 교수를 바라보았다. 그러자 시타 교수는 그 눈길을 의식한 듯 말끝을 흐렸다.

"글쎄요……."

그러나 시타 교수의 눈동자엔 이 일이 지진에 의한 것이 아닌 것 같다는 확신의 빛이 강하게 감돌고 있었다. 케샤브 교수는 그런 시타 교수의 눈빛을 피하듯 뒤로 돌아가서 짐에서 간단한 장비 하나를 꺼냈다.

"보시오. 여긴 마을에서 꽤 멀리 떨어진 곳이고 해발 삼천 미터가 넘는 곳임에도 불구하고 기온이 삼십이 도가 넘소. 아무리 화재가 마을 전체에 걸쳐 일어났다고 해도 이렇게 멀리 떨어진 곳의 기온을 바꿀 정도의 에너지를 지니고 있지는 못하오. 이건 분명 용암의 분출이오."

이 마을에 강렬한 충격이 일어난 것이 지진 관측기에 포착되고 마을 전체가 박살 나 버린 지도 벌써 일곱 시간이 지나고 있었다. 이곳은 해발 고도 삼천 미터가 넘는, 길도 거의 없는 험한 산중에 자리 잡은 마을이었기에 구조대의 파견도 오래 걸릴 수밖에 없었던 것이다.

부근에는 헬기를 내릴 만한 곳도 없었으니 다른 방법이 없었다. 헬기가 계속 부근을 돌며 살폈지만 최소한 항공 탐색 결과로는 생존자의 흔적이 하나도 없는 듯했다. 그러나 이 사고의 원인을 밝히고 사건을 수습하기 위해 일단 군과 경찰의 인원들이 파견됐고, 케샤브 교수와 시타 교수는 원인 분석을 위한 조사팀의 선발대 격으로 산을 오르게 된 것이다.

시타 교수는 이름도 들어 보지 못한 신기한 토속 종교를 믿는 사람이어서 차림새는 기이했지만 인도에서는 흔하게 있는 일이었다. 그러나 의사인 케샤브 교수는 그런 시타 교수가 별로 마음에 들지 않았다.

"하여간 조사를 서둘러야 합니다. 생존자가 있을지도 모르고…… 그리고……."

"흠…… 이미 일곱 시간이나 지났는데…… 그리고 또 뭐요?"

비록 노골적으로 시타 교수의 말을 반박하지는 않았지만 케샤브 교수의 얼굴은 이런 상황에서 어떻게 생존자가 있을까 하는 표정이 역력했다. 시타 교수는 마을 밖으로 뛰쳐나오다가 죽은 것으로 보이는 시체 한 구를 보고 눈살을 찌푸렸다. 시체는 불에 검게 타 있었다.

"이 사람은 왜 여기까지 나와서 죽은 것일까요? 불이 한참이라 해도 열기가 여기까지 뻗치지는 않았을 텐데……."

"용암 때문일 거요."

"그럴까요? 글쎄요……."

"화상을 입어 죽은 것이니만치 달리 설명할 방법이 없지 않소?"

"아뇨. 이 일은 정말로 신의……."

중얼거리듯 말하던 시타 교수는 말을 끊고 입을 다물었다.

"무슨 소리요?"

케샤브 교수가 의아한 듯 물었지만 시타 교수는 끝내 대답하지 않았다.

꽤 오랜 시간이 지나 불길이 반쯤 꺼졌는데도 마을 안의 열기는 엄청났다. 구조대와 조사팀은 보호 장비를 입은 후에야 간신히 마을 안으로 발을 들여놓을 수 있었다.

마을 안은 아수라장이었다. 모든 것이 불에 타고 재에 뒤덮여 참혹하기가 이를 데 없었다. 시신들은 아직도 연기를 내뿜고 있어 내열 피막이 덮인 보호 장갑을 끼고 있어도 열기가 뜨겁게 전해질 정도였다. 일단 구조대는 시체를 치우는 것보다도 혹시라도 생존자가 있는지부터 살피기 시작했다. 그러나 여기저기를 들쳐 보아도 온통 타고 남은 숯과 재뿐, 도저히 살아남은 사람이 있을 것 같지는 않아 보였다.

그때였다. 연기를 뚫고 한쪽 골목으로 들어갔던 군인 하나가 갑자기 놀란 듯한 비명을 질렀다. 다른 사람들이 무슨 일인가 해서 연기를 헤치면서 그리로 달려가 보았다. 그러고는 그들도 모두 그 자리에 우뚝 선 채 놀라서 고함을 지르고 말았다.

사방은 지독한 열기가 연기와 함께 가득 차 있었다. 그런데 그 한가운데에 꼼짝도 하지 않고 요가 자세를 취하고 앉아 있는 한 사람의 모습이 보였다. 젊고 아름다운 여자였는데 그녀 주변의 모든 것이 시커멓게 그을리고 타 버렸는데도 그녀는 머리카락 하나 그을리지 않고 생생했다. 그녀는 여전히 숨을 쉬고 있었으며 얼굴은 아주 편안한 무아지경의 상태에 들어 있는 것 같았다.

"기, 기적이다. 저, 저 여자는 구루[9]다!"

군인 중 독실한 힌두교 신앙을 가지고 있던 자가 소리를 쳤다. 그러자 시타 교수와 케샤브 교수 등도 달려와서 이 믿어지지 않는 광경을 보았다. 사람들이 모여들자 조용히 앉아 있던 여자가 조금씩 몸을 움직이기 시작하다가 갑자기 눈을 번쩍 떴다. 구조대원들은 "와!" 탄성을 지르면서 그 여자에게 달려가려는 순간, 여자가 째지는 목소리로 소리를 질렀다.

"가까이 오면 안 돼! 그러면 모두 죽어!"

처절한 소리에 구조대원들은 멈칫하고 다가오던 걸음을 멈추었다. 그러나 구조대원들은 여자가 주변의 열기 때문에 그런 말을 하는 것으로 여기고 다시 여자 쪽으로 다가가기 시작했다. 여자가 다시 놀란 표정을 지으며 소리를 쳤다.

"오지 마! 오면 안 돼! 아악!"

---

[9] 인도나 티베트에서 정신적인 깨달음을 얻은 자에게 붙이는 존칭으로 스승과 비슷한 의미이다.

구조대원들은 여자가 히스테리를 부리는 줄 알고 걱정할 것 없다는 듯한 몸짓을 하며 그녀에게 다가갔다. 그러나 다음 순간 구조대원들의 뒤쪽에서도 누군가가 소리를 질렀다.

"안 돼!"

시타 교수였다. 시타 교수가 소리를 지름과 동시에 여자 앞에 거대한 그림자 같은 형체가 일렁거리기 시작했다. 거의 삼 층 건물만 한 키를 가진 거대한 그림자였는데, 그 형상은 사람과 비슷했다.

사람들은 모두 놀라 걸음을 멈추고 그 자리에 우뚝 섰다. 자신의 눈을 믿을 수가 없었다. 그러나 그 그림자는 사방에 자욱하게 퍼진 연기를 헤치고 서서히 사람들 쪽으로 다가들었다. 이윽고 모습을 드러낸 거대한 그림자는 사람의 형상이기는 했으나 공포스럽기 이를 데 없었다. 그것은 바로 거대한 해골의 형상 그대로였다.

"칸카라[10]!"

시타 교수의 고함이 들리자 구조대원들은 누구랄 것도 없이 모두가 뒤로 돌아 달아나기 시작했다. 그때 거대한 그림자의 손이 한 번 휙 하고 지나가자 갑자기 허공에서 붉은색의 안개 덩이 같은 것들과 불덩어리들이 나타나서 사람들을 휩싸고 돌기 시작했다.

붉은색의 안개가 지나갈 때마다 구조대원들의 방열복이 찢어져

---

10 힌두교 신화에 등장하는 거대한 해골 형상을 한 죽음의 신으로 겉모습은 흉악하나 상당한 존경을 받는 존재이다.

나갔고, 불덩어리가 스쳐 지나갈 때마다 사람들의 몸에 불이 붙었다. 절규하고 비명을 지르면서 스무 명에 달하는 사람들이 온몸이 찢어지고 불길에 휩싸인 채 그 자리에 쓰러져 갔다.

그들이 쓰러지고 난 다음에도 붉은 안개가 지나갈 때마다 그들의 몸은 바싹바싹 말라 들어감과 동시에 그들의 몸에 붙은 불이 계속 타올라 온몸을 새카맣게 태워 버렸다.

시타 교수와 함께 맨 후미에 있던 케샤브 교수가 도망치려고 뒤로 돌아서는 순간, 시타 교수는 케샤브 교수의 얼굴이 핏기가 없어지면서 미라처럼 순식간에 말라 들어가는 것을 보았다. 그와 동시에 케샤브 교수의 몸은 방열복 안에서 불길을 일으키며 시커멓게 타들어 갔다.

"아악!"

시타 교수가 비명을 지르면서 뒤로 엉덩방아를 찧는 순간 앉아 있던 여자가 믿어지지 않을 만큼 빠른 속도로 그에게로 달려왔다. 아니, 달려왔다기보다는 날아온 것 같았다. 그녀는 시타 교수의 몸을 눌러 땅에 쓰러뜨린 다음 그의 앞을 막아서 대뜸 그 앞에 앉으며 외쳤다.

"따라 해!"

그녀는 다시 아까와 흡사한 요가의 자세를 취했다. 다리를 꼬고 앉으며 양팔을 앞으로 쭉 뻗고서 고개를 들며 손으로 기이한 무드라[11]를 맺어 보였다.

후미에는 시타 교수와 아직 대여섯 명의 사람들이 남아 있었는데 그중 두 사람은 재빨리 몸을 낮추지 못해 또다시 붉은 안개와 불길에 휩싸여 찌그러져 갔다. 시타 교수는 놀라움에 거의 혼이 나간 상태였지만 오히려 그 덕분에 자연스럽게 그 자세를 취할 수 있게 됐다. 시타 교수는 자이나교의 한 밀종을 믿고 있어 요가의 자세나 무드라를 맺어 본 적이 많아서 금방 그녀의 자세를 따라 할 수 있었다.

"움직이지 마!"

하지만 다른 대원들은 그 자세가 되지 못해 결국 일이 분 만에 한 명도 남지 않고 숯덩어리가 됐다. 그 와중에도 시타 교수와 그 정체 모를 여자는 요가 자세를 취한 뒤 미동도 하지 않고 그 자리에 앉아 있었다.

불덩어리와 붉은 안개들은 마치 두 사람을 찾는 듯 사방을 윙윙거리며 날아다녔다. 주변의 열기는 몸이 금방이라도 활활 타오를 것처럼 뜨거웠다. 거기에다가 공포심 때문에 심장이 거의 목구멍으로 튀어나올 지경이었지만, 시타 교수는 그 무엇보다도 강한 죽음의 공포 때문에 자신의 고통을 억누르고 참아 냈다.

그렇게 얼마나 지났을까? 갑자기 무언가가 어깨를 툭 치는 바람에 시타 교수는 눈을 떴다. 바로 그 여자였다.

"어서 내려가자!"

---

11 밀교에서 이용되는 인장법으로 수인(手印)이라고도 한다. 주로 부처의 손 모양을 본뜬 것으로 손으로 하는 것과 전신을 이용하는 것 등 여러 가지 종류가 있다.

여자는 서둘러 시타 교수를 잡아끌고 달리기 시작했다. 주변에는 불덩어리나 안개가 어디로 갔는지 하나도 보이지 않았다. 시타 교수는 공포에 눌려 나무토막처럼 굳어 있었다. 여자가 급히 끄는 것을 따라가느라 몇 번이나 뒹굴고 넘어진 끝에 시타 교수는 어느새 마을 밖으로 빠져나왔다.

마을 밖으로 나오고 열기도 조금 가시고 공포에 질려 굳은 몸도 어느 정도 풀어지자 제정신으로 돌아왔다. 시타 교수는 정신이 들자 자신을 마구 잡아끄는 여자의 손을 뿌리치며 외쳤다.

"당신은 누구요! 이, 이게 대체 뭐요?"

시타 교수는 이미 너덜너덜해져서 몸에 달라붙는 방열복을 떼 땅에 뿌리치면서 외쳤다. 시타 교수는 어느새 울고 있었다. 그런 그를 여자는 아무런 표정 없는 얼굴로 바라보더니 입을 열었다.

"여긴 왜 온 거야?"

"왜 오다니! 이 마을에 사고가 나서 구조하러……."

그 말에 여자는 싱긋 웃어 보였다. 방금 그 목불인견의 참상을 본 사람의 표정 같지가 않자 오히려 시타 교수는 등골이 써늘해졌다.

"사고가 아냐."

"사고가…… 사고가 아니면……?"

별안간 시타 교수는 아까 나타났던 거대한 해골의 그림자가 다시 생각나서 부르르 몸을 떨었다. 그 모습을 태연하게 지켜보던 그 여자는 시타 교수에게 말했다.

"칸카라를 알아보던데…… 어떻게 알지?"

"그, 그냥 그런 생각이 들었소. 그런데……."

"아까 날아다닌 게 뭔지는 알아? 그건 다키니[12]야."

"다키니? 그럼…… 흡혈 신이란 말이오?"

"응."

여자는 상당히 아름다운 얼굴이었고, 커다란 눈에 비친 눈빛은 안개가 낀 것처럼 멍한 것이 아주 특이했다. 시타 교수는 자신이 꿈을 꾸고 있는 것은 아닐까 하고 뺨을 꼬집어 보았다. 그러나 정녕 꿈은 아니었다. 도리어 화상을 입었는지 뺨은 보통 때 꼬집었을 때보다 몇 배나 더 아팠다.

"어, 어떻게……."

"당연하잖아. 해골존 칸카라는 지옥의 왕이야. 그러니까 다키니 정도는 당연히 수백 마리씩 거느리고 있을 거 아냐."

시타 교수는 다리가 풀려서 더 이상 서 있을 수 없었다. 털썩 힘없이 주저앉은 그는 얼이 빠진 듯한 눈물 젖은 눈으로 그 여자를 쳐다보았다. 그녀는 옷자락 하나 불에 그슬리지 않았으며 얼굴이나 몸 역시 재 한 점 묻지 않았다. 그것을 보고 시타 교수는 그 여자가 사람이 아닌 것 같은 기분이 들어 다시 몸을 떨기 시작했다.

"그, 그런 게 어떻게……."

---

[12] 힌두교 신화에 나오는 일종의 흡혈귀이다. 그러나 서양의 흡혈귀와는 같지 않다. 공포의 상징인 두르가 여신이나 흉악한 형상을 한 차문다 여신과 함께 나타난다. 두르가 여신은 종종 잘린 머리를 들고 있는 무두(無頭) 여신으로 묘사되기도 하는데, 잘린 목에서 솟구치는 피를 마시는 종자가 다키니이다.

"때가 됐거든……."

그러면서 그녀는 불타는 마을 쪽을 바라보았다.

"저자들이 날 잡아 놓고 해치려 했어. 그래서 불러낸 거야……."

"불, 불러내요? 당신이?"

"그래. 안 그러면 안 될 거 같아서."

"그, 그럼…… 당신이…… 저 마을을 전부?"

여자의 안색이 싸늘해졌다.

"저자들은 모두 칼키파야. 그리고 나를 해치려 했어……. 당신 친구들이 저렇게 된 건 미안해. 하지만 할 수 없었어. 아무도 오면 안 되는 거였는데……."

"가만! 당신, 당신 지금 제정신이오? 당신이 해골존을 불러내고…… 그래서 저 마을을 초토화한 거란 말이오? 수백 명을 죽이고 말이오?"

"죽여? 누가 누굴?"

"저 마을 사람들 말이오!"

"죽이다니? 아냐, 난 아무도 해치지 않았어."

시타 교수는 이 여자가 제정신이 아니라고 생각했다. 자신도 비록 남들이 이상하다고 수군대는 부류에다 남들이 이해하지 못하는 신앙을 지니고 있었지만, 그래도 해골존을 불러낸다느니 다키니를 부른다느니 하는 말을 믿을 정도로 맛이 가지는 않았다고 여겼다. 더구나 방금 그 귀신같은 것들을 자신이 불러냈다고 해 놓고 또 자신은 아무도 해치지 않았다고 하니, 도대체 이게 무슨 소리냔 말이다.

"나는 해골존과 다키니의 힘으로 그들을 물리치려 했지만…… 피에 굶주린 존재를 불러낸 게 아니었어. 당신들이 오지 않았으면 어떻게 됐을지도 모르는데…… 당신들이 뛰어들어서 일을 망쳤어. 이젠 기운도 없고…… 끝이야."

힘없는 목소리로 말하던 여자는 갑자기 눈을 크게 떴다.

"아무튼 빨리 내려가. 위험해."

"그것들이 또 나온다는 거요?"

"아니. 이제 안 나와. 하지만 아직 칼키파 녀석들은 죽지 않았어."

"무슨 소리요?"

"칼키파는 말세를 기다리는 자들이야. 그래서 죽지 않아. 위험해. 해골존보다 훨씬 무서워. 어서 내려가서 다시는 아무도 못 올라오게 해. 알았어?"

"도대체 무슨 소리를 하는 거요? 저 마을엔 죽은 시체들밖에 없지 않소? 누군가가 여기를 수습해야만…… 당신은 제정신이 아니니…… 으흑…… 하지만, 하지만……."

시타 교수는 울컥 울음이 치밀어 올라 말을 다 하지 못하고 그 자리에 주저앉아 흐느꼈다. 여자는 그런 시타 교수를 가만히 내려다보다가 힘없는 목소리로 말했다.

"시체들? 아냐, 저들은 아직 살아 있어. 일어나지 못할 뿐……

말세의 조짐들 471

저들은 죽지 않을 거야. 칼키(비슈누의 열 번째 아바타라)가 다시 올 때까지는 절대로, 절대로…….."

시타 교수는 어이가 없어서 대답조차 하지 않았다. 순간 여자는 얼굴빛이 해쓱해지더니 천천히 그 자리에 앉았다. 탈진한 것으로 보였으나 여자는 다시 요가 자세를 취하기 시작했다. 시타 교수는 여자가 어찌 됐든 그냥 놓아두고 울고만 있었다. 그때 여자가 힘없는 목소리로 다시 말했다.

"어서 내려가. 그들이 와."

시타 교수는 멍한 눈길로 뒤를 돌아보고는 그 자리에서 까무러칠 뻔했다. 마을 쪽에서 무엇인가 움직이며 이리로 천천히 다가오고 있는 것이 보였다. 그것도 하나둘이 아니라 수십, 수백은 돼 보이는 숫자였다.

도대체 마을 안에 살아남은 것이 무엇이기에? 혹시 이 여자가 이야기하는 것처럼 마을 사람들이? 아니, 온통 시커멓게 타 버린 사람들이 어떻게…… 시타 교수는 상상만으로도 너무 무서워서 다시 눈을 비볐다. 잘못 본 것이라고 스스로에게 외치면서.

그러나 다시 마을 쪽을 보았을 때, 그 움직이는 검은 형체들이 아까보다도 조금 더 접근해 있었다. 아직 연기에 가려 자세히 형체는 보이지 않았지만 그편이 더 공포스러웠다. 시타 교수는 벌떡 일어나 멍한 표정으로 앉아 있는 여자의 옷깃을 잡아끌면서 함께 가자고 외쳤다.

"나, 난…… 안 돼……. 혼자 가……."

여자는 다 죽어 가는 듯한 힘없는 소리로 중얼거리며 시타 교수가 잡아끄는 데도 일어나려 하지 않았다.

"어서 도망칩시다!"

다가오는 형체들이 무엇인지는 몰랐지만 시타 교수는 공포에 거의 미칠 것 같은 심정이 됐다. 그러나 그는 혼자 도망칠 생각이 없었다. 이 여자가 미쳤든지 무슨 신통력이 있는 구루인지는 몰라도 어쨌든 자신을 구해 주지 않았던가.

시타 교수는 대뜸 여자를 번쩍 들어 업고 산길을 달려 내려가기 시작했다. 마을 쪽에서 다가오던 검은 형체들이 시타 교수의 뒤를 따라오는 것 같았지만 그리 빠른 편은 아니었다. 시타 교수는 그 형체들을 자세히 살피려고 돌아볼 생각은 아예 하지도 못했다.

만약 여자의 말대로 시커멓게 그슬린 시체들이 떼거리로 일어나 자신을 쫓고 있는 것이라면, 그리고 만약 그것을 자기 눈으로 본다면 미쳐 버릴 것 같았기 때문이다.

시타 교수는 죽을힘을 다해 여자를 업고 미친 듯이 산길을 한 시간 넘게 달렸다. 어느 정도 안전하다고 여긴 다음에야 시타 교수는 여자를 내려놓고 털썩 자리에 쓰러져 누워 가쁜 숨을 몰아쉬었다.

한참 헉헉거리며 숨을 돌리고 나서 시타 교수가 말문을 열었다.

"그게…… 그게 뭐였죠?"

그러나 여자는 눈을 멍하니 뜬 채 아무런 대답도 하지 않았다. 시타 교수는 모든 게 꿈이 아닐까 하는 생각마저 들었다. 눈앞에

이 여자가 앉아 있지 않았다면 허깨비를 보았다거나 자신의 정신이 이상해졌다고 여겼을지도 모른다. 그러나 여자는 분명 무게가 있는 진짜 사람이었고 허깨비가 아니었다. 그렇다면 아까 본 것들도 전부······.

시타 교수는 생각을 돌리기 위해 고개를 설레설레 젓다가 다시 여자에게 말했다.

"그런데······ 당신은 누구죠?"

"로파무드······."

"당신 이름이오?"

"응······. 도와줘서 고마워. 그런데 한 가지 부탁이 있어······."

그러면서 로파무드는 여전히 부연 안개가 낀 것 같이 멍한 눈동자를 시타 교수 쪽으로 돌렸다.

"부탁이라뇨?"

"누구에게 연락을 좀 해 줘······."

"누구 말이오? 친척? 친구?"

"아주 먼 곳에 사는 사람들인데······ 그들에게 알려 줄 것이 있어······. 그들이 없으면 안 돼······."

혼자 중얼거리는 로파무드는 아무래도 제정신이 아닌 것 같아 보였지만, 그녀의 눈은 먼 동쪽 하늘을 바라보고 있었다.

—2권에서 계속

퇴마록 말세편 I

초판 1쇄 인쇄	2025년 5월 8일
초판 1쇄 발행	2025년 6월 5일

지은이	이우혁

책임편집	양수인		
편집진행	북케어(김혜인, 전하연)	**교정**	양서현
디자인	studio forb	**본문 조판**	정유정
책임마케팅	최혜령, 박지수, 도우리		
마케팅	콘텐츠 IP 사업본부		
해외사업팀	한승빈		
경영지원	백선희, 권영환, 이기경, 최민선		
제작	제이오		

펴낸이	서현동
펴낸곳	㈜오팬하우스
출판등록	2024년 5월 16일 제2024-000141호
주소	서울특별시 강남구 테헤란로 419, 11층 (삼성동, 강남파이낸스플라자)
이메일	info@ofh.co.kr

ⓒ 이우혁

ISBN 979-11-94654-86-5 03810

* 반타는 ㈜오팬하우스의 출판브랜드입니다.
* 이 책은 저작권법에 따라 보호받는 저작물이므로 무단전재와 무단복제를 금지하며,
  이 책 내용의 전부 또는 일부를 이용하려면 반드시 저작권자와 ㈜오팬하우스의 서면동의를
  받아야 합니다.
* 책값은 뒤표지에 표시되어 있습니다.
* 잘못된 책은 구입하신 서점에서 바꿔드립니다.